U0105441

「跨界美學——2021曾貴海國際學術研討會」開幕式大合照

開幕式側拍。前排左起：曾貴海醫師、客家委員會范佐銘副主任委員、
國立屏東大學古源光校長、日本臺灣交流協會高雄事務處加藤英次所長

開幕表演。「新古典室內樂團」以悠揚樂曲啟動會議序幕

第一場「詩歌與譯介」論文發表合影

第二場「文學與展演」論文發表合影

第三場「社造與環保」論文發表合影

第四場「族群與創作」論文發表合影

閉幕式合影

閉幕式。曾貴海醫師致詞

與會專家學者與曾貴海醫師夫婦合影留念

◀一九七五年，曾貴海醫師
任職於臺北榮民總醫院
（蔡幸娥提供）

◀一九九六年，曾貴海醫師
擔任文學臺灣基金會理事
（蔡幸娥提供）

◀二○○○年，曾貴海醫師
擔任臺灣南社社長時的演
講照
（蔡幸娥提供）

二○○五年攝於高雄美▶
濃鍾理和紀念館
（蔡幸娥提供）

二○一六年曾貴海醫師▶
榮獲第二十屆臺灣文學
家牛津獎
（蔡幸娥提供）

二○一九年，曾貴海醫▶
師說明高雄的衛武營公
園運動
（蔡幸娥提供）

二〇二一年曾貴海醫師與夫人黃翠茂女士參訪屏東大學校園

曾貴海醫師與夫人黃翠茂女士於屏東大學合影

學術論文集叢書

跨界美學　人文風華

曾貴海國際學術研討會論文集

黃文車　主編

主編序

客家經典與人文風華的美學跨界

　　二〇二一年適逢屏東六堆客家開庄三百紀念，在客家委員會的補助下，國立屏東大學結合校內人文社會學院、中國語文學系，並與屏東縣政府文化處合作於二〇二一年十月二十二、二十三日辦理的「2021跨界美學：曾貴海國際學術研討會」，會議活動同樣宣揚著傳承客家經典及發揚人文風華的理念。透過本次國際研討會的舉辦，我們期待看見曾貴海醫師多元創作與跨界之美；希望透過「跨界美學」與「人文風華」等不同視角，探討屏東文學及客家文學的在地性與國際性之豐富意義。

　　會議當日曾貴海醫師夫婦連袂出席，與客家委員會范佐銘副主任委員、國立屏東大學古源光校長、屏東縣政府文化處李昀芳副處長、日本臺灣交流協會高雄事務處加藤英次所長，及與會來賓共同參與開幕式。開幕表演則由陳欣宜藝術總監帶領的「新古典室內樂團」以悠揚樂曲啟動本次研討會序幕。上午會議專題演講邀請國立東華大學華文系楊翠教授於線上主講「與家園和音——曾貴海文學實踐的奏鳴曲」，從曾醫師的多重角色、多向度實踐去思考與觀察一位臺灣詩人「自體豐美」的思想與美學體系，及其建構「臺灣主體性」的多元價值。

　　一天半的會議計有來自加拿大、日本、韓國及臺灣各大專校院專家學者共發表十三篇論文，主題涵蓋「詩歌與譯介」、「文學與展演」、「社造與環保」和「族群與創作」等多元領域及創作美學議題。本次會議論文質量兼備，更跨越詩歌、翻譯、環保、文資、音樂、劇場等多元面向，因此會後乃集結出版《跨界美學　人文風華——曾貴海國際學術研討會論文集》一冊，內容包括探討曾貴海醫師詩歌中的「界線」想像、「孤獨」意識、病理詩

學、心的視境與詩意等，或是透過曾醫師作品思考臺灣的本土論述、原住民議題等。此外，透過曾貴海醫師的詩歌文學及紀錄片，可以連結思考的更有客家文化資產保存、環保意識等議題，以及詩歌如何與音樂、劇場進行跨界合作等，其中更有曾貴海詩歌日譯詩集《鄉土詩情》的出版與翻譯技巧、文化溝通之探究，足見曾貴海醫師詩歌作品的豐富多元及跨界美學特色。

　　國立屏東大學中國語文學系自二○一一年辦理「2011第一屆屏東文學學術研討會」以來，本系團隊持續推動與深耕「屏東文學」研究，目前已走過第一個十年。因此，希望透過本次客家委員會補助之曾貴海國際學術研討會的辦理，及《鄉土詩情——曾貴海詩選集》、《黎明列車——曾貴海世紀詩選》兩冊詩集出版，曾貴海詩畫展、飛越詩歌地景短片等多元活動成果，開發屏東文學與客家文學研究的豐富意義；更期待透過《跨界美學　人文風華——曾貴海國際學術研討會論文集》的集結出版，積累曾貴海醫師作品研究之客家經典與人文風華，進而發掘藝文美學跨界的豐富多采。

國立屏東大學中國語文學系主任

黃文車 謹致

二○二二年六月三十日

目次

「界線」的想像
——曾貴海詩作探析

王國安[*]

摘　要

　　本文以「界線」作為觀察曾貴海詩作的切入點。在曾貴海詩中，關於「界線」概念的想像，可以轉化為某種意象象徵，也可以透過動詞重新定義界線，經由對曾貴海詩作中「界線」意象的觀察，我們可以看到曾貴海在詩作的不同主題中所欲表達的深意。

　　首先，曾貴海透過「領地」的想像，界定其於家庭中的角色位置以及其能力所及可保護子女的範圍，所以，在其展現生命階段不同心理狀態以及子女離家獨立時的目送時，我們看到此一界線象徵所展現的父親情感與家長形象；對於臺灣的國家定位，因為曾貴海認為臺灣是特殊的後殖民狀態，殖民者與被殖民者至今在臺灣人的理解中仍處於混淆曖昧的階段，所以透過「籬笆」等有明確家戶界線的象徵，展現他認為臺灣的國家定位需明確釐清以表現清晰的台灣主體性樣貌的期待；對於自然，他以「棲地」的空間想像，期待自己成為「樹族」能接納的「人友」，追求人與自然得以永續共存的可能；對於人世情愛，曾貴海以「領土」象徵個體，而「穿越領土」進而交融成「同體」，是曾貴海所認為愛情最美好的樣貌；最後，「地平線」此一永遠無法企及到達之處，代表著詩人對於詩境界的永恆追求，「孤鳥」也成了詩人最鮮明的象徵。

關鍵詞：曾貴海、台灣男人的心事、孤鳥的旅程、浪濤上的島國

---

[*]　國立屏東科技大學通識教育中心副教授。

一　前言

　　曾貴海，一九四六年生，出生於屏東佳冬鄉下六根庄。高中時期詩才早慧，與文友江自得、蔡豐吉等人創立「阿米巴詩社」，後以「林閃」為筆名投稿《笠詩刊》，成為笠詩社同仁。從第一本詩集《鯨魚的祭典》開始，曾貴海在詩作中表現對社會、土地、國族、自然以至個人生命與情愛的連結，如江自得所讚：「珍愛與敬重各種有形無形的生命形式，包括大自然、人類、土地、國族、社會、文學、藝術、親情、愛情等，已成了他的信仰。因珍愛與敬重而激發出的正義感、同情心，且因此對世間不合理的現象提出批判」[1]。曾貴海除以寫詩見長外，也兼擅文論、政論，更籌組與推動環保、人權、政治團體，從文學領域到社會層面，都有重要的成就與貢獻，而驅動著曾貴海的，就是他對各種生命形式的珍愛與敬重。

　　細讀曾貴海詩作可以發現，「時間」是曾貴海在不同題材中重要的思索方向。從對個人生命的審視，如其名詩〈男人五十歲〉、〈男人六十歲〉、〈男人七十歲〉展現了對不同階段生命時間的洞察與珍視；對臺灣國族的思考，如〈殖民的幽靈遠離了嗎〉、〈延遲到訪的歷史〉等詩，曾貴海從臺灣被殖民的歷史回溯，檢視當代臺灣後殖民現況；對原住民、大自然的關懷，如〈向平埔祖先道歉〉、〈森林長老的招魂〉等詩，向人類曾經能與自然和諧共處的時間追索，反襯今日人類對原住民文化與自然棲地的侵害；對於臺灣土地發生的重要事件，如「人間SARS系列」、〈太陽世代〉（太陽花學運）等，曾貴海透過文字，凝視也凝結當下的時空……。透過「時間」，曾貴海的詩作展現了直面現實的態度與其珍視生命的情感。

　　「時間」在曾貴海詩作中的運作如此，那麼「空間」又將如何在曾貴海的詩作中展現？如曾貴海常以「浪濤上的島國」指稱臺灣，便將臺灣於國際以至國人心中國家地位仍未定的焦慮，假想為在浪濤中大船，臺灣人在甲板

1　江自得：〈珍愛與敬重──序曾貴海詩集「台灣男人的心事」〉，《台灣男人的心事》（高雄市：春暉出版社，1995年5月），頁4。

空間中載浮載沈，卻又勇於面對波瀾浸蓋；如曾貴海常將客家六堆精神，寄託在他的故鄉下六根庄，其〈故鄉的老庄頭〉、〈下六根步月樓保衛戰〉等，透過村莊的空間形式，既展現六堆客家保衛家園的精神，也突顯臺灣客家艱辛求存的移民歷程……等。

而綜觀曾貴海的詩作，其中更多的空間運作，是在透過「領土」、「領地」、「領空」、「棲地」、「圍籬」、「地平線」、「舞臺」……等有著「界線」概念的詞彙來架構他的詩作，讓他對生命、情愛，對社會、國族，對自然、歷史的關懷，能透過「界線」的象徵意象，或是對「界線」的不同定義，讓他能在詩作想像的空間中為其主題勾勒出更清晰的面貌。以下，就以「界線」的概念出發，探析曾貴海不同主題的詩作，以不同的「意象」對應連結，探析其詩作深意。

二　領地──與家庭連結的生命體認

> 客廳不需爭執就已割讓／一群卡通朋友跑出來輪流講故事／直到她看累了／小心，不要逗哭了心肝寶貝
>
> ──曾貴海〈男人七十歲　B、外孫〉

「客廳」被孫子孫女們與他們的卡通朋友們「佔領」，曾貴海只好將自己的「領地」「割讓」，退下來，不讓自己成為「客廳」的當然主人。

「客廳」的空間在曾貴海的詩作中，常被運用於描述與家人之間互動，且此中流露出的「秩序」感，也可看到曾貴海以家中「大家長」自居的倫理想像。如其〈男人六十歲〉一詩中，那已然進入耳順之年的他，兒女早已長大，不似當年孩童時期懵懂，「客廳」、「餐廳」這些家人群聚之處雖還是自己的「舞臺」，但「演講」多已被兒女聽成「嘀咕」的自嘲，也讓我們看到曾貴海對己身所處生命階段的理解與坦然：

> 很難理解又不好對付的老子

　　把客廳和餐廳當作舞臺

　　經常即席發表長達十分鐘的英文演講

　　搬弄艱澀冷僻的字彙

　　忽然間，擺動不協調的舞步

　　唱起饒舌歌饒舌風的即興騷動

　　我們不笑也不行

　　如果不講評幾句

　　就用客家話嘀咕不停

　　一轉身，丟掉卓別林的柺杖

　　拿起廚房的菜刀

　　把台灣情事切成一片片肉醬汁

　　寫下尖酸銳利的評論

　　硬要我們把他的台灣料理吃下去

　　寫東寫西還不是台灣事

　　圍繞著島國洶湧澎湃[2]

在詩中，六十歲的曾貴海是「很難理解又不好對付」的父親，但客廳與餐廳仍是他的演說「舞臺」，表現了曾貴海在家中仍有他更高的話語權，即使其中的字彙冷僻，笑話難引起共鳴，也自嘲已如卓別林成了喜劇演員，仍可見他在家庭的專屬舞臺上的自在。詩末表現了曾貴海試圖傳達的對臺灣現況的擔憂，而體貼的家人們，還是能理解父親所做的「台灣料理」，是為了臺灣也為了家人而作，一個憂國憂民的男人及一個與家人能互信互諒的父親形象，在本詩中表露無遺。

　　「家」是一個讓曾貴海作為支柱的所在，也可說是曾貴海夫婦共同開拓的「領地」，在這個範圍認真擔負父母的角色，也讓子女成長茁壯。但子女

2　曾貴海：〈男人六十歲　兒女們的私語〉，《浪濤上的島國》（高雄市：春暉出版社，2007年11月），頁1。

總有獨立後離家之時，此時的子女們就如同離開曾貴海夫婦領地的子民，身為主人，也只能在門口目送。如其〈停留的景色——給三女晴勻〉一詩：

> 等待中／相互的追憶與淡忘／隨黃昏的列車／隱入平原／／一輛追接一輛／滿載孤寂的酸性思考／嘶吼原野／倚靠車站／／月台上，一位美麗的女孩／手捧盛開的向日葵／邊跑邊微笑著輕喊／親愛的爹地／／父親擁吻她／夏末溫燙的夕陽／緊緊的擁抱浮雕的城市／／列車的門窗貼滿表情／先行離去[3]

再如其〈開車送女兒北上讀書——給長女律雨〉一詩寫道：

> 離家北上的送機途中／豪雨劈劈叭叭的碰擊車窗／雨刷急速撥清前路／協奏曲的音符溢滿車內／／強風歪歪斜斜的呼嘯而去／後視鏡映照著母親的表情／變動不停的唇語／正在宣讀春夏秋冬的色彩和溫差／／……／／母親的眸光／追隨班機的啟航／閃爍著內心無盡的祝福／注視逐漸飛離視野的巢鳥／抵達幸福的陽光照射的地方[4]

兩首詩分別寫給三女與長女，分別以父親及母親為描述，前為列車後為客機，同樣由父母帶著子女離「巢」，探訪未知，期待更高遠的前程，原先在「領地」中能給予的保護無法延伸，只能盼望子女能勇於追尋夢想與幸福，給予擁吻，也以目送傳達「無盡的祝福」。對比曾貴海時而在詩中所呈現的「家」空間裡的自主性與發言權，此處送子女離巢獨立的書寫同樣顯出曾貴海在面對生命不同階段時的透澈與珍惜，也表現了曾貴海在家庭題材詩作中那具威嚴的父親家族長形象所暗藏溫柔感性的一面。

　　總結上述，曾貴海在他的家庭主題的詩作中，總容易透露其在家庭中家

3　曾貴海：〈停留的景色——給三女晴勻〉，《台灣男人的心事》，頁18-19。
4　曾貴海：〈開車送女兒北上讀書——給長女律雨〉，《色變》（高雄市：春暉出版社，2013年9月），頁34。

父長制的大家長形象，他擁有發言權，餐廳客廳都是自己的「舞臺」，子女們在他的「領地」的保護中成長茁壯，透過此一「領地」的想像，曾貴海在各個階段以家庭題材展現其不同的生命體悟。

三　籬笆──臺灣國家定位的混淆與釐清

> 我們真的需要開滿花的籬笆／圍成一個叫做台灣的國家／日夜澎湃著雪白晶潔的浪花／／……／／我們真的需要一個心愛的國家／所有的家一間又一間連成的國家／用人民的雙手圍成好籬笆
>
> ──曾貴海〈我們真的需要一個國家〉

本詩以「需要一個國家」來表明曾貴海的政治立場以及對臺灣前途的期盼，這鮮明的政治意識在其文論、政論中也是思考核心所在，但此詩中可注意到的，是作為空間區隔的「籬笆」意象。「籬笆」界定了不同家戶可自由運用的空間，也作為不同家戶有形的區隔界線。而綜觀曾貴海對於國族想像、臺灣前途的詩作，此一界線象徵，「我、他」的區隔皆十分顯明。如其〈報告宇宙〉末節：

> 報告者：台灣人
> 不屬於地球的國際組織聯合國
> 不是對抗西方帝國主義的第三世界成員
> 亞洲大陸的私生兒
> 備受亞洲邪惡帝國的恐嚇壓迫
> 正在尋求自我解放
> 如果宇宙有上帝
> 祈望上帝的垂愛和憐惜[5]

5　曾貴海：〈報告宇宙〉，《航向自由──曾貴海長詩選》（高雄市：春暉出版社，2018年），頁93-94。

曾貴海以「臺灣人」為主體向宇宙提出報告，起首兩句即強調臺灣「不屬於」誰與「不是」誰，同樣也「不是」「亞洲大陸私生兒」，這些強調一方面表明臺灣的國際地位不明（無法加入聯合國）外，更強調臺灣政治與國族認同歷史的渾沌不明，無法被劃歸於某一正常國家分類的異類。也因此，我們可以看到曾貴海談及臺灣的國家定位時，總是運用明確的「界線」意象，表現出他對臺灣國家定位混淆的焦慮。他曾說道：「我們現在要面對的是，我們是被虛構的，我們是被縮編的，是被他者化的，或者是被擱置的、我們的主體是空白的」[6]，此一無法明確說明的、被他者填空的、被擱置不談的台灣主體，就是曾貴海的焦慮所在。

此焦慮可以曾貴海於《戰後台灣反殖民與後殖民詩學》一書中的立論基礎，認為臺灣是「全世界最複雜被殖民歷史」國家的看法來理解，他說道：

> 台灣的殖民歷史及殖民主體呈現了多重、多層又多國的複雜殖民性，全世界很少國家有這麼複雜的被殖民經驗，與非洲比較接近，但被殖民的受迫結構確有極大的差異。雖然台灣有全世界最複雜的被殖民歷史，但是台灣人覺醒自己的受殖民身分確實有歷史的時差。[7]

曾貴海認為，以臺灣為主體的歷史，從大航海時代的荷治時期，鄭氏治臺、清領時期、日治時期，到國府遷臺，每個階段臺灣人民自身的主體性尚未建立時，就接續著下個外來政權的出現，臺灣人面對長期積累下來的思想迷障，並非每個人都能對國家主體性有明確且自信的理解。在其〈自由與命運的謎歌〉一文中曾貴海說道：

> 台灣的後殖民狀態是一種曖昧的狀態，與其他國家的後殖民狀態最大

6 曾貴海：〈詩與現實的對話──笠詩選《重生的音符》討論會〉，《台灣文化臨床講義》（高雄市：春暉出版社，2011年12月），頁24。
7 曾貴海：《戰後台灣反殖民與後殖民詩學》（臺北市：前衛出版社，2006年），頁231。

的不同是台灣不是正常獨立國家的後殖民，殖民者沒有離去，殖民者
與被殖民間混種後身分無法確認，台灣的後殖民狀態殘留和混雜著前
世代的移民和封建思想的利益分享者。[8]

也就是這樣的「曖昧」、「混種」、「無法確認」，那至二十一世紀仍無法擺脫
的「殖民幽靈的夢魘」[9]，才讓曾貴海談及臺灣的國家定位想像時，以「籬
笆」為象徵，希望透過明確的界線區隔，讓台灣主體能以一清明的面貌被認
知理解。

　　而如何能脫離此一曖昧狀態，重新理解台灣主體性還其清晰面貌，曾貴
海針對臺灣後殖民狀態深刻討論後，提出「台灣主義」的論述，從薩依德
《東方主義》延伸，檢視臺灣的主體性論述如何在歷史發展中被邊緣化的過
程[10]，在《台灣文化臨床講義》一書中，「台灣主義」成為其論述核心，強調
透過理解殖民者如何將臺灣視為「他者」來凝視、觀看與治理的方法學中，
找到不再將臺灣被他者論述所蒙蔽的可能，他說道：「因此面對殖民者的
『臺灣主義』，台灣人必須透過完整的被殖民知識和心理歷程，檢視身心受
迫的真相和傷痕，脫離重新輪迴進入被殖民的深淵，進而產生堅持台灣主體
立場的抵抗精神，從這個出口共同追尋自己的命運」[11]，從臺灣如何被他者
論述邊緣化的位置反觀，擺脫來自殖民者的心靈侵佔，抗拒在文化與心理上

8　曾貴海：〈自由與命運的謎歌〉，《曾貴海文論集》（高雄市：春暉出版社，2016年），頁
　　25-26。

9　曾貴海：「流離的台灣人在二十世紀末透過波瀾壯觀的台灣化運動，在追求新身份和政
　　治認同過程中，仍備受原殖民殘遺的抵抗和迫害，再加上快速變動社會的失控性影
　　響，以及台灣精神文化的集體蛻變和運動尚未成熟，無法在新居地完全脫離殖民幽靈
　　的夢魘。」曾貴海：〈回應蔣渭水，形塑新文化〉，《台灣文化臨床講義》，頁3。

10　曾貴海：「四百多年來，台灣歷經了歐洲、中國、日本的殖民及二次大戰後美國透過中
　　國國民黨對台灣的次殖民，已經存在了以美國、歐洲、日本及中國為中心，並將臺灣
　　置於邊緣的各種論述體系」曾貴海：《戰後台灣反殖民與後殖民詩學》，頁229。

11　曾貴海：〈台灣主義──被殖民強權凝視與管治的島國〉，《台灣文化臨床講義》，頁
　　239-240。

的權力運作與馴服，理解臺灣目前的國家狀況，系統性地改變並建立抵抗思想，且在此工程中，重建「台灣魂（精神）」，確認臺灣人的集體精神樣貌：

> 台灣魂（精神）的重建和創新必須從歷史的創傷復原、語言復原、拒絕收編、身分確認、文化自主、品格養成和主體意識中解救出來，成為一個具有能動性的主體抑制和實踐者，逐漸完成個人與集體的精神構圖。[12]

從歷史、語言、身分、文化、品格與主體意識重新檢視，重建與創新臺灣精神的樣貌。也可見到，曾貴海以「界線」劃歸區隔國家想像的用意，在於更深層的釐清與創新，穿破殖民迷障，以一完整清晰的主體面貌迎向國際。

有趣的是，曾貴海選擇「開滿花的籬笆」作為國家區隔的意象，而非圍牆、荊棘、鐵絲網……等冷硬刺痛的界線象徵，「籬笆」之內為「家」，國家一如「家」的向心力，透過溫暖而凝聚。國家來自於「所有的家」一間一間的連成，如同臺灣也須待當臺灣人能夠共同體認臺灣精神，確知自身主體性，由「雙手」傳遞人民的溫暖意志，方能有明確界線確立，這個「心愛的國家」就是被曾貴海期待著的樣貌。其〈黎明列車〉一詩中，在暗夜平原轟然前進的列車，指揮者以「自由與愛」鼓舞著有著相同信念的人們隨列車前進，途中不斷遭遇攻擊，有人棄離，也有人獻身，「殖民者」雖取得了暫時的勝利，但詩末寫道：

> 殖民者握拳向抵抗的群眾大聲質問／你們還有下一列黎明列車嗎？
>
> 突然聽到亙古不變的澎湃波濤／那不是島國人民內心湧出的禱詞嗎／下一輛更強而有力的黎明列車／在不遠的車站已經緩緩啟動[13]

---

12 曾貴海：〈回應蔣渭水，形塑新文化〉，《台灣文化臨床講義》，頁3。
13 曾貴海：〈黎明列車〉，《浪濤上的島國》，頁106。

「自由與愛」的信念,凝聚列車裡的人們,也感染了列車外的群眾,對抗殖民者即使暫時失敗,仍有前仆後繼的「黎明列車」啟動出發。同樣在他的〈男人六十歲　夢國船航〉中,曾貴海以「船國」為喻寫道:

> 夢的尾聲突然出現意外景象
> 人們站滿了船國
> 一齊跳入海中抓住沙岸和崖壁
> 混聲大合唱隨著海洋節拍
> 一遍又一遍的傳送世界和天空
> 無數的手推動美麗的船國
> 轟轟然啟航向遠方
> 迷夢中堅信那是真實故事
> 船國確實在某個春夢的晨光中航動

曾貴海對於臺灣,總以「浪濤上的島國」為喻,「船國」同樣也是浪濤中載浮載沈的想像,但此處「一齊」行動的人們,在混聲中「合唱」,共同伸手推動船國前行。他透過夢境的描繪,表現唯有臺灣人肯認自己,朝著共同的目標前進,「船國」方能「航動」,而他也確信,這終將在不遠的未來實現。

四　棲地——與自然共存的謙卑

> 你流浪在我們的棲地／遠離人類構築的迷離幻境／你放棄了語言／放棄了傲慢的知識／放棄了儀式性的無理行徑／放棄了裝扮在臉上的自尊／成為我們的異類朋友／……
> ——曾貴海〈男人六十歲　樹友的心聲〉

曾貴海對大自然的親近除了表露於他的詩作之外,被稱為「南台灣綠色

教父」的他，一九八七年開始參加人權會與環保組織。一九九〇年開始串連他的「綠色之夢」，最終促成了衛武營公園，他也曾擔任保護高屏溪綠色聯盟、高雄市綠色協會等組織之要角，對環境保護坐而言也起而行，對自然環境的關懷與熱情，早為人所熟知。

而在本詩中，「人類」身分被退居為旁觀者，以「樹友」為主體發聲，疑問曾貴海既然身為人類，何須背離人類的既得利益來到他們的「棲地」流浪，一連串的「放棄」，是人類得以掌控自然，自恃為萬物之靈卻破壞生物棲地進而使物種滅絕的原因，而當曾貴海選擇了謙卑並流浪至樹友的「棲地」，曾貴海也被樹友認同，成為了「人友」。

「棲地」在此，不僅指自然生命棲息的空間，也是想像「樹」在棲地中對自己表達歡迎，確認自己能與自然生物平等共存的渴望。人類不應自認高於自然，甚至自認是自然的主宰者，如其〈會思考的棘杯珊瑚〉一詩：

> 人類說我們是海底的樹／思考著／樹的祖先是海洋的移民吧
>
> 人類為我們命名／思考著／我們的美麗需要名字嗎
>
> 人類呼籲著要拯救海洋／思考著／污染的廢水和廢棄物／卻流放到我們的家園[14]

本詩以人類對自然的命名權，表現人類口說拯救海洋，卻又依循生活的便利性而將廢棄物流放海中，流放到棘杯珊瑚的「棲地」。人類給予棘杯珊瑚「美麗的名字」，卻不在乎它們的美麗能否恆久，表現出人類的矛盾愚昧以及對自然生物的虛偽無情。人類遺忘了崇敬自然，也忘卻了自己的渺小。在其〈總該有什麼可以相信的吧〉一詩中，曾貴海對感受到絕望，不再相信任何事的「妳（你）」說道：

---

14 曾貴海：〈會思考的棘杯珊瑚〉，《色變》，頁11。

......

我只知道

山絕對不會離開

海絕對不會離開

森林絕對不會離開

河流絕對不會離開

如果妳（你）什麼都不再相信的話

那只好抓住山抓住海抓住森林抓住河流

讓他們緊緊地懷抱妳（你）

相信妳（你）確實與祂們同在

相信妳（你）的悲哀埋藏了發芽的種子

李若鶯如此評論此詩：「我們可以信賴土地，我們踏實踩在的土地。土地、森林、海洋、河流，也是五蘊聚合，一樣會生住異滅，有一天還是會離開；只是和人百年生死相較，存在顯然比較久長。詩人用『祂們』來稱呼土地山川，是對自然的禮敬，表示他認為自然才有被神格化的權利與價值，神像和銅像，都是人為造作的威權」[15]，就是這樣的自謙，放棄人類自恃聰明的知識與技術，體認自己的渺小，回歸到崇敬自然的位置，人類也才能真正與生命同在。

　　〈男人六十歲　樹友的心聲〉後段，曾貴海稱「思緒要柔軟如樹枝／意志要堅定如盤根／心境要平靜如幽林／眼界要高聳如巨木」，正是一放下人類自傲，虛心向樹木學習的意念，如其於莊紫蓉的訪談中所說：「樹告訴我，要我這樣做，我不知道能不能做到，我想我還沒有做到，這是我對自己的期待，也是對世界上的人的期待。人必須放棄一些東西，尊重生態和生

---

15 李若鶯：〈「空」與「有」的懸念──析論曾貴海近作五首〉，《笠》第252期（2006年4月），頁233。

命,讓地球重新活起來。⋯⋯這是從『小我』到『台灣』、到『人類』共同的問題」[16]。再如其〈從樹國回城5. 朋友羅漢松〉[17]一詩,起首以羅漢松為主體向曾貴海說「做朋友是可以的」,但也需放下屬於人類的文明知識與複雜心思,「栽植更多樹族」,讓鳥群可以回巢,詩末「做朋友是可以的/請慢慢的也變成一棵樹人」,是羅漢松對曾貴海,也是曾貴海對人類所做的深情呼喚。

更重要的是,曾貴海認為這些現在亟需保護的生物棲地,更是生命重要的源頭,若肆意破壞,最終將承受環境反撲的災難。其於〈森林長老的招魂〉中寫道:「每種生命的腳步都應謹慎,不要踐踏其他生命,每種生命的生存都有一定的極限,超越了棲地的界限,將走向大地的荒塚」[18],人類不自知,但島國上已存在三、四千年的「長老樹」(森林長老)卻看到了終將毀滅的命運,所以虔誠地祝禱著:

> 森林長老們最後的祈求
> 為的不只是物種家族的生存
> 而是人族即將面臨的災禍
> 面臨從地球滅種的災禍
> 人族們聽到了嗎?
> 人族對物種生命的奧妙知道得太少
> 人族滅絕的物種卻太多
> 人族並不知道那是生命的恩賜
> 每一種生命都像你們的兒女一樣寶貝
>
>
> 停止你們的腳步

---

16 莊紫蓉採訪、整理:〈孤鳥,樹人與海〉,《笠詩刊》第252期(2006年4月),頁196。

17 曾貴海:〈從樹國回城5. 朋友羅漢松〉,《孤鳥的旅程》(高雄市:春暉出版社,2005年5月),頁11-12。

18 曾貴海:〈森林長老的招魂〉,《色變》,頁76。

放下手中的利器

退回到平原

在土地上種滿花草樹木

讓河流自由自在的流向海洋

讓河水歇息在平原的濕地水塘

聚集無數飲水而生的牲靈

讓每一個物種生命有生存的自由

那不可侵犯的物種的自由

闢建公園及生態園區

復育已經消失的物種

讓最後一次的祈求

能挽救島國和地球星的命運[19]

透過樹的口吻祈禱人族能體認錯誤以避免災禍，以「樹友」同樣重視「人族」生命的想像，確立人與自然的平等位置。而「停止你們的腳步……退回到平原」，則是延續曾貴海對於自然生物「棲地」之想像，也是曾貴海在現實環境中所戮力以求的保留綠地也保育河川的行動，讓人與自然能在界域的想像中彼此尊重，人類不再過度開發，「棲地」不再繼續被破壞，方能挽救臺灣以至地球的命運。「棲地」的想像，是曾貴海面對自然、環保主題時常出現的界線象徵，它不只代表自然生物的棲息處，也代表生命起源孕育處，更在透過自然生命與人的對話理解中，尋求兩者的平衡以及永續方案。

五　領土——穿透交融的人世情愛

我正穿越你的領土／／……／／妳正穿越我的領土

——曾貴海〈水紋〉

19　曾貴海：〈森林長老的招魂〉，《色變》，頁77-78。

　　「你的領土」與「我的領土」，在曾貴海的詩中，代表的是個人主體的意義範圍，從身體、情感以至心靈的不同層次，「領土」屬於個人，更是一種不容侵犯的宣示。然而在本詩中，對對方在己方領土的「穿越」，不帶有怨懟、驅離的語氣，反而更像是欣賞。〈水紋〉一詩，表現的是男女愛戀中對對方的信任與心靈交融：

　　　　我正穿越妳的領土
　　　　廣漠的優雅召引日夜的奔流
　　　　妳正穿越我的領土
　　　　帶來山谷的花朵留戀在河床的沙洲

　　　　我正穿越妳的領土
　　　　夏日的暴雨縱放潰堤的氾濫
　　　　妳正穿越我的領土
　　　　冬日的寧靜佔領深情的夜色

　　　　妳正穿越我的領土
　　　　瀰漫在原野盡頭的密林
　　　　我正穿越妳的領土
　　　　匯流向開展的河口傾注無限的海洋

　　　　無邊的海域載浮兩塊漂流的領土
　　　　激盪的水紋捲起不停私語的碎浪
　　　　從邊界的沙岸鋪臥向對岸的岩壁

　　　　迴漩進入清澈的深潭
　　　　我的鏡像驚見妳凝望的雙眼
　　　　漂浮著同體的迷戀

映照城邦深處庭院的景深[20]

在本詩中，前三節表現了愛戀雙方在進入另一人的生命中後，不論喜怒哀樂、春雨冬日的不同情感狀態，都在對方面前全然袒露，任其在自己的「領土」範圍內徜徉，如同愛戀時將對方視為一方最美麗風景的情感。而第四節中點明，即使是能有自身主體意識，自視為一方領土之領主，在人海中如「漂流」中的孤獨感仍在，但在愛戀中認定雙方後，我與妳已不可分，「兩塊漂流的領土」合而為一，是如同「同體」般的愛戀，曾貴海將人世情感中愛情最美好的部分，以優美且雋永的詩句呈現出來。

　　觀察曾貴海的詩作中，關於愛情中的關係，多以「穿越」、「穿透」、「交融」等為動詞，讓情愛雙方的結合，「同體」般你中有我，我中有你。如其〈岩洞水域〉一詩：

　　幽靜的音箱／滴落一粒水珠／妳突然從我心中／說出一顆聲音

　　陽光無法穿越的世界／透明潔裸的世界／交融漂流而消失了原我的世界

　　流出岩洞地底的水域／妳已經找不到妳／我也不可能再找到我

在本詩中，想像岩洞中僅有水流動的幽靜無聲，如同每個人心中難以被他人觸及的心事卻被另一人看透，那一句話，那一顆水珠，使人卸下心房，也全然接納對方，「交融」至如「同體」的愛戀，「妳、我」已密不可分。同樣在〈一片廣闊無邊的花園〉中，我們也將看到「你、我」的穿透與結合：

　　一片廣闊無邊的花園

20　曾貴海：〈水紋〉，《曾貴海詩選1966-2007》（高雄市：春暉出版社，2007年8月），頁212-213。

　　我從一朵花苞中誕飛出來

　　你從另一朵花苞中逸放出來

　　我追逐著花園中的你

　　穿過千萬朵花的美麗世界

　　當我的身體穿透你

　　瞬間變身成你

　　你卻成為留下的我

　　我們呼喚著花與人共同的名字

　　滿園的花盛開了

　　從當下的夢中醒來

　　切斷了夢與淒美的記憶

　　四周是靜默世界的子夜

同樣的，各自從不同的花苞「誕飛」而出的個體，終於在愛戀中結合，「穿透」你之後「變身成你」，一同於〈水紋〉與〈岩洞水域〉，「你、我」之交融而同體的狀態，是個體在茫茫人海中得以安頓之可能，是曾貴海對愛情的禮讚。在其他主題詩作中，曾貴海以「界線」為區隔意象以表明立場的象徵，此處則以界線之消弭，以愛戀雙方的穿透與交融，呈現愛情的可喜與可貴。

六　結語：地平線——詩人的方向

　　在〈孤鳥的旅程〉一詩中，曾貴海寫道：

廣漠的海洋／該飛向哪裡

緊貼波濤和陸地的界痕／拍擊孤獨的翅翼／寂寞的旅程／隱藏著前方的信念吧

　　追求生命中短暫的夢／或者，必須完成的夢／不停地翻飛地平線／到
達可能的地方

　　也許，是不可預測的命運／追逐著牠／向未知的世界[21]

本詩可視為詩人自況，在天空中獨自飛行的「孤鳥」，廣漠的海洋更顯出他
的渺小，而不斷能逗引他前進的，是那不斷後退的「地平線」。就如同詩人
面對詩境的追求，只能持續探索，持續前行，但不論如何總是無法拉近與地
平線的距離。然而，正是在這無法抵達盡頭的努力中，於探索前行時所看到
的未知的世界，就是自己不斷追尋所得致的收穫。如鍾榮富所言：「孤鳥之
所以執意單飛，無非是尋找理想之境地，……詩人能以孤鳥自況，願意為著
一己的理想做孤注一擲的博命」[22]，為實現理想即使去向未知也無懼，「孤
鳥」，正是詩人的人格象徵。

　　在本文中，我們探究曾貴海在不同主題詩作中，透過「界線」的想像所
運用的意象，反映曾貴海在面對家庭、國家、自然與人世情愛時的不同理解
方式，不論是「領地」的掌握、「籬笆」的區隔、「棲地」的共存、「領土」
的穿越與「地平線」的追求，都體現了曾貴海對人世、社會與國家的體認與
情感，也讓我們在其中看到，一個真誠面對生命的詩人形象。

---

21 曾貴海：〈孤鳥的旅程〉，《孤鳥的旅程》，頁1-2。
22 鍾榮富：〈三稜鏡下多層次的疊影——泛論曾貴海的詩〉，《笠詩刊》252期，頁246。

參考文獻

一　曾貴海詩集

曾貴海　《台灣男人的心事》　高雄市　春暉出版社　1995年5月初版一刷

曾貴海　《孤鳥的旅程》　高雄市　春暉出版社　2005年5月

曾貴海　《曾貴海詩選1966-2007》　高雄市　春暉出版社　2007年8月初版一刷

曾貴海　《浪濤上的島國》　高雄市　春暉出版社　2007年11月初版一刷

曾貴海　《色變》　高雄市　春暉出版社　2013年9月初版一刷

曾貴海　《航向自由——曾貴海長詩選》　高雄市　春暉出版社　2019年9月初版一刷

二　曾貴海文論

曾貴海　《台灣反殖民與後殖民詩學》　臺北市　前衛出版社　2006年2月初版一刷

曾貴海　《台灣文化臨床講義》　高雄市　春暉出版社　2011年12月初版一刷

曾貴海　《曾貴海文論集》　高雄市　春暉出版社　2016年12月初版一刷

三　期刊論文

李若鶯　〈「空」與「有」的懸念——析論曾貴海近作五首〉　《笠詩刊》第252期　2006年4月　頁229-236

莊紫蓉採訪、整理　〈孤鳥，樹人與海——專訪詩人曾貴海〉　《笠詩刊》第252期　2006年4月　頁151-200

鍾榮富　〈三稜鏡下多層次的疊影——泛論曾貴海的詩〉　《笠詩刊》第252期　2006年4月　頁237-246

從曾貴海日譯詩選集

——《詩が語る郷土への思い〈郷土詩情〉》談翻譯技巧與文化溝通

張月環[*]、佐藤敏洋^{**}

摘　要

　　本文藉由日譯詩集《曾貴海詩選集——詩が語る郷土への思い〈郷土詩情〉》，於翻譯過程涉及到幾個翻譯技巧問題，提出淺見並補充譯本解釋不足之處。

　　歸納本文，主要論述為以下三點：一、社會文化知識與誤譯；二、中文翻譯日語語法問題；三、客家語與客家文化。其中以第二要點，內容聚焦於口語、時式（時態與狀態）及複合動詞等問題，加以闡述。

　　翻譯語言，必須考慮源語言和目標語言其背後社會文化背景的差異性，藉此需要了解隱藏在語言層次上所涉及的社會背景及文化知識，再三推敲，方能減少誤譯，達到異文化溝通之可能。

　　翻譯難免伴隨著誤譯。但是要讓外國人認識、了解本國文化，必須借助翻譯才能發揮力道。此日譯詩集盼能發揮拋磚引玉的作用，吸引更多人認識臺灣文學、社會及其多元的族群與文化，藉此溝通、深入臺日彼此文化的內涵與交流。

關鍵詞：曾貴海詩選集、社會文化背景、誤譯、文化差異性、異文化溝通

---

* 　國立屏東大學企業管理學系兼任副教授。
** 國立屏東大學應用日語學系助理教授。

一　前言

　　二〇二一年二月八日《自由時報》刊登了一篇張曉風寫的作品──〈我寫了一首「二手詩」〉[1]，內文談到五十年前曾讀過一則談翻譯的文章，舉日本為例，男女說話語氣因文化問題，同樣一句話，男生可以直譯，女生卻要轉彎抹角。她寫的內容如下：

> 說到當年日本人為了追隨歐美文化，便大量翻譯西方小說。譯到一組
> 簡單的對話，男主角對女主角說：「我愛你。」
> 女主角回說：「我也愛你。」
> 不料，翻譯家卻翻不下去了。原來，那時代的日本女人是不作興說
> 「我也愛你」這樣的句子的。這是定律：「女人不可以主動去說愛人
> 家」。於是幾經斟酌，翻譯家把男主角的話照譯，女主角的話卻改成
> 了：「就是被你愛死了，也願意。」[2]

個人認為在那「追隨歐美文化，便大量翻譯西方小說」的時代，如是指明治時代的話，當時的日本人，不論男女，若要向對方告白，應都不會使用「我愛你」[3]這句話。翻譯涉及到文化的問題便會轉彎，這是很自然的事。如果

1　張曉風：〈我寫了一首「二手詩」〉，《自由時報》〈自由副刊〉（2021年2月8日）發表，網址：https://ent.ltn. com.tw/news/paper/1430646（2021年3月9日閱覽）

2　這句話應是指二葉亭四迷翻譯俄國作家屠格涅夫「初戀」女主角Asya所說的話語。文中的「我愛你」有此一說俄語原文並非「I love you」，而是「Yours」之意。網址：https://reurl.cc/k14Qeb（2022年3月15日閱覽）

3　事實的真偽很難判定，但是相傳曾有如此軼說：夏目漱石上英文課告訴學生，英語的「I love you」，翻譯日語「月がとっても青いなあ」，直譯即是「月色很藍啊」，中文意譯為「今夜月色真美」。網址：https://niguruta.web.fc2.com/kensyo_kirei.html（2021年3月12日閱覽）。再者，伊藤佐千夫（明治39年）一九〇六年發表小說「野菊之墓」（收錄雜誌『ホトトギス』《杜鵑》雜誌），主角政夫對表姊民子說：「民子就像野菊花般啊。」，接著下文是「對她說自己最喜歡野菊花時，我已心有餘悸，覺得還沒有臉皮厚到馬上

硬要直譯的話，便會顯得格格不入。然而，溝通文化的有無，卻必須藉由翻譯來了解彼此。翻譯的重要性不言而喻。

本文將論述《曾貴海詩選集——詩が語る鄉土への思い〈鄉土詩情〉》（以下簡稱譯本），翻譯過程所涉及到幾個翻譯技巧問題，提出淺見並補充譯本解釋不足之處，尤其是語言層面所包含的社會背景與文化知識，值得再三斟酌，方能減少誤譯並能傳達文化溝通之目的。

二 社會文化知識與誤譯

翻譯伴隨著誤譯。它可能只是語彙或語法程度的問題，但更常見的是源語言，即是原著的語言和目標語言（翻譯文章），背後存在的文化背景所引起的差異。根據Grootaers（2000：26）所說，語言是「與某種內容（含義）相結合的符號系統」，是基於社會約定的任意符號系統。既是社會的約定，則不同社會有不同的約定。因此，翻譯需要社會文化知識背景。

筆者所譯之曾貴海詩選集日譯本已付梓成冊。誠如林水福（2016：4）所指出：「我認為要打破『日人不識台灣文學的現況，翻譯應是最根本且確實的方式。』」[4]個人便是本著這動機，翻譯此詩集。然而老實說，對於生於日本、成長於日本的第一（位）譯者來說，缺乏臺灣人普遍具有的社會文化知識背景。個人認為無論在臺灣學習本地語言多少年，或是在這裡生活了多少年，都無法像日文母語一樣用中文或臺語表達真確的想法。相反地，對於在臺灣出生和成長的第二（位）譯者來說，用日語表達思想也不會像其母語那樣無意識且自然的理解。此次翻譯是具有特殊意義的嘗試。即是身為日本人且能了解中文的第一譯者，與身為臺灣人且可理解日語的第二譯者合作翻譯。藉此，個人認為能夠將誤譯及解釋上的差異性侷限在最小範圍內。

說出進一步的話語來。」對民子的告白以「臉皮厚」來說明當時的心情。網址：http://aozora. binb. jp/reader/main.html?cid=647（2021年3月12日閱覽）

4　林水福：〈台灣現代詩日譯與推廣行銷策略〉，《南台人文社會學報》2016年第15期，頁16，網址：https://society.stust.edu.tw/Sysid/ society/files/（2021年3月12日閱覽）。

　　舉例來說，曾貴海詩選集中「燒做灰也是台灣人／燒かれて灰になっても台湾人」一詩裡，如下文這麼寫著：

　　Kā運命交予伊／自分の運命を彼に託した
　　無偌久，真濟真濟台灣人開始teh怨嘆／まもなく　より
　　　　　　　　　　　　　　　　大勢の台湾人は嘆き始めた
　　到底是燒做灰也是台灣人／燒かれて灰になっても台湾人なのか
　　抑是燒做灰ê是台灣人／それとも燒かれて灰になるのが台湾人なのか

　　令人尷尬的是，該譯文的第一譯者並不知道這句話的由來是二〇〇八年總統大選辯論時，候選人國民黨馬英九之說詞[5]。馬英九最後贏得了這場選舉，成為中華民國第十二任總統。如果「伊」不知道是指馬英九的話，那麼是否翻譯時能準確地傳達出作者的用意及表達的意圖呢？第二譯者是臺灣人，指出這一點，便可防止了語言的誤譯和意義的落差。

　　再舉一個例子談關於背景知識在翻譯中的重要性。〈某病人／ある病人〉這首詩中所描述的病人，能否了解他是二戰後與國民政府移居到臺灣居住的外省人，便影響對這首詩理解的深淺。當時外省人在臺灣擔任榮譽高職或高位的人很多，但是他們像這首詩所描繪的山東籍教師一樣，無法回故鄉，有不少人在異鄉之地的臺灣，沒有親朋好友便迎接死亡的來臨。這此詩描述了這種悲傷及歷史殘酷的一面。

　　再如〈祭拜DNA／DNAを祭る〉一詩，其詩的背景涉及到二二八歷史事件、白色恐怖，如不知其社會背景，便很難理解此詩的意境。尤其下句——

5　〈國家認同　馬英九：我燒成灰都是台灣人〉，阿波羅新聞，網址：https://tw.aboluowang.com/2008/0225/76292.html（2008年2月25日刊登，2021年3月12日閱覽）。

晚上入睡慶幸清晨醒來／夜、寢て、朝、目が覚めるのを喜ぶ

他們總算活了下來／彼らは何とか生きて来られた

　　在獨裁者的統治之下，人如螻蟻命如草芥，那種朝不保暮、提心吊膽的專制時代，只有倖存者才能體會到生之喜悅與悲哀。《臺灣文學史綱》作家葉石濤因經歷過白色恐怖，稱自己是「倖存者」[6]。他因讀書會捲入白色恐怖事件，入獄三年後，警察、情治單位的監控和壓迫仍如影隨形，對他的生活、工作，乃至於文學生涯造成極大的影響。「出獄之後，我才發現我業已變成瘟神」[7]。時代的更迭，雖然改變了當時無法改變的體制，但是「凡走過必留痕跡」，這些歷史傷痕的烙印，在祭拜祖先DNA時，是否已變異或成為召喚祖先的密碼？

　　〈祭拜DNA〉，有許多令人想像的時代背景及空間。當然，如照字面翻譯，說不定也可以想像作者其深層的意涵。此詩之令人玩味之一是在咀嚼吟詠此詩之際，同時也是閱讀臺灣歷史、社會的一面；有其知識背景，當然感受性就不同。

　　社會文化知識對譯者而言，不但能減少誤譯，同時也提升了詩的意境與內涵，其所隱藏的能量，不可忽視。

三　中文翻譯日語語法問題

　　本詩集的日語譯法，提出幾個容易忽視、混淆的文法，在此提出口語、時式（時態與狀態「位相」）、複合動詞等相關問題，供大家參考。文中並以中日文對照表歸納詩集中出現的複合動詞，藉由一覽表，可以窺知語彙變化及其擴展的空間，是有無限的可能。

6　葉石濤（1925-2008），鄭炯明編者：《點亮台灣文學的火炬　葉石濤文學國際學術研討會論文集》（高雄市：春暉出版社，2002年2月），頁119-121。

7　台灣人權故事教育館：〈葉石濤——文學使徒，「讀書有罪」〉。網址：https://humanright story. nhrm.gov.tw/home/zh-tw/lecture/320267（2021年3月15日閱覽）

（一）口語問題

〈小鳥〉一詩，一問一答的口吻，翻譯時採口語化。

> 小鳥問母鳥／小鳥が母鳥に聞く
> 母親／お母さん
> 我們日夜不停的飛／私たち、昼も夜も休まずに飛んで
> 不是想找一個固定的家嗎／決まった家を探したいんじゃないの？
> 不是啊，是想逃離不明的天候／ううん、分からない天気から逃げた
> 　　　　　　　　　　　　　　　いの

在這裡「探したいのではない」改為「探したいんじゃないの」的口語，較順口。而「不是啊」不以「いいえ」來譯，而用口語的「ううん」代替。以口語顯示出母子互動之情，躍然紙上，否則流於生硬，並不妥當。還有下一句：

> 是啊，已經夠久了／ええ、もう十分ね
> 還是飛向傳說中的天堂吧／それとも、伝説にいう天国へ行こうか

「是啊」這句以「ええ」來代替正式的「はい」，顯得自然。因是母子的對話，以「十分ね」代替「十分だ」的常體，也顯得親密、表現出彼此互相確認的感覺。

　　口語的翻譯，是連結生活習慣的語言，反映文化的要素，很難用文法去概括說明；就像中文的語氣助詞「耶」、「呀」、「麼」、「嘛」等，那種微妙的心理，很難用貼切的第二言語去說明。如有可能，最好是看原文，然而這彷彿讓人覺得要求讀者能有多種語言的能力，似乎有點不負責任的做法。這也就是出版華語、臺語、客家語與日文詩集對照的動機之一。

（二）時式（時態與狀態）問題

現在、過去、未來的時式翻譯是一門大學問。中文沒有明顯的時式，最常見的是「了」、「過了」、「曾經」、「已經」等字是過去式。但是翻成日語，不見得就是要用過去式，這就是情境的問題了。

> 一陣雨瀉落臨暗个樹林／夕暮れの森に雨が降る
> 人走淨了／人影はすでにない
>
> ——〈臨暗个樹林／夕暮れの森〉

「人走淨了」雖然是過去式，也是屬於人不在的狀態中，所以就沒有翻成過去式「人影はすでになかった」，而翻成「人影はすでにない」，以便讓讀者產生臨場感的同時，也能想像故事下一步如何發展的意圖存在。再者，「放聲大喊愛侶个名仔」不譯成「大声で恋人の名を呼んでいる」，不用「ている」，而是以「呼ぶ」現在式來表示，這與上述同樣的情形。如果只是「呼んでいる」來表示的話，那麼讀者會把焦點放置小鳥的聲音上；以「呼ぶ」，則有期待下一次開展的意味存在。在某種狀態中瞬間動詞可用「ている」來表示結果狀態中的持續。如以下的例句：

> 庄肚有一隻伙房／村に一軒、家がある
> 歇過十過家人／十世帯がここに住んだが
> 漸漸介一家一家搬出去／一世帯一世帯と次々引っ越した
> 今下正存兩家人／今はただ二世帯が残る
> 祖堂舊神桌壞了三支腳／先祖を祀る古い神棚は三つの脚が壊れている
>
> ——〈修桌腳／神棚の脚を直す〉

「壞了三支腳」，翻譯時沒用過去式「壊れた」，而用「ている」，表示「壞了」的結果迄今目前狀態中。再如〈詩人，你能做什麼／詩人、何ができる

か〉一詩，整體的文脈以目前的狀態來表示，故不用非過去式（現在式）。

　　用血淚和怪夢研磨調配的汁液／血と涙と奇妙な夢かで磨かれ調合さ
　　　　　　　　　　　　　　　　れた汁は
　　填滿所有歷史的篇章／歷史のすべての章を埋めている
　　（中略）
　　因為世界早已被改變／世界はもう変わってしまっているのだから
　　　　　　　　——〈詩人，你能做什麼／詩人、何ができるか〉

　　「埋めている」對應著「変わってしまっている」。雖然「因為世界早
已被改變」，「早已」看似過去的形態，其結果仍依然持續著，故不翻成「変
わってしまったのだから」，而以「ている」保留持續的狀態。
　　日語現在式與未來式的動詞表現形態是原形。以原形來處理文末，給與
想像的空間——持續或停止或如何，則看讀者的思緒。對詩而言，給予讀者
想像的空間是很重要的。以〈車過歸來／汽車が帰来駅を通る〉為例：

　　火車慢慢駛入老庄頭／汽車がゆっくり古い村に入る
　　（中略）
　　背包放滿思念／リュックサックに思い出が詰まる
　　下車後恬恬行入庄肚／列車を降り、静かに村に入る
　　老嫩大小來相問／年寄りも若者も皆、あいさつに来る

上述的日語動詞都沒用過去式，而是以非過去式（原形）來表示目前的狀
態。主題「車過歸來」如依中文過去式的語意，則容易翻譯成「汽車が帰来
駅を通った」。日語的「汽車が帰来駅を通る」，就有經過的語意存在，不用
刻意再用過去式表示。如用過去式「通った」的話，則有這是什麼時候的事
的疑問出現。除非前面附加過去時間點，例如昨天、前天或上週等明顯表明
過去，才用過去式，否則「通る」就可涵蓋現在目前的語意。換言之，為了

給與讀者一種現在正在發生的感覺，則必須是「通る」而非「通った」。〈路過花園／庭園を通りゆく〉之詩亦是如此。

〈萬年溪水萬年流／万年渓水、万年流れる〉一詩最末句的翻譯，不用「ている」，而以原形「留まる」作為結尾，留給讀者想像的空間。

　　　萬年溪水萬年流／万年渓の水、万年流れ
　　　留佇你我ê心頭／皆の心に留まる

再如〈野花〉詩中的「靜靜地眺望天空／静かに空を眺める」、〈如此平凡／斯くも平凡〉的「停住在這裡／ここに止まる」等，也可歸類於此，不須用「ている」。至於〈祭拜DNA／DNAを祭る〉一詩的感性結尾，則以「ている」的形式較妥。

　　　對了，我們沒有在童年夭折／そうだ、私達は子供の時に夭折しなかった
　　　那份感恩存留心中／その恩は心に留めている

此乃將「那份感恩存留心中」，帶有感性的表現，需要強調感情的延續，故以「ている」來表示。

這種屬於五官感性知覺的句子通常以「ている」來表示持續的狀態。像類似這樣的語法可參照〈如此平凡／斯くも平凡〉裡的「陽台那株孤百合／ベランダの、あの一輪のユリ／祂知道如何感謝／感謝の仕方を知っている」一詩。

（三）複合動詞

日譯本的翻譯中最顯著的是，大量運用了許多複合詞，尤其是複合動

詞。據新美等人（1988：1）的說法[8]，複合動詞是一個複合詞，「具有實質意義的兩個以上的動詞，或下半語句是動詞，所形成的複合詞本身具文法性質的一個動詞屬性。」

在日語的使用中，複合動詞被大量且廣泛地使用。熟悉日常的複合動詞，對日翻中或中翻日幫助很大。

這裡整理本詩集的複合動詞，雖只有三十首詩，複合動詞的運用卻達到平均一首詩就約有三個複合動詞。以下為本詩集所運用的複合動詞，中、日文對照，並註明出處，供參考。為一致起見，一律以動詞原形表示，並排除「する」、「て形」與「来る」所接的動詞。表格之中日對照限於本書所譯，如有其他譯語，不在本文討論範圍。

〈鄉土詩情／詩が語る鄉土への思い〉複合動詞一覽表

	原文	日譯	出處
1	陪伴	付き添う	夜雨／夜の雨
		寄り添う	鄉下老家的榕樹／ 田舎の生家のガジュマル
2	俯貼	張り付く	夜雨／夜の雨
3	黏		畫面B（臺語）／ （画面）B（台湾語）
4	叢生	生い茂る	五瓦特的燈／五ワットの灯
5	疲憊	疲れ果てる	
6	滲透	染み入る	
7	激射	照りつける	
8	撕裂	引き裂かれる	子彈／弾丸
9	抽走	引き抜く	

8　除此，也請參照〈什麼是複合語　複合形容詞　複合動詞　複合名詞〉，網址：https://blog.xuite.net/alan_ntu111/wretch/310112655（2021年3月3日閱覽）

	原文	日譯	出處
10	拔出	引き抜く	畫面B（臺語）／ 画面B（台湾語）
11	偷偷伸進	忍び込む	鄉下老家的榕樹／
12	呼喚	呼び寄せる	生家のガジュマル
13	召喚	呼び寄せる	祭拜DNA／DNAを祭る
		呼び戻す	
14	出門	出掛ける	去高雄賣粄仔个阿嫂（客家語）／
15	放滿	詰め込む	高雄へ粄條を売りに行くおばさん （客家語）
16	穿過	通り抜ける	清早个圳溝滫（客家語）／ 早朝の用水路のほとり（客家語）
17	穿越		祭拜DNA／DNAを祭る
18	穿透		如此平凡／斯くも平凡
19	冷入	冷え込む	清早个圳溝滫（客家語）／ 早朝の用水路のほとり（客家語）
20	吹散	吹き付ける	
21	對唱 （山歌情）	（山歌で情を） 伝え合う	
22	帶走	連れ去る	修桌腳（客家語）／ 神棚の脚を直す（客家語）
		持ち去る	如此平凡／斯くも平凡
		持ち帰る	野花／野花
23	帶著	持ち帰る	歸巢雀鳥／巣に帰るスズメ
24	看著	みつめる	車過歸來（客家語）／ 汽車が帰来駅を通る（客家語）
25	凝視		口罩上方的眼神／ マスクの上の目つき
26	搖吊	揺り動かす	蜘蛛絲／蜘蛛の糸

	原文	日譯	出處
27	搖撼	揺り動かす	高山閃靈的Pasibutbut／ 高山で神と先祖を祭るPasibutbut
28	跳躍	飛び回る	歸巢雀鳥／巣に帰るスズメ
29	鳴放	鳴き放つ	
30	分享	分け合う	
31	棄離	見捨てる	網走監獄／網走監獄
32	鎖住	閉じ込める	
33	打通	撃ち抜く	
34	陌生（的路人）	見知らぬ（人）	如此平凡／斯くも平凡
35	窺伺	覗き見る	
36	映照	映し出す	
37	憂傷	憂え悲しむ	
38	消逝	過ぎ去る	
39	強力拉（弓）	引き絞る（弓）	高山閃靈的Pasibutbut／ 高山で神と先祖を祭るPasibutbut
40	射穿	射止める	
41	（週而復始） 的轉動	回り巡る	
42	擊殺	撃ち落とす	
43	（捕捉～） 來去無蹤	気づく（気づかれないまま獲物を捕まえる）	
44	瀰漫	立ちこめる	
45	堆高	積み上げる	
46	堆起來	積み重なる	
47	沉靜	静まりかえる	
48	起唱	歌い始まる	
		歌い始める	

	原文	日譯	出處
49	緊握	繋ぎ留める	高山閃靈的Pasibutbut／高山で神と先祖を祭るPasibutbut
50	領唱	（歌を）引き取る	
51	唱出	歌い出す	
52	禮讓	譲り合う	
53	喚醒	呼び覚ます	
54	迴盪	響き渡る	
55	拉昇	引き上げる	
56	發出	作り上げる	
57	向	向きあう	
58	垂落	垂れ落ちる	
59	攑	持ち上げる	畫面A（臺語）／
60	停（一步）	立ち止まる	画面A（台湾語）畫面B（臺語）／画面B（台湾語）
	停（下來）		野花／野花
61	拖著	引き摺り	畫面A（臺語）／画面A（台湾語）
62	踅規晡	歩き回る	畫面A（臺語）／画面A（台湾語）畫面B（臺語）／画面B（台湾語）
63	討（一點仔轉來）	取り戻す	畫面B（臺語）／画面B（台湾語）
64	擲去	投げ捨てる	咱選ê頭家（臺語）／我々が選んだ主人（台湾語）
65	搏（感情）	（情に）訴えかける	燒做灰也是台灣人（臺語）／

	原文	日譯	出處
66	唱聲	呼びかける	焼かれて灰になっても台湾人（台
67	綴伊行	（彼に）付けてゆく	湾語）
68	怨嘆	嘆き始める	
69	飛入	飛び込む	燕仔ê姿勢（臺語）／ 燕の姿（台湾語）
70	霆入	注ぎ込む	萬年溪水萬年流（臺語）／
71	（一面）流	流れゆく	万年渓の水流、万年流れる（台湾語）
72	路過	通りゆく	路過花園／花園を通りゆく
73	要回	取り戻す	
74	吹散	吹き散らす	
75	確認彼此	確認し合う	
76	寫滿	書き込む	祭拜DNA／DNAを祭る
77	提起（那些事）	言い出す	
78	（水）往下竄流	流れ落ちる	
79	賣（了）	売り払う	
80	結伴	連れ立つ	
81	離開	旅立つ	
82	迎面而過	やり過ごす	如此平凡／斯くも平凡
83	睡著	寝つく	
84	保留	残り留まる	野花／野花
85	遺棄	打ち捨てる	

　　由此表可以看出複合動詞在翻譯上占極高的比例。〈歸巢雀鳥／巣に帰るスズメ〉一詩只有短短的七行詩，翻譯時四行便有複合動詞（一覽表23、28-30）。在〈高山閃靈的Pasibutbut／高山で神と先祖を祭るPasibutbut〉九十三行的長詩裡，中文語彙中複合動詞便有二十二個（一覽表27及39-58），

幾乎佔了四分之一的比例,可見詩中動態性的頻繁。

　　三十首詩中,除了〈小鳥／小鳥〉、〈某病人／ある病人〉、〈臨暗个樹林／夕暮れの森〉、〈詩人,你能做什麼／詩人よ、お前に何ができるか〉、〈狗看台灣人／犬を見た台湾人〉、〈欒樹(苦楝舅)／モクゲンジ〉、〈佳樂水／佳楽水〉、〈等／待つ〉等八首詩沒列表外,其他二十二首都列入了,可說複合動詞的語彙翻譯佔全詩的七成左右。當然,這是根據翻譯此書得到的統計數據,儘管這與譯者本身翻譯的風格及選錄的作品也有影響,但是由此可知了解日語的複合動詞,對中日的翻譯很有助益。從訓練翻譯、學習的觀點來看,複合動詞是很重要的項目之一。

　　近年來,在日語語言學和日語語法的項目中,對複合動詞的研究有很豐碩的成果。如欲將複合動詞成為日語教育學習項目,誠如松田(2002)所指出的,它是「即是日語高階學習者也認為高難度的學習項目之一」,但根據野田(2013)所言,如欲彙編日語教育之動詞語法使用辭典時,宜考量現有的日語辭典中尚未全面性網羅複合動詞。他說其原因在於複合動詞是一個「複合詞」,從其元素的意義便可推測出整個涵義。

　　影山(1993)將複合動詞分為兩類:「詞彙複合動詞」與「句法複合動詞」。前者是複合動詞有詞彙連接限制,不存在於補述文句關係;後者則有此關係。初相娟(2014)說,除了前者的種類比後者多之外,對日語學習者認為學習困難之處,乃在於語義限制致使學習趨緩。前者在意義上認為難了解乃是前項動詞V1難,而V1+V2整體的含義則是抽象的。松田(2002)對於日語教育今後研究複合動詞,提出以下之展望:(1)使用認知語義的語義研究(2)習得研究(3)與其他語言的對照研究等三方面,作為日語教育複合動詞研究的趨向。本文試從翻譯的角度對複合動詞提供新的認識與視野。

　　從這一覽表裡也可看出語彙是活的。中文的「穿過」、「穿越」、「穿透」等,日語的一句「通り抜ける」(一覽表16-18)便可帶過;而「帶走」一詞,日文因語意而有「連れ去る」、「持ち去る」、「持ち帰る」(一覽表22)等三個譯法。平日語彙的累積與生活經驗,才能保握住語感與文脈,方能在翻譯上游刃有餘。

四　客家語與客家文化

　　曾貴海作品以臺灣所稱謂的「國語」即華語，與「河洛語」又被稱為「閩南語」的「臺語」及「客家語」（客語）來書寫，反映了臺灣民族的多元性暨詩人背景和語言之運用。在翻譯中特別困難的是以客語書寫的作品之日文翻譯。原文是客語，翻譯文是日語，第一譯者和第二譯者都無法以客語書寫的字轉換為音符來理解其含義。於是便請教了原作者本人或是了解客語的第三者譯成中文或臺語解讀，遂完成日語翻譯。然而即使直接從原語言翻譯為外語，仍會存在誤譯的風險，更何況藉由華語或臺語的「雙重」翻譯，其增加誤譯的風險愈大。例如〈車過歸來／汽車が帰来駅を通る〉一詩之末句，對不懂客語者而言，頗為費解。

　　　　　係不係跈偓共下歸故鄉／私と共に故郷へ帰ろうか

這句「係不係跈偓共下歸故鄉」，到底是對誰說的話語？主語是誰？很令人困惑。其實「跈」與「偓」是客語特有的文字，是華語、臺語沒有的字。於是請教懂客語的助教，終於了解其實「跈偓」是「跟我／私と」那麼簡單的話語，前後文意也就明白了。對客語的童謠「阿婆跈偓坐火車／お婆ちゃんと汽車に乗る（華語：阿婆跟我坐火車）」是懂得的，只是在當下覺得自己蒐集資料未全，而感到面紅耳赤，但這已是在出書前校對之後的事了。

　　即便如此，翻譯的過程是很有意義的。那位助教吟詠這客語詩，個人被那聲音之美，訝異、震撼住了的感動，迄今仍無法忘懷。

　　本詩集譯本選錄的客家語詩，其中〈去高雄賣粄仔个阿嫂／高雄へ粄條を売りに行くおばさん〉一詩中記述不少客家的食品：面帕粄、芋粄、年粄、白頭公粄、龜粄等[9]，翻譯時除了作者在注釋裡寫面帕粄是粄條外，其

9　「客家米食文化 芋粄芋粿巧 拜拜供品」，網址：https://www.youtube.com/watch?v=U6
　　lg12nSeBo，「紅糖年糕（客家年粄）」https://www.dachu.co/recipe/246911，「白頭公粄」，

餘就直接照字面譯,對客家米食文化的傳達方面,似乎有所欠缺,因此藉這版面簡短地補充說明。

「芋粄」即是芋粿(芋頭糕)。以在來米與糯米佐以芋頭、香菇等蒸的食品。「年粄」即是紅糖年糕,通常在過年節時食用。以糯米與紅糖蒸成的食品。「白頭公粄」即是草粿,外觀頗似日本的草餅。其以糯米與艾草或鼠麴草做成,餡依個人喜好有甜餡與鹹餡或甜鹹夾雜。餡有肉餡、素菜餡、花生餡、地瓜餡等。甜鹹夾雜則有冬瓜加上乾蘿蔔絲、小蝦米等。清明節時常作為祭祀供品。「龜粄」即是紅龜粿,又稱紅龜糕,通常是祭祖、祭天拜神明的糯米供品。其形狀如龜甲,內餡是紅豆,龜甲上塗以紅色素,故有此紅龜粿之稱。

以上的糯米食品均是客家的代表物,需費時且費力做。因是糯米,必須磨成水漿,然後蒸食。曾貴海所描繪那個時代背景,當時並沒有如現在有賣現成加熱水馬上可成米漿的糯米粉,而是必須糯米靠人力磨成米漿,然後再將米漿用石頭擠壓出水,再揉成團狀,耗時費力,才能成品。這首詩形容客家婦女,早出晚歸,工作回來又要煮晚餐給大小家人吃,然後在三更半夜做好要賣的東西,客家婦女的為補添家計又要兼顧家庭的勤奮身影,令人印象深刻。詩節錄如下:

（前略）
幾儕庄肚阿嫂／村のおばさんたちが
蒙著面戴笠嫲／顔を覆い笠を被り
肩頭擔竿核著半夜做好个粄仔／肩には夜中に作った粄條を入れた天
秤棒を担ぎ
蹬著濛濛个天光出門／まだ薄暗い夜明け時に出掛ける

網址:http://liouduai.tacocity.com.tw/item06/menu06-001/menu060118.htm,「紅龜粿」,網址:https://zh. wikipedia.org/wiki/%E7%B4%85%E9%BE%9C%E7%B2%BF

　　兩隻擔仔放滿／天秤棒の二つの篭に

　　面帕粄芋粄年粄白頭公粄同龜粄／粄條、芋頭粿、年粿、白頭公粿、

　　　　　　　　　　　　　　　　龜粿をいっぱいに詰め込み

　　去高雄早市擺攤仔／高雄の朝市へ露店を開きに行く

　　沒禮拜沒年節／週も節句もなく年中無休

　　每日暗晡收攤後／毎晩販売が終わった後

　　正核著月光歸來／お月様と共に帰る

　　煮分大細食／そして家族の晩餐を支度する

詩人以寫實筆法，一方面勾勒出刻苦耐勞客家婦女的圖像，另一方面也傳達
了臺灣社會經濟的起飛，婦女其實也撐起了半天邊。而詩中點出了客家食
品、祭品之米食文化，無形中也傳遞了祖祭信仰的客家文化。另有一首〈清
早个圳溝滸／早朝の用水路のほとり〉詩末描述男女以唱山歌傳遞情愫的文
化，令人回想起臺灣早期客家保守兼浪漫的原鄉習俗，這是在翻譯中難以
意會、表達出來的。然而藉由翻譯，傳達了多元文化的異同，這便是文化
溝通。

　　　　前述〈修桌腳／神棚の脚を直す〉的一詩裡，便涉及了客家建築暨祭祀
文化傳承的問題。

　　庄肚有一隻伙房／村に一軒、家がある

　　歇過十過家人／十世帯がここに住んだが

　　漸漸介一家一家搬出去／一世帯一世帯と次々引っ越した

　　今下正存二家人／今はただ二世帯が残る

　　祖堂舊神桌壞了三支腳／先祖を祀る古い神棚は三つの脚が壊れている

下半部詩是描寫每一支腳的離開，帶走了客家話、客家情、客家人，殘屋頹
堂，讓詩人呼籲著有誰願意與他回故鄉，共同修補祖堂桌腳，重振祖堂氣

勢。詩人藉〈修桌腳〉感嘆時代的變遷，年輕人一個個走向都市，讓傳統文
化、人情漸漸消失，客家伙房建築、祖堂香火也面臨中斷、崩壞的命運。詩
人的焦慮，豈止是修桌腳而已。

　　臺灣客家三合院建築，客家話叫作「伙（夥）房」，據客家委員會的官
網解釋：

> 伙（夥）房，結合了台灣在地文化環境，發展出不同於閩粵地區的土
> 樓或圍樓的伙（夥）房建築，伙（夥）房包括一條龍、橫屋（單身
> 手）和三合院，乃至於少數龐大家族共同居住的圍籠屋等都叫作伙
> （夥）房[10]。

由此可知，客家的伙房，不同於日文所謂的「一軒家」（獨棟房），然而譯者
日譯成「一軒」（即一棟之意），其實與其說伙房像個獨棟住宅，還不如說與
「長屋」較接近。不過伙房是客家獨特的建築模式，伙房與長屋最大不同之
處是將祖堂設在建築物的中心位置，這是長屋所沒有的。長屋的形狀幾乎只
有長方體，不太可能有如三合院、四合院或圍屋等的彎曲構造。所以，譯者
若將「庄肚有一隻伙房」翻譯成「村に一棟、長屋がある」的話，很可能會
誤導讀者，故此句很難以貼切的日語表現出來。客家伙房──同家族人共灶
起火合食，不只是居住空間，且是「客家傳統觀念與生活模式的呈現，其背
後還蘊藏著深層的文化意義，例如客家人的宗族、敬祖祭天的觀念等。」
（陳運星等，2015：21）可見意義深遠。伙房民居，最能傳達客家生活與作
息的傳統模式與特色。

　　伙房所擺設的祖堂神桌，代表著家族的生機氣勢，須早晚燒香祭拜。這
種飲水思源，慎終追遠的傳統習俗，是客家維繫血源與精神傳承的重要特
徵。伙房與祖堂的關係，由陳運星等（2015：31）所收錄的建築格局之表

---

10 客家委員會：認識客家伙（夥）房，網址：https://child.hakka.gov.tw/v2/?gallery=issue1813
　　（2021年3月12日閱覽）。

（參照附錄圖一），可窺知其重要性[11]。

　　祖堂的祭祀強化家族認同與傳承，不但具有濃厚的根源意識，並以振家聲、耀祖歸宗為榮，極具社會教育積極的一面。客家所謂「祖在堂，神在廟」[12]、「祖在家，神在廟，人在屋，畜在欄。」[13]，即祖、人、神、畜各有所居，對客家而言，家中祖先最大為主祀，神次之為從祀。祖堂神桌的祭祀，扮演了祖、神、人溝通重要的角色。詩中描述桌腳壞了三支，可見伙房的每況愈下、祭祀的荒廢，道出了客家語言、文物的流失、信仰傳承的中斷，令人憂心。

　　由上述所知，詩人的〈修桌腳〉一詩，所衍生的客家文化議題，並非三言兩語藉翻譯的解說就能清楚。然而藉由翻譯挖掘出語言背後所隱藏的深厚文化，彼此交流、溝通有無，不正是你我——讀者與譯者共需努力的課題嗎？

五　結語

　　前述所言「翻譯伴隨著誤譯」，最常見的問題是語言背後所隱藏的文化差異性。即使如此，林水福（2016：16）認為「要讓外國人認識、了解台灣文學，首先要翻成外文，它是彼此溝通的平台，是基礎。有了這基礎一切才比較容易進行。」[14]說明臺灣文學翻譯外語的重要性及必要性。要讓外國人認識、了解本國文化，無它，借助翻譯才能發揮力道。

　　曾貴海的詩，有華語、客語、臺語以及少數的原住民語[15]，創造了多元文化的特色，豐富了語言層的深厚。譯者不才，在其深厚語言層之下，無法

11　與注10同。詳見https://www.hakka.gov.tw/File/Attach/36375/File_78648.pdf屏東大學陳運星等著〈六堆地區客家祖堂從祀神明的普查與研究〉，頁31。各類型解說請見同一文之頁29-30（2021年3月12日閱覽）。

12　同上，頁7。

13　同上，頁39-40。

14　同注4，林水福：〈台灣現代詩日譯與推廣行銷策略〉，頁16。

15　如〈高山閃靈的Pasibutbut／高山で神と先祖を祭るPasibutbut〉一詩。

完整表達出作者思想及敏銳的感受性，達到作者所要傳達的意境，是其憾事。藉由本文，除了淺談詩中翻譯所涉及到的文法、技巧問題及增補需要彌補的社會背景、文化知識議題外，相信《詩が語る鄉土への思い〈鄉土詩情〉》這本日譯詩集，仍有不少語言需要討論與解說的空間；畢竟即便是生長在自己土地也不了解自己文化的臺灣人，如何將文化介紹給外國人知曉，便是一項考驗。屆時，何嘗不是一個深層文化的溝通與成長歷程的呈現？此詩集譯本如能拋磚引玉，吸引更多人認識臺灣文學、社會及其多元的族群與文化，溝通、深入彼此文化的內涵與交流，相信這也是作者與譯者最大共同的心聲與收穫吧！

致謝

本稿曾發表於國立屏東大學舉辦「2021跨界美學：曾貴海國際學術研討會」（2021年10月22日）之會議論文集，承蒙名古屋大學杉村泰教授及靜宜大學邱若山教授賜教，加以刪修而成，在此深表謝意。

參考文獻

影山太郎　『文法と語形成』／《文法與語形成》　東京　ひつじ書房
　　　1993年

新美何昭、山浦洋一、宇津野登久子合著　『複合動詞』　臺北市　鴻儒堂
　　　1988年

野田時寬　「日本語動詞用法辞典について（4）-複合動詞一覧の試み-」／
　　　〈關於日本語動詞用法辭典（4）──試論複合動詞一覽〉　『人
　　　文研紀要』75　2013年　頁32-62

初相娟　「中国語話者による日本語の動詞述語の習得」／〈華語使用者對
　　　日語動詞述語之研習〉　名古屋大学大学院国際言語文化研究科日
　　　本言語文化専攻博士学位論文　2014年

松田文子　「複合動詞研究の概観とその展望──日本語教育の視点からの
　　　考察」／〈綜述複合動詞研究與其展望──從日語教育的角度思
　　　考〉　『言語文化と日本語教育』（2002年5月特集号）　2002年
　　　頁170-184

林水福　〈台灣現代詩日譯與推廣行銷策略〉／「台湾現代詩の日本語訳お
　　　よび推進・セールスの戦略」　南臺人文社會學報　第15期　2016
　　　年　頁1-19

W. A. Grootaers著，柴田武譯　《誤譯──翻譯文化論》／「柴田武訳《誤
　　　訳－ほんやく文化論》」　東京　五月書房　2000年　頁26

阿波羅新聞　〈國家認同　馬英九：我燒成灰都是台灣人〉　https://tw.abolu
　　　owang.com/2008/0225/76292.html　2008年2月25日刊登　2021年3月
　　　12日閲覽

張曉風　2021年2月8日　〈我寫了一首「二手詩」〉　《自由時報》〈自由副
　　　刊〉　https://ent.ltn.com.tw/news/paper/1430646　2021年3月9日閲覽

鄭烱明編者　《點亮台灣文學的火炬　葉石濤文學國際學術研討會論文集》
　　　　高雄市　春暉出版社　2002年　頁119-121參照

客家委員会　〈認識客家伙（夥）房〉　https://child.hakka.gov.tw/v2/?galle
　　　　ry=issue1813　2021年3月12日閱覽

陳運星、鍾美梅、傅美梅、方怡珺　〈六堆地區客家祖堂從祀神明的普查與
　　　　研究〉（2015）　https://www.hakka.gov.tw/File/Attach/36375/File_78
　　　　648.pdf　2021年3月12日閱覽

附錄

圖一　客家伙房建築形式表

建築規模	一般稱呼	平面圖	
		三間起	五間起
一字型	一條龍 (祖堂屋)(正身) (堂下)(單家圍屋)	 祖堂	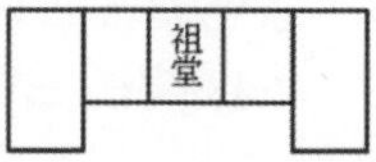 祖堂
		左伸手	右伸手
L字型	單伸手 (橫屋) (伸一邊祖屋)	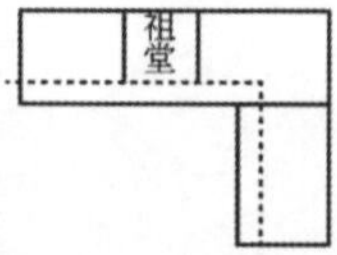 祖堂	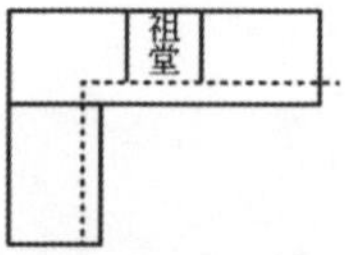 祖堂
ㄇ字型	三合院 (伸兩邊祖堂屋)	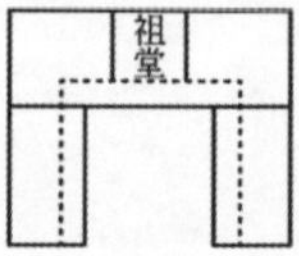 祖堂	
口字型	四合院 (前堂後堂屋) (雙堂屋)	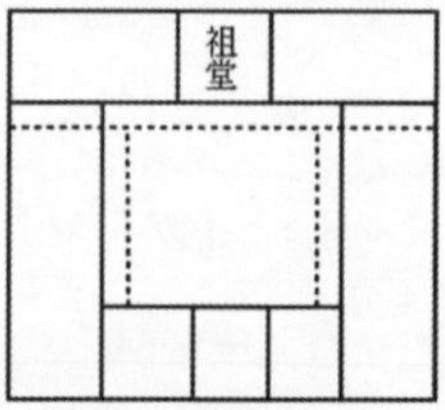 祖堂	
回字型	圍屋 (圍龍屋)	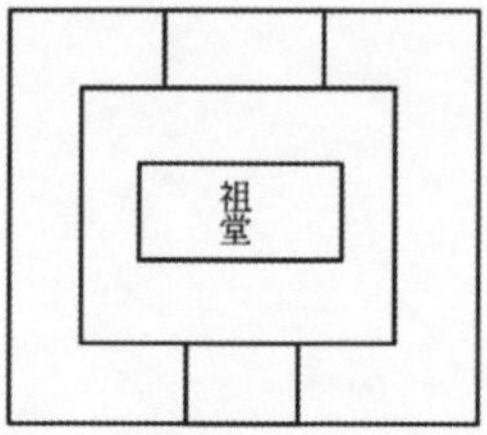 祖堂	

注：轉引自陳運星等（2015）所述，資料來源：曾彩金總編纂《六堆客家社
會文化發展與變遷之研究》第十三篇《建築篇》

翻訳の技法と異文化コミュニケーション
——『曽貴海詩選集　詩が語る郷土への思い〈郷土詩情〉』の翻訳を通して—

佐藤敏洋*、張月環**

要　旨

　本稿は『曾貴海詩選集　詩が語る郷土への思い〈郷土詩情〉』を出版するに当たり、訳者が曾貴海作品の日本語訳を進める過程で気づいた幾つかの翻訳技法について論じつつ、訳本における説明不足の補足と浅見を提示「する」後面要接「ものである。」，也就是要改為「提示するものである。」

　本稿では次の3点を中心に論述する。すなわち、1.社会文化知識と誤訳の関係、2.中国語文から日本語へ翻訳する際の問題点、3.客家語と客家文化である。中でも、2は特に、話し言葉、テンスとアスペクト、複合動詞に焦点を当てて論じる。

　異言語への翻訳においては、起点言語と目標言語の背後に存在する、社会文化的背景の差異を必ず考慮せねばならず、よって、言語面に潜む社会的背景と文化に対する知識が必要である。それを通して漸く誤訳を減らし、異文化コミュニケーションの目的を達成することが可能となる。

---

*　国立屏東大学応用日本語学科助理教授
**　国立屏東大学企業管理学科兼任副教授

　翻訳には誤訳がつきまとう。しかし、ある国の文化を外国人に認識してもらい、理解を求めるには翻訳の力が必要である。この訳本が、より多くの人に台湾の文学、社会及び民族的多元性と多元文化を伝える、言わば伝道師としての機能を発揮し、日本と台湾の文化に関するコミュニケーション及び理解の深化に資することを期待する。

キーワード: 曽貴海詩選集、社会的背景、誤訳、文化的差異、
　　　　　　異文化コミュニケーション

1　はじめに

　2021年2月8日付の台湾の新聞紙『自由時報』に、張曉風氏の著作「私が書いた一つの『二番煎じの詩』／我寫了一首『二手詩』」[1]が掲載された。そこでは、氏が五十年も前に読んだ翻訳に関する文章として、日本を例に取り、男女の会話が原文は同じであるにも関わらず、文化的な要因によって、男性の言葉は直接、女性の言葉は婉曲的に話すように訳された例が挙げられていた。その部分を要約すれば、次のとおりである。

　　　　当時の日本人は欧米文化に追随するため、大量に西洋の小説を翻訳した。翻訳は、男性の主人公が女性の主人公に「愛している」と話し、それに対して女性の主人公が「私も愛している」と応えるという、簡単な対話だったが、翻訳者は上手く訳すことが出来なかった。なぜなら、その時代の女性は自分から誰かを「愛している」というようなことを言ってはならなかったからだ。そこで、翻訳者は男性の言葉はそのまま訳し、女性の言葉は「死んでもいいわ」のように書き換えて訳した[2]

ただ、ここでいう「欧米文化に追随するため、大量に西洋の小説を翻訳し

1　自由時報【自由副刊】張曉風〈我寫了一首「二手詩〉 https://ent.ltn.com.tw/news/paper/1430646　（2021.3.12閲覧）

2　これは、二葉亭四迷がツルゲーネフの「片恋」を和訳した際（明治29年出版）、アーシャという女性の言葉を「死んでも可いわ…」と訳したことを指すと思われるが、そのロシア語原文は「愛している」ではなく、「あなたの…」という意味だったとの説がある。https://www.lab.flama.co.jp/post/%E4%BA%8C%E8%91%89%E4%BA%AD%E5%9B%9B%E8%BF%B7%E3%81%AF%E3%80%8Ci-love-you-%E3%80%8D%E3%82%92%E3%80%8C%E6%AD%BB%E3%82%93%E3%81%A7%E3%82%82%E3%81%84%E3%81%84%E3%82%8F%E3%80%8D%E3%81%A8%E8%A8%B3%E3%81%97%E3%81%A6%E3%81%84%E3%81%AA%E3%81%84%E3%80%82（2022.3.15閲覧）

た」時代が明治時代だとすれば、当時の日本人は、男性でも女性でも告白
の場面で「愛している」という言葉を使わないだろうと本稿筆者は思う[3]。
翻訳が文化の差異にぶつかって原文からの変更を余儀なくされることは、
実に自然なことである。こんな場合、無理に直訳すれば、訳文は何かしっ
くりこない。だが、文化の違いをより深く理解するためには、やはり翻訳
の手助けが必要となる。翻訳の重要性はここからも知れるだろう。

　本稿は『曾貴海詩選集　詩が語る郷土の思い〈郷土詩情〉』（以下、訳書
と称す）の出版に当たり、訳者が曾貴海作品の日本語訳を進める過程で気
づいた幾つかの翻訳技法に言及すると共に、訳書における説明不足の補足
と浅見を提示するものである。特に、言語面に潜む社会的背景と文化知識
に関しては、異言語への翻訳において必ず文化的差異を考慮せねばなら
ず、幾度にもわたる推敲を経て、漸く誤訳を減らし、異文化コミュニケー
ションの目的を達成することが可能となる。

2　社会文化知識と誤訳

　翻訳には誤訳が付きまとう。それは単に単語や文法レベルの問題である
場合もあるが、より多くの場合、むしろ起点言語（原著の言語）と目標言
語（翻訳された文章の言語）の背後に存在する、社会文化的背景の差異か
ら生じる。グロータース（2000:26）によれば、言語とは「ある内容（意

3　真偽は定かではないが、夏目漱石が学生に対して英語の「I love you」を「月がとっ
　ても青いなあ」と訳しなさいと教えたとされる逸話もある。https://niguruta.web.fc2.
　com/kensyo_kirei.html　また、伊藤佐千夫が1906（明治39）年に発表した「野菊の
　墓」（雑誌『ホトトギス』収録）では、主人公の政夫が従姉である民子に対して「民
　さんは野菊のような人だ」と言い、その言葉に次いで「その野菊を僕はだい好きだ
　と云った時すら、僕は既に胸に動悸を起した位で、直ぐにそれ以上を言い出すほど
　に、まだまだずうずうしくはなっていない」と、民子への告白を「図々しい」とい
　う言葉を使って表現している。http://aozora.binb.jp/reader/main.html?cid=647（2021.3.
　12閲覧）

味）と結びついている記号の体系」であり、社会的な約束に基づいた恣意的な記号の体系である。しかし、社会的な約束を基にするからには社会が異なれば約束も異なる。よって、翻訳には社会文化的な背景知識が必要となるのである。

　この度、本稿筆者は訳書を上梓した。林水福（2016:4）が指摘したように「日本人が台湾文学を知らないという現況を打破するのに、翻訳は最も根本的且つ確実な方法」[4]であるという思いがその動機だった。しかし、正直に言えば、台湾人が一般に持っている社会文化的背景知識が、日本で生まれ育った第一訳者には不足している。何年、台湾で当地の言葉を学習しても、或いは当地に何年住んでも、自らの本当の思考を日本語でと全く同じように、中国語や台湾語で表現することは永遠にできないだろうとさえ思う。逆に、台湾で生まれ育った第二訳者にとっても、思考を日本語で表現することは、母語でと同じように無意識的、自動的にはできない。今回の翻訳は、日本人であり中国語を理解できる第一訳者と、台湾人であり日本語を理解できる第二訳者が協同して翻訳に当たった点が特別で意義のある試みだと言える。それによって、誤訳や解釈上の齟齬を最小限にとどめることが出来たのではないかと思っている。

　その例を挙げると、訳書中の詩「焼かれて灰になっても台湾人／燒做灰也是台灣人」に次の一節がある。

　　　　自分の運命を彼に託した／Kā運命交予伊
　　　　まもなく　より大勢の台湾人は嘆き始めた／無偌久，真濟真濟台灣
　　　　　　　　　　　　　　　　　　　　　人開始teh怨嘆
　　　　焼かれて灰になっても台湾人なのか／到底是燒做灰也是台灣人
　　　　それとも焼かれて灰になるのが台湾人なのか／抑是燒做灰ê是台灣人

4　原文は中国語。「我認為要打破『日人不識台灣文學的現況，翻譯應是最根本且確實的方式』」

　　日本人である第一訳者は残念ながら、この言葉が2008年の総統選挙での候補者討論における中国国民党の馬英九氏の言葉[5]であることを知らなかった。馬英九氏は結局この選挙で勝利し、中華民国の第12代総統となったのだが、この「彼」が馬英九氏であることが分からなければ、作者の意図や表現している意味が正確に伝わらないだろう。第二訳者は台湾人でありこれを知っていたため、誤訳や目標言語における意味の欠落を防ぐことができたのである。

　　翻訳における背景知識の重要性についてもう一つ、例を挙げると、詩「ある病人／某病人」で描写された病人が第二次世界大戦後、国民政府とともに中国本土から台湾へ移り住んだ外省人だという理解があるかどうかが解釈の深さに影響を及ぼすだろう。外省人は台湾で名誉ある職や高い地位に就く例が多かったが、この詩中の山東省籍教師のように、郷里へ帰ることができず、異郷の地・台湾で親族や友人に看取られることなく最期を迎えた者も少なくない。この詩はそうした悲哀と歴史の無情を綴っているのである。

　　更に例を挙げると、詩「**DNA**を祭る／祭拜**DNA**」では、その背景として二二八事件と白色テロが挙げられる。その社会的背景を知らなければ、この詩が本当に意図するところを理解するのは難しいだろう。とりわけ、次の一節は重要だ。

　　　　夜、寝て、朝、目が覚めるのを喜ぶ／晩上入睡慶幸清晨醒来
　　　　彼らは何とか生きて来られた／他們總算活了下来

　　独裁者による統治下で、人は虫けらのように扱われ、明日をも知れず、恐ろしさに震え上がった専制時代、ただ「幸運な生存者／倖存者」だけが

5　2008年2月25日阿波羅新聞〈國家認同　馬英九：我燒成灰都是臺灣人〉https://tw.aboluowang.com/2008/ 0225/76292.html（2021.3.12閲覧）

生の喜びと悲哀を身をもって知ることができた。『台湾文学史綱』の作者．葉石涛は白色テロの時代を経験し、自己を「幸運な生存者／倖存者」[6]と称した。彼は読書会への参加を口実とした白色テロに遭い、三年間の獄中生活の後、警察や特殊情報機関の監視と圧迫につきまとわれ、生活や仕事から文学者としての生涯に至るまで多大な影響を受けた。彼は言う。「出獄の後、私は私の仕事が疫病神になったことを発見した[7]」と。後に、時代の推移にしたがって、当時には変えられなかった体制が変わったが、「歩いた所には跡が残る」という言葉もある。こうした歴史の傷跡の烙印は祖先のDNAを祭る際、変異したり、祖先を呼び起こすパスワードとなったりするのだろうか。詩「DNAを祭る」はその時代背景と雰囲気を人々に想起させる。勿論、表面的な訳からも原作者の何か深い意図の存在を想像できるかも知れないが、この詩の本当の素晴らしさを味わう際には、台湾の歴史や社会面をも読み解くことになり、そういった知識があれば、感受性もまた、違ったものになることは間違いない。

　訳者にとって社会文化知識とは、誤訳を最小限に抑えるためだけでなく、同時に詩の境地と含意を浮かび上がらせるものである。したがって、その力を過小評価するわけにはいかない。

3　中国語文から日本語へ翻訳する際の問題点

　曽貴海作品の日本語訳に際して、見逃しがちで失敗しやすい、または、難しい文法表現を幾つか見いだした。そこで気づいた点をここに挙げて読者の参考としたい。本稿では特に、話し言葉、テンスとアスペクト、複合動詞について取り上げる。複合動詞については、訳書での翻訳に使用され

6　葉石涛（1925-2008），鄭烱明編著《點亮台灣文學的火炬　葉石涛文學國際學術研討會論文集》臺北：春暉出版社，2002.2，p119〜121参照。

7　台灣人權故事教育館〈葉石涛——文學使徒，「讀書有罪」〉https://humanrightstory.nhrm. gov.tw/home/zh-tw/lecture/320267（2021.3.15閲覧）

た複合動詞を一覧表として日中対照表にまとめて提示した。この表から
は、語彙の変化と意味の広い空間が伺え、複合動詞の無限の可能性と重要
性が見いだせる。

3.1　話し言葉

　訳書中の詩「小鳥」では、一問一答の会話が話し言葉で綴られている。
原文に従って、翻訳でも話し言葉が採用された。

> 小鳥が母鳥に聞く／小鳥問母鳥
> お母さん／母親
> 私たち、昼も夜も休まずに飛んで／我們日夜不停的飛
> 決まった家を探したいんじゃないの？／不是想找一個固定的家嗎
> ううん、分からない天気から逃げたいの／不是啊，是想逃離不明的
> 　　　　　　　　　　　　　　　　　　　天候

ここでは「決まった家を探したいのではありませんか」ではなく「決まっ
た家を探したいんじゃないの？」、「いいえ」ではなく「ううん」と訳して
いる。このようにすると、話し言葉として母と子の間柄が言葉の上からも
表現され、生き生きとしてくるし、そうでなければ、固い感じがしてしま
う。この後には、次の一節が控えている。

> ええ、もう十分ね／是啊，已經夠久了
> それとも、伝説にいう天国へ行こうか／還是飛向傳説中的天堂吧

ここでも「はい」ではなく「ええ」とすることで、自然な会話に仕上げて
いる。更に、訳者はこれが母子の会話であり、母子が互いに「もう十分」
と感じているだろうと考え、文末を「もう十分だ」ではなく「もう十分

ね」として、親しみをもってお互いに確認し合う感じを表現している。

　話し言葉は、生活習慣と密接に結びついており、文化的な要素が色濃く反映されるものである。それゆえ、文法で一概に説明することは非常に難しい。これは中国語でも同じで、「耶」「呀」「麼」「嘛」など、そこで表現されている微妙な心理を他の言語に置き換えて同じニュアンスを導き出すことは難しい。これを可能とする手立ては、原文に立ち返ることである。こう述べると、訳者が読者の多言語能力に依存しているように感じられ、したがって、いささか無責任なように感じるかもしれないが、これも、台湾の言語である中国語、台湾語、客家語と、日本語を対照して示した詩集を出版した動機の一つであった。

3.2　テンスとアスペクト

　現在、過去、未来という時制（テンス）を翻訳によって表現するのは、一つの重要で繊細な学問である。中国語には動詞の変化がなく、明確なテンス表現は限られており、最もよく見られるのは「了」「過」「曾經」「已經」などを付けて過去を表現する方法だ。ただし、それを日本語に翻訳する場合、過去の出来事の表現が必ずしも過去形になるわけでなく、場面と状況を考慮する必要がある。例えば、詩「夕暮れの森／臨暗个樹林」に次の一節がある。

　　　夕暮れの森に雨が降る／一陣雨瀉落臨暗个樹林
　　　人影はすでにない／人走淨了
　　　小鳥が木の枝で／樹枝上个鳥仔
　　　大声で恋人の名を呼ぶ／放聲大喊愛侶个名仔

「人走淨了」は明らかに過去であり、人がいない状況にあることを示す。したがって、「人影はすでになかった」としたいところだが、「人影はすで

にない」とすることで、読者に臨場感を持たせると共に、次につながるストーリーの展開を想像させる意図を含めた。また、「大声で恋人の名を呼んでいる」とせず、「呼ぶ」としたのも同じ理由からであり、もし「呼んでいる」とすると小鳥の声に読者の焦点が当たってしまうが、「呼ぶ」とすることで、次の展開を期待させることができるのである。

　ある状態にある場合、瞬間動詞では「ている」の形で結果状態の継続が示される。詩「神棚の脚を直す／修桌　」の一節を例に見てみよう。

　　　　村に一軒、家がある／庄肚有一隻伙房
　　　　十世帯がここに住んだが／歇過十過家人
　　　　一世帯一世帯と次々引っ越した／漸漸介一家一家搬出去
　　　　今はただ二世帯が残る／今下正存兩家人
　　　　先祖を祀る古い神棚は三つの脚が壊れている／祖堂舊神桌壞了三支腳

この場合、「壞了三支腳」は「壊れた」ではなく「壊れている」と訳さねばならない。これは「壊れた」という結果による現在の状態を表しているからだ。更に、詩「詩人よ、お前に何ができるか／詩人、你能做什麼」では、すべての文脈が今ある状態で表示されているため、非過去形（現在形）を用いていない。

　　　　血と涙と奇妙な夢で磨かれ調合された汁は／用血淚和怪夢研磨調配
　　　　　　　　　　　　　　　　　　　　　　的汁液
　　　　歴史のすべての章を埋めている／填滿所有歷史的篇章
　　　　（中略）
　　　　でも私は本当に何も変えられない／但我真的無法改變什麼
　　　　世界はもう変わってしまっているのだから／因為世界早已被改變

「埋めている」は「変わってしまっている」に対応している。「因為世界

早已被改變」には「早已」と言う言葉があり、一見すると、過去の出来事のようだが、実はまだその結果が続いている。そこで「変わってしまったのだから」ではなく「変わってしまっているのだから」と訳し、結果状態の継続を表現している。

　日本語では現在についても未来についても動詞の原形で表現される。動詞の原形を文末に持って来ると、想像の空間が生まれる。これから続くのか、止まるのか、それともどうなるのか、これを読者に考えさせるのである。とりわけ、詩では、この効果が重要である。これについて、詩「汽車が帰来駅を通る／車過歸來」から見てみよう。

　　　　汽車がゆっくり古い村に入る／火車慢慢駛入老庄頭
　　　　（中略）
　　　　リュックサックに思い出が詰まる／背包放滿思念
　　　　列車を降り、静かに村に入る／下車後恬恬行入庄肚
　　　　年寄りも若者も皆、あいさつに来る／老嫩大小來相問

この一節では、動詞は過去形を使わず、非過去形（原形）を使って、起こりつつある状況を示している。勿論、タイトル「車過歸來」の「過」には経過するという語義が存在しているが、殊更「通った」と過去形を使うことはしない。これを中国語の語義に従って「汽車が帰来駅を通った」としてしまうと、途端に、それはいつの話だ、という疑問が起こってしまう。例えば、昨日、一昨日、先週など過去の時間を明示する場合は別として、今、目の前で起こっていることについて述べる場合は「通る」が適切だ。言葉を換えれば、読者に対して今、正に起こっているという感覚を与えるには、「通った」ではなく「通る」でなければならないのである。別の詩「庭園を通りゆく／路過花園」も同様である。

　詩「万年渓の水、万年流れる／萬年溪水萬年流」においても最後の一句の翻訳には「ている」を使わず、「留まる」という動詞の原形を使って翻

訳されており、読者の想像する空間を残している。

　　　万年渓の水、万年流れ／萬年溪水萬年流

　　　皆の心に留まる／留佇你我ê心頭

　詩「野花」における「静かに空を眺める／靜靜地眺望天空」や、詩「斯
くも平凡／如此平凡」における「ここに止まる／停住在這裡」も同様であ
る。ただし、詩「DNAを祭る」は、少し状況を異にする。

　　　そうだ、私達は子供の時に夭折しなかった／對了，我們沒有在童年
　　　　　　　　　　　　　　　　　　　　夭折

　　　その恩を心に留めている／那份感恩存留心中

これは「恩を心に留めている」が感性を伴った表現であり、感情の継続を
強調する必要があったためだ。このように五感や感性や知覚を表現する場
合は、「ている」を使って状態の継続を表現する。このような語法は例え
ば、詩「斯くも平凡」における「ベランダの、あの一輪のユリ／感謝の仕
方を知っている／陽台那株孤百合／祂知道如何感謝」が参考になる。

3.3　複合動詞

　訳本の翻訳において目立ったのは、日本語へ翻訳する際に、複合語、と
りわけ複合動詞が多く取り入れられたことである。新美他（1988:1）によ
ると、複合動詞とは、複合語の内、「その実質的形態素二つともが動詞で
あるか、あるいは後部形態素が動詞であって、形成された複合語自体が一
つの動詞としての文法的性質をもつもの」を呼ぶ[8]。

8　この他、「什麼是複合語　複合形容詞　複合動詞　複合名詞」も参考になる。https://
　　blog.xuite.net/alan_ntu111/wretch/310112655（2021.3.3閲覧）

　日本語における実際の言語使用では、複合動詞が大量かつ広範に運用されており、日常的に用いられる複合動詞に慣れることは、日本語の中国語訳においても中国語の日本語訳においても、非常に役に立つだろう。

　参考として、訳本における複合動詞を取り上げ、ここに整理しておきたい。訳本の詩は全部でたった30首ではあるが、複合動詞の個数は1首につき平均約3つを数えることが出来るのである。以下の表が訳本での複合動詞をまとめたものだが、原文と訳文を対照しつつ、出典を明記したので参考とされたい。表現を一致させるため、複合動詞は原形により表示するとともに、本表では形式動詞「する」を構成要素とするものや、「て形」「来る」を繋げる動詞は除いた。

『詩が語る郷土への思い（郷土詩情）』複合動詞一覧表

	原文	日本語訳	出典
1	陪伴	付き添う	夜雨／夜の雨
		寄り添う	郷下老家的榕樹／田舎の生家のガジュマル
2	俯貼	張り付く	夜雨／夜の雨
3	黏		畫面B（台語）／（画面）B（台湾語）
4	叢生	生い茂る	五瓦特的燈／五ワットの灯
5	疲憊	疲れ果てる	
6	滲透	染み入る	
7	激射	照りつける	
8	撕裂	引き裂かれる	子彈／弾丸
9	抽走	引き抜く	
10	拔出	引き抜く	畫面B（台語）／画面B（台湾語）
11	偷偷伸進	忍び込む	郷下老家的榕樹／生家のガジュマル
12	呼喚	呼び寄せる	

	原文	日本語訳	出典
13	召喚	呼び寄せる	祭拜DNA／DNAを祭る
		呼び戻す	
14	出門	出掛ける	去高雄賣粄仔个阿嫂（客語）／
15	放滿	詰め込む	高雄へ粄條を売りに行くおばさん（客家語）
16	穿過	通り抜ける	清早个圳溝滣（客語）／早朝の用水路のほとり（客家語）
17	穿越		祭拜DNA／DNAを祭る
18	穿透		如此平凡／斯くも平凡
19	冷入	冷え込む	
20	吹散	吹き付ける	清早个圳溝滣（客語）／早朝の用水路のほとり（客家語）
21	對唱（山歌情）	（山歌で情を）伝え合う	
22	帶走	連れ去る	修桌腳（客語）／神棚の脚を直す（客家語）
		持ち去る	如此平凡／斯くも平凡
		持ち帰る	野花／野花
23	帶著	持ち帰る	歸巢雀鳥／巣に帰るスズメ
24	看著	みつめる	車過歸來（客語）／汽車が帰来駅を通る（客家語）
25	凝視		口罩上方的眼神／マスクの上の目つき
26	搖吊	揺り動かす	蜘蛛絲／蜘蛛の糸
27	搖撼	揺り動かす	高山閃靈的Pasibutbut／高山で神と先祖を祭るPasibutbut
28	跳躍	飛び回る	歸巢雀鳥／巣に帰るスズメ
29	鳴放	鳴き放つ	

	原文	日本語訳	出典
30	分享	分け合う	
31	棄離	見捨てる	網走監獄／網走監獄
32	鎖住	閉じ込める	
33	打通	撃ち抜く	
34	陌生（的路人）	見知らぬ（人）	如此平凡／斯くも平凡
35	窺伺	覗き見る	
36	映照	映し出す	
37	憂傷	憂え悲しむ	
38	消逝	過ぎ去る	
39	強力拉（弓）	引き絞る	高山閃靈的Pasibutbut／高山で神と先祖を祭るPasibutbut
40	射穿	射止める	
41	（週而復始的）轉動	回り巡る	
42	撃殺	撃ち落とす	
43	（捕捉～）來去無蹤	気づく（気づかれないまま）	
44	瀰漫	立ちこめる	
45	堆高	積み上げる	
46	堆起來	積み重なる	
47	沉靜	静まりかえる	
48	起唱	歌い始まる／歌い始める	高山閃靈的Pasibutbut／高山で神と先祖を祭るPasibutbut
49	緊握	繋ぎ留める	

	原文	日本語訳	出典
50	領唱	（歌を）引き取る	
51	唱出	歌い出される	
52	禮讓	譲り合う	
53	喚醒	呼び覚ます	
54	迴盪	響き渡る	
55	拉昇	引き上げる	
56	發出	作り上げる	
57	向	向きあう	
58	垂落	垂れ落ちる	
59	攑	持ち上げる	畫面A（台語）／画面A（台湾語）
60	停（一步）	立ち止まる	畫面B（台語）／画面B（台湾語）
	停（下來）		野花／野花
61	拖著	引き摺り	畫面A（台語）／画面A（台湾語）
62	踅規晡	歩き回る	畫面A（台語）／画面A（台湾語） 畫面B（台語）／画面B（台湾語）
63	討（一點仔轉來）	取り戻す	畫面B（台語）／画面B（台湾語）
64	擲去	投げ捨てる	咱選ê頭家（台語）／ 我々が選んだ主人（台湾語）
65	搏（感情）	（情に）訴えかける	燒做灰也是台灣人（台語）／ 焼かれて灰になっても台湾人（台湾語）
66	唱聲	呼びかける	
67	綴伊行	（彼に）付けてゆく	燒做灰也是台灣人（台語）／ 焼かれて灰になっても台湾人（台湾語）
68	怨嘆	嘆き始める	

	原文	日本語訳	出典
69	飛入	飛び込む	燕仔ê姿勢（台語）／燕の姿（台湾語）
70	蜇入	注ぎ込む	萬年溪水萬年流（台語）／
71	（一面）流	流れゆく	万年渓の水流、万年流れる（台湾語）
72	路過	通りゆく	路過花園／花園を通りゆく
73	要回	取り戻す	祭拜DNA／DNAを祭る
74	吹散	吹き散らす	
75	確認彼此	確認し合う	
76	寫滿	書き込まれる	
77	提起（那些事）	言い出す	
78	（水）往下竄流	流れ落ちる	
79	賣（了）	売り払う	
80	結伴	連れ立つ	如此平凡／斯くも平凡
81	離開	旅立つ	
82	迎面而過	やり過ごす	
83	睡著	寝つく	
84	保留	残り留まる	野花／野花
85	遺棄	打ち捨てる	

　この表からは、訳書の日本語における複合動詞の比率の高さが伺える。特に、詩「巣に帰るスズメ／歸巢雀鳥」では7行という短い詩の中に、4つもの複合動詞が取り入れられている（一覧表23及び28-30）。一方、「高山で神と先祖を祭るPasibutbut／高山閃靈的Pasibutbut」は93行の長編だが、その中に22の複合動詞が取り入れられており（一覧表27及び39-58）、平均4〜5行に1つの割合を占めている。ここからは、これらの詩の動態性の高

さが伺える。

　30首の中では「小鳥」「ある病人」「夕暮れの森」「詩人よ、お前に何ができるか」「犬の見た台湾人」「モクゲンジ」「佳楽水」「待つ」の8作品がこの表に現れていないのを除き、その他の22作品は複合動詞を含んでいる。よって、これら30首の詩全体に対する複合動詞が含まれる詩の割合は7割を超える。確かに、これは今回の訳書での訳に基づいた統計であり、訳者自身の翻訳スタイルや、詩の選定に際して詩人のどの作品を選ぶかなどにも影響されるものであるとは言え、日本語の複合動詞を理解することは、中国語から日本語への翻訳において非常に有益であることを示唆するものである。翻訳訓練．学習という観点からも複合動詞は、重要な項目であると言えるだろう。

　近年、日本語学や日本語文法の項目として複合動詞を扱う研究は豊富になってきている。複合動詞を日本語教育・学習の項目として考えた場合、松田（2002）が指摘するように「日本語学習者にとって上級者になっても習得の難しい学習項目の一つ」であるが、野田（2013）によると、日本語教育のための動詞用法辞典の作成を考える際、参考とすべき既存の国語辞典の中では、複合動詞が網羅的に取り上げられていない、と指摘している。そして、その理由は複合動詞が「複合語」であり、その要素の意味から全体の意味が推測できると見なすからであろう、と述べている。

　影山（1993）は、複合動詞を「語彙的複合動詞」と「統語的複合動詞」の２つに分類している。前者は語彙的な結合制限があり、補文関係を取らないのに対し、後者は補文関係をとる複合動詞である。初（2014）は、前者の方が後者よりも種類が多いのに加え、日本語学習者にとって習得も難しく、意味制約をもっているため習得が遅れるとし、前者において特に意味理解が難しいのは、前項動詞V1が難しく、全体的としてV1＋V2の意味が抽象的な場合であるとした。松田（2002）は、日本語教育における今後の複合動詞研究の展望として、（1）認知意味論を援用した意味研究、（2）習得研究、（3）他言語との対照研究を挙げている。本稿は、翻訳という側

面から、複合動詞に対する新たな知見を提供するものである。

　なお、上述の一覧表からは、中国語「穿過」「穿越」「穿透」は、複合動詞「通り抜ける」（一覧表16-18）と訳されているのに対して、中国語「帶走」は、複合動詞「連れ去る」「持ち去る」「持ち帰る」（一覧表22）と3通りに訳されていることが読み取れ、場面に即した語彙の翻訳が意識されたことが伺える。日頃からの語彙の累積と経験が、語感と文脈の把握に繋がり、それによって翻訳においてその語彙を使いこなすことができるようになる。

4　客家語と客家文化

　曽貴海作品は主に、台湾で「国語」と呼ばれる中国語（北京語）の他に、河洛語または閩南語とも呼ばれる「台湾語」、そして、「客家語」を使って書かれている。これは台湾のエスニックグループの多様性を反映するものであると同時に、詩人自身の生い立ちや言語使用をも反映している。今回の翻訳で特に難しかったのは、客家語で書かれた作品の日本語訳である。それは、起点言語が客家語であり、目標言語が日本語であるが、第一訳者は勿論、第二訳者も客家語で書かれた文字を音に直して意味を理解することができない。そこで、原作者自身や客家語を解する第三者に北京語や台湾語へ翻訳してもらい、それを読み解くことで日本語訳を完成させたのである。問題は、起点言語から目標言語へ直接、翻訳する場合ですら、誤訳の危険を孕むのに、北京語や台湾語を媒介とした「重訳」は、誤訳の危険が格段に増すという点である。

　例えば「汽車が帰来駅を通る」という詩の最後の一文は、客家語を理解しない者にとって非常に難解である。

　　　私と共に故郷へ帰ろうか／係不係跈倕共下歸故郷

訳者は、この「私と共に故郷へ帰ろうか」が誰が誰に対して訴えかけている言葉なのかを理解するのに苦労した。実は「跈」と「偓」は客家語特有の文字であり、北京語や台湾語にはない。客家語を解する大学職員に教えを請い、やっとこれが実は「私と／跟我」という簡単な言葉であることが分かり、文の意味が正しく理解できたのである。しかし、訳者が客家語の童謡に「お婆ちゃんと汽車に乗る／阿婆跈偓坐火車（北京語：阿婆跟我坐火車)」という歌があることを知り、無知に赤面するとともに調査の不足を恥じたのは、訳書出版のための校閲作業をすべて終えた後であった。ただ、調査して訳を書き上げる過程は有意義でもあった。日本人である第一訳者は、その職員にこの詩を詠んでもらったとき、その音の綺麗な響きに驚き、感動すら覚えたほどだ。

　ところで、訳書に収録された客家語の詩「高雄へ粄條を売りに行くおばさん／去高雄賣粄仔个阿嫂」には客家伝統の食品が数多く登場する。例えば、面帕粄、芋粄、年粄、白頭公粄、龜粄[9]等だが、訳書の訳文では紙幅の関係で、面帕粄が一般に「粄條」と呼ばれること以外、注を付けずに字面をそのまま記した。しかし、それでは客家の米食文化に関する情報伝達が不足していると感じていたので、この場を借りて簡単に補足説明したい。

　芋粄は北京語で「芋頭　」とも呼ばれ、台湾在来のインディカ米やモチ米を粉にした米粉にタロイモを加え、シイタケなどと共に蒸し上げて作る食品である。年粄は、黒糖モチであり、通常、春節の時期に食べられる。モチ米と黒砂糖を加えて蒸した食品である。白頭公粄は、外観からすれば日本で言う草餅で、モチ米にヨモギやハハコグサを加えて作る。餡として

9　https://www.youtube.com/watch?v=U6lg12nSeBo「客家米食文化　芋粄芋粿巧　拜拜供品」

　https://www.dachu.co/recipe/246911「紅糖年糕（客家年粄）」

　http://liouduai.tacocity.com.tw/item06/menu06-001/menu060118.htm「白頭公粄」

　https://zh.wikipedia.org/wiki/%E7%B4%85%E9%BE%9C%E7%B2%BF「紅龜粿」

は個人の好みで、肉、野菜、ピーナツ、サツマイモなどといった甘い物も
しょっぱい物も包める。冬瓜と切干大根、乾燥小エビなどを甘辛く味付け
した物を包む場合もある。先祖のお墓参りをする日である清明節には、特
に祭祀での供物とされる。龜板は、赤い色をした餅に小豆餡などを包んだ
食べ物であり、通常、先祖や神の祭祀での供物とされる。その形はべっ甲
に似ており、多くの場合、小豆のアンコを餡とする。べっ甲形の餅に赤い
色素を加えるので「紅龜　」または「紅龜　」とも呼ばれる。

　以上のモチ米食品は、客家を代表する食べ物で、時間と労力をかけて作
られるものである。これらの食品では、まずモチ米に水を加えたうえで磨
り潰してライスミルクを作り、それを蒸して材料とする。曾貴海氏が詩で
描き出した時代には、現在のようにお湯を加えれば直ぐライスミルクにな
るようなモチ米粉はまだなく、必ず人の力で磨り潰してライスミルクを作
ってからそれに水を加えて捏ねて一塊にまとめ、蒸して食べるという、手
間ひまをかけなければ作れなかった。この詩「高雄へ粄條を売りに行くお
ばさん」は客家女性を形容したもので、朝早くから夜まで働きづめで、仕
事から帰ってもまだ家族のために晩ご飯を作らなければならなかった。そ
して深夜も翌日に売るための商品を夜な夜な準備して作り上げる。客家の
婦女が家計を助け、家庭でも奮闘する姿が目に浮かぶようである。詩では
次のように描かれている。

　（前略）
　村のおばさんたちが／幾儕庄肚阿嫂
　顔を覆い笠を被り／蒙著面戴笠嫲

　肩には夜中に作った粄條を入れた天秤棒を担ぎ／肩頭擔竿挍著半夜
　　　　　　　　　　　　　　　　　　　　　做好个粄仔
　まだ薄暗い夜明け時に出掛ける／蹬著濛濛个天光出門

　　　　天秤棒の二つの篭に／兩隻擔仔放満
　　　　粄條、芋頭粄、年粄、白頭公粄、龜粄をいっぱいに詰め込み／面帕
　　　　　　　　　　　　　粄芋粄年粄白頭公粄同龜粄
　　　　高雄の朝市へ露店を開きに行く／去高雄早市擺攤仔

　　　　週も節句もなく年中無休／沒禮拜沒年節
　　　　毎晩販売が終わった後／毎日暗晡收攤後
　　　　お月様と共に帰る／正挨著月光歸来
　　　　そして家族の晩餐を支度する／煮分大細食

　詩人による写実的な描写は、厳しい仕事や苦労に耐え抜く客家の女性像を
生き生きと描き出している一方で、台湾社会．経済の振興は女性がその半
分を担ってきたことを物語っている。そして、詩の中で挙げられた客家の
食品．祭祀品の米食文化は、図らずも祖先や神をまつる信仰深い客家文化
を伝えている。
　更に、もう一首の詩「早朝の用水路のほとり／清早个圳溝滣」では、男
女が山歌で恋心を伝え合う文化を描き出しており、客家の人々が保守的且
つ叙情的であった昔ながらの習俗と、台湾の原風景を思い起こさせる。だ
が、これを翻訳で表現することは意外に難しい。訳書では翻訳を通して多
元文化的な様相を伝えており、これこそが異文化コミュニケーションであ
ると言えるのではないか。
　前出の詩「神棚の脚を直す」は、客家建築と祭祀文化にまつわる問題を
含んでいる。

　　　　村に一軒、家がある／庄肚有一隻伙房
　　　　十世帯がここに住んだが／歇過十過家人
　　　　一世帯一世帯と次々引っ越した／漸漸介一家一家搬出去
　　　　今はただ二世帯が残る／今下正存兩家人

　　　　先祖を祀る古い神棚は三つの脚が壊れている／祖堂舊神桌壞了三
　　　　　　　　　　　　　　　　　　支脚

この句の後には、一世帯一世帯と、人が次々に「伙房」を離れていく毎
に、客家の言語、客家の情、人を連れ去り、神棚の脚が一本ずつ壊れてい
く様子が描かれており、その家屋の荒廃した様子を目の当たりにした詩人
は、誰か私と故郷へ帰って一緒に先祖を祭る神棚である「祖堂」の脚を直
してくれないか、と呼びかけている。詩人は、この詩において、時代の変
遷によって若者が次々と都会へ向かい、伝統文化や人の情が消えてゆくこ
とを嘆いている。客家伝統の伙房建築や祖堂が崩壊．消滅の危機を迎えて
いる。詩人の焦りは神棚の脚だけに留まらない。
　客家委員会のウェブサイト[10]によれば、台湾客家の三合院建築を客家語
で「伙房」と呼ぶ。そこには次の説明がある。

　　　　伙房または夥房は、台湾当地の文化環境を結合し、中国福建．広東
　　　　地区の土楼や囲楼と呼ばれる伙房建築とは異なる、独自の発展を遂
　　　　げた。伙房には「一匹の竜／一條龍」、「横屋または單身手」と「三
　　　　合院」乃至、少数の大家族が共に居住する「回字家屋／圍籠屋」な
　　　　どがすべて含まれる。

ここから分かるように、客家の伙房は、日本の所謂「一軒家」とは異な
る。訳書の日本語では敢えて「一軒」と訳したが、実は日本の一戸建よ
り、むしろ長屋に近く、これが客家独特の建築様式であるため、日本語で
表現するのは非常に難しい。伙房は家族が同じ釜のご飯を食べて共に生活

────────────

10 客家委員会「認識客家伙（夥）房」。原文は次の通りである。「伙（夥）房，結合了
　　台灣在地文化環境，發展出不同於閩粵地區的土樓或圍樓的伙（夥）房建築，伙
　　（夥）房包括一條龍、橫屋（單身手）和三合院，乃至於少數龐大家族共同居住的圍
　　籠屋等都叫作伙（夥）房」。

する居住空間であるだけでなく、陳運星ら（2015:21）が指摘するように「客家の伝統観念と生活様式の表れであり、その背後には、例えば、客家人の宗族（同族集団）や、祖先を敬い、神を祭る観念などといった、深層的文化意義を秘めて」おり、意味深長だ。伙房の民居は、客家の生活と息吹きの伝統的様式と特色を最も顕著に伝えている。

　伙房に設置された、先祖を祀る神棚は、家族の旺盛な勢いを映し出すものであるため、祭りを疎かにすることはできない。こうした思いは一族の記憶をたどる伝統習俗であり、客家に綿々と息づく血脈と精神の伝承という重要な特徴である。伙房と先祖を祭る神棚「祖堂」との関係は、陳運星ら（2015:31）に収録された表（付録、図一参照）[11]からも確認でき、祖堂の重要性は、各建物内における位置からも伺い知ることができる。

　祖堂の祭祀は家族のアイデンティティと伝承の強化であり、濃厚な出自意識の意味合いを持つだけでなく、家の名声を蘇らせ、先祖を称えることを栄誉とし、社会教育を行うという積極的な一面も併せ持っている。客家の所謂「祖は堂にあり、神は廟にあり[12]」または「祖は家にあり、神は廟にあり、人は屋にあり、畜は檻にあり[13]」とは、祖先、神、人、獣禽はそれぞれ生活環境も居住空間も違うが、客家にとって祖先は神と並び最も重要な祀りの対象であることを示す。祖堂の祭祀は祖先、神、人がコミュニケーションをとる重要な役割を果たす。詩の中の一節「先祖を祀る古い神棚は三つの脚が壊れている」との描写は、伙房が日を追って劣化し、祭祀が荒廃していく現実を捉え、客家語・客家文化の喪失と信仰伝承の中断を憂うものである。

　考えるに、詩「神棚の脚を直す」が提起する客家文化の議題は、単に言

11　陳運星ら（2015:31）によると、この表の原出典は、曾彩金總編纂『六堆客家社會文化發展與變遷之研究』第十三篇「建築篇」であるとされる。表中の各建築様式の詳細は、陳運星ら（2015）P.29-30参照。

12　陳運星ら（2015:7）。原文は「祖在堂、神在廟」。

13　陳運星ら（2015:39）。原文は「祖在家、神在廟、人在屋、畜在欄」。

語の翻訳という範囲に収まらず、言葉による翻訳と解説だけでは正確に伝えることができないものである。翻訳を通して言葉の背後に隠された深淵な文化を掘り起こすことは、相互の交流とコミュニケーションであり、我ら、つまり読者と訳者とが共に努力すべき課題ではないか。

5　まとめ

　前述のように、翻訳には誤訳が付きまとう。誤訳の多くのケースは言語の背後に隠れた文化の差異から来ている。とは言え、林水福（2016:16）が主張するように「外国人に台湾文学を認識し理解してもらうためには、まず、外国語に訳すことが必要で、これがお互いのコミュニケーションのプラットフォームであり、基礎である。この基礎ができればすべてが比較的容易に進む」[14]。これは台湾文学の外国語への翻訳の重要性と必要性を説明している。外国人に台湾の文化を認識し理解してもらうためには、翻訳の手助けがあってこそ、その力が発揮できるのである。

　曾貴海氏の詩は、中国語、客家語、台湾語と、少数の原住民の言葉が使われ、多元文化の特色を創り出しており、言語層を深く豊富にしている。詩人のこうした言語層の奥深さに対して、訳者の力不足のせいで、詩人の思想や研ぎ澄まされた感性を完全に表現し、氏の伝えたい心境を読者に伝えることができなかったかもしれないと思うと、甚だ心苦しい。訳者である本稿筆者は、この場を借りて、詩の翻訳の過程で考えた文法や技巧の問題を概説し、補足されるべき社会背景や文化知識に関する議題を補ったが、この訳書には討論と解説が必要な余地が数多くあると考えている。しかし、生まれ育った自分の土地でありながら、自分たちの文化について知らない台湾人が、どうやって外国人に文化を紹介して理解してもらうのか

---

14 原文は中国語「要讓外國人認識、了解台灣文學，首先要翻成外文，它是彼此溝通的
　平台，是基礎。有了這基礎一切才比較容易進行。」

は一つの試練である。そんな時に必要なのは、深層文化のコミュニケーションと成長過程の提示ではないだろうか。この詩集訳本が、より多くの人々に台湾文学や台湾社会、そして、その多元的なエスニシティと文化に興味を持ってもらうための、言わば、伝道師として役立ち、コミュニケーションやお互いの文化の含意と交流を深めることができれば幸いである。そして、これが作者と訳者の最大の心の声であり、収穫であると信じる。

謝辞

　本稿は國立屏東大學主催「2021跨界美學：曾貴海新書發表暨座談會」（2021.10.22）にて発表された論文を名古屋大学杉村泰教授及び靜宜大學邱若山教授のご教示を受けて修正したものであり、この場を借りて謝意を表する。

参考文献

影山太郎（1993）『文法と語形成』東京：ひつじ書房

新美何昭、山浦洋一、宇津野登久子合著（1988）『複合動詞』、台灣：鴻儒堂

野田時寛（2013）「日本語動詞用法辞典について（4）-複合動詞一覧の試
　　　み-」『人文研紀要』75, pp.32-62

初相娟（2014）「中国語話者による日本語の動詞述語の習得」名古屋大学
　　　大学院国際言語文化研究科日本言語文化専攻博士学位論文

松田文子（2002）「複合動詞研究の概観とその展望-日本語教育の視点から
　　　の考察」『言語文化と日本語教育』（2002年5月特集号），pp.170-
　　　184

林水福（2016）「台湾現代詩の日本語訳および推進・セールスの戦略
　　　（台灣現代詩日譯與推廣行銷策略）」『南台人文社會學報』15,
　　　pp.1-19

W.A.グロータース（2000）柴田武訳『誤訳－ほんやく文化論』東京:五月
　　　書房

阿波羅新聞「國家認同 馬英九：我燒成灰都是臺灣人」（2008.2.25）https://
　　　tw. aboluowang.com/2008/0225/76292.html（2021.3.12閲覧）

張曉風　「我寫了一首『二手詩』」『自由時報【自由副刊】』（2021.2.8）
https://ent.ltn.com.tw/news/paper/1430646（2021.3.12閲覧）

客家委員会「認識客家伙（夥）房」https://child.hakka.gov.tw/v2/?gallery=iss
　　　ue1813　（2021.3.12閲覧）

陳運星・鍾美梅・傅美梅・方怡珺（2015）「六堆地區客家祖堂從祀神明的
　　　普查與研究」https://www.hakka.gov.tw/File/Attach/36375/File_78648.
　　　pdf（2021.3.12閲覧）

付録

図一　客家伙房の建築様式表

建築規模	一般稱呼	平面圖	
		三間起	五間起
一字型	一條龍 (祖堂屋)(正身) (堂下)(單家圍屋)	 祖堂	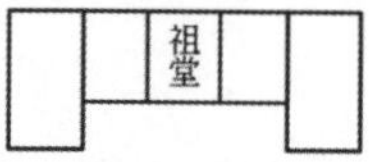 祖堂
		左伸手	右伸手
L字型	單伸手 (橫屋) (伸一邊祖屋)	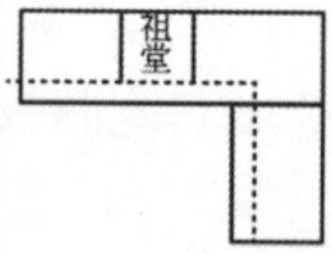 祖堂	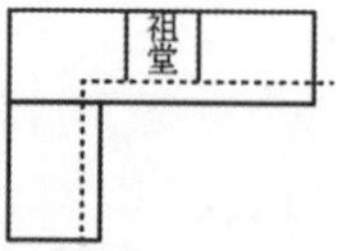 祖堂
ㄇ字型	三合院 (伸兩邊祖堂屋)	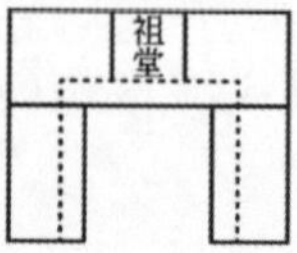 祖堂	
口字型	四合院 (前堂後堂屋) (雙堂屋)	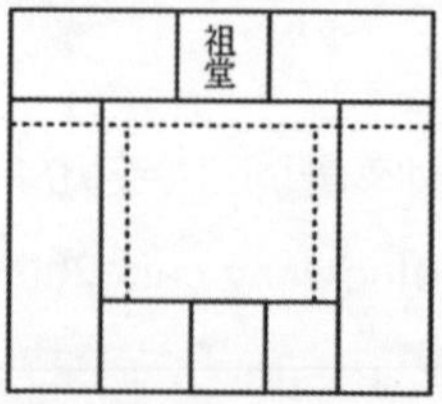 祖堂	
回字型	圍屋 (圍龍屋)	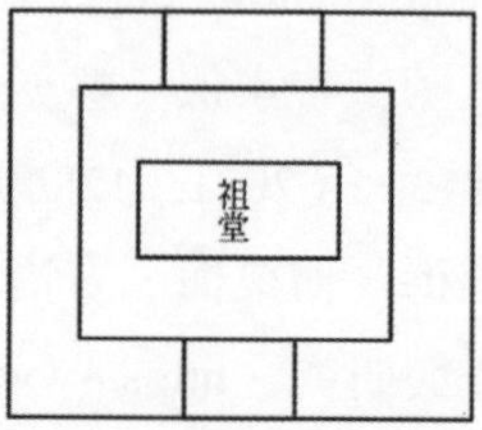 祖堂	

注：陳運星ら（2015）によると、この表の原出典は、曾彩金總編纂『六堆客家社會文化發展與變遷之研究』第十三篇「建築篇」であるとされる。

論曾貴海詩中的「孤獨」意識

余昭玟*

摘　要

　　對於「孤獨」的書寫，對於人類內心世界的探索，都是最迷人的主題。孤獨無所不在，是全人類共有的生命經驗，也是思維轉化的契機。檢視曾貴海詩作，發現不少孤獨的指涉，不論寫人或詠物，均有孤寂的意象塑造，甚至寫作本身，也滲透了孤獨的因素。本論文嘗試由此詮釋，從不同的角度，找尋閱讀曾貴海詩作的另一種視野。曾貴海詩中的孤獨意識，大抵分為三端：其一，自我凝視與內在對話，是詩人自我陳述創作的狀態；其二，失落無根之孤獨，呈現人或族群與其根源或所處環境的疏離；其三，物性察覺之孤獨，以禽鳥、花草等外物自我象喻。就自我陳述而言，詩人陳述自我意志或思維，建立自我形象，在孤獨情境中或坐或行，凝視自我、開啟創作；就人的失落無根而言，以鏡頭的挪移及空間的營造表現詩中人的內心孤獨；就物我之喻而言，以禽鳥與花草的擬人用法最多。

關鍵詞：曾貴海、孤獨意識、自我凝視、物我之喻

* 　國立屏東大學中國語文學系教授。

一　前言

　　曾貴海（1946-）是醫生詩人，一九八三年出版第一本詩集《鯨魚的祭典》[1]，此後創作質量俱增，作品廣獲好評，曾獲「笠詩獎」、「吳濁流文學獎」、「賴和醫療服務獎」、「高雄市文藝獎」等。在多方的生活實踐之下，他的詩作，也跟著內容多變，自心靈獨白、族群書寫、生態環保、國族歷史等，出現各種議題。筆者發現，在曾貴海的詩中，也蘊藏著不少孤獨書寫，從早期的《高雄詩抄》（1986）已透露此種意識，近期《畫面》（2010）、《色變》（2013）亦以諸多意象來襯出孤獨的主題。

　　孤獨書寫有失落、寂寞等各種呈現方式，常觸發質疑：自己的生命意義為何？此時雖感到痛苦，卻也能展現強大的生命力與無限的創造性。所以，孤獨是一種極為複雜的人性感受，它蘊含許多可能性，不全然是負向的。就定義而言，「孤」是孤立、特出；「獨」可以指單獨、獨特、獨自。「孤獨」是隻身獨處，孤單寂寞，因缺少所需的社會接觸而形成的一種心理狀態。[2]孤獨也指「孤獨是個體對社會交往數量的多少和質量好壞的感受」[3]，是出於自我感覺的主觀認知。參考哲學上對孤獨的定位，人本主義認為孤獨能幫助個人去覺察心理想的我，與現實的我之間的差距，協助個人成為一個真實的人；存在主義認為每個人終將孤獨，但孤獨能為個人帶來尋找存在價值的意義。

　　曾貴海在實際生活中一點也不孤單，早在三十年前他就投入社會運動，努力淨化與美化高雄，他自述：

　　　　一九九〇年左右當我離開民生醫院，……轉向社會運動，投身環保人

---

[1] 曾貴海：《鯨魚的祭典》，高雄市：春暉出版社，1983年10月。

[2] 羅竹風主編：《漢語大辭典》（臺北市：東華書局，1997年）第四卷，頁212-228，第五卷，頁113。《中國大百科全書》（臺北市：錦繡出版社，1993年），頁119。

[3] 黃潔華：〈人本主義對孤獨感的相關研究〉，《健康心理學雜誌》第8卷第1期（2000年），頁29。

　　權運動的參與，……與一些眼睛和心靈閃爍著「正念光彩」的朋友們
　　共同為大高雄的城市環境與城市美學，以及河流、綠地的復活和保
　　護，教育與島嶼國家的改革，付出了不少共同的心力。[4]

他所從事的社會運動，總是有群朋友共同努力，從九〇年代開始，他積極參
與「南方綠色革命」，包括成立柴山自然公園、保衛高屏溪、美濃反水庫運
動、衛武營都會公園促進會，並從生態環保議題擴延到教育文化改革等，積
極的改革居住正義與城市美學。一九九二年他發起催生「衛武營公園」運
動，擔任召集人，用十八年的時間為高雄爭取到一個世界級的公園。一九九
五年高雄綠色協會成立，曾貴海擔任創會理事長，開始帶領一連串捍衛高雄
自然生態環境的市民運動。此外，文學活動上，他又與葉石濤、鄭炯明、彭
瑞金、陳坤崙、積極催生南臺灣重要的雜誌《文學界》，發行《文學台灣》、
協助成立「財團法人文學臺灣」，擔任「鍾理和文教基金會董事長」等職
銜，推動南方島嶼的文學復興運動。平日的生活中，在診所除了病人外，更
多的是川流不息的朋友。所以在他的生命史中，經常是群策群力，和志同道
合的朋友為理想奮鬥。本文所稱的「孤獨」意識，和實際生活處境無涉，而
是將內心產生的生命質疑，轉化為創作意識，並由此意識所牽引出來的詩作
的孤獨特質。

　　孤獨有形體上的孤單，也有心理上的孤絕，既有不為人了解的寂寞，也
有遺世而獨立的超然。曾貴海詩中的孤獨是一種精神表徵，因此以「孤獨意
識」概而言之。此種意識與外在世界的演變無關，而純粹是一種自我觀省的
角度，類似於沈思冥想後的自我內省，且能入乎其內，出乎其外。他並非脫
離人群，與世隔絕，相反的，他對人世抱持巨大的熱情，和周圍的環境和諧
共存。

　　菲力浦‧科克（Philip Koch）在《孤獨》（Solitude— A Philosophical
Enc ounter）一書中細膩闡釋孤獨的意義：

4　曾貴海：〈自序〉，《曾貴海詩選1966-2007》（高雄市：春暉出版社，2007年8月），頁6。

　　　　那是一種持續若干時間、沒有別入涉入的意識狀態。有了這個核心的
　　　　特徵，孤獨的其他特徵也就跟著源源而出了：孤身一人；具有反省性
　　　　的心態；擁有自由；擁有寧靜；擁有特殊的時間感和空間感。[5]

科克認為，只有在知覺、思想、感情和行動上四個方面都無一指涉他人的狀
況下，我們才有可能獲得一個純粹的、沒有雜質的孤獨狀態。所以，孤獨也
和寧靜、純粹的感受相關，並非一般認知的孤單而已。

　　孤獨和寂寞又不相同，寂寞感是外在的冷清、無聊等造成，而孤獨感則
是發自內心的一種孤單感受，未必是一個人獨處，或無人同伴，或找不到方
向的迷惘之感，其實它背後有一連串意義的追尋。一般人越是經歷孤獨的感
受，就越有動力去尋求解決之道，例如藉由宗教、娛樂等管道，而有的作家
則是由此專注於創作的沉思中，透過自我覺察與涵容，來重建外在與自我的
關係，探索更深層內在的自我。曾貴海的的孤獨和其創作之間的關聯即有如
此值得深思之處。

　　孤獨本身並不內含任何特定形式的慾望、生理感受，是一種較開放的心
理狀態，容得下任何的情緒，是與他人無關的自我狀態，回歸到最初的自
己，安於孤獨的情緒。關於對曾貴海「孤獨」的精神範疇的探討，至今尚未
受到重視，值得在切入之角度與方法上，做一嘗試。因此本文把重心放在詩
作中孤獨意識的經營，探討孤獨書寫的營造，以下分為自我凝視與內在對
話、失落無根之孤獨、物性察覺之孤獨三部分探討，一一引證說明其特色，
試圖提出一些初步的心得，以期能更細緻呈現增貴海之詩作內涵。

二　自我凝視與內在對話

　　存在主義說「存在先於本質」，必須先意識到存在的孤獨感，才能找到
生命的本質。巴舍拉將寫詩和靈魂的寂靜相提並論：

5　菲力浦・科克著，梁永安譯：《孤獨》（臺北縣：立緒文化出版社，1997年），頁40。

所謂的靈魂可視為某種尚未進入心智籌畫階段或落實為任何形式之原
初光照；當漫遊的靈魂專注地進入其核心本質，呈現為更清晰的光
照，並展開生命籌畫或創造的心智或意識狀態：靈魂於寂靜沉默中開
始詩意地道說，才成為精神（der Geist），詩就是一個靈魂為一個形
式舉行的落成禮。[6]

當一個人意識到自身存在的時候，孤獨感也會隨之出現，詩人將此感受
轉為詩句，也就是從面對自我到實踐自我的過程，是一種「轉譯」經驗。轉
譯指的是：在客觀再現基礎上進行意義的轉換，以可觸及的感官經驗表達抽
象概念，翻轉舊的視野，創造出新的價值。

安東尼・史脫爾在《孤獨》一書中指出，並非只有親密關係才能賦予生
命意義，他探討孤獨的能力、孤獨的用處，說明獨處的能力是一種重要的資
源，許多藝術家、思想家都是透過獨處進行創作。[7]孤獨不僅使我們保有自
我，也可能產生相當重要的創造能量。「孤獨書寫」就是此種創造能量的產
物，透過描寫個人內心事件、個體有限性等，深入刻畫人類可能遇到的孤獨
處境。曾貴海對成為詩人有很深的自我期許：「作為一個詩人命定中必然走
向一條孤獨而真誠的道路，他既是這個時代的探索者和見證者，也是吟唱
者，應該是這片土地上不熄滅的小小燈火吧。」[8]他認定那是一條「孤獨而
真誠」的道路，因為孤獨才能清明照見生命本質，因為真誠才能看到實質的
人生諸相。他以「孤獨」來自我命題，而且說詩人是「必然」如此，他所自
我期許的是真誠而非附和世俗的潮流，因此自己照耀的燈火，雖是「小小」
的，卻也是「不熄滅」的一盞良知的燈。

事實上，人生而孤獨，也死於孤獨，對創作者而言，這是個核心且根本

6　加斯東・巴舍拉著，龔卓軍、王靜慧譯：《空間詩學》（臺北市：張老師文化事業公
　　司，2012年3月），頁40-41。
7　安東尼・史脫爾（Anoyhony Storr）著，張嚶嚶譯：《孤獨》，臺北市：八正文化，2009
　　年5月。
8　曾貴海：〈自序〉，《曾貴海詩選1966-2007》，頁5。

的問題，在面對創作、面對自己的同時，也要面對孤獨，正如法國哲學家布朗蕭詮釋文學作品的孤獨：

> 作品的孤獨──指藝術作品、文學作品──向我們揭示了一種更具根本性的孤獨。這種孤獨排除個體主義的孤芳自賞，它並不尋求差異；在一日中顯示陽剛之氣的片刻時光也驅除不了這孤獨。[9]

可見文學空間本來就是一種絕對孤獨的空間，在這樣抽象的語言裡，該表現出怎樣的書寫樣貌？曾貴海曾素描自己在野外創作的情境，〈湖邊的椅子〉：

> 獨自安靜的坐在湖邊
> 坐成位置
> 晨光一波又一波穿越樹林
> 躺進去休息
> 樹的影子靠過來
> 不停推擠光的身體
> 路過的花蟲
> 幌一下走了[10]

開頭兩句是一人靜默坐在湖邊，經過長久的時間而融入了四周的景物中，詩人進入「無我」之境，自己似乎隱身了，此時湖邊只剩下晨光和樹影。再如〈羊尾仔看詩〉：「春雨過後个清早／一隻羊尾仔／停立睡蓮面上／羊尾拍水波／那時節，天頂下／我佇湖邊／恬恬將景色變做詩／／羊尾仔，閒閒靜靜／飛來飛去／停佇詩上／看詩／看我／看天色」[11]。素描自己做詩的情景，詩中的湖應該是澄清湖。主角已超脫一切世俗的看法，所以才可以如此的冷

9　莫里斯‧布朗蕭著，顧嘉琛譯：《文學空間》（北京市：商務印書館，2005年），頁1-2。
10　曾貴海：〈湖邊的椅子〉，《孤鳥的旅程》（高雄市：春暉出版社，2005年），頁54-55。
11　曾貴海：〈羊尾仔看詩〉，《曾貴海詩選1966-2007》，頁125-126。

靜的面對。鏡頭的挪移為「天頂」、「水波」、「我」，開展的空間對照主角的心緒，在孤獨中體會到人的有限性，並發而為創作所追求的那種更高境界的孤獨。

關於詩的用處，曾貴海在〈詩人，你能做什麼〉一詩中，表示詩人似乎對世界也產生不了什麼影響：「硬要我回答這個問題／我只好誠實告訴你／我真的無能為力……／／你問我正在做什麼／我確實正在寫詩／但我真的無法改變什麼／因為世界早已被改變」[12]。關於詩人在社會中的處境，曾貴海在〈火車ê旅行〉一詩中，道出那是踽踽獨行的旅途：「無人佮你熟似／無人佮你開講／無人會當叫出你ê名／一切lóng遺失佇起站遐」[13]。沒有人認識，沒有人交談，這首詩也像在自述創作的歷程。但他在一九九二年發表〈作家身分證〉，把文學創作當作畢生職志：「堅持作家的身分／用什麼證明你還活著／／堅持作家的身分／貼上心靈的各種裸照／填滿愛與罪行的紀錄／重新申請一份」[14]。即使孤寂，他仍然堅持用真誠的態度來寫作，文字就是另一個自己，他用寫詩來證明自己還活著。在莊紫蓉訪問時，曾貴海道出自己的創作意識：

> 現在我有了必須要一直走下去的感覺，什麼都不能夠束縛我，對語言、題材、人家的觀念說再見，我要自由，要走自己的路。這就是孤單和理性去追求未來的創作世界。
>
> 我在寫詩時一直往前，走到一個地方，才發覺自己怎麼走到這裡了？沒想到自己會走到那裡。但是別人沒辦法告訴你怎麼走，別人也沒辦法和你作伴，沒辦法給你任何幫忙。[15]

---

12 曾貴海：〈詩人，你能做什麼〉，《浪濤上的島國》（高雄市：春暉出版社，2007年11月），頁47。

13 曾貴海：〈火車ê旅行〉，《畫面》（高雄市：春暉出版社，2010年12月），頁25。

14 曾貴海：〈作家身分證〉，《笠》第169期（1992年）。

15 莊紫蓉：〈孤島，樹人與海——專訪詩人曾貴海〉，《笠詩刊》第252期（2006年4月），頁197。

曾貴海的孤獨是為了能清明照見各種外在樣貌,他拋開依竊的雜念與慾望,如榮格所說:

> 只有當一個人已經走到了世界的邊緣,他才是完全意義上的現代人——他將一切過時的東西拋在身後,承認自己正站在徹底的虛無面前,而從這徹底的虛無中可以生長出所需的一切。[16]

人在面臨孤獨的情境下更能夠培養出創造性的思考,對一般人而言,孤獨能夠讓一個人的心靈進行自我修復,創造出更真實的自我。對創作者而言,箱崎總一則認為人只有在孤獨的時候才能從自我的意識之中進行反思,產生心靈上真正的獨立與自由。[17]箱崎總一又將孤獨分為「低孤獨」和「高孤獨」,「高孤獨」是自己主動追尋的孤獨,是自我設計出來的生活形態和生存狀態,不易為他人所困惑,能掌握自我方向,此種孤獨,也正是追求生活意境之所需。[18]只有那種通過自然、清新和獨創性的語言進行創作的人,才會獲得真正的自由。

在孤獨中,個體會發現自己和自然世界發生一種異乎尋常的關聯性,在這種狀態下,一個人的感官會變得格外敏銳、更加全神貫注。當一九六九年在高醫創立阿米巴詩社時,曾貴海是二十四歲,五十年來只有曾貴海、江自得二人延續「阿米巴」的創作火苗,未曾停歇的創作,使得形構「阿米巴詩學」或討論「阿米巴詩學」雛型得以落實。[19]不停歇的創作,書寫孤獨主

---

16 趙宗金:《榮格論藝術》(Behind Arts: Carl Gustav Jung on Art)(長春市:吉林美術出版社,2007年),頁22-23。

17 箱崎總一著,何逸塵譯:《孤獨心態的超越》(臺北市:巨流圖書公司,1981年),頁133。

18 「低孤獨」是依賴別人,要纏別人才能消除的痛苦。「低孤獨」的依賴性是根深蒂固的。它必須糾纏住另外一個人,才能夠把自己從孤獨中解脫出來,久而久之,便會失去獨立性、偏離自我和自由。同上註。

19 唐毓麗:〈兩種阿米巴:評析曾貴海與江自得詩美學〉,《阿米巴詩學:論曾貴海與江自得詩作》(臺中:晨星出版公司,2021年1月),頁10。

題，呈現出人性中的「反身性思考」，曾貴海透過孤獨書寫，使得深藏於內心中的聲音，得以與時代對話，那是一種生命姿態的文字化展現。

三　失落無根之孤獨

人類天生有和某種人地物建立依戀關係的需要，彼此息息相關，這正是一種「歸屬感」，這類需求一旦無法被滿足，孤獨感便油然而生。佛洛姆認為，此種因失去熟悉情境所造成的孤獨，對個人造成的精神傷害，不亞於肉體的病痛：

> 受生理決定的需要並不是人性中唯一具有強制力的需要。還有其他的需要也是同樣具有強迫性──這就是想要與外界發生關係的需要，避免孤獨的需要。感覺完全的孤立，會引起精神的失常，正如同生理的飢餓會使人死亡。……這種與價值、符號、型態失去關連的現象，我們可稱之為精神上的孤獨，同時我們認為，精神上的孤獨，與身體是同樣無法忍受的。[20]

「疏離」（alienation）也稱為「異化」，也就是個體對本來應該有親密關連的自我、他人、事物、工作、甚至是所有生命活動與自然環境等，都感到疏遠，這意味著一種整體性和聯繫性的斷裂，個體失去了決定權和主控權，甚至導致人際關係的破碎。[21]曾貴海孤獨書寫的營造，以鏡頭的挪移及以空間氣氛的營造，來突顯詩中主角的內心孤獨。這首〈冬夜的面帕粄──記白色年代〉來表達五〇年代白色恐怖下，寡婦與孤兒的孤獨處境。「面帕粄」是客家專有的食物，政治受難者家屬的痛苦，藉著一碗小小的粄條深刻表露：

---

20 佛洛姆（Erich Fromm）著，莫迺滇譯：《逃避自由》（臺北市：志文出版社，1989年7月），頁15。

21 菲力浦‧科克著，梁永安譯：《孤獨》，頁54-63。

一九五○年出頭
臺灣个寒天冷入骨髓
草地也共樣
窮苦年代
大家圍起來分屋家燒暖

有一日冬夜
冷風咻咻滾
黯淡个電火下
一個細人仔攆一碗面帕叛
對巷頭慢慢行過來
伊就是我个同學榮華牯
買面帕叛歸去分伊阿姆食

臺灣个白色恐怖年代
盡多讀書人分人獵殺
一足月前伊阿爸就分人捉去了
前幾日有人拿伊阿爸个衫褲同鞋
擲分跪佇地泥上个伊阿姆
伊阿姆叫泣到沒目汁
面容愁燥到打皺

這擺事情過後
一直到伊阿姆過身
我毋識看過伊阿姆个笑容
我个同學榮華牯也避入都市
惦惦討妻仔拱細人仔

從來沒尋人聊[22]

詩末附注：「還小時節家鄉人買粄條吃，表示那家有人發病或胃口不好。」
這首詩回顧他小學一年級時，大約一九五二年，同學當老師的父親被帶走，
從此一去不回，沒有人告知家人原因，最後只有衣服等遺物被送回來。這首
詩用衣衫、眼淚來明說死亡，看似平凡無奇，但這位受難者遺族孤單無助的
身影卻令讀者印象極為深刻。父親遭難後，他孤立無援，和所有的朋友和親
戚斷絕往來，那是精神的一種殉死。而逃避所帶來的必然代價，是更深的寂
寞與孤立感。本詩以前因後果的線性敘述，形成順時性的故事，呈現出具體
的孤獨意象。對詩中人孤獨情境的塑造，以及空間擴張與壓縮的手法，使讀
者對於詩中人內心的孤獨感能有具象的體會。

　　曾貴海的詩常透過時間將情感形象化，也藉由空間的推移來表達孤獨
感。例如〈修桌腳〉揭露了進步的表象下，臺灣庶民生活的狹隘面：「一支
腳／趁著讀書人離開／一支腳／趁著做工人離開／一支腳／趁著生理人離開
／／帶走客家話／帶走客家情／帶走客家人」。在城市經濟生活改善的同
時，鄉人湧向城市，祖屋被棄置了，作者痛惜族群的離散，隨著時間流逝，
桌腳寓意孤單，詩中藉只剩一支腳的供桌，那畸零的形貌，道出族群文化的
危機。

　　另外，「失落無根」所造成的孤獨感覺，所謂失落無根，是因為政治、
權威、社會結構等所造成。與出身之地隔絕，就會覺得被世人所摒棄，自我
價值無法被肯定，一旦面對死亡時，又缺乏社會結構、人際關係來支撐，生
命的孤絕莫此為甚，例如〈某病人〉：

剛被診斷出來
依約到達的那個肺癌病人

---

22 曾貴海：〈冬夜的面帕粄——記白色年代〉，《原鄉·夜合》（高雄市：春暉出版社，
　2000年10月）。

　　山東籍的教師

　　……

　　家在那裡

　　太太怎麼沒來

　　朋友呢

　　他只是沈默的搖搖頭

　　漸漸地搖垂了頭

　　突然，一顆淚水嗤的滴在

　　臺灣的地圖上

　　蔓延[23]

這位山東籍的教師應是一九四九年渡海而來的外省族群，隻身在此四十年，失去了家人，從年輕到老年，而當身體生了重病，在診療室他將所有沉重的孤寂化為一滴淚珠低落在地圖上，地圖向來是土地的縮影，是具體而微的空間權力，具有概念性空間關係能力的證據。[24]此詩充分利用地圖蘊含的權力意志與空間的視覺效果，疆界轉換後，他有家歸不得。母體文化被扯斷，身體被拋置在陌生環境，絕望的傷痛，全都凝結成一顆淚珠。在長久的離鄉獨居後，他又將面對死亡，感受巨大的孤獨的創傷。人的最根本的孤獨是脫離造物和世界的孤獨，即死亡，那是一道無法跨越的鴻溝，這位外省教師孤單的存在，也終將孤單的離開。

　　曾貴海〈人〉一詩，將人類精神上的孤獨發揮到極致：

　　預言家

　　才子倉頡

23　曾貴海：〈某病人〉，《曾貴海詩選1966-2007》，頁28。

24　段義孚著，潘桂成譯：《經驗透視的空間和地方》（臺北市：國立編譯館，1998年），頁71。

　　　創作這個字的時候

　　　正是古中國的秋日

　　　風勁的草原上

　　　一隻落單的

　　　雁

　　　鳴叫著

　　　劃向歷史

　　　倒寫在天空[25]

人的由來，詩人聯想到遠古倉頡造字，人的本質是孤單的，如同一隻落單的雁，在蕭索的秋日草原，用倒寫的姿勢，去挑戰歷史。有時玩味孤獨，享受寂寞而無悔。「人」字的構造是最簡單的定理，和宇宙的寂靜相融和。

　　世上有兩種沈重的孤獨，一為個人的情感孤獨，另一為族群在時空、大環境框架下的孤獨。族群的孤獨尤為深沉，不只是無人作伴的疏離感，更是面對命運波瀾，感到自己即將消失、無力回天的寂寞感。曾貴海對臺灣歷史的哀悼，尤其聚焦在業已消失的平埔族。他也曾發文感嘆：「失去族群的棲地與印記，只留下被改寫的歷史，及散落各地又失去名目的殘留記憶和小聚落。」[26]當凝視臺灣的土地時，他致上深深的歉意，寫了〈向平埔祖先道歉〉：「失去了人種的標記／融化成我們不明的部分／血緣基因潛存傷痛／母系社會絕後的哀愁／當我們凝視臺灣大地時／幽幽的湧出亡族的悲歌／／人類史上曾經出現過的族群／臺灣平埔，我們的遠祖／完全從平原消失了／／三十多年前，最後一隻梅花鹿／被獵殺／你們再也不必躲藏在構樹下／互相追逐」[27]，詩末詩人自己注記：一九七〇年臺灣特有種的梅花鹿被正式宣告絕跡。此詩以梅花鹿影射平埔族人，在凝視臺灣的大地時，所吟唱的「亡族

25　曾貴海：〈人〉，《曾貴海詩選1966-2007》，頁46。

26　曾貴海：《戰後台灣反殖民與後殖民詩學》（臺北市：前衛出版社，2006年），頁82。

27　曾貴海：〈向平埔祖先道歉〉，《神祖與土地的頌歌》（高雄市：春暉出版社，2006年），
　　頁3-5。

的悲歌」，標記切膚的亡族之痛。他又藉代表平埔族的刺桐花再次訴說，「春
天的刺桐／仍然孤獨的宣告播種的季節」。數百年來，莿桐花見證平埔族的
苦難，為何在春天播種時，它要哭泣？因為它已無種子可以傳衍，刺桐花隱
喻平埔族的消失。而目前存在各處的原住民族也面臨語言消失的困境。
〈Tamemaku的老人〉一詩在憂心卑南文化難以維繫：「都走了，年輕人都走
了／古老的母語也逃離了／Puyuma的歌聲瘖啞了」。[28]曾貴海又以兩首詩道
出年輕的原住民和母族文化的斷絕，一首是〈搖撼阿里山的Mayasvi〉：

> 逃離那個生命起唱的原點
> 轟轟然碰撞山傾軋的噪音
> 掩蓋原來迴盪在心中的祭歌
> 孤單的回到漢人的陌生異域
> Hamo絕對不會陪他們來到城市
> 再見了，永遠的Mayasvi！Mayasvi！
> 也許，明年我想再回到部落[29]

另一首是〈排灣母親織物上的纏染〉：

> 排灣母親的繡針穿梭著她的思念
> 在城市的兒子今年真的不能回來
> 無法在五年祭接受神祖的祝福
> 他被留困在城市高樓的陰影中
> 母親的手隨繡針刺向城市的方位
> 她爬到山腰仍然看不見的文明人的城堡[30]

28　曾貴海：〈Tamemaku的老人〉，《色變》，頁22。
29　曾貴海：〈搖撼阿里山的Mayasvi〉，《曾貴海詩選1966-2007》，頁197。
30　曾貴海：〈排灣母親織物上的纏染〉，《浪濤上的島國》，頁59-60。

Mayasvi為鄒族戰祭,當一個青年回到高山的部落參加祭典,三天三夜的歌舞,和長輩、親友相聚之後,他又孤獨的置身於漢人的社會,並且「將族魂心聲鎖進幽閉深處」。

這些詩隱藏、游離在歷史的縫隙中。綜觀這些詩中人,多存在著對命運與自我追尋的執著。在大環境裡,人類是孤獨的存在,甚至整個族群也是孤獨的存在,所有人都是時間線上或短或長的過客而已。若將這樣的態度縮小,回到面對自己的人生,便會發覺人的渺小,從而產生無可避免的孤獨感受。這樣的孤獨感超越單一存在的孤獨,進而轉變成歷盡滄桑的孤寂狀態。

以上曾貴海的詩,都是對人與族群失落無根之孤獨的書寫,一層一層地撥開了迷霧,突破了難以言說的困境。這片土地的寂靜哀愁,也成為詩人的憂傷。吳易澄解讀曾貴海的詩,肯定他對臺灣的關懷之心,這些詩在他讀來,「能無限延伸如原蟲般的偽足而廣泛觸及社會關懷層面的人,曾貴海確實是難能可貴的異數之一。」[31]曾貴海敏銳觀察,寫出人與族群孤獨的特質,這些詩表現手法獨特,意象犀利深刻,也是一個異數。

四 物性察覺之孤獨

對於自然界中大大小小的生命,有價或無價、平等或不平等,或許都帶有某種重量,曾貴海此類自然書寫的詩作,郭漢辰以「生態詩」名之,[32]其論文探討山水生態詩的本質,自然生態與人間社會的映照,最後歸結與生命對話、彰顯生命平權的議題。本論文則從物性孤獨的角度,討論詩中的萬物,何以多以形單影隻的形象示現,其中蘊含怎樣的孤獨意識?詩人與藉此表達的意涵何在?

〈色變〉:「海洋被渲染成暗金色/瓊麻排列成孤單的長影/凝視著黃昏

---

31 吳易澄:〈再造詩故鄉——讀曾貴海《台灣男人的心事》〉,《留下一片森林》(臺中市:晨星出版社,2001年),頁156。

32 郭漢辰:〈與生命對話——試論曾貴海的生態詩創作〉,《2013屏東文學學術研討會 曾貴海研究論文集》(高雄市:春暉出版社,2014年9月),頁101-128。

／／等待著下一刻／寂靜瀕臨爆裂」[33]。一般說來，海邊的黃昏是浪漫的、絢麗的，但此詩卻將視覺聚焦在孤單的瓊麻，由此生出更多荒蕪、空白的畫面。沒有對話，也沒有獨白，瓊麻所等待的是寂靜的到來，詩中的畫面，是孤立的主體處在一種純粹的，沒有雜質的孤獨狀態。〈時間之門〉亦同，「時間的沙河／漫流著／大自然無言的寂靜」。[34]宇宙是上下四方，古往今來，曾貴海以「寂靜」來涵蓋大自然，事實上自然界有多少蟲魚鳥獸，多少萬物喧鬧的聲響，但在詩人的關照下，時間斷裂了，空間靜止了，一切歸於靜默。大自然的無言可以是失語，也可以是有意的不語，詩人對時間的詮釋是永恆的孤寂。

　　另一首〈四季的眼神〉：「我冬眠在寒風深處的邊界／溫燙的爐火燃燒著心中的枝葉／大地靜默地為冬日的原野齋戒」[35]，詩中很有層次的表現出冷冽環境與溫燙內心的對比，所謂齋戒，通常有宗教或道德的緣由，為冬日的原野齋戒，將原野神格化，提升神聖性，一片冰封的雪地內蘊了熱烈的生命，冷與熱、動與靜強烈矛盾，此詩如禪詩一般，有豐富的想像空間，也有超現實的視覺效果。再如〈春之樹林〉：「每一片枯葉都將離去／在落地的瞬間／發出生命唯一的聲音／向世界道別」[36]，流露出對於生命的無限悲憫與敬重，詩人藉枯葉來隱喻：孤單的死亡寂滅是生命唯一的聲音。而意象最淒冷的莫過〈荒村夜吠〉：

　　　寒冬的夜晚

　　　冷風禁錮著整個僻靜的荒村

　　　看不見人影

　　　抖縮在屋角的

　　　狗

33　曾貴海：〈色變〉，《色變》，頁9。

34　曾貴海：〈時間之門〉，《南方山水的頌歌》（高雄市：春暉出版社，2005年），頁58。

35　曾貴海：〈四季的眼神〉，《浪濤上的島國》，頁118。

36　曾貴海：〈春之樹林〉，《湖濱沉思》，頁1。

　　無可選擇地

　　向四週深遠的幽暗

　　反擊

　　此刻，迴響著我心中

　　生於人世的冷冷的吠聲[37]

詩題「荒村夜吠」四字，即流露極度淒遠孤寂的意象，荒廢無人的村落，被
寒冷包圍，孤單的一隻狗，仍發揮自己的本能，以吠叫反擊寒夜，在人世留
下吠聲，不讓自己消失於空無中。另一種孤單等候的身影則藉白鷺鷥來呈
現，〈思慕的黃昏〉：「夜色已圍籠大地／落單的白鷺鷥／佇立河心沙洲／等
待／黃昏最後的餘光／尋覓而來的伴侶」[38]。黑暗即將降臨，落單的白鷺鷥
靜靜等待，期望在最後的黃昏餘光中，是否有伴侶前來。文字裡的圖像非常
具體，背景是遼闊而黑暗的大地，一隻白鷺鷥站立在沙洲的小空間，詩人以
空間壓縮的手法來呈現整個空間的凝滯感，主角內心孤獨感在漸漸縮小的空
間中，顯得密度越來越高、越濃。〈孤鳥的旅程〉：

　　廣漠的海洋

　　該飛向哪裡

　　緊貼波濤和陸地的界痕

　　拍擊孤獨的翅翼

　　寂寞的旅程

　　隱藏著前方的信念吧

　　追求生命中短暫的夢

37　曾貴海：〈荒村夜吠〉，《曾貴海詩選1966-2007》，頁21。

38　曾貴海：〈思慕的黃昏〉，《曾貴海詩選1966-2007》，頁136。

或者，必須完成的夢

不停地翻飛地平線

到達可能的地方

也許，是不可預測的命運

追逐著牠

向未知的世界[39]

「鳥類」在榮格（Carl G. Jung, 1875-1961）的說法是「最上選的超越象徵」，[40]「鳥類」指向核心問題，也就是自身存在的焦慮、孤寂的感受、死亡的察覺等內心的抽象情感，鍾榮富將此詩中的孤鳥詮釋為曾貴海的化身：「詩人並不純是質問或感嘆孤鳥的煢獨無依，更把孤鳥當成自己鮮有知音的化身……這首短詩裡，詩人的語氣宛如獨白，頗有以詩自況的味道，書寫著內心的孤寂。」[41]

除了鳥類，曾貴海的詩裡也用了不少植物作為孤獨的象徵，〈夜合花──獻分妻同客家婦女〉是曾貴海寫的第一首客家詩，創作緣起於一九九八年在美濃鍾鐵民家的庭院見到夜合花，鍾鐵民隨口說：「這種花，福佬人嫌它半夜開，像是鬼花的魂。」[42]這句話觸動了他感受到夜合花的獨特性，〈夜合〉一詩寫道：「福佬人沒愛夜合／嫌伊半夜正開鬼花魂」，一語道出夜合花的孤寂幽情，在沒有人欣賞的時刻，它才綻放芳香，這也吻合了曾貴海對客家族群的認知，一個不隨俗、不媚俗的詩人，歌詠同樣不隨俗的夜合花，給予它不同的生命情態。其他的花草描寫，如〈高山薔薇的容顏〉：「遠

---

39 曾貴海：〈孤鳥的旅程〉，《曾貴海詩選1966-2007》，頁146。

40 卡爾・榮格（Carl G. Jung）著，龔卓軍譯：《人及其象徵》（Man and His Symbols）（新北市：立緒文化出版社，1999年），頁172。

41 鍾榮富：《不斷超越的詩章──曾貴海作品研究》（高雄市：春暉出版社，2011年），頁111-112。

42 參見蔡幸娥：《唯有堅持──曾貴海文學與社運及醫者之路》（高雄市：春暉出版社，2021年1月），頁218。

離人間的山崖／潔美的薔薇／盛放著浪漫的孤芳／／枝頭上／素樸的夢／搖曳著／無瑕的容顏」[43]，〈從樹國回城〉：「荒野的角落／小野菊花開的時候／沒有人知道／／荒野的角落／小野菊凋謝的時候／沒有人知道／／小野菊的幸福／沒有人知道／／小野菊的哀愁／沒有人知道」[44]。這些花處在封閉的空間裡，有如一個完整的小天地，所有的訊息都仔細安排於景框內，在個別的本質上，它們和前後的時空關係是疏離的。孤獨意象最深刻的，莫過於這首〈路邊草〉：

　　　無人欲kā惜
　　　雨潑落
　　　面來承

　　　春花謝
　　　孤葉飛
　　　野草猶原青

　　　無夠嬌
　　　無夠懸
　　　半暝等霧水
　　　花蕊袂芳
　　　蝴蝶袂來
　　　孤單無怨嘆[45]

路邊微賤的草，不漂亮、不芬芳，蝴蝶不理它，沒人疼惜它。但在這樣被漠視的境遇，它仍孤單的自展青翠。

43　曾貴海：〈高山薔薇的容顏〉，《曾貴海詩選1966-2007》，頁141。

44　曾貴海：〈從樹國回城〉，《曾貴海詩選1966-2007》，頁152。

45　曾貴海：〈路邊草〉，《畫面》，頁29。

　　自然與人類的關係從古至今一直密不可分，人和自然有時和諧共處，有時競爭破壞，長期在地球上不斷的交互展現。而曾貴海則從孤獨的內心風景來觀察自然界的背景與萬物之間的關係變化，寄託孤獨的意識。各種意象不斷反覆出現在詩句中，詩人將現實世界轉化為個人內心世界的獨白對話，以物為喻，來象徵詩中人內心的困頓，夾雜著與命運和自我追尋的對抗。

　　人不僅在孤獨中擴展了個體的完整性，而且還和整個大自然氣息融合為一，外物提供了這種對生命整體性的思考，詩人從孤獨意識來觀照，讓禽獸花草另有不同的樣貌，並由此建構嶄新的意義。它們的角色產生能動性，形成一種新的藝術生命，野菊、薔薇、路邊草、白鷺鷥都在訴說生命的孤寂經驗。從擬人的角度看，詩人是藉具體的物象來象徵抽象的孤獨意識。曾貴海的孤獨書寫，用眾多擬人的方式，活化了事物，賦予它們豐富的感知。這其實也是孤獨書寫的一種特質。[46]曾貴海將自然事物擬人化的傾向頗為強烈，擬人化在本質上也含有隱喻性，我是孤鳥，也是高山上的薔薇，物我隱然合一。

五　結論

　　曾貴海是對自我身分定位有著深刻思考的詩人，詩人如何省視自己的地位，決定他選擇什麼視野去捕捉詩思。哲學家海德格體認的孤獨是對比生命的短暫與永恆時間的巨大，在無盡的空間裡，察覺了人的有限性，而對浩瀚的宇宙時空，興起不可抑遏的焦慮。[47]所以孤獨是多元且多向度的，可激發出個體在心靈上追求自我、自省與創造性的能力。

　　正視曾貴海詩中的孤獨意識，更能了解這些作品的內涵。本論文針對詩

---

[46] 科克研究西方古今名著中的孤獨描寫，提出了孤獨書寫在「時間感」與「空間感」上的特色表現，並舉出孤獨書寫中常見的幾種技法：意識折射，即間接或替代性的涉入，還有擬人化、底景等。參見菲力浦·科克著，梁永安譯：《孤獨》，頁170。

[47] 引自海德格的觀念，參見威廉·白瑞德著，彭鏡禧譯：《非理性的人》（臺北市：志文出版社，1979年），頁212。

作中的人物與外部的時間與空間結構的造境進行分析，試圖以更多元的觀點還原生命存在的困境與人物處遇所呈現的孤獨意識。北歐神話傳說有一種黑色妖精，是宇宙間最優秀的工匠，他們躲在陰影中刻寫文字，他們的語言是寂靜無人處響起的回聲，神話意指：詩就是那回聲，從陰影處響起語言內在的光亮，在黑暗中他們才能取得神秘的力量與深邃的知識，曾貴海的孤獨意識也許可以做如是觀。

詩人的一生是否就是在不斷的發現自我、重塑自我、找尋人生意義？寫詩是做為自我凝視的一種方式。人類雖是群居的動物，但也是孤獨存在的個體，孤獨並不只是某些特定事件或特定情境下的情緒波動，孤獨其實是一種人格特質、一種存有的狀態。曾貴海致力於追求將孤獨與文學作藝術性之結合的詩人，他可說是一個追尋生命意義的孤獨者。

參考文獻

一　專書

曾貴海　《戰後台灣反殖民與後殖民詩學》　臺北市　前衛出版社　2006年

趙宗金　《榮格論藝術》（Behind Arts: Carl Gustav Jungon Art）　長春市　吉林美術出版社　2007年

蔡幸娥　《唯有堅持──曾貴海文學與社運及醫者之路》　高雄市　春暉出版社　2021年

鍾榮富　《不斷超越的詩章──曾貴海作品研究》　高雄市　春暉出版社　2011年

加斯東‧巴舍拉著　龔卓軍、王靜慧譯　《空間詩學》　臺北市　張老師　2012年

卡爾‧榮格（Carl G. Jung）著　龔卓軍譯　《人及其象徵》（*Man and His Symbols*）　臺北縣　立緒文化出版社　1999年

安東尼‧史脫爾（Anoyhony Storr）著　張嚶嚶譯　《孤獨》　臺北市　八正文化　2009年

佛洛姆（Erich Fromm）著　莫迺滇譯　《逃避自由》　臺北市　志文出版社　1989年

威廉‧白瑞德著　彭鏡禧譯　《非理性的人》　臺北市　志文出版社　1979年

段義孚著　潘桂成譯　《經驗透視的空間和地方》　臺北市　國立編譯館　1998年

莫里斯‧布朗蕭著　顧嘉琛譯　《文學空間》　北京市　商務印書館　2005年

菲力浦‧科克著　梁永安譯　《孤獨》　臺北縣　立緒文化出版社　1997年

箱崎總一著　何逸塵譯　《孤獨心態的超越》　臺北市　巨流圖書公司　1981年

歐文・亞隆（IrvinD.Yalom）著　易之新譯　《存在心理治療》　臺北市
　　　張老師　2003年

瓊安・魏蘭-波士頓（Joanne Wieland-Burston）著　宋偉航譯　《孤獨世紀
　　　末》　臺北縣　立緒文化出版社　1999年

二　單篇論文

吳易澄　〈再造詩故鄉──讀曾貴海《台灣男人的心事》〉　《留下一片森
　　　林》　臺中市　晨星出版社　2001年

唐毓麗　〈兩種阿米巴：評析曾貴海與江自得詩美學〉　《阿米巴詩學：論
　　　曾貴海與江自得詩作》　臺中市　晨星出版有限公司　2021年

莊紫蓉　〈孤島，樹人與海──專訪詩人曾貴海〉　《笠詩刊》　第252期
　　　2006年4月

郭漢辰　〈與生命對話──試論曾貴海的生態詩創作〉　《2013屏東文學學
　　　術研討會曾貴海研究論文集》　高雄市　春暉出版社　2014年

黃潔華　〈人本主義對孤獨感的相關研究〉　《健康心理學雜誌》第8卷第1
　　　期　2000年

曾貴海　〈自序〉　《曾貴海詩選1966-2007》　高雄市　春暉出版社　2007
　　　年

病理詩學
——曾貴海詩作中臺灣「現實病癥」的診斷與療癒

阮美慧[*]

摘　要

　　本文以曾貴海對臺灣「現實」的關注與轉折，作為考察其詩作的主要脈絡，正如他自己本身為一名醫師，對患者疾病進行診斷與療癒，以此方法，探究其詩所展現的主題情懷。

　　一九九九年，曾貴海重拾詩筆，出版《台灣男人的心事》詩集，漸次擺脫早期浪漫青澀的詩風，轉而將詩放在社會現實的凝視下。同時，他也積極參與並介入社會、政治、環境等領域的議題，其詩也展現高度的現實關懷。最初，他注意到南臺灣環境遭受的破壞與污染，曾以「潰瀾之花」形容他所居住的南臺灣，但他漸漸轉而以「微觀地理學」的書寫，打造起綠色的新故鄉。此外，曾貴海藉由鄉土的護衛，更進一步對自我生命的源頭的探索，重新溯源自己族群與認同，除國語之外，並以客語、臺語等進行創作，提出自己是「平埔福佬客家台灣人」，同時，他也對原住民各個族群的省視，再次建構臺灣多族群、多語言、多文化的特色。最後，曾貴海希望臺灣可以擺脫殖民的命運，「讓我們成為高貴勇敢的台灣人」，由此建立起自我的歷史意識，使臺灣成為一個真正的國家主體。

　　綜觀曾貴海長期的詩作書寫，始終將文學視為對現實的扣問，一一為臺

---

[*]　東海大學中國文學系副教授。

灣社會進行病理切片，找出鄉土自然、族群意識、家國認同等病癥並提出治方，期使他所鍾愛的土地及人民可以更堅強及自信地活著。

關鍵詞：曾貴海、病理詩學、鄉土自然、族群意識、國家認同

一 前言

　　曾貴海（1946-　 ）既是一位醫生，也是一位詩人。因此，除了就醫學的病理學之外；更有就社會病理學的角度視之。他醫治病人身上的病痛，也為臺灣社會現實的病癥把脈。換言之，他的生命，擺盪在醫學與詩學之間，在現實與理想、理性與浪漫中游走，不斷地思索臺灣前途與命運的問題。雖然，作為一位詩人，較諸大眾的感受更為浪漫細膩；但他卻不是只在象牙塔之內，吟哦個人的愁緒而已，而常是以詩為針砭，刺向社會現實之內，重新為臺灣的病癥加以診斷和療癒。這樣的傳統，其來有自，日治時期臺灣新文化發軔之初，既已展開，從賴和、蔣渭水、吳新榮……，一路細數下來，所建立「醫學文化學」的典範，形成臺灣社會改革的一股「白色」力量，如一九二一年蔣渭水在「臺灣文化協會」成立時，所寫的演講稿〈臨床講義——對名叫臺灣的患者的診斷〉，診斷臺灣人的病因為「知識營養不良症」，需要極量的知識營養品補給，這也促使台灣文化協會積極推動語文改革及大眾文化啟蒙運動。[1]因此，臺灣「醫者」所扮演社會菁英及公共知識分子，向來參與、介入社會政治、文化等公共事務，不遺餘力。曾貴海作為醫師及詩人的雙重角色，亦紹繼先賢的步伐，以醫學與詩學診斷社會病癥，提出良方，成為臺灣南方詩壇的代表人物。值得一提的是，曾貴海將自己的詩學，化為實踐的動能，將自己的光與熱，散發到文化、環保、社運等層面，在「知」與「行」之間，展現他過人的毅力與意志，使詩及詩人不再只是蒼白無力的表徵。

　　曾貴海這樣的詩觀建立，乃與臺灣政治、民主運動的發展俱進。一九八七年臺灣解嚴後，所有的社會禁忌與邊緣論述，獲得了空前的釋放與發展，此時，也是曾貴海積極參與各項社會運動最活躍的階段，同時也激發他詩的

1　〈臨床講義〉為蔣渭水一九二一年為「臺灣文化協會」成立時所做的演講稿，由於蔣氏是一位醫者，因此，內容以診斷書的形式加以完成，將當時受日本殖民的「臺灣」視為病患，而加以診斷，並提出根本療法，必須大量的知識補給。之後修訂發表於臺灣文化協會《會報》第一期。

寫作動能,他在出版二本詩集而停筆多時之後[2],一九九九年出版他的第三本詩《台灣男人的心事》(以下簡稱《台》)。而《台》這本詩集,漸次擺脫了曾貴海早期浪漫青澀的詩風,轉而將詩放在社會現實的凝視下,寫詩,除了抒發情意之外,更成為觀察與反思現實的途徑,在曲繞彎沿的詩語中,隱喻他對現實的深情與指陳。而從《台》的書名,隱約看到他的「心事」,然而,此「事」究竟為何?與曾貴海相識多年,且同為醫生詩人的江自得,在這本詩集評論說:「歲月的增長,生命的體驗,時間的壓力,以及這些年他經歷無數社會運動的參與,重新挖掘島嶼上被湮沒的歷史,重建國族認同之後,他體認了生命中值得去關注、去愛的主題與日俱增。」[3]江氏所言,點出了曾貴海在真正參與社會運動後,深刻了解台灣主體的建立及國族的認同,乃是當今臺灣最重要的工程建造,它必須透過全方位的改革與論述,一點一滴拾起民族的自信心以及過往的歷史記憶,唯有如此,才能使臺灣真正成為一個獨立民主的「國」/「家」。

因此,《台》可謂他新階段的起點,他明確地將關注的焦點,投身在外在環境的變化、政治體制的高壓、歷史意識的失憶、國族認同的混淆等「大敘述」的議題,詩在抒情與言志中,訴說著他對這塊島嶼的土地及人民,款款的深情。因此,在個人寫作上,他不斷延伸、擴大,自覺地關注這些主題及範疇,積累成他豐沛的礦脈;在外在現實上,更積極投入各種運動改革的行列中。若檢視《台》所收錄的詩作,前後長達十二年之久,從一九八七至一九九九年期間,詩集中分為二輯,第一輯為一九八七至一九九八年,第二輯為一九九八年二月至一九九九年二月,第一輯可見為他多年零散詩作的收錄,而真正展現曾貴海詩作的噴發期,則是第二輯。他在短短的一年間,爆

2　曾貴海學生時代即提筆寫詩,為高雄醫學院「阿米巴詩社」成員。一九八〇年代以筆名林閃投稿《笠》詩刊,其後出版詩集《鯨魚的祭典》(1983)、《高雄詩抄》(1986),之後因醫務繁重,停筆多時,直到一九九九年才再度出版第三本詩集《台灣男人的心事》。

3　江自得:〈珍愛與敬重——序曾貴海詩集《台灣男人的心事》〉,收入曾貴海《台灣男人的心事》(高雄市:春暉出版社,1999年),頁7-8。

發了驚人的創作力,詩作中含蓋了關於自然環保的議題,如〈留下高屏溪的靈魂〉、「土地的哼聲」專輯系列之作[4];也有歷史意識的追索,如〈先知與真理〉、〈向平埔祖先道歉〉;更有國族認同建立的詩作,如「夢國」專輯系列之作等[5]。《台》所開展出的詩作議題,日後成為曾貴海寫詩的拋物線,降落在他的各個領域,形成有力的著力點,待他不斷奮力地深掘與扎根。有了《台》的省視與開展後,接續《台》的寫作,曾貴海定錨在他所拋出的問題上,其心緒及寫作節奏轉為平穩,依續出版他的各本詩集[6]。由此可知,他身兼社會運動與文學創作者,在兩者之間介入、抽離、轉換,既發揮了公共知識分子的實踐力;又關照文學創作者的婉轉詩情。換言之,他以「日常性」表現他詩作的主題,而以「非日常性」鍛鍊詩語的精密度,他使詩成為社會產物的一環,同時又展現詩內在纖細的情意。

　　本文擬以「病理詩學」為題,緣於曾貴海作為一位醫師,平日為病患診治;同時,他也是一位社會運動家及詩人,一九九○年代之後,他積極參與各項社會運動,見到臺灣社會的千瘡百孔,是以,他以病理切片的方式,剖析病源乃因:臺灣長期對自然環境的破壞、族群意識的缺乏、家國認同的混淆等,導致臺灣現今社會亂象叢生,於是,他開始大力改革社會問題,同時以「詩」療癒社會心靈。這一軌跡,扣合著他後期的生命與寫作,引領我們

4　「土地的哼聲」為《台灣男人的心事》第二輯詩作的子題之一,收入有〈墾丁〉、〈土地的哼聲〉、〈田畦中的農婦〉、〈白鷺鷥〉、〈土地刑場〉等,為他對自然環境的關注與省思。

5　「夢國」亦為《台灣男人的心事》第二輯詩作的子題之一,收入有〈颱風〉、〈中國〉、〈新住民〉、〈台獨馬克斯論〉、〈燈塔的火光〉、〈每晚的祈禱〉、〈獨立預言〉、〈中立國〉等,為他對國族認同的企望與憂心。

6　繼一九九九年出版《台灣男人的心事》後,陸續出版了《原鄉·夜合》(客語詩集,2000)、《南方山水的頌歌》(2005)、《孤鳥的旅程》(2005)、《神祖與土地的頌歌》(2006)、《浪濤上的島國》(2007)、《曾貴海詩選》(2007)、《湖濱沉思》(2009)、《畫面》(台語詩集,2010)、《色變》(2013)、《浮游》(2017)、《原鄉·夜合》(新版,2017)、《白鳥之歌》(2018)、《航向自由》(2019)、《寧靜之聲》(2019)、《二十封信》(2019)。

進到他的詩作中，使我們能夠更進一步貼近「男人的心事」，了解他的創作
精神與表現。

二　鄉土的美麗與哀愁，「總該有些什麼責任吧」[7]

　　曾貴海初中之後即離開故鄉——屏東佳冬來到高雄，高中、大學的青春
階段，之後，成家立業時期，也選擇高雄作為安居之地，因此，南臺灣是他
重要的活動場域，他見證了高雄的環境如何變遷與重建。回顧臺灣當代經濟
開發史，高雄一直被定位為重工業開發區域，到處加工區林立，推動著各項
高污染的工業，如水泥、石化、鋼鐵等的發展，其間，大肆的建造與開發，
雖為臺灣帶來經濟上的成長，卻也留下難以挽回的環境破壞，早年「高雄」
因為是重污染的地區，總是給人「鳥不語，花不香」的印象。

　　二十世紀中葉發展出的自然書寫，即是對這樣的人為災害大聲疾呼，其
中代表之作《寂靜的春天》（1962）指出：「人類對環境的諸多侵犯，最令人
心驚者是以危險、甚至致命的物質汙染空氣、土地、河川、海洋。這一汙染
大部分是無法回復的；它不只在支撐生命的世界裡，還在生命的活組織裡引
發惡性連鎖反應，而這一連鎖反應大部分是無法逆轉的。」[8]此書的問世，
啟發了人類認真思考環境保護的重要與真諦，甚而刺激人們反思經濟開發與
環境倫理、土地正義等的問題，因此，有評論者提出「經濟是權力，也是文
學」[9]，旨在點出，經濟開發往往論述一個「從此以後快樂的生活下去」榮

7　曾貴海，〈總該有些什麼責任吧〉，收入氏著《濤浪上的島國》（高雄市：春暉出版社，
　　2007年），頁52-54。

8　瑞秋・卡森（Rachel Carson）著，黃中憲譯：《寂靜的春天》（臺北市：野人文化公司，
　　2018年四刷），頁28。

9　南方朔：《經濟是權力，也是文學》（臺北市：新新聞，1999年）。在自序中，南方朔提
　　到，這套論述分析「起源對『正典』的重讀與重估，將經濟論述也視為一種文學，則
　　肇因於經濟史對『正典性』（Canonicity）的反省……『正典性』乃是一種以後來的觀
　　點合理重建古代經濟學文本，它使得在歷史中形，成並具有『多聲部』特質的文本被
　　單一化，從而形成一殘性的歷史觀點和知識的排他性」（頁11）。

景的迷思，卻忽略了背後真正對環境破壞的揭露，以及人心在高度經濟發展下的迷茫，是以，這套學說乃要解除經濟「正典性」的論述，使人們重新反省「經濟」發展所帶來的諸多弊端。

　　一九八七年臺灣解嚴，伴隨台灣主體性的追尋與認同，有關環境、生態保護的問題也逐漸備受關注，韓韓、馬以工合著《我們只有一個地球》（1989），開啟臺灣自然書寫的意識，這也促使各地加強對「地方」[10]的認同，在環境與生態的議題上，投注更多的關懷與行動。與此同時，曾貴海也開始積極參與環境保護工作，一九九六年，高雄市綠色協會出版了《南台灣綠色革命》（臺中市：晨星出版社）（以下簡稱《南》）一書，記錄了他參與高雄綠色革命的軌跡[11]，在《南》一書的序，曾貴海以「潰爛之花」為題，寫下他對自然生態的憂心，當時，多數人大多沈浸在激情高漲的政治運動中，走向街頭示威抗議，表達長期以來對威權體制的不滿。然而，曾貴海卻回頭見到自然環境才是更根本的問題，他說：「我夾雜在示威群眾中，尋找我們的朋友們。……祂們是森林、祂們是河流、祂們是海洋、天空和人以外的生命」[12]，顯示他在整個島嶼從戒嚴到解嚴之後，在紛亂狂飆的政治情緒

10　美籍華裔地理學家段義孚，為人文主義地理學研究的先驅，其《經驗透視中的空間與地方》（*Space and Place— The Perspective of Experience*）論述「空間」與「地方」的差異，啟發了後來這一理論的研究與發展。在Mike Crang著，王志弘、余佳玲、方淑惠譯《文化地理學》（臺北市：巨流出版社，2004年）〈地方或空間？〉一文說到：「研究『地方』的取向指出了『歸屬感』對人類而言至關重要。基本的生活地理並非壓縮於一系列的地圖格網座標中，而是超越了區位（location）觀念，也超出了區位科學的範圍。極為重要的一點是，人群並不只是定出自己的位置，更藉由地方感來界定自我。……地方代表了一系列文化特徵；地方不只說明了你的住處或家鄉，更顯示了你的身分」（頁136）。

11　《南台灣綠色革命》分為七卷，卷一「綠色革命思潮」、卷二「高雄生態環境」、卷三「濕地保衛戰」、卷四「南方的惡水」、卷五「大河之愛」、卷六「南方綠色思考」、卷七「南方綠色革命的實踐」等，內容涉及了環境意識的啟蒙、山林、河川、居住空間等自然景觀的捍衛，甚而有如今已成為高雄地標的衛武營文化生態園區的最初構想與規劃等。

12　曾貴海：〈潰爛之花〉，收入《南台灣綠色革命》，頁16-17。由此，可見曾貴海對環境議題的關注。

外，更回歸理性，反思臺灣環境永續的問題。

　　因此，在《台》詩集「土地的哼聲」的系列詩作，強烈指控環境遭受破壞，以及對生物所帶來的危害，「哼聲」是一種被壓迫後強忍的悶聲，沈痛地指陳土地受到無情的嚴峻對待，如〈土地刑場〉（引自《台》，頁72）一詩，將人自私對環境生態的破壞，如同劊子手，粗暴地「宰殺」生物，曝屍遍野。

　　　　消失的先後秩序登錄在刑場

　　　　荒野疏林沼澤濕地
　　　　平埔阿嬤父母兒女
　　　　河川溪流鱸鰻鯽魚蟹蝦
　　　　田鷄青蛙螢火蟲蚯蚓
　　　　野兔田鼠蛇鷺鷥

　　　　農藥化肥鋪成的地表
　　　　長出水泥樹柏油路和工廠

　　　　農民消失後
　　　　土地也失去了慈悲

　　詩中反思我們以為的文明進步，究竟是帶來破壞？抑是建設？土地大量的開發；農藥、化肥等有害物質的使用，都使土地日益貧瘠乾枯。於是，自然生態失衡，各種生物景觀消失，中間詩行，詩人以「排比」的方式，並列已消逝的自然生態，如同詩中所言「消失的先後秩序登錄在刑場」，而一一消失的有「濕地」、「平埔族」、河川裡的「鱸鰻鯽魚蟹蝦」、農地上的「田鷄青蛙螢火蟲蚯蚓」、「野兔田鼠蛇鷺鷥」，詩人一一唱名，如同招魂一般，表達強烈的控訴與不滿。土地原是大地之母，孕育各種生靈，如今卻轉成了柏

油路及工廠,大地變得單調而沈寂,原先以土地賴以為生的農民也哀哀告苦。

正因如此,曾貴海更積極參與南臺灣的環境保護運動,尤其對高屏溪的捍衛,以及衛武營公園的推動,分別出版了環保運動的實錄《被喚醒的河流》(臺中市:晨星出版社,2000年)、《留下一片森林》(臺中市:晨星出版社,2001年),他以土地聽診器,諦聽大地的傷痛,因此,在《留》的序詩中,他如祝禱詞讚頌著:「把海洋還給市民吧/打開碼頭與港口的枷鎖//回到那片被遺忘的家園/聆聽海濤的傾訴/隨海島在藍色海面飛翔//把天空的藍色還給市民吧/讓陽光照亮城市的臉/讓清淨的空氣滋潤人們的肺//把山還給市民吧/讓我們走進大地之母的懷抱/使城市中的生態島嶼/充滿自然生界的合唱//把河流還給市民吧/讓我們日夜思念的水城/貫穿明日的城市/傳送市民的情歌//把街衢還給市民吧/讓城市不再成為鳥籠/人們走向充滿美學的空間」[13],坦露著詩人最誠摯的心聲,而這分心意不是為己,而是為了期許南臺灣有座「明日新城」,可以「把城市圍成綠色新故鄉」,因此,他被封為「南台灣綠色教父」,對南臺灣的自然環境、居住空間的改革,貢獻卓越。[14]

然而,在大力推動環境改革之後,詩人對生態自然的關注,從外在的呼籲、抗爭,轉為知微見著、興發感悟,在《台》第二輯「高雄素描」,曾貴海則改以「微觀地理學」的視角,投注在日常風景中,一種「內向性」的眼光,記錄生活周遭的海洋、河流、植物、城市等點點風情,將自己置身於

---

13 一九九八年十二月,曾貴海寫就〈明日新城〉一詩,最早收入《台灣男人的心事》之中。之後,成為《留下一片森林》一書的「序詩」。

14 劉湘吟〈南台灣『綠色教父』曾貴海一生是環保義工〉一文,原載於《新觀念》第140期,1997年6月,頁20-31,後收入《留下一片森林》後記,頁166-186。書中末尾記載了衛武營公園推動的點滴與艱辛,「起於民國八十一年間的高雄衛武營公園促進運動,點燃了南方綠色運動的火種;經過十年不屈艱辛努力,民國九十年七月,終於傳出好消息,行政院同意採行『逕為變更』方式,將有效縮短開發期程。衛武營區變公園的綠色夢想,終於可以落實在高雄這塊重工業原鄉。」(頁187)如今,衛武營都會公園結合藝術文化中心已竣工,為高雄帶來更優質的居住環境與空間正義,也使高雄真正有了新的綠色故鄉。

「高雄」的日常環境之內，每首詩精練短小，既可單獨存在，亦可形成一套組詩，如〈愛河〉（頁55）一詩[15]：

> 被辱罵著逃回海的老家
> 讓城市失色的禍水
> 竟是市民們日夜暗戀的情人

愛河，日治時期稱為「打狗川」，戰後才改名為「愛河」，河川源於高雄市仁武區八卦寮，流經左營、三民、鼓山、鹽埕、前金、苓雅等行政區，最後在高雄港出海。愛河因長期淤積污染，導致河川氣味不佳，歷經多年的整治，如今才成為高雄的地景之一。而曾貴海在一九九〇年代所見識到的愛河，仍是一條宛如臭水溝一般的河川，因此，起頭以「被辱罵」、「逃回」等負面修辭，說明愛河不受歡迎的實況。此外，詩人巧妙地發揮了「愛」河的名稱，先將它轉為女性的代稱，回溯到性別的歷史文化脈絡下，「她」成為「禍水」，使城市「失色」，指責愛河長年臭氣沖天的不是。然而，詩人最後又扣回「愛」字，縱使「愛河」早已面目全非，但它與高雄長年的發展密不可分，「愛河」始終象徵著高雄，是高雄人「日夜暗戀」的情人。詩中巧妙地將對愛河的演變，隱喻在短短的詩行之中，傳達詩人的關懷與批判之意。另外，曾貴海對四季植物的生長也別有用心，仔細觀察與描繪，藉此妝點高雄的城市之美，如〈白千層〉：「夏日剛孕的白千層／銀白色的花海閃爍著／照亮城市街道的中午」（頁57）；〈台灣欒樹〉：「秋日最初的戀曲／繞唱整街黃色花河／在冬日，變身為粉紅的默情」（頁57）等，將四季繽紛的色彩化為

15　早期曾貴海在第二本詩集《高雄詩抄》（臺中市：笠詩刊社，1986年），第二輯題名為「高雄」，收錄的作品，大多以外在「旁觀」的角度，刻畫周遭人物為主，如：〈表弟的房子〉、〈二個議員的當選〉、〈高雄人〉、〈一個都市的流浪漢〉、〈一張鄉下女人的臉〉、〈賣汽車玩具的年人〉等十七首，在此亦有題名為〈愛河〉（1983）一詩：「從清白／變成不清白／／從散步的情侶／變成路攤女郎／／從幽香／變成體臭／／把不愛的都流給妳／我們感激地改稱妳為〈仁愛河〉」（頁68）。此與《男》所收的詩作有異。

詩句，彩繪高雄的市容，展現高雄另一種日常的活力。

接著《台》的寫作，二○○五年曾貴海出版《南方山水的頌歌》（以下簡稱《南》），描繪南方的好山好水，輔以其他作者的英文翻譯及攝影對照，做了一次跨域合作的書寫[16]，他自認「生活在台灣南方，才有緣用詩文書寫南方山河大地的景緻。因緣的細線總是無聲無息的縫接每個人的生命史」[17]，從而自解嚴後的「批判性」角度，轉為較溫柔體恤的心情，去刻畫凝視南臺灣的風景。在詩集前面的序言，陳昌明評論說：「過去在《留下一片森林》（按：2001年）書中，曾貴海醫師以焦慮的心情，批判現代人對土地的污染與都市環境的沈淪，……然而在《南方大地》、《南方江山》的詩篇中，我們聽到的是一片清明，開朗的聲音」[18]，更確切地指出這樣的變化軌跡。在〈紫斑蝶的越冬慶典〉（節引自《南》，頁50）一詩，他細膩捕捉紫斑蝶的身影，同時展現他對南臺灣的情意：

　　　千千萬萬隻斑蝶
　　　拍擊強韌的翅翼
　　　連綿成三天三夜的空中蝶道
　　　凝視一寸又一寸島國的山巒和波濤

　　　落居南方大河的幽谷密林
　　　突然騷動的蝶影
　　　佈滿自由的天空和枝葉

　　每年初春紫斑蝶會北移，待秋末之後再南遷渡冬，而每次南來北往的遷

---

16 曾貴海，《南方山水的頌歌》〈後記〉（高雄市：春暉出版社，2005年）說明該書的付梓的緣由，「一九九九年高雄縣政府委託王慶華兄以攝影作品呈現南台灣的美麗。王慶華兄請我替他的作品配詩，因此才有這本詩集的誕生。」，頁134。

17 曾貴海：《南方山水的頌歌》〈後記〉，頁134。

18 陳昌明：〈土地之愛——南方山水的頌歌〉，收入曾貴海《南方山水的頌歌》，頁2。

徒，都形成壯觀的蝶道奇景。詩人以此特殊的生態景觀，記錄南臺灣的美麗風情，並以蝶寄託心意，以「鳥瞰」的方式「一寸又一寸」凝視著島國，溫柔全景式的開展島國的山巒波濤，而斑蝶成千上萬拍打著透明而堅韌的羽翅，緩緩自由飛翔，向上湧動，意喻著高雄曾是臺灣追求民主自由的聖地，這樣的氣息布滿著天空、枝葉，自然地流動在南方人熱情的血液裡。

　　隨著時間推移及情感的深化，以景託情，寄寓人生，成為曾貴海人生重要的生命課題，同時，他也更悠遊在高雄的地景、物種與風貌，置身其間觀察現實與省思人生。是以，「從二○○三年開始，沒有世事的上午，經常一個人進入大貝湖園區，隨著季節和心境移動不同的景觀，棲息在湖濱的樹林下，往往午時已過才回到城市。」[19]面對外在現實的喧囂，人心的浮動，曾貴海身體力行，真正走入高雄大貝湖園區，仔細諦聽南臺灣自古以來的歷史脈動，二○○九年他將多年沈思靜默的觀察轉為詩作，出版詩集《湖濱沈思》（以下簡稱《湖》），記錄在密林下他與自然的對話與啟悟，如〈晨光中的樹林〉（節引自《湖》，頁26-27）：

　　　　祖先存留的密碼
　　　　隨著每一道陽光和星芒
　　　　隨著季節無私的輪轉
　　　　悄悄揭開時間花園的編碼

　　　　吹來的風飄落花葉
　　　　耳語著祖先們的叮嚀
　　　　不要汙染腳下的棲地
　　　　不要侮辱大家的土地

19　曾貴海：《湖濱沈思》〈後記〉（高雄市：春暉出版社，2009年），頁125。

> 幾堆已腐朽成空的枝幹
> 躺臥如大地的床母

　　詩人漫步在樹林間，晨光自天而降，灑落的微光，點點晃動，如同密碼，昭示著詩人生命的奧祕。詩人帶領讀者，穿透歷史的長廊，與過往曾駐足於此的先民們共感自然，然而，物換星移，如今，此情此景，是否已面目全非，破壞殆盡？蒼天無語，但隨風翻飛的落葉，如同祖先們的耳語叮嚀，捍衛環境是何等的重要，人只不過是自然生物的一部分，無權將此毀壞。詩末，詩人抱持著永續的生命觀，將腐朽橫躺大地的枝幹，喻為大地之母一般，最終雖腐化為無形，但卻是滋養萬物，使其生生不息的重要關鍵。

　　早期曾貴海從對自然環境的指控，轉而投身於環保運動，推動生態環境的建設。而詩作，同樣也從批判到靜觀，以微觀的角度，細膩刻畫南臺灣的風情，可見他對南臺灣的真心誠意，願長久守候，溫柔對待，建立起綠色的新故鄉，盡了他作為一位知識分子、高雄人該有的社會「責任」。

三　我是誰？我是「平埔福佬客家台灣人」[20]

　　一九九〇年代，曾貴海在推動環境保護的同時，也開始溯源自己的出生地及生命史，二〇〇〇年出版客語詩集《原鄉・夜合》[21]（以下簡稱《原》），在其後記，曾貴海說：

> 想寫客家詩到完成這本詩集，有好幾個因緣。由於個人的血緣背景，

20　「平埔福佬客家台灣人」，為曾貴海的詩作標題，收入氏著《原鄉・夜合》，頁72。

21　《原鄉・夜合》（高雄市：春暉出版社），於二〇一七年出版新版，新版收錄的詩作，除了既有舊版的作品之外，另收錄了《孤鳥的旅程》四首，以及二〇一五年新作十首及華語「客家詩」二首，輯為「第二部　歸鄉」共十六首，在〈新版後記〉他說：「這十六首詩，……集成歸鄉主題的第二部分，希望我的客家書寫能更完全的呈現客家詩人的精神景象。」（頁141）

近年來常回到我的生長原鄉佳冬、六根庄，追尋家族及族人的生活
史。同時，也因為參與反美濃水庫運動，結識了美濃的朋友，使我不
停的思考客家族群的問題與未來。[22]

換言之，一九九〇年代曾貴海藉由鄉土的護衛，更進一步對自我生命的源頭
的探索。除了地理上的情感之外，另有對生命根源的擁抱，在《原》的扉頁
內特誌「獻給原鄉佳冬六根庄同阿姆」，以及詩集以「夜合」作為總體意
象，象徵客家勤奮堅毅的女性形象，這些隻字片語，都可感受到曾貴海內在
情思的湧動，尤其曾貴海自幼喪父，母親為客家女性，象徵堅忍的精神，更
是意義非凡。鍾鐵民在〈我看原鄉一文〉指出：「〈夜合〉清楚的描繪出客家
女性的特質，運用象徵和譬喻的手法，展現了客家女性那種堅強勤苦又溫柔
羅曼蒂克的形象。」另外，彭瑞金也曾剖析「客家女性」對曾貴海的意義：
「『夜合』是客家婦女母性與愛的最佳詮釋，詩人也從這裡找到了作家客家
詩人的精神原鄉。」[23]可見「客家」、「女性」在曾貴海心中的重要地位，母
親一手含辛茹苦將他撫養長大，因此，母性內含「客家」、「女性」的雙重意
涵，更鮮明地印記在曾貴海的心中，成為他牢不可破的原鄉意識。如〈夜
合──獻分妻同客家婦女〉（節引自《原》，頁16-17）：

　　暗微濛个田舍路上
　　包著面个婦人家
　　偷摘幾蕊夜合歸屋家

　　勞碌命个客家婦人家
　　老婢命个客家婦人家

---

22 曾貴海：《原鄉‧夜合》（高雄市：春暉出版社，2000年），頁99。

23 彭瑞金：〈解讀曾貴海的詩路〉，收入曾貴海：《孤鳥的旅程》（高雄市：春暉出版社，
　　2005年），頁111。

沒開到半夜
正分老公鼻到香

半夜
老公捏散花瓣
放滿妻仔圓身
花香體香分毋清
屋內屋背
夜合
花蕊全開

在《原》中曾貴海書寫了多元的客家女性樣貌，如「有描寫農家婦女的〈背
穀走相趨仔細妹仔〉、有寫洗衣婦女的〈清早的圳溝滑〉、也有描寫作生意婦
女的〈去高雄賣粄的阿嫂〉、有參政的女性〈台灣菊蘭——詩送葉菊蘭〉；另
外有愛玩的小女孩〈阿妹看人搞烏龍仔〉、〈隔壁阿妹嫁分我〉；也有高校女
生〈阿桂姐〉；還有客家老婦人〈平埔客家阿婆〉、〈溝背庄个外阿婆〉」[24]，
但〈夜合〉一詩，綰合了客家女性的總體特徵：含蓄、內斂、辛勤、溫柔、
體恤、奉獻等，詩人巧妙地將實體花卉「夜合」與客家女性的特質內外疊
合，以詩喻人，在外整日蒙面勞動的客家女性，直到臨暗才進家門，日間女
性的形象，完全被隱藏在勞動的身軀下，直到夜幕低垂，順手摘了外面的幽
香的夜合進門，此時，終於可以卸下樸實無華的勞累身影，展示柔美嬌媚的
女性姿態，在「色」與「香」，視覺與嗅覺的觸發下，更見誘發動人，最
後，詩人以極其隱微的手法，將屋內、屋外同時綻放的花蕊，情景交融地譬
喻客家女性做為人的真實情思與愛欲。如此，則擺脫平板單一，只一昧歌詠
客家女性勞動的單調畫面，賦予客家女性更生動鮮明的形象，同時，也展現
對客家族群的高度認同。

---

24 鍾屏蘭：〈鄉愁與重生〉，收入曾貴海：《新版原鄉·夜合》，頁21。

　　此外，他也更用心以詩描繪原鄉客家庄的地貌與風景，使地處一隅的客家村莊，透過時間與空間的交錯並置，讓我們「來」到「當地」、「當下」，並且「回」到村莊過往的歷史脈絡，透過回溯過往，而理解客家庄的文化風情。如〈故鄉个老庄頭〉（節引自《原》，頁2-3）：

　　　　家鄉下六根庄个圓形村落
　　　　起滿土磚屋紅磚屋同端正个大伙房
　　　　外面圍著樹林蓼竹河壩
　　　　庄肚路面只有四公尺闊
　　　　屋家黏屋家
　　　　家門對家門
　　　　庄路對廟中心向四邊伸出去
　　　　伸到東西南北柵門口
　　　　柵門附近還有五仔營神
　　　　歸只庄仔像一只軍營
　　　　保護庄內緊張个客家移民親族
　　　　三百年前左右來到這裡

　　詩中對三百年前客家族群遷徙共居的圓形村落，加以描繪刻畫，展現先民來臺墾植時的不易，以及客家族群的歷史背景、宗教信仰、聚落形態、地理景觀等，以詩代史的筆法，一一勾勒客家人的風土民情、文化意識。如此，亦可見在〈蕭家屋前竹頭樹〉、〈下六根步月樓保衛戰〉等詩作，這些客家「人物」、「文化」的探訪與書寫，都是曾貴海有鑑臺灣現實問題浮現的省思，而其因正是長期「失根」與「失憶」所造成，這也使他在一九九〇年代之後，復出詩壇之際，不斷湧現出的寫作動能，一切從「頭」開始溯源。然而，在追尋自我的當下，更深知臺灣的歷史由來，它是一個多族群、多語言「混融」（Hybridity）的移民社會，也赫然發現自己的身世，原來流有平埔族的血液，在〈平埔客家阿婆〉（節引自《原》，頁59-61）回溯這樣一段自

我尋根的家族史：

> 年夜飯後
> 大家爭看舊相簿
> 忙亂中
> 一張老照片輕輕飄落
> 孤孤單單跌落厓腳邊
>
> 一張老婦人家个照片
> 係麼人呀
> 消失个平埔族个老婦人家
> 流落佇客家人屋家
> 變做我阿婆
> （中略）
> 厓拿著平埔客家阿婆个相片
> 攬著一大堆家族相簿
> 真驚這兜台灣客家个記憶
> 也會像平埔族
> 變做歷史个負擔
> 分人擲去時間个大海

曾貴海從一張「輕輕」掉落的舊照片，感嘆自己對家族史的陌生，咎責竟連阿婆是平埔族人，竟一無所知，同時，也回應了臺灣平埔族群失憶的歷史，哀悼他們曾經是「消逝的」族群，如同過往的時間，渺無蹤跡。有鑑於此，曾貴海開始擴大並延伸他的認同，他向臺灣各個族群進行探索，二〇〇六年出版《神祖與土地的頌歌》（以下簡稱《神》）原住民的族群書寫，收錄〈向平埔祖先道歉〉一詩：「失去了人種標記／溶化成我們不明的部分／血源基因潛存的傷痛／母系社會絕後的哀愁／當我們凝視台灣人地時／幽幽的湧出

亡族的悲歌」（節引自《神》，頁3-4）除了向「小時候經常牽著我的手，帶
我去替人求神問卦的平埔祖母，她那雙清癯眼皮下的憂傷眼神」[25]致歉之
外，更有對臺灣各族群歷史命運的無知感到歉意。而這樣的旅程開啟，與他
自環保、社運、文學等的介入與參與一以貫之。他自述：

> 我個人的溯源之旅，應從客家的支脈源起，然後沿著福佬、平埔的流
> 域轉進，最終到達了與我的血緣無關的近鄰台灣山居原住民。……
> 做為一個社會運動者，我有很多機會與原住民的知青共處與對
> 話，……在二○○四年初開始書寫鄒族、布農和排灣三個族群的長
> 詩，每首詩選擇了各族最重要的祭典，展開神話、信仰與生活文化探
> 索及揭祕的詩路。[26]

換言之，他認為臺灣的環境和現實之所以滿目瘡痍，究其原因在於對族
群及身分的不了解，因此，往往將族群豐富的文化遺產拋棄，轉而迎向世俗
的都市文明，如〈高山閃靈的pasibutbut〉一詩（節引自《神》，頁25-26），
為布農族祈求小米豐收的祭謠，其音宛如插天之歌：

> 像台灣高山上的松杉
> 微風細幽的吹著聲浪的波紋
> 強風劇烈的搖撼呼嘯
> 千萬群飄揚的葉子發出千變萬化的和聲
> 變成布農族人的歌聲
> 讓布農人學會如何向大自然及天神
> 互相交流唱出讚頌的歌曲
> 有時，也像素潔的瀑布

---

25 曾貴海：〈感謝山神〉，收入氏著《神祖與土地的頌歌》（高雄市：春暉出版社，2006
年），頁1。
26 曾貴海：〈感謝山神〉，頁1-2。

以八部或更多音部

在部落不遠的山澗垂落山靈的神曲

在台灣聖山的深處

流傳在世世代代布農人內心的土地聖歌

布農族的八部合唱迴盪在山谷之間，像天籟一般遶繞天際，卻曾一度遭到忽視，直到站在國際舞臺發聲後，才再度受到世人的重視[27]。此舉，對曾貴海向民間汲取詩學養分的詩人而言，自當感受深刻，而這股情感，轉而成為他念茲在茲的心意與能量，透過不斷地對各個族群的書寫，彌補自己長期對臺灣歷史、族群認知的匱缺。

而對族群認同的追尋上，曾貴海也思考「語言」的撰擇與運用，他本人可以流利地運用「中文」、「客語」、「臺語」，「中文」乃因教育體制所學而來；「客語」是原鄉的母語；「臺語」則是日後安居高雄，民間最普遍使用的日用語。從曾貴海自身多語文混用的經驗，印證了臺灣戰後語言文體混生與想像的情況，這與戰後的語文政策與禁令息息相關。對此，陳培豐在《想像和界限：台灣語文體的混生》一書提到：

（戰後）急遽的「國語」政策轉換以及隨之而來的語言文化暴力，改變了本省菁英的世界。在識讀基準的變更下，無論是過去的「中國白話文」派、台灣話文派、日語派、皆成了「文盲」。[28]

---

27 一九九六年美國亞特蘭大奧運主題曲，即探用了布農族八部合音的「飲酒歌」，這讓原住民的音樂可以重現世人面前。而「八部合音」演唱時八位男子從頭到尾都是手環著手圍成一個圓圈，用單口腔喉音加上多聲部和音的唱法，歌詞全以無意義之母音來演唱，四聲部使用之母音分別為——「o」、「e」、「e」、「i」，由低漸漸上升，一直唱到最高音域的和諧音，以美妙的和聲娛悅天神，同時也依此判斷當年小米之收成。參考維基百科，網址：https://zh.wikipedia.org/wiki/%E5%85%AB%E9%83%A8%E5%90%88%E9%9F%B3，2021年12月20日。

28 陳培豐：《想像和界限：台灣語文體的混生》（臺北市：群學出版社，2013年），頁323。

因此，戰後「中文」（國語）形成了強勢語言，連帶的，壓制了其他族群的語言，使得語文的使用，轉為民族認同與文化追尋的表徵。是以，曾貴海反思在強勢的「中文」作為表達工具之外，是否也可恢復不同族群語言的可能。於是，他開始穿梭於戰後被壓制的各族群的語文間，並嘗試以不同族群語文進行書寫，企圖恢復原先弱勢語文所喪失的文化意涵。由於，他能進行多重語文的交錯書寫，因此，能感同深受，在不同「語文」轉換間，其個人內在的情思、層深的文化等的表達差異。因此，他以不同族群的「語言」進行書寫與創作，一方面展現了他對不同族群的認同，同時，也暗藏著他對戰後語文政策的批判。從《夜合》的客語詩集（2000年），《畫面》的臺語詩集（2010年），他「自覺性」的以臺灣各種族群的語文進行創作，反思「語言」所帶來的根源性問題。最後，他寫下了〈平埔福佬客家台灣人〉（節引自《原》，頁73-74）一詩，一方面說明了自己身上「混血」的痕跡，同時，也展現臺灣多族群共生共融的認同意識：

> 有一日發夢
> 看到三個祖先
> 佔著圓身三個部分
> 牽手唱歌跳舞飲酒
> 伊等喊我小猴仔
> 汝係平埔福佬客家台灣人
>
> 四百年歷史像一條索仔
> 纏著我身上
> 平埔福佬客家結結相連

曾貴海透過不斷地追索與反思，以臺灣四百年的歷史發展作為認同的經緯，重新定位自己的身分認同，是以，他能更扎根在他所鍾愛的土地之上，投注更多的關注對土地、環境、自然的保護之上，因而成為南方綠色教父有力的

改革者。此外，他也在詩語言的技藝上，體會到戰後語文使用的問題，不再追求華麗繁複的中文「修辭性」語言，改以較淺近直陳的現實語言，避免語言層次的多層轉折，而加大詩意的晦澀與難解。對此，李豐楙曾就「語言與象徵」，進一步說明這樣的語言表現意義，他「強調直就事物的本然經由人的實存經驗予以捕捉，而不要假借現成的詩語，就多經過一層轉折以致流失了現實感。日常所用的語言自是切近生活的實感，只要經過選擇、焠煉的『藝術化』過程，就能組合為新的語言。」[29] 由此可知，曾貴海利用各種族群「語文」，以及改以「日常語言」進行創作，背後有其「自覺性」的反思，展現他對過去「國語政策」暴力的指控，而重新面對臺灣多族群、多語言、多文化的認同與省思。同時，在他多重語言的書寫下，展現他對各族群和諧共融的心意，不管先來後到，各個族群都在「想像的共同體」[30]之下，轉化成為真正的「臺灣人」。

四　擺脫殖民統治，「讓我們成為高貴勇敢的台灣人」[31]

曾貴海在認真追索自我身分、族群以外，也從「個人」擴展到「家國」的探求，意識到臺灣「主體論述」的重要性，早在《台灣男人的心事》（1999）即有「夢國」一輯，率先對臺灣建國的思索，有較多的省思。之後，二〇〇六年他更進一步出版文化評論《憂國》（2006），直截了當提出他對臺灣社會問題的種種觀察，甚至在「第四輯」的標題上，大膽地剖白「讓我們成為勇敢的台灣人」，直言認同臺灣的重要性，在〈愛，就是認同台灣──一個醫師迎接一九八九年的省思〉，他說：

---

29 李豐楙：〈嘲諷與浪漫：「笠」戰後世代詩人的兩種精神面向〉，收入陳鴻森編：《笠詩社學術研討會論文集》（臺北市：臺灣學生書局，2000年），頁21。

30 有關民族主義的起源與認同的問題，參考班納迪克·安德森（Benedict Richard O'Gorman Anderson）著，吳叡人譯：《想像的共同體：民族主義的起源與散佈》（臺北市：時報出版社，2010年新版）。

31 曾貴海：〈讓我成為勇敢高貴的台灣人〉，收入《憂國》（臺北市：前衛出版社，2006年），頁434-437。

台灣人必須認清一個事實，就是我們生存的意義與生命的舞臺，只有在台灣這塊土地才能得到詮釋。因此，一個民主而自強自立的台灣，才是政治的最高理想，是政治中最大的愛，在完全民主的政制與充分的人權保障下，省籍觀念自然消失，歷史的厄運不再重現。[32]

在這樣的國家認同下，二〇〇七年他出版《浪濤上的島國》（以下簡稱《浪》），似乎是順理成章，水到渠成的過程。他自述這是一本「島國的家國論述」[33]詩集，詩集中他手持鋒利的手術刀，劃向幽暗的臺灣歷史，揭露出臺灣病癥的源由，在〈他們到底在這塊土地上做什麼──給年輕的台灣人〉（節引自《浪》，頁56-57）一詩，指出威權的殖民體制，造成了臺灣長期的歷史失憶。

殖民者在教室的黑板上寫滿純潔的白色格言
殖民者佔領的媒體在長夜播放招魂曲
在白天高唱奪權復辟的革命怒火
學者們阻止他們握筆的手
伸進真實歷史記憶的禁地
為自己設下不能碰觸的警戒線

他們掐住大地之母的咽喉
讓歷史的聲帶發出喑啞的假聲
讓人間感染猜疑的病毒
殖民者到底在這塊土地上做了什麼

從詩中看出，曾貴海指出臺灣歷史的失憶，來自戰後執政當局，透過政治戒

---

32 曾貴海：〈愛，就是認同台灣──一個醫師迎接一九八九年的省思〉，收入《憂國》，頁335。

33 曾貴海：《曾貴海詩選：1986-2007》〈自序〉（高雄市：春暉出版社，2007年），頁7。

嚴、思想教育、媒體壟斷等層層的束縛，剝奪了人民言論、思想的自由，在體制的管控及淨化下，「他們掐住大地之母的咽喉」，導致一般人民缺少了臺灣的歷史意識，成為戰後的暗啞時代。因為，曾貴海長期投身在政治、社會、環保等的運動下，深刻了解臺灣各個層面的現實病癥，正來自國家認同的混淆與薄弱。是以，他難掩「夫子之道」，大聲呼籲臺灣的年輕人，要理解戰後臺灣的歷史發展，看清種種亂象的根源，「妳們必須一點一滴一字一句一代一代的寫下去／解救妳們被囚禁的歷史／解放妳們的歷史身心／讓無數殖民的鬼影子消失／讓妳們的土地和心靈承接陽光的垂愛」（〈延遲到訪的歷史〉，節引自《浪》，頁91），要求年輕人應該恢復臺灣的歷史記憶，最後直呼〈我們真的需要一個國家〉（節引自《浪》，頁111-113），更進一步坦露出他內心最大的渴望。

> 你們全部都已經擁有自己的國家
> 擁有那麼寶貝的國家
> 台灣人卻被監禁在自己的土地上
> 難道我們是被放生在孤島的人類嗎
> （中略）
> 我們真的需要一個珍愛的國家
> 在這個孤獨冷血的星球

詩一起頭以「你們」，代表大多數的地方，國家主權的定位是清晰且明確，人民不會對自己的國家有所混淆。反觀，「我們」／「台灣」卻如同一座孤島，人們被監禁在自己的土地上，被放逐、隔離在國際社會之外，成為「亞細亞的孤兒」，他大聲質疑這種世界的荒謬性。然而，在競逐激烈的國際局勢中，「我們」無法以「國」之名加入或參與世界各項組織，不僅權益受損，更有一種被摒棄在世界之外的悲哀，因此，曾貴海懇切地呼籲「我們真的需要一個國家」。

除了對國家政治主體的熱切追尋，他也透過「台灣文學」論述權的建

立，提出更深沈的見解與主張。二○○六年他出版《憂國》，同時也出版了
《戰後台灣反殖民與後殖民詩學》（以下簡稱《戰》），可謂建立臺灣作為一
個獨立國家思維的雙響炮。《戰》一書，曾貴海嚴厲斥責向來「中國文化優
位」的正統文學史觀，他高分貝地說：

> 台灣當代詩文學的身分及位置，必須加以重新確認和定位，如果我們
> 不把台灣戰後詩學擺在後殖民文學的位置上加以重讀、再現及詮釋，
> 評讀將會偏離正確的航道。
> ⋯⋯⋯⋯⋯⋯
> 台灣的殖民者一方面壓制被殖民者的文學，另一方則透過權力網絡來
> 建構殖民者的文學典範，使殖民者文學典範居於正統和主體地位，並
> 佈下了中國文文學的圍城陷阱，獵捕被殖民者的文學靈魂，連接經典
> 和漢文的美學規範，掌握詮釋權，決定優劣位置，並透過考試制度產
> 生文學經濟利益。[34]

曾貴海以上的論述，緣於戰後威權體制下，「兩個球根」的文學傳統斷裂，
使得「新文學」左翼傳統中的「反思性」「批判性」消失。而在「去歷史化」
「去脈絡化」的文學發展下，一九二○年代以降的新文學傳統，戰後幾乎是
被封鎖沈埋，特別是戰後，文藝資源的分配及語言轉換之故，真正扎根現實
之上的「台灣文學」，其發展空間是被壓縮的，「台灣文學」真正露出曙光，
須推到一九七○年代之後，伴隨臺灣民主、政治運動的推波助瀾，始能重新
建構[35]。而造成這樣的文學發展與社會結構的差異，乃源於戰後各項資本的

---

34 曾貴海：《戰後台灣反殖民與後殖民詩學》（臺北市：前衛出版社，2006年），頁17-19。
35 有關臺灣文學的發展與正名的研究，可參考游勝冠，《台灣文學本土論的興起與發展》
　　（臺北市：前衛出版社，1996年）。另外，藍建春：《「台灣文學」敘述的演變歷程：民
　　族計劃與歷史條件》，臺灣清華大學中文所博士論文，2002年6月。藍氏指出：「當七十
　　年代初期一系列國府外交受挫之後，挑戰自由中國敘述的聲音相繼出現；爾後，經過
　　多方分合乃大致重組為兩大套「台灣文學」敘述：鄉土文學論戰前後率先上場的左翼
　　中國，與八十年代囗逐步落實的本土台灣」（頁308）。

運用，如法國文藝社會學家布迪厄（Pierre Bourdieu, 1930-2002）所提出的「場域」（champ）理論，特別針對「文學場域」與「權力場域」以及文藝資本（capital）做探討，揭示「場域」所衍生交錯的複雜關係，及其塑造一種優位文化的結果。因此，如何重新建構與論述臺灣文學的主體性，打破過去威權者所樹立的文學正統觀，他以「後殖民」的觀點切入，則成了他另一個打造家國論述的方向，這些論點，都服膺於他最終的希望，臺灣能走向「完全」獨立自主的國家論述。

而《戰》一書的付梓，也應證了布迪厄在《藝術的法則：文學場域的生成與結構》所提出的文藝反思，布氏認為：

> 無論文學場域或藝術場域，都是充滿弔詭的世界，都可以引發或者施加種種最「無關利害」的利害關係，而從這些場域裡，尋找藝術品藏在其歷史性之中的存在原理，這就是將藝術品當作是受到某些其他事物糾纏與調節的、某種具有意向性的符號，因而藝術品也就成了這些事物的徵候。[36]

此說，點出戰後臺灣文學發展的內在要旨，在看似與政治無關的文學，其實和整個戰後威權體制的利害關係密切，甚至是其中的一環，它攸關建立臺灣意識及國家認同的「感知結構」（structure of feeling）[37]，這也是《戰》一書雖是文學論述，但書背卻寫著，它是「臺灣國民教養新書」，其意昭然若

---

[36] 布迪厄著，石武耕、李沅如、陳羚芝譯：《藝術的法則：文學場域的生成與結構》（臺北市：典藏公司，2016年），頁23。

[37] 「感知結構」其概念在於：「強調社會裡的個人對時代及周遭環境的感受與體會，不僅指涉著社會結構，更強調相應於社會結構的某種『心理結構』。」（參考邱家宜：《戰後初期的台灣報人：吳濁流、李萬居、雷震、曾虛白》（臺北市：玉山社，2020年），頁22。此書即以「感知結構」分析戰後四位報人，如何在社會結構的影響下，展現不同的辦報風格）。相對文學發展，戰後威權的政治體制，深刻凝結了以「中國文化優位」的心理結構，使得以「臺灣」為主體性的文學論述付之闕如，待到一九七〇年代後才逐漸浮現，這也影響到日後臺灣文學史詮釋的史觀差異。

揭。曾貴海在《戰》最後說到：

> 台灣詩人未來的挑戰是如何堅定自己的心智，充實廣博的知識，走向
> 吾土與人民，嘗試有創意的形式和表現手法，不斷地超越傳統、自己
> 和當代的文學成就，寫下令人震撼的史詩般的作品，寫下撫慰台灣人
> 命運的鎮魂曲。[38]

曾貴海所說的「走向吾土與人民」，正是以臺灣為主體，扎根在這片土地之
上所開出的文學之花，並且他也擺開了地域的狹隘性，期許文學要能不斷超
越傳統和已有的表現形式，而利用創新、當代的藝術手法，傳達屬於真正臺
灣人的精神象徵。換言之，真正以「臺灣」之名，作為我們思索這塊島嶼共
同命運的藍圖。

五　結論──對理解的理解

　　曾貴海是一位自覺性極高的詩人，是以，他會有題名為〈台灣男人四
十〉（另有五十、六十、七十等輯的詩作）的省思之作，每過十年，他總會
藉由詩作，詰問自己人生的許多課題，在《浮游》「男人七十歲」一輯，面
對人生古稀之年，詩人展露了一種「縱浪大化中，不喜亦不懼」的心情。在
此輯的〈半島浮游〉一詩，他寫著「夜空搖晃宇宙海洋的星／貼近我的臉頰
／有些星光已成為眼前遺照／誰知道那裡隱藏了什麼／活著不是為了窺見幽
暗深處的奧密／而是擁抱世界的溫暖／／春天在遠方等待候鳥／沿著山的背
脊滑出海門／什麼都沒有帶走／黃昏的袖袍即掩蓋門閂／回頭瞥見湧動的金
色海面／織滿詩的花紋／整片海，閃爍著語詞的光輝」（節引，頁95-96）。
詩中呈現他晚期的生命哲思，沈靜而舒緩，同時，也揭示了他的詩觀與理
想。詩一起首，拉開了廣大無垠的夜空，如同人的一生，而生命中的所遇見

---

38 曾貴海：《戰後台灣反殖民與後殖民詩學》，頁183。

的人、事、物，來來去去、起起伏伏、是是非非，在浩瀚無垠的宇宙下，如同仰望的點點星光，藏著密語，深奧難解。人活著究竟要追求什麼？詩中，詩人仍不免再自問，「不是……，而是」的詩句中，彷彿給了一些模糊的啟示；但無疑地，詩人不是為了追求孤高深奧的自我，而是面向現實，擁抱人間的溫度。換言之，詩人應該走出「鏡中月，水中花」的虛幻世界，而立足在具體可感的現實人生中，以詩作展示他的有情生命。雖然，曾貴海面對現實人生是如此，但詩人是「吃著自己的美而死」[39]，因此，詩作後段，詩人細緻刻畫美麗的自然景觀：候鳥飛翔天際、黃昏霞光映照、海面浪濤湧動等等，應照著「天地有大美」的哲思，詩人在其中領受「美」的召喚，徜徉在自然之美的感悟中，凝望海平面不時耀動的波光，「整片海，閃爍著語詞的光輝」，如同詩人將詩語鐫刻在扉頁上，將「美」散布在現實人間，由此可見，詩人最深沈的抒情與浪漫。

曾貴海身兼多重身分，既是醫生又是詩人，也是社會運動的改革者，在這些不同身分，看似衝突的角色中，他始終能游刃有餘，取得最佳的平衡，同時，在理性與感性之間交錯，做了極佳的展演。或許正因為詩人內在浪漫抒情的生命底蘊，促使他可以將心中的理想，轉化為現實的具體行動，從他長年投入社會、政治、環境運動之中，不計毀譽，挺身而出，使原先「潰爛之花」的高雄，轉身變成「綠色新故鄉」。是以，當他振臂疾呼，介入社會（in action）之際，詩同時也成為針砭，直刺社會問題的核心。從一九九〇年代之後，伴隨追尋台灣主體的建立，曾貴海益發對生活周遭的環境有所關注，寫下了一系列「高雄」詩抄，之後，在環保運動與南臺灣景觀重建下，由憤怒、批判之詩，轉成微觀地理學，記錄了高雄的四季風情，精巧繽紛，詩也成為最溫柔的美的凝視。

在一步一步對臺灣社會現實診斷之際，曾貴海深感自己對族群歷史的陌生與愧怍，於是，積極展開一連串生命溯源的探尋，「我是誰」的命題，揭開了他對臺灣多元族群、多元語言、多元文化的理解，雜揉交織成臺灣豐富

---

39 王白淵：〈詩人〉，收入河原功編《台灣詩集‧荊棘之道》（東京市：綠蔭書房，2003年），頁40。

的文化資產。所以，他嘗試母語（客語）、臺語詩集的寫作，先後出版《原鄉‧夜合》、《畫面》，同時，也開始對臺灣原住民的追訪，出版《神祖與土地的頌歌》，記錄了原住民的歷史與文化，展現詩人一種包容開放的胸懷，最後，詩人認同自己是「平埔福佬客家台灣人」。

在族群之上，對家國「想像的共同體」的深思，是曾貴海最深的企盼，他期盼有朝一日能建立屬於自己的家／國，不再受制於外來殖民政權的欺壓，恢復「台灣人」的歷史意識，重建自我的自信與勇敢，這樣的思維，使他寫下了文化評論《憂國》、重建文學史觀《戰後台灣反殖民與後殖民詩學》，以及詩集《浪濤上的島國》，從各個面向去探究臺灣種種的現實問題。歸根究底，曾貴海認為台灣主體意識的混淆，是導致臺灣今日的發展，各種亂象橫出的主因，需要有更多的心力去捍衛台灣主體性，使臺灣走向更民主穩健的康莊大道。

在追尋「台灣」主體性的漫漫長路，一路走來，顛簸難行，如同曾貴海的詩集《孤鳥的旅程》的同名序詩中所說：「廣漠的海洋／該飛向哪裡／／緊貼波濤和陸地的界痕／拍擊孤獨的翅翼／寂寞的旅程／隱藏著前方的信念吧／／追求生命中短暫的夢／或者，必須完成的夢／不停地翻飛地平線／到達可能的地方／／也許，是不可預測的命運／追逐著他／向未知的世界」（頁1-2）。天地一沙鷗，在廣袤無垠的天際間，無知的命運逗引者他，忽遠忽近，孤獨而寂寞，然而，他唯有透過生命的意志，不斷飛翔，朝著地平線飛去，或許，他的社會運動，他的文學寫作，都暗藏著他生命的深奧密碼，縱使其間踽踽獨行，仍不改其心志，依舊繼續他「孤鳥的旅程」。

參考文獻

一　專書

游勝冠　《臺灣文學本土論的興起與發展》　臺北市　前衛出版社　1996年

段義孚著，潘成桂譯　《經驗透視的地方和空間》　臺北市　國立編譯館
　　　1998年

南方朔　《經濟是權力　也是文學》　臺北市　新新聞　1999年

河原功編　《臺灣詩集・荊棘之道》　東京　綠蔭書房　2003年

Mike Crang著，王志弘、余佳玲、方淑惠譯　《文化地理學》　臺北市　巨
　　　流出版社　2004年

曾貴海　《戰後臺灣反殖民與後殖民詩學》　臺北市　前衛出版社　2006年

考班納迪克・安德森（Benedict Richard O'Gorman Anderson）著，吳叡人譯
　　　《想像的共同體　民族主義的起源與散佈》　臺北市　時報出版社
　　　2010年新版

陳培豐　《想像和界限：臺灣語文體的混生》　臺北市　群學出版社　2013
　　　年

布迪厄（Pierre Bourdieu）著，石武耕、李沅如、陳羚芝譯《藝術的法則：
　　　文學場域的生成與結構》　臺北市　典藏公司　2016年

瑞秋・卡森（Rachel Carson）著，黃中憲譯　《寂靜的春天》　臺北市　野
　　　人文化　2018年

邱家宜　《戰後初期的臺灣報人：吳濁流、李萬居、雷震、曾虛白》　臺北
　　　市　玉山社　2020年

二　單篇論文

江自得　〈珍愛與敬重——序曾貴海詩集《臺灣男人的心事》〉　收入曾貴
　　　海　《臺灣男人的心事》　高雄市　春暉出版社　1999年　頁7-8

曾貴海　〈總該有些什麼責任吧〉　收入氏著　《濤浪上的島國》　高雄市
　　　　春暉出版社　2007年　頁52-54

劉湘吟　〈南臺灣『綠色教父』曾貴海一生是環保義工〉　《新觀念》140
　　　　期　1997年6月　頁20-31

鍾屏蘭　〈鄉愁與重生〉　收入曾貴海著　《新版原鄉・夜合》　高雄市
　　　　春暉出版社　2000年　頁21

李豐楙　〈嘲諷與浪漫：「笠」戰後世代詩人的兩種精神面向〉　收入陳鴻
　　　　森編　《笠詩社學術研討會論文集》　臺北市　學生書局　2000年
　　　　頁21

三　學位論文

藍建春　《「臺灣文學」敘述的演變歷程：民族計劃與歷史條件》　臺北市
　　　　清華大學中文所博士論文　2002年6月

屏東客家文化資產保存與永續發展

林思玲[*]

摘　要

屏東擁有非常豐富的客家文化，由於地方有志之士如曾貴海醫師的倡議，以及近年來客家事務委員會所推動客家生活環境營造，促成了許多屏東客家文化資產的保存。

二〇〇八年「國際紀念物與歷史場所委員會」（ICOMOS）於加拿大魁北克所舉辦的第十六屆年會與科學會議提出了「場所精神」的文化遺產保存概念。再者，聯合國在二〇一五年開始發表「二〇三〇年永續發展議程」，明訂十七項目標來進行推動地球環境的永續。緊接著國際文化紀念物與歷史場所委員會在二〇一六年二月十五日所發表的「文化遺產、聯合國永續發展目標與新都市議程」，呼應聯合國所發表「二〇三〇年永續發展議程」（The 2030 Agenda for Sustainable Development）內的目標，這是聯合國首次將文化遺產納為永續發展評估的項目之中。這些均是目前國際間文化遺產保存的重要趨勢。

本文透過文獻分析法，探討場所精神保存與聯合國永續目標的文化資產保存國際趨勢，以及屏東指定登錄的有形與無形文化資產保存，及與客家文化資產保存相關的政策與案例。進一步以國際永續文化遺產保存趨勢，討論屏東客家文化資產保存的永續發展。

關鍵詞：客家、文化資產、文化遺產、永續、場所精神

---

[*]　國立屏東大學文化創意產業學系教授。

一　前言

　　屏東擁有非常豐富的客家文化，由於地方有志之士如曾貴海醫師的倡議，以及近年來客家事務委員會所推動客家生活環境營造，促成了許多屏東客家文化資產的保存。

　　二○○八年「國際紀念物與歷史場所委員會」（ICOMOS）於加拿大魁北克所舉辦的第十六屆年會與科學會議提出了「場所精神」的文化遺產保存概念。再者，聯合國在二○一五年開始發表「二○三○年永續發展議程」，明訂十七個目標來進行推動地球環境的永續。緊接著國際文化紀念物與歷史場所委員會在二○一六年二月十五日所發表的「文化遺產、聯合國永續發展目標與新都市議程」，呼應聯合國所發表「二○三○年永續發展議程」（The 2030 Agenda for Sustainable Development）內的指標，這是聯合國首次將文化遺產納為永續發展評估的項目之中。這些均是目前國際間文化遺產保存的重要趨勢。

　　本文透過文獻分析法，探討場所精神保存與聯合國永續目標的文化資產保存國際趨勢，以及屏東指定登錄的有形與無形文化資產保存，及與客家文化資產保存相關的政策與案例。進一步以國際永續文化遺產保存趨勢，討論屏東客家文化資產保存的永續發展。

二　文獻回顧

（一）文化資產與文化遺產

　　在臺灣，「文化資產」（Cultural Property）有時可泛指具文化與歷史意義的各種人、事、物。若嚴謹定義「文化資產」，則是指經《文化資產保存法》（Cultural Heritage Preservation Act）（以下簡稱「文資法」）第三條中的規定，具有歷史、藝術、科學等文化價值，並經指定或登錄之有形與無形文化資產。在國際間，大多使用「文化遺產」（Cultural Heritage）這個詞。臺灣

跟國際一樣，文化資產或文化遺產也是區分為有形文化資產或有形文化遺產（Tangible Cultural Heritage）；無形文化資產或無形文化遺產（Intangible Cultural Heritage）。若是經過聯合國教科文組織所登錄的遺產類型，則有文化遺產、自然遺產與複合遺產等世界遺產（World Heritage），以及無形文化遺產（Intangible Cultural Heritage）。

目前臺灣的文化資產是透過《文資法》來進行保存工作。《文資法》的制定是為保存及活用文化資產，並充實國民精神生活，以發揚多元文化而立之法。臺灣最早於一九八二年制定，經歷多次修訂。《文資法》訂定後，陸續增加了許多相關法令，以提供文化資產全方位的保存制度。

臺灣的文化資產保存從日治時期曾歷經《史蹟名勝天然紀念物保存法》（1922-1945）、《古物保存法》（1945-1982）、《文化資產保存法》（1982-2005）及《文化資產保存法》（2005-2016）四個法制階段，其中的《古物保存法》並未被實際執行。二〇一六年七月以後之《文資法》修正，將有形與無形文化資產調整為以下類別：

1 有形文化資產

有形文化資產細分為九項，其定義分述如下：

一、古蹟：指人類為生活需要所營建之具有歷史、文化、藝術價值之建造物及附屬設施。

二、歷史建築：指歷史事件所定著或具有歷史性、地方性、特殊性之文化、藝術價值，應予保存之建造物及附屬設施。

三、紀念建築：指與歷史、文化、藝術等具有重要貢獻之人物相關而應予保存之建造物及附屬設施。

四、聚落建築群：指建築式樣、風格特殊或與景觀協調，而具有歷史、藝術或科學價值之建造物群或街區。

五、考古遺址：指蘊藏過去人類生活遺物、遺跡，而具有歷史、美學、民族學或人類學價值之場域。

六、史蹟：指歷史事件所定著而具有歷史、文化、藝術價值應予保存所定著之空間及附屬設施。

七、文化景觀：指人類與自然環境經長時間相互影響所形成具有歷史、美學、民族學或人類學價值之場域。

八、古物：指各時代、各族群經人為加工具有文化意義之藝術作品、生活及儀禮器物、圖書文獻及影音資料等。

九、自然地景、自然紀念物：指具保育自然價值之自然區域、特殊地形、地質現象、珍貴稀有植物及礦物。

2　無形文化資產

無形文化資產，被分為五項：

一、傳統表演藝術：指流傳於各族群與地方之傳統表演藝能。

二、傳統工藝：指流傳於各族群與地方以手工製作為主之傳統技藝。

三、口述傳統：指透過口語、吟唱傳承，世代相傳之文化表現形式。

四、民俗：指與國民生活有關之傳統並有特殊文化意義之風俗、儀式、祭典及節慶。

五、傳統知識與實踐：指各族群或社群，為因應自然環境而生存、適應與管理，長年累積、發展出之知識、技術及相關實踐。

在管理單位方面，除了自然地景、自然紀念物屬於行政院農業委員會所管轄，其餘均在行政院文化部文化資產局管理。在《文資法》第三條指出，這些依法所指定或登錄之文化資產，必須具有歷史、藝術、科學等價值。二〇〇五年以後所修訂的新版《文資法》在第一條即已敘明「保存及活用文化資產，充實國民精神生活，發揚多元文化，特制定本法」，與修正前的《文資法》比較，特別強調了文化資產的「活用」，以及對於「多元文化」的重視。過去《文資法》所重視的僅有「保存」，就造成了所謂的「凍結式」的保存。但凍結式的保存，只會使得文化資產更與時代脫節，文化資產經常淪為骨董式的展示。而新版的《文資法》除了保存之外，更強調應該如何去運

用，使其和當代的社會環境、生活型態需求融合。進一步「活用」文化資產，文化資產的價值才能夠真正受到重視。與舊版《文資法》以「中華文化」來概括臺灣文化資產的觀念不同，新版《文資法》強調「漢文化」、「日本殖民文化」、「原住民文化」、「福佬文化」、「客家文化」等臺灣多元文化的發展，更能充分反應臺灣歷史發展的脈絡。此外，新版《文資法》除了保存與維護之相關規定外，也針對經營管理、教育推廣與所有權移轉等有明確的規定，讓文化資產的活用有更完善的法律規範。

因此，在臺灣若是歷史空間依《文化資產保存法》程序被指定或登錄為「古蹟」、「歷史建築」、「紀念建築」、「聚落建築群」、「考古遺址」、「史蹟」、「文化景觀」等有形文化資產項目，這個歷史空間就會被嚴格定義為「文化資產」。因此，具文化資產身分的歷史空間可能為一棟「古蹟」或「歷史建築」；或者是一處「遺址」；或是一整個「聚落建築群」；或是一個大範圍的「文化景觀」或「史蹟」。歷史空間若為具法定身分的文化資產，其管理與維護就需要受到文化資產相關法令的規範。例如在《文化資產保存法》規範各類文化資產保存的主要原則；在《古蹟修復及再利用辦法》內就有提到修復再利用的相關事項；在《古蹟管理維護辦法》規範古蹟日常維護項目與方式。這些具有文化資產身分的空間場域，近年來成為了創意城市重要的元素，展現了許多文化經濟的現象。

（二）文化資產保存的國際趨勢

1 場所精神——歷史空間的有形與無形文化的共同保存

「場所精神」（Genius Loci）是二○○八年「國際紀念物與歷史場所委員會」於加拿大魁北克所舉辦的第十六屆年會與科學會議（The ICOMOS 16th General Assembly and 2008 Scientific Symposium）所關注的重點。會議中所形成的「魁北克場所精神宣言」指出，場所精神被界定為有形的部分，即建築物、場址、景觀、路徑、物件（buildings, sites, landscapes, routes, objects）；與無形的部分，即記憶、口述、書面文件、儀式、慶典、傳統知

識、價值、氣味（memories, oral narratives, written documents, rituals, festivals, traditional knowledge, values, odors）。兩者恰為實體與精神成分，能賦予場所意義、價值、情感與神秘。因此，為了能確保有形與無形遺產能夠同時被保存，宣言中鼓勵各種非正式的活動，如口頭敘述、儀式、表演、傳統經驗與習慣等；與正式的活動，如教育計畫、數位資料庫、網站、教具、多媒體簡報等傳播方法以捍衛保存場所精神[1]。

　　魁北克宣言鼓勵歷史空間保存應找回文化遺產物質與非物質之間的脈絡關係，也就是歷史空間的保存不僅是建築物本身，更須著重於建築物相關的記憶、口述、書面文件、儀式、慶典、傳統知識、價值、氣味等無形的部分，因為這些無形的部分能賦予場所特別的意義、價值與脈絡。

2　魁北克宣言內幾項對於場所精神保存的建議

場所精神的再思考（Rethinking the Spirit of Place）

　　一、了解場所精神由有形（場址、建築物、景觀、路徑、物件），與無形元素（記憶、口頭敘述、書面文件、儀式、慶典、傳統知識、價值、氣味)構成。這些元素不僅對場所的形成有重大貢獻，還賦予它靈魂。我們宣布，無形文化遺產可為整體遺產提供更豐富、更完整的意義，所以，所有文化遺產的相關立法，以及所有紀念物、場域、景觀、路徑與收藏物件的保存與維修計畫，都必須將其列入考慮。

場所精神的威脅（Identifying the Threats to the Spirit of Place）：

　　四、由於氣候變化、大量觀光、軍事衝突與城市開發，招致社會變遷與瓦解，我們需要更全面地了解這些威脅，預為防範，並提出永續的解決之道。我們建議政府與非政府機構、地方與國家遺址組織，必須發展長期策略

1　「魁北克場所精神宣言」（The Quebec Declaration on the Spirit of Place），網址：http://www.international.icomos.org/quebec2008/quebec_declaration/pdf/GA16_Quebec_Declaration_Final_EN.pdf（瀏覽日期：2020年9月14日）。

性計畫，防範場所精神及其環境惡化。應指導居民與地方當局共同捍衛場所精神，讓他們對變遷的世界所帶來的威脅能有所準備。

七、現代數位科技（數位資料庫、網站）能以低成本、高效率的方式，開發多媒體清單，整合遺產的有形與無形元素。為了讓遺產場所及其精神受到比較完善的保存、散播和提倡，我們強烈建議廣泛運用此類科技。這些科技能加速多樣性發展，確保場所精神文件的持續更新。

九、鑒於當地社會，尤其是傳統文化群體，一般而言最能感受到場所精神，我們主張他們最具資格來捍衛它，且所有保存和傳遞場所精神的努力應與他們密切相關。應鼓勵各種非正式（口頭敘述、儀式、表演、傳統經驗與習慣等）與正式（教育計畫、數位資料庫、網站、教具、多媒體簡報等）傳播方法，因其確保的不僅是場所精神的捍衛，更重要的是群體的永續與社會發展。

魁北克宣言雖然是有形文化遺產保存組織「國際紀念物與歷史場所委員會」所提出，起始點是從有形文化遺產出發，提醒有形文化遺產中不能缺乏無形文化。反觀，無形文化遺產也需要重視有形文化場域的保存。兩者是相互依存，相輔相成。

3 聯合國永續環境發展目標的起源與內容

二〇一五年九月二十五日，聯合國成立七十週年之際，世界領袖們齊聚聯合國紐約總部，舉行「聯合國發展高峰會」，基於千禧年發展目標未能達成的部分，發布了《翻轉我們的世界：2030年永續發展方針》。這份方針提出了所有國家都面臨的問題，並基於積極實踐平等與人權，規畫出十七項目標（Goals）及一百六十九項細項目標（Targets），作為未來十五年內（2030年以前），成員國跨國合作的指導原則[2]。此外，這份方針同時兼顧了「經濟成長」、「社會進步」與「環境保護」等三大面向，在在展現了這份新方針的規模與企圖心。十七項永續發展目標如下所列：

2　詳閱聯合國永續發展「Transforming our world: the 2030 Agenda for Sustainable Development」https://sdgs.un.org/2030agenda，瀏覽日期：2020年9月14日。

目　標　一：消除各地一切形式的貧窮
目　標　二：消除飢餓，達成糧食安全，改善營養及促進永續農業
目　標　三：確保健康及促進各年齡層的福祉
目　標　四：確保有教無類、公平以及高品質的教育，及提倡終身學習
目　標　五：實現性別平等，並賦予婦女權力
目　標　六：確保所有人都能享有水及衛生及其永續管理
目　標　七：確保所有的人都可取得負擔得起、可靠的、永續的，及現代的
　　　　　　能源
目　標　八：促進包容且永續的經濟成長，達到全面且有生產力的就業，讓
　　　　　　每一個人都有一份好工作
目　標　九：建立具韌性的基礎建設，促進包容且永續的工業，並加速創新
目　標　十：減少國內及國家間不平等
目標十一：促使城市與人類居住具包容、安全、韌性及永續性
目標十二：確保永續消費及生產模式
目標十三：採取緊急措施以因應氣候變遷及其影響
目標十四：保育及永續利用海洋與海洋資源，以確保永續發展
目標十五：保護、維護及促進領地生態系統的永續使用，永續的管理森
　　　　　　林，對抗沙漠化，終止及逆轉土地劣化，並遏止生物多樣性的
　　　　　　喪失
目標十六：促進和平且包容的社會，以落實永續發展；提供司法管道給所
　　　　　　有人；在所有階層建立有效的、負責的且包容的制度
目標十七：強化永續發展執行方法及活化永續發展全球夥伴關係

　　「國際紀念物與歷史場所委員會」（International Council on Monuments and Sites，以下簡稱「ICOMOS」）在二〇一六年二月十五日所發表的「文化遺產、聯合國永續發展目標與新都市議程」（Cultural Heritage, the UN Sustainable Development Goals, and the New Urban Agenda），是由ICOMOS轄

下幾個科學委員會所共同準備，是為了呼應聯合國所發表「二〇三〇年永續發展議程」（The 2030 Agenda for Sustainable Development）內的指標。這是聯合國首次將文化遺產納為永續發展評估的項目之中。在這份永續發展議程裡明確承認，城市在促進永續發展方面的重要作用側重於人民和尊重人權，永續發展目標將在未來十五年成為世界各國發展基準[3]。「二〇三〇年永續發展議程」包括十七個目標，其中的一個具體目標，即是達成「使城市和人類住區具有包容性、安全、永續性」，而文化和創意即是達成這目標所採取的重要手段之一。在地方層級上，文化和創意是每天生活所實踐的。因此，它通過刺激文化產業、支持創造、促進公民和文化參與。讓公部門與私部門及民間社會的合作能夠發揮作用，支持更永續的城市發展並且適合當地居民的實際需要[4]。

　　因此，ICOMOS在「文化遺產、聯合國永續發展目標與新都市議程」裡提到，文化遺產保存必須在都市社區永續發展的目標下來思考策略。在一個城市文化遺產數量越來越多的情況下，經濟面的思考也日益重要。由此可知ICOMOS對於保存經濟的態度。議程主張將文化和文化遺產納入城市發展計畫和政策，以作為提高城市地區永續性的一種方式。由於當前社會經濟、環境和政治環境中的一些條件、挑戰和機遇，對文化遺產保護和永續發展的議題已經出現，所有這些都必須納入文化遺產保護的方法。最重要的是確認我們目前的都市化狀況，需要更人文和生態的發展概念模式的新興需求，意味著文化和文化遺產／景觀在實現永續發展城市這一新的人文和生態模式方面發揮關鍵作用。因此，聯合國認為融合文化遺產的城市發展更具永續性、更多樣化、更具包容性。這種方法有助於創造綠色經濟，增強永續性，提供幫助扶貧的就業機會。此外，遺產的再利用和活化有助於促進循環過程，這是永續發展的關鍵特徵，也是推動向當地「經濟脫碳」（de-carbonization）過

3　詳閱 ICOMOS 網頁 http://www.usicomos.org/wp-content/uploads/2016/05/Final-Concept-Note.pdf（瀏覽日期：2020年9月14日）。

4　詳閱聯合國教科文組織網頁 https://en.unesco.org/creative-cities/content/why-creativity-why-cities（瀏覽日期：2020年9月14日）。

渡的下一個「再生」（regenerative）城市經濟。最後，與永續城市發展相結合的遺產保護，有可能團結人們走向實現社會凝聚力和和平的目標[5]（林思玲，2019：109-110）。

　　「二〇三〇年永續發展議程」中「聯合國居住永續發展目標」（UN Habitat's Sustainable Development Goals，SDGs）中的指標11.4.1 World Heritage，評估指標為花費在保護和保護所有文化和自然遺產方面的人均花費（公共和私人）總額，計算方式將顯示遺產類型（文化、自然與複合遺產）、政府級別（國家、地區和地方／市政）、支出類型（經營支出／投資）和私人資金類型（捐贈、私人非營利部門、贊助）。該指標說明了地方、國家和國際層級、與民間社會組織（Civil Society Organizations, CSO）和私營部門合作，共同為保護世界文化和自然遺產的財務上的努力與行動，會直接影響城市和人類住區的永續性。這將代表自然與文化資源得到了保障，並用以吸引人們（居民，工人，遊客等）和金融投資，最終提高總支出[6]。這也說明了文化遺產保存再利用與城市經濟發展的關聯性。

　　因此，這樣的永續性指標，就衍伸ICOMOS在「文化遺產、聯合國永續發展目標與新都市議程」所提到的「私人和公共直接支出文化遺產和文化活動佔國內生產總值的百分比」、「從事文化和自然遺產部門活動和服務的人數佔總就業人數的比例」、「在國家層級及歷史城市地區承認聯合國教科文組織的歷史城市景觀方法（The UNESCO Historic Urban Landscape, HUL），並在國家層級之次一級使用歷史城市景觀方法」、「將遺產保護與城市發展計劃和政策相結合」、「增加指定文化區的數量」、「在規畫政策中承認和保護傳統的街道和開放空間模式」[7]等保護文化遺產的策略（林思玲，2019：113）。目

5　詳閱 ICOMOS 網頁 http://www.usicomos.org/wp-content/uploads/2016/05/Final-Concept-Note.pdf（瀏覽日期：2020年9月14日）。

6　詳閱「聯合國人居署」網頁https://unhabitat.org/un-habitat-for-the-sustainable-development-goals/11-4-world-heritage/（瀏覽日期：2020年9月14日）。

7　詳閱ICOMOS網頁http://www.usicomos.org/wp-content/uploads/2016/05/Final-Concept-Note.pdf（瀏覽日期：2020年9月14日）。

前，聯合國推動各國各項事務都能夠符合SDGs指標的方式，逐步將SDGs政策目標落實[8]。

三　盤點屏東客家文化資產

（一）文化資產價值評估

對於文化資產價值評估進行是保存文化資產的基礎工作，更是文化資產修復與再利用所須遵循的依歸。《文化資產保存法》第三條指出依據本法所稱文化資產，指具有歷史、藝術、科學等文化價值，並經指定或登錄的有形及無形文化資產。歷史、藝術與科學等是文化資產的基本價值，至少須具備其一。歷史、藝術與科學價值則須透過專業的調查研究，才能夠說明清楚。

文化資產價值的確立是保存的首要工作。《文化資產保存法》第二十四條指出：「古蹟應保存原有形貌及工法，如因故毀損，而主要構造與建材仍存在者，應基於文化資產價值優先保存之原則，依照原有形貌修復，並得依其性質，由所有人、使用人或管理人提出計畫，經主管機關核准後，採取適當之修復或再利用方式。」因此，文化資產價值會影響到文化資產修復到再利用各階段的工作方向。

文化資產的歷史、藝術、科學等文化價值需經過審慎評估後始得確認。因此，如何評估便是確立文化資產價值重要的工作。《文化資產保存法》中並無清楚的條文闡述評估的步驟，目前文化資產保存實務所累積的經驗法則，是依據專家學者透過自身的專業知識，再輔以一系列的調查研究後所決定。

國際間對文化資產價值的評估，可從世界遺產制度的保存觀念與實務操作來看出清楚的程序。以世界遺產中的文化遺產來說，要能登錄文化遺產必須符合世界遺產登錄的六項標準之一，以及具有良好的「完整性」（Integrity）

8　詳閱「聯合國永續發展」網頁https://sdgs.un.org/goals/goal11（瀏覽日期：2020年9月14日）。

與「真實性」（Authenticity），以此構成一個文化遺產的保存價值。《世界遺產公約執行作業指南》（Operational Guidelines for the Implementation of the World Heritage Convention, OG）亦有清楚的價值評估工具。

　　《世界遺產公約執行作業指南》中提到，文化遺產的完整性，是一種了解自然與（或）文化遺產及其特性完整無損程度的方法。因此，為了審查遺產的完整性，需要評估遺產在下列要點上的涵蓋程度，包括：一、展現顯著普世價值所必要的所有要素；二、擁有適當的範圍大小，足以完整地呈現代表遺產重要性的現象與作用；三、遭受開發與（或）忽視所帶來的負面影響（何立德譯，2011：39-40）。至於真實性，必須透過以下舉例的各種特性，真實且可靠地呈現文化價值，才能認定遺產符合真實性的條件。包括形式與設計；材料與實體；用途與功能；傳統、技術與管理系統；位置與場域；語言與其他類型的無形遺產；心靈與感受；與其他內外在因子（何立德譯，2011：38-39）。

　　此外，所謂真實性的追求與考驗，其意義即在於遺產訊息的價值解讀，完全仰賴來自遺產本身可靠、真正的訊息。而有關遺產的知識、理解與意義，端賴文化遺產原初及其衍伸的特性而定（張崑振，2013：5）。文化遺產的歷史價值傳遞或宣傳，須建立在文化遺產真實性的保存原則才能達到目的。

　　薛琴（2012：2）指出，古蹟、歷史建築管理維護的主要目的，是為了妥善保存這些構造物中所蘊藏的文化資產價值。其價值的信息都必須依附在實體的載體材料上，例如木材、石頭或磚瓦等材料。因此保護這些有形構造物或材料，便成為是否能夠完全保存文化資產價值的主要課題。在維護古蹟、歷史建築的價值之同時，也須注意以下幾項文化資產特性：

　　一、地域性：臺灣地理環境複雜，天候高溫多雨，颱風、地震頻繁，人們順應自然環境因素產生的營建觀念，運用特有的建築材料，建構出可適應當地環境的建築類型，亦孕育出多樣的居民生活型態。這些都是文化資產價值之所在，也具有地方特殊代表意義。

　　二、真實性：重視古蹟或歷史建築中所保留的原始狀況，是追求歷史文化真實性最基本的態度。這些文物資訊常常寄附在建築的構件中，在日常管

理維護或修復的過程中不應該任意更改或移除，因為這些歷史訊息是文化資產存在的最基本要件。

　　三、多樣性：臺灣在歷史發展過程中，經歷不同時期及不同文化影響，造成出多樣性的文化價值，所以各時期的歷史證物均應予以保存，並給予適當的尊重。客觀心態面對歷史，忠實地記錄保存，是管理維護者應盡的責任與義務。

　　ICOMOS（2017）指出，列入《世界遺產》名錄的物件第一個要求是分析其構成要素。依據《世界遺產公約執行作業指南》中提名格式中所規定，第一部分基於文化遺產各部分組成元素的羅列與描述，內容須描述使遺產物具備文化重要性的所有元素。然後第二部分則是分析其組成元素的「完整性」和「真實性」來確定遺產的價值。

（二）屏東客家有形及無形文化資產

　　對於客家文化資產，目前並無學理可供說明類型。但是部分學者曾針對客家夥房或聚落等建築空間進行研究，例如李允斐（1988）、邱永章（1989）、劉玉平（1997）、劉秀美（2000）、劉嘉珍（2001）、張二文（2001）、鍾明樺（2001）、何秀峰（2019）等人的研究。再者，在民俗節慶方面，方美琪（1991）、彭素枝（1994）、林伊文（1999）、湛敏秀（2000）、張永明（2014）等人的研究。藉由這些研究，有助於釐清在類型上如何區分客家與非客家，以及理解客家文化影響下所產生的特徵。

　　就文化資產專業判斷的經驗來說，是否為客家文化影響下所產生的，主要可依據下列兩點來判別。首先是文化資產產生的地點，是否為客家人聚居的聚落。再者是文化資產是否與客家人的活動有關。

　　目前屏東縣指定登錄與客家文化有關的有形及無形文化資產（圖一～圖四），茲臚列如表一到表二。

表一　屏東縣指定登錄有形文化資產

名稱	地點	指定登錄時間	文化資產身分
宗聖公祠	屏東市	2002年	縣定古蹟
邱姓河南堂忠實第	屏東市	2003年	歷史建築
麟洛鄉徐家祖堂	麟洛鄉	2011年	歷史建築
竹田車站	竹田鄉	2019年	歷史建築
內埔鄉曾公英銑暨邱孺人古墓	竹田鄉	2018年	歷史建築
舊達達港糶糴村糧埤伯公（範圍：伯公後方擋土牆、榕樹、涼亭、香爐）	竹田鄉	2017年	歷史建築
舊達達港糶糴村敬字亭（範圍：亭身、圍牆及供桌）	竹田鄉	2017年	歷史建築
「清朝下淡水營」遺構	長治鄉	2016年	縣定古蹟
佳冬鄉「張家商樓」	佳冬鄉	2015年	歷史建築
佳冬蕭宅	佳冬鄉	1985年	縣定古蹟
佳冬楊氏宗祠	佳冬鄉	1996年	縣定古蹟
佳冬西隘門	佳冬鄉	1985年	縣定古蹟
佳冬鄉防空洞	佳冬鄉	2007年	歷史建築
佳冬鄉神社	佳冬鄉	2012年	歷史建築
五溝水	萬巒鄉	2008年	聚落建築群
六堆天后宮	內埔鄉	1985年	縣定古蹟
新北勢庄東柵門	內埔鄉	1985年	縣定古蹟
內埔鄉謝氏宗祠	內埔鄉	2014年	歷史建築
建功庄東柵門	新埤鄉	1985年	縣定古蹟
高樹榕楂福德祠	高樹鄉	2019年	歷史建築
滿州鄉敬聖亭	滿洲鄉	2008年	歷史建築

表二　屏東縣指定登錄無形文化資產

名稱	地點	登錄時間	文化資產身分
屏東林仔內紙炮篙	屏東市	2016年	民俗
萬巒五溝水殲炮城	萬巒鄉	2016年	民俗
九如王爺奶轉後頭	九如鄉	2014年	民俗
大路關石獅公信仰	高樹鄉	2008年	民俗
大路關四孤搶粄（高樹）	高樹鄉	2015年	民俗

圖一　屏東縣縣定古蹟佳冬楊氏宗祠
（2015年拍攝）

圖二　屏東縣登錄聚落五溝水
（2015年拍攝）

圖三　整修中的屏東縣歷史建築內埔
謝姓宗祠
（2021年拍攝）

圖四　二○二○年初二屏東縣登錄民俗
王爺奶奶回娘家
（2020年拍攝）

四　屏東客家文化資產指定登錄的觀察

（一）相關補助計畫協助文化資產潛力點前期調查與整修營運

目前屏東六堆許多文化資產潛力點，或者已指定登錄為文化資產，有大部分會仰賴客家委員會各類補助計畫進行調查與整修。例如客家委員會「客家委員會客庄創生環境營造計畫」（原名稱「補助地方政府推動客家文化生活環境營造計畫」）所補助各鄉鎮的計畫，就協助了各鄉鎮許多文化資產潛力點前期調查與整修。

在本計畫中提到：「一、客家委員會（以下簡稱本會）為活絡客庄產業經濟、提振客家文化特色產業、形塑客庄移居及觀光環境，並藉由相關資源挹注，支援客家青年創（就）業，藉以吸引青壯人才回流或移居客庄，與帶動小農、導覽、休閒旅遊、文史、生態及藝術人才在地就業，進而完成社會資本重建，再造客庄新生命，特訂定本要點（以下簡稱本要點）。」9

因此，在「三、補助計畫類別」中，「（一）調查研究類：系統性調查客庄人、文、地、產、景等背景資料，作為後續推動營造工程之參考。」可協助各鄉鎮文化資產潛力點的盤點與基礎調查。而在「（四）先期評估規畫類：工程規畫設計前之可行性評估或先期規畫作業；（五）規畫設計類；（六）規畫設計暨工程施作類；（七）工程施作類。」等幾項補助計畫類別，則可協助具文化資產潛力的物件，或已具有文化資產身分的物件進行修復或營運。

在「四、補助範圍」中，明確指出以下內容均與具文化資產潛力的物件或已具有文化資產身分的物件進行修復或營運有關，包含：

（二）文化資產修復再利用：具人文、歷史、民俗、藝術等價值之傳統建築、場所及其周邊環境營造，以及營運計畫研擬。

9 　詳閱客家委員會客庄創生環境營造計畫補助作業要點https://www.hakka.gov.tw/File/Attach/20900/File_78943.pdf（瀏覽日期：2021年4月10日）。

（三）客庄紀念場域建置：客家重要人物、史蹟之紀念場域、博物館
　　　修建及營運計畫研擬。

（四）老屋活化利用：針對客家創生聚落未具文化資產身分，惟屋齡
　　　已逾30年以上具在地特色之老屋修復及營運計畫研擬。

（五）聚落景觀梳理：街屋立面、通學廊道、公園、綠地、廣場、街
　　　巷、溝渠等公共生活、休憩空間環境改善及特色營造。

（六）自然景觀梳理：路徑、舊鐵道、護岸等創生聚落集中居住區域
　　　外特色線性空間或節點環境整理，以及創生聚落周遭之山川、
　　　水岸、田園、水圳、埤塘等環境景觀復原。

（七）建構在地產業發展環境：修建創生聚落之公有（公用）閒置空
　　　間作為創客基地、特色商店展店、在地物產集散、人才培育及
　　　設置在地群聚產業所需公用設施使用。

（八）客家文化重點發展區客庄百年基業空間整體規畫。

（九）其他與客庄創生相關之工程計畫或前期調查、規畫。

　　為了讓文化資產的整修能夠有適當的評審機制，客家委員會亦制定「客
家委員會客庄創生環境營造計畫督導評核要點」（原名稱「補助地方政府推
動客家文化生活環境營造計畫督導評核要點」）[10]，在「客家委員會客庄創
生環境營造計畫督導評核要點」新法中，在「三、管制與追蹤」「（二）個案
計畫執行期程應依下列原則辦理」增列「5.施工階段應於六個月內執行完
竣，文化資產修復或經本會同意之特殊性質案件不在此限。」此外，「（二）
個案計畫執行期程應依下列原則辦理」中提到「4.規畫設計階段，應於六個
月內執行完竣，文化資產修復案件，應於一年內完成規畫設計（含因應計
畫）；涉及建使照請領之工程，應於九個月內完成規畫設計（含請照）。」
「5.施工階段應於六個月內執行完竣，文化資產修復或經本會同意之特殊性
質案件不在此限。」

10 詳閱客家委員會客庄創生環境營造計畫督導評核要點https://www.hakka.gov.tw/File/Atta
　　ch/20898/File_79079.pdf（瀏覽日期：2021年4月10日）。

　　關於文化資產修復的重要原則，其中最被討論的即是真實性的問題。《文化資產保存法》中修復的精神強調「真實性」（authenticity）。《文化資產保存法》第二十四條：「古蹟應保存原有形貌及工法，如因故毀損，而主要構造與建材仍存在者，應基於文化資產價值優先保存之原則，依照原有形貌修復。……」若在原有形貌無法得知的情況下，應遵循國際文化遺產修復「真實性」的原則。費頓博士（B.M. Feilden）在《歷史建築維護》（Conservation of Historic Buildings, 2003：6）列出五項國際間共同遵循的修護倫理：

（1）在任何維護介入之前，建築物必須加以記錄。

（2）歷史證物絕對不可以加以損毀、偽造或移除。

（3）任何維護介入，必須是需要的最少程度。

（4）任何維護介入，必須忠實的尊重文化資產美學、歷史與物質的整體性。

（5）所有維護處理過程之方法與材料，都必須加以全面記錄。

　　《文化資產保存法》規定，有形文化資產物件修復前，須先進行修復及再利用計畫，內容包含歷史與建築史調查研究、修復工法、再利用計畫的研擬等內容。在修復過程中，也需要透過工作報告書的記錄，蒐集修復中各種工程進行的過程並討論適宜性。建議客家委員會在執行具有文化資產保身分的物件設計規畫與修復時，應能配合《文化資產保存法》，以確保文化資產能在修復過程中能夠延續文化資產價值。

（二）客委會經費補助下的屏東客家文化資產相關計畫

　　表三到表四為一○九年度屏東縣有形、無形文化資產接受客家委員會計畫型補助情形。[11]

11　詳閱客家委員會109年度對直轄市及縣市政府計畫型補助情形表https://www.hakka.gov.tw/Hakka_CMS/File/Attach/44566/File_90476.pdf（瀏覽日期：2021年4月28日）。

表三 一〇九年度屏東縣有形文化資產相關補助計畫

項目	工作計畫	補助事項	直轄市、縣（市）別	核定金額
1	客家文化產業發展	屏東縣內埔鄉興南村開基伯公暨社區環境景觀改善計畫	屏東縣 內埔鄉公所	5,680,000
2	客家文化產業發展	一〇九年度客庄創生環境營造計畫 ——禾埕專案	屏東縣 內埔鄉公所	27,000,000
3	客家文化產業發展	車程鄉保力客家文物館展示空間及環境改善計畫	屏東縣 車城鄉公所	5,400,000
4	客家文化產業發展	一〇九年度古蹟活化 ——六堆客家文化加值產業發展平臺	屏東縣政府	300,000
5	客家文化產業發展	屏東縣佳冬蕭屋洋樓修復工程	屏東縣政府 客家事務處	23,400,000
6	客家文化產業發展	屏東縣客家博物館 ——定位設計與初步營運規畫	屏東縣政府 客家事務處	63,000,000
7	客家文化產業發展	屏東縣客家文物館館內空間改善暨性別平等友善環境營造計畫	屏東縣政府 客家事務處	3,600,000
8	客家文化產業發展	一〇九年度屏東縣客家文物館經營計畫	屏東縣政府 客家事務處	1,000,000
9	客家文化產業發展	屏東縣客庄創生環境營造計畫地方輔導團	屏東縣政府 客家事務處	2,250,000
10	文化教育推展	前堆火燒庄 ——1895保台公園紀念館環境整備工程	屏東縣政府 客家事務處	32,400,000

項目	工作計畫	補助事項	直轄市、縣（市）別	核定金額
11	文化教育推展	前堆火燒庄——叛散埤右岸環境整備工程	屏東縣政府客家事務處	16,200,000

表四　一〇九年度屏東縣無形文化資產相關補助計畫

項目	工作計畫	補助事項	直轄市、縣（市）別	核定金額
1	客家文化產業發展	客庄文化體驗示範據點推廣行銷計畫	屏東縣政府	300,000
2	文化教育推展	二〇二〇昌黎祠韓愈文化祭	屏東縣內埔鄉公所	500,000
3	文化教育推展	二〇二〇長治火燒庄忠義文化祭系列活動	屏東縣長治鄉公所	1,000,000
4	文化教育推展	二〇二一客庄十二大節慶——六堆三百年祈福尖炮城	屏東縣政府	2,000,000
5	文化教育推展	一〇九年屏東縣客家獅傳習計畫	屏東縣政府	150,000
6	文化教育推展	二〇二〇客庄十二大節慶——六堆祈福尖炮城	屏東縣政府客家事務處	2,000,000

1　曾貴海醫師推動下佳冬張家商樓獲得保存與修復

　　在曾貴海醫師的堆動下，佳冬張家商樓從二〇一二年到二〇一四年，歷經三年民間與政府的通力合作，屏東縣政府於二〇一四年四月十二日舉行張家商樓落成入屋典禮。曾貴海醫師致力於推動文化及生態環境保存。他曾推動高雄市衛武營公園的成立。在一九九二年三月二十八日「衛武營公園促進會」成立，由曾貴海醫師擔任會長，在高雄發起的催生衛武營公園運動。在當時政府計畫在衛武營興建國宅、大學及商業發展中心的規畫中，曾貴海醫

師極力倡議衛武營闢建公園對高雄這座城市環境改造的重要性，進而引領南臺灣綠色革命風潮。「衛武營公園運動」是大高雄地區第一次出現非政治性的公民參與，亦是臺灣土地轉型正義公民運動重要的指標。衛武營公園於二○○六年動工，在二○一○年都會公園全區完工，從軍營轉變成為公園[12]。

　　張家商樓興建於一九一○年（明治43年），位於佳冬鄉冬根路的轉角處。佳冬鄉冬根路是清領時期佳冬鄉最熱鬧的商街，張家商樓是佳冬鄉唯一雙層的傳統紅磚樓房，兼具商用和居住及儲藏功能，商樓在當年販賣水產、甘蔗及雜貨。張家商樓過去一直是佳冬鄉當地居民生活的重心，是極具代表性的常民建築。爾後因後人疏於管理維護，損壞嚴重。

　　在二○一一年時，由曾貴海醫師發起張家商樓保存運動。曾貴海醫師因老家比鄰張宅、從小就在張宅出入，對張宅有深厚情感。因此，曾貴海醫師與在地文史社團及六根村村長張振香等人，發起籌組搶救佳冬張阿丁宅行動聯盟，展開文化搶救行動。歷經數個月的努力，房屋產權終於移轉到茄冬文史協會。

　　當時屏東縣政府客家事務處處長曾美玲表示，雖然張宅不具文化資產身分，但屏東縣府仍於二○一一年底主動向客委會申請調查研究經費，在詳細了解張宅結構及傳統工法後，希望以嚴謹的態度進行修復張宅。屏東縣政府於二○一二年向客家委員會提出「張家商樓整修與再利用計畫」，申請修復工程經費新臺幣七百四十萬元。張家商樓於二○一四年修復完成[13]。張家商樓亦在二○一五年由屏東縣府主動提報登錄為歷史建築[14]（圖五到圖六）。

---

12 詳閱「衛武營公園運動29周年　楊長鎮：曾貴海送給南臺灣的一首詩」https://www.hakka.gov.tw/Content/Content?NodeID=34&PageID=44326（瀏覽日期：2021年4月3日）。

13 詳閱二○一四年四月十一日「屏東佳冬張家商樓　重現風華」，https://tw.news.yahoo.com/%E5%B1%8F%E6%9D%B1%E4%BD%B3%E5%86%AC%E5%BC%B5%E5%AE%B6%E5%95%86%E6%A8%93-%E9%87%8D%E7%8F%BE%E9%A2%A8%E8%8F%AF-052816024.html（瀏覽日期：2021年4月20日）。

14 當時筆者擔任此案提報登錄歷史建築的文化資產審議委員。

圖五　屏東縣歷史建築佳冬張家商樓　　圖六　屏東縣歷史建築佳冬張家商樓
　　　外觀（2015年拍攝）　　　　　　　　　內部（2015年拍攝）

2　目前受注目的佳冬蕭宅洋樓保存與修復

　　目前正在整修中的佳冬蕭屋洋樓，亦受客委會計畫補助。興建於日治時期一九三四年（昭和9年）的蕭屋洋樓，為佳冬蕭家的一部分，緊鄰縣定古蹟佳冬蕭宅夥房。蕭屋洋樓建築外觀呈現西洋歷史式樣，在佳冬傳統聚落中顯得非常特別。蕭屋洋樓為蕭恩鄉所建。蕭恩鄉曾連任佳冬庄庄長二十一年，並且協助日本人在佳冬蓋機場，因此洋樓經常招待日本軍官。爾後曾改為診所。蕭屋洋樓原已頹圮廢棄（圖七到圖八），於二〇一五年經由屏東縣文化資產保護所委託計畫進行調查研究，蒐集歷史資料，並且釐清原空間形式與建築工法[15]。在二〇一九年屏東縣政府登錄為歷史建築後，屏東縣政府向行政院客委會爭取二千六百萬元修繕經費，於二〇二〇年十二月開始施工，預定一年完成[16]。

---

[15] 當時筆者擔任此計畫審查委員。

[16] 詳閱二〇二〇年十一月十三日「打造佳冬『活的博物館』　蕭屋洋樓完成最後一塊拼圖」，https://udn.com/news/story/7327/5011924（瀏覽日期：2021年4月20日）。

圖七　屏東縣歷史建築佳冬蕭宅洋樓外觀
（2015年拍攝）

圖八　屏東縣歷史建築佳冬
蕭宅洋樓破損嚴重的
內部空間（2015年拍
攝）

3　文化資產的保存應避免過度整修

　　因為文化資產主管機關在屏東縣政府為屏東縣文化資產保護所，而客家事務則是在屏東縣政府客家事務處。客家文化資產具有文化資產與客家文化跨領域公共事務的性質。因此，在指定登錄與修復等文化資產保存過程，需注意文化資產保存的專業原則。例如屏東縣竹田鄉糶糴敬字亭近年的修復，因過度整修而遭受爭議。這座敬字亭是屏東重要的文化資產，見證糶糴村早期為六堆地區米穀雜糧買賣集散地的歷史。爾後因鐵公路開通，陸運發達，達達港逐漸沒落，如今遺址只剩下水閘門。昔日在港邊設有「糶糴村糧埤伯公」，庇佑此地渡船航行平安，敬字亭就設在伯公旁。糶糴村敬字亭與伯公於二〇一七年七月十七日公告為歷史建築（公告文號：屏府文保字第10630285900號）[17]。敬字亭主體為磚造，洗石子裝飾，六角形三層。二〇一八年屏東縣政府曾進行修復，修復後增加了頂層與第二層亭簷的泥塑水草，第二層牆面的泥塑也重新修補上色。第一層送紙爐口與第二層、第三層神龕開口均添加門額與對聯，部分亭身也添加了白色水泥砂漿粉刷層，新舊

17　當時筆者擔任此案提報登錄歷史建築的文化資產現勘委員。

樣貌相差很多（林思玲，2019）。

　　過度整修引發村民關注。相關報導指出，達達港水岸環境場域工程完工後，整修後的敬字亭引發爭議，有村民指出，敬字亭上的字體，採用白底藍字相當不吉利，需要立即改進，相關單位指出，會盡速召開會議解決爭議[18]。因此，面對具有文化資產身分的敬字亭，或者具有保存價值而將來可能成為文化資產的敬字亭，進行修復時必須更加謹慎考證型貌外觀，並遵循真實性原則，避免過度整修而喪失文化資產價值（圖九到圖十二）（林思玲，2019）。

圖九　糶糴村敬字亭東方立面舊貌
　　　（2016年拍攝）

圖十　糶糴村敬字亭西南方立面舊貌
　　　（2016年拍攝）

---

18 詳閱二〇一八年十月二十六日「達達港水岸完工　敬字亭字體「白底藍字」惹議」，http://www.hakkatv.org.tw/news/205003（瀏覽日期：2021年4月20日）。

圖十一　屏東縣竹田鄉糶糴村達達港　　　圖十二　屏東縣竹田鄉糶糴村達達
　　　　修復後敬字亭（2018年拍攝）　　　　　　　港修復後敬字亭彩繪與對
　　　　　　　　　　　　　　　　　　　　　　　聯（2018年拍攝）

五　結論與建議

　　對於屏東客家文化資產的保存，有助於延續客家文化。以目前文化資產保存的國際趨勢來看，將客家有形與無形文化資產保留在客家聚落中，才能達到「場所精神」的再現。如同魁北克宣言中提到的：「魁北克宣言鼓勵歷史空間保存應找回文化遺產物質與非物質之間的脈絡關係，也就是歷史空間的保存不僅是建築物本身，更須著重於建築物相關的記憶、口述、書面文件、儀式、慶典、傳統知識、價值、氣味等無形的部分，因為這些無形的部分能賦予場所特別的意義、價值與脈絡。」

　　屏東客家文化資產的保存，可提升屏東縣的文化環境，讓民眾有很好的場所與素材可以親近與學習文化。其次，文化資產可作為觀光的資源，促進屏東鄉鎮經濟的發展。再者，文化資產的保存可以讓鄉鎮發展更多元，豐富屏東縣鄉鎮的樣貌。因此，屏東客家文化資產的保存，可連結以下的SDGs：

　目標四、確保有教無類、公平以及高品質的教育，及提倡終身學習
　　　　（4.7在2030年以前，確保所有的學子都習得必要的知識與技
　　　　能而可以促進永續發展，包括永續發展教育、永續生活模

式、人權、性別平等、和平及非暴力提倡、全球公民、文化
差異欣賞,以及文化對永續發展的貢獻。)
目標八、促進包容且永續的經濟成長,達到全面且生產力的就業,讓每
一個人都有一份好工作
(8.9在2030年以前,制定及實施政策,以促進永續發展的觀
光業,創造就業,促進地方文化與產品。)
目標十一、促使城市與人類居住具包容、安全、韌性及永續性
(11.4在全球的文化與自然遺產的保護上,進一步努力。)

因此,聯合國永續目標規範下,屏東客家文化資產保存有助於永續目標的達
成。再者,透過曾貴海醫師等有力人士與客家委員會相關計畫補助,加速推
動屏東客家文化資產保存。然而,相關行政單位應具備文化資產專業人員已
協助文化資產保存工作業務推動,並且應密切與主管機關屏東縣文化資產保
護所及文化部文化資產局合作,重視文化資產價值評估、真實性、完整性,
以合適的觀念與方法來推動屏東客家文化資產保存。

參考文獻

方美琪　高雄縣美濃鎮客家民歌之研究　國立臺灣師範大學音樂研究所碩士論文　1991年

李允斐　清末至日治時期美濃聚落人為環境之研究　中原大學建築學系碩士論文　1988年

邱永章　五溝水一個六堆客家聚落實質環境之研究　東海大學建築及都市設計研究所碩士論文　1989年

何秀峰　竹葉林庄下淡水都司營暨文化資源之研究　國立屏東科技大學客家文化產業研究所碩士論文　2019年

林伊文　美濃的客家八音與傳統禮俗　國立臺灣師範大學音樂研究所碩士論文　1999年

林思玲　創意文化空間中文化資產場域的功能及應用　《創意文化空間・商品》　陳坤宏、林思玲、董維琇、陳璽任　臺北市　五南出版社　2019年　頁103-137

林思玲　《漢字神聖之所：探尋臺灣六堆的敬字亭》　臺北市　五南出版社　2019年

張二文　美濃土地伯公之研究　臺南師範學院鄉土文化研究所碩士論文　2001年

張永明　南臺灣無祀信仰的衍化與變異：以內埔客庄無主骨骸奉祀風俗為例　國立屏東科技大學客家文化產業研究所碩士論文　2014年

彭素枝　臺灣六堆客家山歌研究　國立臺灣師範大學中國文學研究所碩士論文　1994年

湛敏秀　吳招鴻　阿梅年之新興八音團及其客家八音技藝研究　國立藝術學院音樂學系音樂碩士論文　2000年

劉秀美　日治時期六堆客家祠堂建築之研究　國立成功大學建築學系碩士論文　2000年

劉嘉珍　六堆舊市街生活與空間組構之研究　國立成功大學建築學系碩士論文　2001年

劉玉平　臺灣工業化過程中客家族群空間形式的演化——六堆內埔之個案研究　國立中興大學都市計劃研究所碩士論文　1997年

鍾明樺　台灣閩客傳統民宅構造類型之研究——以旗山鎮與美濃鎮為例　國立雲林科技大學空間設計系碩士論文　2001年

魁北克場所精神宣言（The Quebec Declaration on the Spirit of Place）　http://www.international.icomos.org/quebec2008/quebec_declaration/pdf/GA16_Quebec_Declaration_Final_EN.pdf　瀏覽日期：2020年9月14日

聯合國人居署　https://unhabitat.org/un-habitat-for-the-sustainable-development-goals/11-4-world-heritage/　瀏覽日期：2020年9月14日

聯合國永續發展　Transforming our world: the 2030 Agenda for Sustainable Development　https://sdgs.un.org/2030agenda　瀏覽日期：2020年9月14日

聯合國教科文組織　https://en.unesco.org/creative-cities/content/why-creativity-why-cities　瀏覽日期：2020年9月14日

聯合國永續發展　https://sdgs.un.org/goals/goal11　瀏覽日期：2020年9月14日

ICOMOS網頁　http://www.usicomos.org/wp-content/uploads/2016/05/Final-Concept-Note.pdf　瀏覽日期：2020年9月14日

UNESCO, 2015b. Policy for the Integration of a Sustainable Development Perspective into the Processes of the World Heritage Convention, General Assembly of States Parties　網址：http://whc.unesco.org/en/sustainabledevelopment/　瀏覽日期：2020年9月14日

衛武營公園運動29周年　楊長鎮：曾貴海送給南臺灣的一首詩　https://www.hakka.gov.tw/Content/Content?NodeID=34&PageID=44326　2021年4月3日

客家委員會客庄創生環境營造計畫補助作業要點　https://www.hakka.gov.tw/File/Attach/20900/File_78943.pdf　瀏覽日期：2021年4月10日

客家委員會109年度對直轄市及縣市政府計畫型補助情形表　https://www.ha
kka.gov.tw/Hakka_CMS/File/Attach/44566/File_90476.pdf　瀏覽日期：
2021年4月28日

2014年4月11日　屏東佳冬張家商樓　重現風華　https://tw.news.yahoo.com/%
E5%B1%8F%E6%9D%B1%E4%BD%B3%E5%86%AC%E5%BC%B
5%E5%AE%B6%E5%95%86%E6%A8%93-%E9%87%8D%E7%8F%
BE%E9%A2%A8%E8%8F%AF-052816024.html　瀏覽日期：2021年
4月20日

2020年11月13日　打造佳冬「活的博物館」　蕭屋洋樓完成最後一塊拼圖」
惹議　https://udn.com/news/story/7327/5011924　瀏覽日期：2021年
4月20日

2018年10月26日　達達港水岸完工　敬字亭字體「白底藍字」惹議　http://
www.hakkatv.org.tw/news/205003　瀏覽日期：2021年4月20日

新的信息與心的視境
—— 曾貴海《二十封信》的詩意探索

唐毓麗[*]

摘　要

　　本文將從新的信息與心的視境兩個面向來思考《二十封信》。新的信息關注曾貴海詩中的呈現方式，更多表現為直接講述與分析式的表述，如何造就知性的風格。心的視境則從感悟（物象的觀看與感知）著手，探索人為世界和自然世界的安排、過渡、融入與啟示，探索詩帶來何種心靈的感受。最後探索詩人的晚期風格，探討詩的繼承與轉變，耙梳《二十封信》的變異與特色。

關鍵詞：曾貴海、《二十封信》、知性詩、晚期風格

---

[*]　國立高雄師範大學國文系教授。

一　「信」的訊息

　　臺灣當代作家曾貴海（1946-）除了寫詩和行醫，更是一位身體力行的社會運動家。長期走上街頭、參與政治協商、投入教育改革的經驗，讓曾貴海的知性思維、政治認同與社會意識在臺灣作家之中格外顯得突出。詩人創作的新詩主題相當多元，廣泛觸及了客家原鄉、原住民族群與祭典、臺灣殖民政治與歷史、自然生態詩作、情詩和社會諷刺詩等。曾貴海創作時間跨越五十年，除了主題豐富，風格也相當多元，常在詩作中進行各種語言與形式的鍛鍊，從敘事長詩、小詩、組詩、諷刺詩、信件體到極短篇／詩的混雜文類，都曾進行多方嘗試與顛覆，反覆試探詩的質素與可能性。

　　二〇一九年是曾貴海的豐收年，一口氣推出《二十封信》、《航向自由──曾貴海長詩選》與《寂靜之聲──曾貴海輕詩選》三本詩集，展現詩人詩作的不同風貌。仔細觀察，《航向自由──曾貴海長詩選》選錄篇幅較長的歷史或政治詩作、社會詩作，《寂靜之聲──曾貴海輕詩選》選錄篇幅約莫在十行上下的輕詩與迷你小詩。其中，只有《二十封信》是曾貴海二〇一九年最新的力作，收錄二〇一七至二〇一九年發表於《笠》與《文學台灣》的詩作，也讓《二十封信》具有重要的意義，可以窺探作家近期創作構思與文學關懷。讀者將發現，《二十封信》不如以往歷史長詩那樣雄辨或是單一強化理念的傳輸或辯證，也不像多數自然詩、短詩或帶有禪味的小詩那樣精簡、卻蘊含最多，篇幅長度介於二者之間，詩人改以較悠緩的節奏、更多的知識表述、更多的口語文字與更多的蔓延支線表達他的人生感懷，建立了獨特的敘述模式，以詩的世界，對歷史的洞穿、對人生的轉折進行另一層次的展現，值得關注。

　　《二十封信》有什麼特殊的變異之處呢？從出版社《二十封信》展開封面設計的主視覺與意象，封面是一個大家都熟悉的交通號誌──紅綠燈號誌，再從刻意刷舊泛黃的復古質感，擬造真實的歲月、斑駁與流逝感，加上信件上必有的郵戳（郵局的大宗郵資已付掛號函件貼紙和條碼及掛號郵戳），更擬仿信封袋上的信件內容勾選欄位，細膩之處，還在摺頁上標上

105.12.2000封的符號，傳送了大量關於信件的符號與訊息。但《二十封信》與信件之間存在什麼樣的關係和距離，詩人欲藉著《二十封信》釋放什麼重要的訊息，顯然成為閱讀上的第一個疑問。詩集總共收錄了二十首詩作，雖以《二十封信》為名，但除了〈給愛因斯坦的一封信〉、〈振翅吧貓頭鷹——致李喬〉之外，其他作品，並不具有非常鮮明的、約定俗成的信件之特徵。我們仔細翻看《二十封信》中二十首詩的詩名或內容：〈間距〉、〈戰中〉、〈關於黃昏過境〉、〈調情〉、〈秘密〉、〈紋路〉、〈劇場〉、〈鏡影〉、〈黑色筆錄〉、〈祭拜DNA〉、〈問題所在〉、〈什麼人〉、〈給愛因斯坦的一封信〉、〈愛〉、〈如此平凡〉、〈母河的生命線〉、〈冬，2018〉、〈我是詩人〉、〈野花〉可以發現，無法看出這些詩作與信件的具體關係。我們由此追蹤，詩人從書名的允諾、標誌、總結或刻意引導《二十封信》為書信創作，引動讀者對號入座，那麼，整本詩集透過信件的方式傳送，想要傳達什麼重要的訊息呢？

　　書信體常是展現「雙音式（duophonic）」訊息很重要的管道，呈現發信人與收信者的互動與關係、情感與互動；即使單線展示發信者的訊息，也一定某種程度展露了發信者的個人情懷與理念，這也使得書信體承接了史傳與詩騷書寫傳統。從個人觀點觀看時代或個人歷史，可突破了全知敘事的盲點；而詩騷體，又使得作家傾向於抒情，特重情調和意境；或是大量書寫瑣事軼聞，以補正史之缺，利用私己敘事，以小寫大，為時代與個人生命留下紀錄。當讀者實際閱讀二十首詩後，這些期待轉化為疑問，繼而產生了何「信」之有的疑問，而這個疑問，是由眾人從期待的視野中翹首盼望而來，卻讓讀者由「信」所傳送的信息，而對《二十封信》有了不同的逆反和哲思。長期研究曾貴海詩作，並為《二十封信》撰寫導論的阮美慧注意到，讀者從何「信」之有的追問，進一步可探尋的是「曾貴海藉由追尋台灣的主體性，進而探索自己的族群與生長環境，發現原來自己所處的『所在』問題重重，致使他透過詩表達『我有話要說』的呼籲」。[1]這層觀察，非常重要，也

1　阮美慧：〈我所「信」以為真——曾貴海《二十封信》的生命意義探問與追尋〉，收於曾貴海著：《二十封信》（高雄市：春暉出版社，2019年），頁4-5。

貼近《二十封信》的整體陳述。《二十封信》不是一本單純的書信體詩作。那麼，這會是一本什麼樣的詩作呢，整本詩集從這個「信」字，開始了新的嘗試與創作。

　　從形式來看，二十首詩的篇幅（除了〈冬，2018〉為組詩形式，篇幅拉長；〈母河的生命線〉篇幅最短，只有七行；〈我是詩人〉、〈野花〉約有兩頁的篇幅）都不短，多數詩作都有近三頁或三頁以上的篇幅。詩的長短與篇幅，雖比曾貴海著名的歷史長詩、政治長詩或諷刺長詩簡短許多，相較於其他詩作，篇幅刻意拉長不少。詩的篇幅，顯然跟詩人的構思、敘述的轉折、心靈狀態與體悟的呈現方式都有某種關聯。從拉長詩的篇幅看來，詩人在起興的部分，多以單刀直入方式破題，卻透過輻射的方式，多方演繹題旨，而在最後的結尾，也呈現了不同的敘事方式收束主題。

　　從詩題與主題看來，《二十封信》的主題依然沉重，廣涉對戰爭的控訴（〈給愛因斯坦的一封信〉、〈戰中〉、〈黑色筆錄〉）、對歷史更換信仰與主義的指控（〈調情〉）、對時光消逝的悵惘（〈調關於黃昏過境〉）、對認祖歸宗行徑的溯源（〈祭拜DNA〉）、對男尊女卑文化的控訴（〈祭拜DNA〉）、對越界和侵犯的沉思（〈間距〉）、對人構成本質的困惑與追求（〈劇場〉、〈什麼人〉）、對愛的紀錄與追索（〈愛〉）、對人生紋路與叉路的選擇探索（〈紋路〉）、對萬物互為影子的追蹤（〈鏡影〉）、對臺灣充斥各種問題的嚴正批判（〈問題所在〉）、對真相的針砭和洞察（〈振翅吧貓頭鷹〉）、對萬物的奇蹟表達感謝（〈如此平凡〉）、對原鄉母河的禮讚（〈母河的生命線〉）、對人生災難降臨或榮枯生死表達感懷（〈冬，2018〉）、闡述成為詩人的神奇召喚和使命（〈我是詩人〉）、表達對人生漫長經歷的體悟（〈野花〉）等。在詩意的呈現上，《二十封信》承載的意涵顯然比標題更複雜深邃許多，難以透過單純主題來簡化詩作豐富異常的意涵。

　　綜觀詩集，《二十封信》大多以詞條或複合詞條的形式，展開了詩的探索。詩人顯然從詞條中，得到了一些靈感，藉由概念的探索、思辨的引導、場景的鋪陳、情境的連接，迅速開枝散葉過渡為一個個情境的開啟，或是捕捉了一種生活細節、生命狀態與歷史情境，展開了詩人對社會現象或日常生

活的思索。從詩題對照詩的內容，可以發現，有些詩題未必可以完整涵攝整首詩作的內容，詩題的存在意義，也成為一個多元歧異的想像符號。這令讀者好奇不已，觀察詩人是否嘗試擺脫過去的書寫經驗或框架，透過新的眼光、敘事口吻、姿態、心情與思維，加入了詩人對當代情境與生活語境最直接的體悟。讀者是否留心，這種傾訴與獨白的方式，在傾訴（直接陳述telling與物象showing的交互呈現）與感悟（觀看與感知）更多了一種韻味，值得推敲的意味。

　　曾貴海詩作甚多，向以理性和議論性見長，《二十封信》藉由這種借信件／媒介／詩之傾訴與獨白的方式，使得傾訴（更多表現為講述形式，較少人物、物象的直接展現）與感悟（觀看與感知）有了不同的情致，在詩視境的呈現上值得關注，涉及了純詩和敘事詩的美學論辯與差異。主張純詩的觀點，希望詩中剔除語言的敘述性、說明性或分析性，主張應該利用富含語言深度的語言，恢復語言的精純，從意象的存有、知覺的傾向，重視抒情瞬間的渲染。在現代詩中關於純詩的論辯極多，因涉及到純詩論特別表彰語言的非言說性，認為漢字的特性，在於字象的不可言說性，特別能強化詩之旨趣就在於妙在可解與不可解，不強作邏輯與因果關係的說解。[2] 作為對照的另一種詩的表達方式，以議論為詩，則源於口語與時代因素的撞擊帶來的直接變化；詩之用語不反口語，但賦予口語新意，以邏輯性和說明性等知性成分提升詩作。這類詩作，比較接近以文字為詩，以才學為詩，以議論為詩的詩學傳統，包含了利用詩來敘事或說理的日常詩作。[3] 這兩種詩論所表彰的現代詩作並非可以截然二分，因現代詩中強調意象的功能，卻更容易交雜著說明性和敘述性的語言，但如何使用說明性和敘述性的語言，重新構組成新的

2　從漢字性質的特色，討論古典詩過渡到現代詩詩質的研析與展現，一直是個熱絡的議題。從陳世驤提出之後，高友工、張淑香、蔡英俊、王德威都有專文申論。待葉維廉專注論述現代詩中漢字表現的特色後，林亨泰、李豐楙、翁文嫻、劉正忠都曾先後對漢語語法進行深入的分析。

3　劉正忠：〈漢字詩學與當代漢詩：從葉維廉到夏宇〉，《中山人文學報》第46期（2019年），頁34。

氛圍，則成為詩的視境豐富與否的考驗。曾貴海在新詩集中，藉由拉長的篇幅，進行何種詩視境的創造。讀者或許觀察到，詩中既有強烈的敘事性和介入性，也常在詩末作抒情瞬間的渲染，如何評論詩的表現與美感，也是本文立論的一大重點。

回溯曾貴海五十年前的創作可看出，早期寫於一九六八至一九七〇年（曾貴海年約22-24歲）的〈戀的纖維〉與一九八三年（約37歲）〈茶花女的悲歌〉可說隱約開啟了詩人創作的兩種路徑、兩種原型，兩詩都發表在詩人的第一本詩集中。其中，一個傾向內在書寫，持續擱淺於一種美的原型，以詩追求美，投射為愛情與理想，象徵性濃厚，具浪漫主義特徵；另一個著意外在寫實，鑽研書寫一種生命原型，以詩追求真，從弱勢底層的妓女擴延到被消滅族語的原住民、抵抗殖民的臺灣人、為地球奮戰的宇宙人，敘事性濃厚，寫實意圖強烈。[4]由此發現詩人的終極追求，既追求美，也追求真。[5]這雙軌的原型書寫，歷經歲月的碎礪與淘洗，時代的打磨，途經變奏與合軌的書寫實驗，開枝散葉，千樹成林，開展成蓊蓊鬱鬱繁盛的詩景；從慕戀的愛人到臺灣人橫跨至宇宙人，半世紀的詩作已留下了一片蒼綠詩海。

此外，綜觀曾貴海的詩世界，是一個非常浩瀚的世界，除了書寫人為世界，也極愛探訪自然世界。詩人時常歌頌最鍾愛的「深山野嶺，蟲鳴鳥獸，日月星辰，花草樹木」的大自然景致，也不迴避人間煙火，常描寫與大自然

4　在莊紫蓉採訪曾貴海的內容中，從曾貴海的回應而有所觸發，提出這樣的觀點。專訪中，曾貴海曾談到戀愛經驗中，隱約浮現美的原型，以及創作中開創茶花女創作的原型。莊紫蓉：〈孤鳥，樹人與海——專訪詩人曾貴海〉，《笠》第252期（2006年），頁180。

5　里爾克（Rainer Maria Rilke）曾仔細觀察「哲學家求真」和「詩人求美」，本是區隔兩個領域的重要特徵，「詩人的工作，不是該稱之為求美嗎」，詩人透過詩句，向讀者發出一個偉大悲嘆或是喜悅的節奏，藉以感動讀者；但寫實主義顯現為語言與造形藝術的精巧，透過藝術的塑造，「一個為時短暫的嘗試，將真提升為美」。里爾克發現，在創作領域上，越來越常見美與真彼此靠攏、重疊的現象，也指出追求真理的詩人，在洞悉真實與真理間聯繫的鍛鍊，是需要漫長的時間。里爾克著，烏蘇拉（Ursula）與弗克・米歇爾斯（Volker Michels）編，唐際明譯：《每個生命都是永恆的開端：慢讀里爾克》（*Lektüre für Minuten: Gedanken aus seinen Büchern und Briefen*）（臺北市：商周出版社，2015年），頁232。

相對的人為世界，對日常的現實生活與社會環境有極其深度的描寫，構成了詩場域的情牽所在。[6]詩人羅門認為，當詩人將第一自然（客觀自然）與第二自然（人為世界）作為詩的素材，加以摹擬與鎔鑄、表現的詩情世界，形成了一個獨屬於詩人風格的第三自然。第三自然是羅門獨創的詩觀，卻同樣適合用來詮釋曾貴海的詩作。透過詩人之眼與詩人之境，以詩創造「第三自然」，這是一個闡揚人們居住的處所與萬物之情的世界。這個第三自然，就是詩人與藝術家掙脫第一、第二自然的有限境界與種種障礙，進而探索到更為龐大與無限寬廣的自然，有了「它」，詩人才能超越前兩種自然，進入純然與深遠的存有之境；此境界，可以包容與透視一切生命與事物在種種美好的型態與秩序之中的活動情形。[7]本文欲探究七十三歲的詩人，如何在詩中創造第三自然，跟前作有何差異性？從而論證作者在於強烈介入性下，又帶入自然景觀與感悟的詩宇宙，如何呈現現代生活的複雜性之外，也帶入一種叛逆與超越的態度，進而論證詩人晚期風格的某種特殊傾向。

　　　　所謂的晚期風格、晚期意識或晚期特質，是「一種放逐形式」。這種放逐包括與時代的扞格，殘缺的、片段，置連貫於不顧的性格。[8]

曾貴海是一個自我期待甚深，永遠在蛻變的詩人。阮美慧認為，《二十封信》可以看見詩人擺脫過去「抒情調性」或「理性批判」的一致模式，「改以蔓延詩意的方式，展開詩與人的對話，透過『實』『輕』／『虛』『重』的悖反手法，以『輕』揭示『重』，呈現日常現實的繁重與瑣碎」。[9]同樣關懷

6　參考林燿德討論羅門的論點。林燿德：《羅門論》（臺北市：師大書苑出版，1991年），頁118-119。

7　林燿德：《羅門論》，頁118-119。

8　薩伊德（Edward Wadie Said）著，彭淮棟譯：《論晚期風格——反常合道的音樂與文學》（*On Late Style: Music and Literature Against the Grain.*）（臺北市：麥田出版社，2010年），頁27。

9　阮美慧：〈我所信以為真——曾貴海《二十封信》的生命意義探問與追尋〉，收於曾貴海：《二十封信》，頁9。

晚期風格的繼承與蛻變，與前文不同的是，本文論述的重點，想集中論證從
敘事模式到第三自然視境的繼承和變化。讀者可以發現，在詩人邁入七十歲
的晚期風格裡，這種放逐，是不是離開他熟悉的書寫模式，嘗試放掉一些束
縛，逆轉規律，以更為口語的韻律和敘述方式與節奏，表達他的人生感懷？
此時他所進行的文學嘗試，更近隨心所欲，能書寫真正想表達的詩作。

　　人們論證晚期風格中的「晚」，既有時間上的意義，同時，也是詩人的
自我創作在邁入成熟階段之後，進一步重新反思與超越自身之作的具體特
徵。形式是有意義的內容，讀者在更為舒緩的結構、更為口語的詩句、更少
的意象布局、更多直陳的情感表露與直言針砭，都感受到充滿濃郁的晚期意
識。這種具體特徵，可粗分成兩部分來思考，其一，詩人在面對歷史衝突、
戰爭威脅或人的本質的探究中，他偏愛最後以嘲諷與示警、邀請、示好的方
式提醒世人，或是轉入自然景色與物象，以自然包容吸納的方式淡然處理；
其二，詩人轉為面對生命的體悟和總結時，喜愛以自然景物展現全然的美
好。從晚期風格中，讀者可以讀出作者企圖超越、翻轉或適性而發的姿態，
也可以在繼承與創新之中，探索詩人在新作品中蘊含新的意義。

　　本文將從新的信息與心的視境兩個面向來思考這本詩集。新的信息關注
曾貴海詩中的呈現方式，更多表現為直接講述與分析式的表述，如何造就知
性的風格。心的視境從感悟（物象的觀看與感知）著手，探索人為世界和自
然世界的安排、過渡、融入與啟示，探索詩帶來何種心靈的感受。最後探索
晚期風格，探討詩的繼承與轉變，耙梳《二十封信》的變異與特色。

二　新的信息

　　對讀者而言，詩充滿暗示性，顯然與以說明為主的散文、以敘事為主的
小說大不相同，在情感的敷陳、理念的傳輸和意象的構思上，都較散文或小
說來得更為含蓄，更為朦朧。《二十封信》從標題展開的詩作如〈間距〉、
〈秘密〉、〈紋路〉、〈劇場〉、〈鏡影〉、〈愛〉、〈野花〉等，本身就把詩題的含
義給延伸了，標題的含義，也得到了更主觀更多面的闡釋。這些標題，這些

名詞，作為引子，引出詩人對於詞語敞開的紛亂遐思，從這些遐思中，縫綴了一個個詩的語境，可以明確地感受出來，詩人對語言的探索和質疑，企圖通過語言去呈現語言背後真實與深沉的世界面貌。

詩人的視境，可以由他面對現象中事物時產生的美的感悟型態來說明，學界關於現代詩的表述，展開了純詩和敘事詩、議論詩之美學的討論甚烈，就如劉正忠曾分析有些現代詩的語言使用，保留文言漢語的特色，超脫分析性與演繹性，刻意將時間空間化或空間時間化，能讓語意非限指或關係不決定性，正因為不作單線因果式的追尋，造成連結媒介的稀少，使物象有強烈的視覺性和具體獨立自主性。[10]這樣的純詩宣言，引導讀者注重詩的質素，也讓詩的解析，不全依賴直線性或因果關係的詮釋，只能旁敲側擊、窺測旨意，避免詩成為某種理念或主張的載體，導致詩的存在意義被邊緣化、被微言大義化。詩評家看重意象表述的重要性，主因還在於詩觸及了物象的本質，因「意象夾雜了外在的情景和人的思維」，不只是物、象而已。[11]翁文嫻借鑑遙遠異質的美感經驗，進入現代詩語法與詩質的探索有重大發現，她認為人與物象無隔閡的距離，三千年前如此，現今也應如此，「如果將『詩的質地』理解為生命體的真質把握，好的詩能夠如清光一道道切進族群深埋的記憶裡」，對漢字特質與抒情傳統的延續至今，提供相當貼合的詮解。[12]純詩美學不是唯一的美學標準，純詩美學當然能塑造較為朦朧與醇美的詩境，帶給讀者無限的想像；但過於追逐純詩美學，可能造成晦澀難解、靜謐空寂之境，也窄化了詩的多重可能性。

更多詩評家注意到一九七〇年後現代詩的回歸，為了返回現實的處境或重建民族詩風，詩不能只是美麗的聲音，必須立足母土，關懷社會生活，深掘暗黑病灶，擁抱群眾；更多的創作者加入詩的創作，加入了分析性、說明

---

10 劉正忠：〈漢字詩學與當代漢詩：從葉維廉到夏宇〉，《中山人文學報》第46期（2019年），頁34。

11 簡政珍：《語言與文學空間》（臺北市：漢光文化事業公司，1989年），頁19。

12 翁文嫻：《間距詩學：遙遠異質的美感經驗探索》（臺北市：開學文化事業公司，2000年），頁18。

性、敘事性、議論性與演繹性的文字，讓詩旨更清晰，也更能傳達詩人對時代最即時最傳真的觀察與剖析。當詩人面對這些景物時的態度，若將自己置身於現象之外，陳述的方式鐵定較為冷靜與知性：

> 再用許多現成的（人為的）秩序，加以因果律為據的時間觀念，加諸現象中的事物之上；這樣一個詩人往往會引用邏輯思維的工具，語言裡分析性的元素，設法澄清並建立事物間的關係。這種通過知性的活動的行為自然會產生敘述性和演繹性的表現，追求此物因何引起彼物，這種作品往往有所謂「邏輯的結構」可循，這種作品亦往往易於接受科學性的分析而無極大的損害。[13]

另外一種詩人，設法將自己投射到事物之內，同樣在進行知性的運作：

> 使事物轉化為詩人的心情、意念或某種玄理的體現；這樣一個觀者在其表現時，自然會抽去一些連結的媒介，他依賴事物間的一種潛在的應合，而不在語言的表面求邏輯關係的建立。[14]

詩人無論是置於現象之外或是利用投射的轉化，都產生了主觀的情緒的影響或是渲染，都以知性的方式去干擾了景物內在生命的生長和變化，連帶的影響就是景物與讀者的距離被隔離開來。作者觀點與聲音明顯的介入，雖然加大距離，卻能為讀者帶來了智趣的享受，知性的享受和智性的提升，「在一首詩中，過分強調理論，即是要求可讓讀者遵循的『邏輯結構』，可在前後發展的關係中了解其因果關係，某一前提必導致某種結果。這種合乎理路的詩，自然是比較敘述性、分析性強些」。[15]雖然詩人面對這些景物時的態

---

13 葉維廉：《秩序的生長》（臺北市：新潮叢書，1974年），頁192。
14 葉維廉：《秩序的生長》，頁192-193。
15 江寶釵主編，李豐楙著：《將葵花般的仰望舉起：李弦現代詩論集》（臺北市：山水出版社，2013年），頁32。

度,是否介入解說,決定了詩不同的情致;但要多作說明的是,世界上的語言或是詩的世界中,很難有一種完全不受限於知性色彩的語言表現,只是程度上的差異。此外,人們深入追蹤可發現,在當代詩的表述中,純詩質素的追求和敘事性、議論性的存在,兩者之間未必處於對立狀態,而是比例輕重的協調與多樣化的融入,構成了現代詩學中多重的景象。

在《二十封信》中,〈祭拜DNA〉相當具有典型性,能突顯曾貴海在詩表述中獨特的思維與敘述。在〈祭拜DNA〉中,詩人追問人的存在與消逝,為世界帶來什麼,做了非常豐富的「邏輯的演繹」,推演與思索的過程異常鮮明。詩的破題,從已死的先人都擁有一個寫上姓名的墓碑開始,後聚焦於掃墓的行徑,展開了崇敬先祖的各式討論。詩中巧妙地利用細胞內的大分子DNA(去氧核醣核酸)重要的影響力,除了夾帶控制遺傳表現的基因,又具有影響生物發育與機能運作的功能性,詩人把它視作神奇的鎖鏈,展開了人們跟先人之間命運牽引的橋梁。詩中多次轉換觀看人們與先祖的關係,層層喚醒人們對於祖先DNA的關注,也層層剝除對祭拜DNA的既有看法,這種追根究柢的敘事方式,牽引起獨特的魅力,也通過知性的尋根活動,自然產生歷史為何如此的刨挖過程。

在〈祭拜DNA〉中,詩人對臺灣的安葬方式與社會慣例進行一個理性的歸納與總結,「所有的事情都不確定/只有這件事/許多人擁有寫上名字的墓碑」,[16]開始了詩的多角度探索。詩轉為關注墓園安葬的先人,只有在每年的清明掃墓時分,後人才繼承緬懷先人的儀式;而這些後代,也藉由祭拜,感受到祖先的DNA成為某種密碼或源頭,或某種抽象的系譜與鎖鏈,串聯起與自己命脈如影隨形的緊密關係。後半段,轉而關注在祭祀譜系中失蹤的女性他者,諷刺這樣的族譜,是父權制度下性別不平等下的產物,「密密麻麻的寫滿女性缺席的族譜」。[17]轉為空景,從香煙裊裊,洩漏了女性被歷史消音的可憐身影,淪為附屬與隱形者的曲折身世。詩中暗指威權時代受

---

16 曾貴海:《二十封信》,頁80。
17 曾貴海:《二十封信》,頁80。

政權宰制的先人，在層層布局與監控之下，有人活下來，有些人則成為「被失蹤的人」。這些政治犯的死亡，沒有訃聞與告別式，被政治力迫害的家族，有無繼承的子嗣，更成為隱沒的事實，詩作透過精巧的敘事，畫龍點睛刻劃了白色恐怖時期全民噤聲的恐怖時代。「不願意地被死亡」[18]，暗指臺灣人民無法自主的命運，曾貴海指出這樣的事實，在威權體制下的「被失蹤的人」，他們頑強地守護了祖先DNA，也藉祭拜，表達了對他們的誠敬。

　　詩中更擴大關照的內容，刻劃在殖民統治時代或尚未脫離獨裁專政的時代，許多人離開家園，斷離了血脈與鄉土的聯繫，更揚棄了熟悉的語言，與先祖的關係只剩下微弱的牽連，每年只回來祭祀一次。祖先的DNA會繼續傳承下去，但後代會成為不一樣的人類，先祖也會轉化成為另一物種，從人類轉化成為植物，轉化為自然界的一部分，詩中顯然對於DNA的傳遞與轉化有了新穎的建構。詩中將指涉的對象擴大，先祖只是留下了人類的物種，而人類的生命就算綿長，都有結束的一刻，都有進入墓園成為被祭拜者的一天，也將人的誕生與死亡、消殞與傳承、人與非人拉開了循環圈鎖鏈的思索。詩的結尾，結束在詩人的感嘆中。人總算能在威權的暴政下活存下來，沒有夭折，這是何其的幸運，在感性的傷懷中，終止全詩理性的探勘與尋根思索。

　　在〈祭拜DNA〉中，曾貴海雖然做了非常豐富的「邏輯的演繹」，推演與思索的過程鮮明，但受漢字與漢語寫作的影響，漢字與句勢之間依然保有一些曖昧、模糊空間，字詞之間的關係保有詮釋的灰色地帶。如〈祭拜DNA〉的第二節，場景轉換到祭拜的墓園，但敘述者與觀看的角度有所更動，從作者轉換為先人視角，凝視後來上岸，進入族譜的新的後代成員，而有「我們」與「他們」的區隔。「山風穿越墓園的樹梢／吹散我們的氣息」，是少數寫景的詩句，暗示了自然的微風，沖淡了死亡帶來的陰森與恐怖的氣息。[19]最終，轉化了陳述的角度，經過驚風駭浪的政治風暴和封建制度的性

18　「不願意地被出生，不願意地被死亡」，此為白萩知名詩作〈天空〉的詩句，指臺灣人民無法自主的命運。

19　曾貴海：《二十封信》，頁80。

別壓抑雙面襲擊，人類物種能留下繼承者，帶來了正面的肯定。

〈什麼人〉與〈祭拜DNA〉的主題與敘述模式有些相似，追問人，到底是什麼樣的人，以什麼樣的樣貌存在，做了非常豐富的「邏輯的演繹」，推演與思索的痕跡也相當清晰。詩的首節，前四句，提綱挈領歸納了人的幾種屬性與特質，「被分類歸屬為human或者人／擁有族裔及個人名牌／地球最頂端的掠食者／生物共生馴化滅絕的裁決者」。[20] 從詩人的角度看來，人類，既具有族群性又有個人性，看起來是統御地球的掠食者，具有侵占性與掠食性，更是操持萬物生死大權的仲裁者，但人類到底是什麼人，還存在值得辯證的部分，由此展開了詩人的觀察和論述。

詩人認為，「人們驚慌的愛戀凡人／平靜地擁抱魔鬼」，[21] 細數人的眾多矛盾不已的特質：想改變自己，卻又嫌棄自己；想修飾自己，止息不了無邊欲望；追逐感官的釋放，卻又阻止正常的情慾發洩；人喜歡人，但也討厭人；不斷改造自己，卻說不出理由；最後，人們只能在人種博物館，能看見人的存在。此時，人類是否已成為奴人或寵物，徹底失去了自己要成為什麼人的自主性了呢？大量的語言裡，充滿分析性的元素，詩人引領迷失的讀者，去思考「請問你（妳）是什麼人」，詩人以介入性的論述一一指明人的盲點與矛盾，或人類無法看清的現狀，並建立例證與觀點牢固的關係，展現了知性的色彩。詩末一轉，減少了質問的特質，改以溫情的口吻邀約，「你（妳）好嗎／可以讓我牽你（妳）的手嗎」，[22] 以知性剖析造成的距離感，透過溫情的呢喃，拉近了親暱的距離；從他者到我輩的稱呼，也代表了心靈距離的改變，把所有人類之間的差異性，在牽手如此親和的行動中消弭一切。

〈戰中〉與〈黑色筆錄〉的主題與敘述模式有些相似，詩人面對景物的態度，仍顯示了介入的觀點或體察。此間，物象的穿插，都為建立事物與後果關係而存在，企圖總結人類鑄成血光浩劫的共有面向。〈戰中〉描述面臨戰爭與威權統治的餐廳或商店情景，出現了各種飲品，「桌上的咖啡草莓玫

---

20 曾貴海：《二十封信》，頁90。
21 曾貴海：《二十封信》，頁90。
22 曾貴海：《二十封信》，頁93。

瑰和肢體／引爆成綜合果汁／灑滿地面／歷史只能講些場面話／呆坐著看時間清理現場」，[23]此詩將零碎被支解的肢體跟桌上各式飲料混合，令人感受到生命的荒蕪、生命的踐踏；〈黑色筆錄〉描述歷史不斷重複，只是人名或地點或情節的變動，戰火造成大眾身心的驚懼，無辜者的死亡，「戰火和血光點燃歷史的扉頁／照亮你的臉孔和充血的眼球／無辜者永遠回不到家／許多可能淨化人類的智者／被一顆子彈埋葬／我絕對不能忍受或同意」。[24]詩人以全然抗拒的姿態，表達對於守護民主和自由的決心。兩首詩作雖未留下註腳，卻讓讀者聯想起發生在過去或現在，降臨在世界各個角落的各式戰爭或暴力場景。其他如〈給愛因斯坦的一封信〉，指出愛因斯坦一直陷入矛盾與統一的衝突，「$E=mc^2$揭開了爆力密碼的安全門／你不認為人類能製造核彈／你譴責依附權利的戰爭販子／但人類真的能和平相處嗎／誰決定和平和友善的公式」，[25]愛因斯坦最終打開了禁區，人類淪為相互毀滅的惡徒。

　　從以上的詩作可發現，曾貴海的這類詩中，「我」的強烈批評和向前追求的力量昂然振奮；拉長的詩作中，文字更為放鬆，不再追求精密意象的塑造，詩人言說的意圖明顯，這種說的姿態和發聲，也表現了詩人對於社會議題強力介入的姿態。他在詩中，細細推演歷史的進程、人類繁衍或是戰爭的後果，指出層層盲區，這種言說的姿態，是一種動態的介入，企圖召喚知音與回饋。這種以知性與概念性取勝的詩作，實與當代社會發展與政治情勢有關，也可以說，這種發聲的姿態，積極地涉入了知識份子寫作的自我期許，也與當代公民、個體的存在、世界的危機與存在的災難種種樣貌息息相關。曾貴海透過詩作反芻存在，思考人生，他的詩作始終與現代社會保持聯繫，對全球人類提出最細微的回應。但這種回應，又不是雜文式滔滔不絕、大刀闊斧的致命一擊，而是透過婉轉的探索、視角的轉換或理性的思路而來。

23　曾貴海：《二十封信》，頁41。
24　曾貴海：《二十封信》，頁77。
25　曾貴海：《二十封信》，頁98。

三　心的視境

　　詩人可藉著面對物象，產生不同的聯想，創造不同的境界。觀察《二十封信》中，讀者可以發現，詩中所開展的世界，除了書寫人為世界，也極愛探訪自然世界。詩人如何表現客觀自然與人為世界，形成了一個獨屬於詩人風格的第三自然，進入到一個更為龐大與無限寬廣的視境，第三自然是超越前兩種自然，進入純然與深遠的存有之境；此境界，可以包容與透視一切生命與事物在種種美好的型態與秩序之中的活動情形。本文發現，〈戰中〉、〈黑色筆錄〉、〈問題所在〉、〈劇場〉、〈秘密〉、〈振翅吧貓頭鷹〉、〈祭拜DNA〉、〈關於黃昏過境〉描述的內容多數都聚焦在第二自然即人為世界，也影響了全詩的走勢和視境。作為對照的，〈鏡影〉、〈紋路〉、〈調情〉、〈間距〉、〈問題所在〉、〈野花〉、〈2018，冬〉則從人為世界進入到自然世界，或少數自然世界走到人為世界（〈如此平凡〉），帶來了不同的視境，將深入探索詩人晚期風格的某種特殊傾向。

　　〈間距〉這首詩，詩人引領著讀者，對間距進行了各種角度的思索與丈量，從看得見的現象到看不見的存在，都存在丈量／蠡測的困難。首先，詩人對間距，進行了質性的確認，認為間距——有可把握的部分，也有不可丈量、確認的模糊地帶，「可以測量／卻不可能準確／即使看清楚／也不知道藏些什麼」。從大地山河、浩瀚星雲到地鐵人群，無論是極遠距離的丈量或是極近距離的勘測，其實，人們不容易得到精確的數據，只能得到「完整的模糊」。

　　〈間距〉除了牽涉到大小和遠近相對的問題之外，更牽扯到複雜的界線問題，詩人由此聯想到了領土的侵襲或佔領，帶來的是對峙兩國的對立和仇恨，災禍和痛楚；一如被性侵的身體，身體的禁區被長驅而入、疆界被視為無物，痛楚盡是被遮蓋不了、難以療癒的傷痕。但進擊者不斷侵犯土地的領土權，如飛機的煙霧，像歡慶侵略的煙火，掩飾血腥的罪刑，更試圖美化罪惡：「最骯髒的字眼，是／和平與血親素材烘焙的甜點」。和平一家親和血濃於水的說詞，一直是進犯者口蜜腹劍的甜言蜜語，這樣塗抹真相的甜點，繼

續扮演著粉飾太平的虛假修辭，這才是進擊的侵略者最虛假不實、最骯髒的心眼。

　　〈間距〉讓讀者進一步思索，當界線都消失後，人因界線所興起的各種愁煩與怒火，各種瞬息萬變的念頭，也全部隨之消滅；正當人們如此思考時，詩人又來個當頭棒喝：當你不帶著間距盤算的心眼在路上行走時，走在最熟悉的道路上，冷不防，會被一顆掌握不好適當距離的石頭，給徹底弄痛，徹底打擊。那麼，人到底該如何面對世間擁有的大大小小的間距所帶來的失衡或痛感呢？詩人在詩中，置換直接的自然口語，改以多重意象的並置迴避了正面的回應。

> 一輛快速電車穿越原野
> 字幕顯示互相疏離的速度
> 遙遠的地平線外
> 最遠的地表處
> 就在背後眼前
> 一隻貓不停的轉身
> 捕捉尾巴的影子
> 一粒停不下來的陀螺[26]

詩中將讀者的視境，亦即眼睛看到的景致和心理感受到的境界，全都拉到自然物象的景致氛圍中：讀者的視框，出現了一輛疾駛而去的電車，正穿過原野。「穿過原野」是動態的過程，進入到自然的領地後，列車上的字幕顯示的速度，也是列車交會的景色，紀錄彼此漸行漸遠的速度和距離，也駛離了人為爆裂擁擠的世界，駛入自然的原野之境。就像打開多重視窗，詩人擷取的詩境，同時並置的視境，透過蒙太奇的方式，剪輯並置多重物象，「一隻貓不停的轉身／捕捉尾巴的影子／一粒停不下來的陀螺」，就像《小狗圓舞

26　曾貴海：《二十封信》，頁38。

曲》一樣，不停旋轉的，有貓的意象，還有影子的意象及陀螺的意象，此間
涉及了貓意象的多重想像，從貓聯想到同樣轉圈圈的尾巴的分身／影子，以
及旋轉不停性質相近的陀螺意象，都擴充了詩的詩境和意旨。彷彿又回到了
詩的首節的破題，關於間距的議題，我們不知道的太多，無法測量和掌握的
太多；當人們換個角度思索間距的問題時，只凝視單純的物象，會看見旋轉
的物象本身的弔詭的真義，我們都在窮追不捨地追索源頭，卻在空轉中迷失
了間距的意義。詩中弔詭地指出擷取視境的奧妙之處，間距的衡量也存在著
相對性、歧異性與矛盾性，可能離人類最遠的，也是最近的，詩中充滿了歧
異的曖昧性（ambiguity），朦朧一詞常指錯誤、意義含混，須用準確和具有
特定指涉意義的表達時，用了意義不明確的表達方式。

新批評（The new criticism）的大將約翰·蘭色姆（John Crowe Ranson,
1888-1974）在《新批評》（*The new criticism*）一書提及：「如果一首詩同時
允許對其意義進行兩種不同的解讀，最後又不明確說明孰是孰非，含混就由
此而生」。[27]在科學語言中，不會發生含混的語詞，那會造成許多困擾，但
文學作品常具有朦朧性，這與語言本身的含混、不明確或多義性有關。當威
廉·燕卜遜於（William Empson, 1906-1984）一九三〇年出版《朦朧的七種
類型》（*Seven types of ambiguity*），對「ambiguity」朦朧一詞進行深度詮釋
時，ambiguity就常被用來當作詮釋詩歌或文學的一種技巧，表示作者利用
語詞或是創作手法，來表示兩種或是多重的情感與態度。也可以說，「朦
朧」一詞的指涉意義與多重意義、多重指涉造成的意義朦朧、曖昧意涵都有
關聯。燕卜遜研究的重點，認為含混是一種詩歌的手法，存在於邏輯結構
中，他在第四章企圖論證，「朦朧發生於這樣的情形，一個陳述的兩層或更
多的意義相互不一致，但結合起來形成作者更為複雜的思想狀態」；[28]第六
章企圖論證的朦朧，通常指作者所表述的東西是複雜的，讀者必須要自己去

---

27 蘭色姆（John Crowe Ranson）著，王獵寶、張哲譯：《新批評》（*The new criticism*）
　　（北京市：新華書店，2010年），頁99。
28 威廉·燕卜遜（William Empson）著，周邦憲、王作虹、鄧鵬譯：《朦朧的七種類型》
　　（*Seven types of ambiguity*）（杭州市：中國美術學院出版社，1996年），頁242。

解釋這些複雜之處。

　　這樣的詩句，何其弔詭？「最遠的地表處／就在背後眼前」，就像詩所呈現的貓咪轉圈的顯影，開啟了詮釋最多元的想像。詩的末節，充分顯示了語言釋義的歧異性，八個句子，在斷句和斷字上造成了詮釋的模糊空間與聯繫空間，使一個語素，猶疑於接壤的詞與詞之間，形成相互滲透或重疊的效果最是明顯。[29]此詩之部分與全體詮釋循環的曖昧性，更顯複雜。最後一節語言的使用，和前幾節有些落差，參考橫跨現代派和本土派的詩人林亨泰的評析，或許可以更貼近詩作。他認為，詩語言的構成時，強調的是「自然語言」蛻變成「人工語言」的加工過程，能提升隱喻的想像力，使詩味更加微妙，「但靠語言的表現時，日常狀態的『自然語言』從而走向具有特殊性用途的『人工語言』，即從『說的語言』而轉變為『寫的語言』這一現象」。[30]〈間距〉從「自然語言」的各式提問與引導，最末走向意象的並置，以物象的互動，取代了明白言說的內容，詩人一步步引領讀者，對間距進行了各種角度的思索與丈量，從具體到抽象、從肯定到質疑、從人間到自然界，帶來了多面向的體悟和沉思。

　　詩的末節，從火車到陀螺多重意象的布局，的確能讓讀者進一步思考，詩人藉著意象的敷陳和並置，藉此表現個人的思想與界限的影響，表現了詩人的哲思。從理念的引導到意象的布局中，人們看到多重的視野，既感受到知性的思辨，又體會到感性的體悟，達到多重的體會。自然意象如原野或貓和旋轉的影子，是客體世界各自獨立的景致，當詩人看到疾駛進入原野的一列電車，又聯想到貓咪追逐自己的影子的童趣表現，刻意擷取如此的意象，並置放入間距探勘的脈絡中，自然的意象，在詩中也就顯現了耳目一新的面貌，「它不再是現實世界的再現，而是重整現實世界」。[31]在結尾中，作者漸漸引退，讓自然界的意象浮現眼簾，如原野、貓和影子，重新重整了現實世

29 劉正忠：〈漢字詩學與當代漢詩：從葉維廉到夏宇〉，《中山人文學報》第46期（2019年），頁45。

30 林亨泰著，呂興昌編訂：《文學論述卷1》（彰化縣：彰化縣文化中心，1998年），頁40。

31 簡政珍：《詩心與詩學》（臺北市：書林出版社，1999年），頁18-19。

界對於間距丈量的意義，鬆動了前述間距的推演和知性的批判。詩的末節，將人為的世界因間距過近而帶來的創痛和傷害、憤怒和恐懼，都在自然界的靜觀中，得到了一種寧靜的沉思。這首詩，廣納觸及第二自然和第一自然的景象，更透過視境的擷取和布局，成功創造了第三自然。而開啟的第三自然，為讀者創造了不同的時空感，不同的心靈體悟，「宇宙和時間籠罩一切，但心靈瞬間的跳躍卻可以重新調整人和世界的關係。時間驅策自然和現實，而給人生既定的秩序，人對於生活的反映漸漸也從被既定的模式規範。但詩來自現實卻超越現實」。[32] 詩來自現實卻超越現實，詩人以詩，重新裁剪人間和自然的關係，也暗示了人和物的新關係，詩人改變了間距的意義，賦予更多遐想。這首詩也證實，一首詩，在現實與想像的兩端，都需要找尋到立足點，「現實需要想像，想像需要經由隱約而具有生命力的語言，而引起閱讀的沉思」。[33] 觀察現實之境之外，更要創造超現實之境，意象與意象的銜接就是創意，可能就是超現實的最佳表現。詩人透過想像，開啟靈視，連帶產生言有盡而意無窮的趣味，開啟了人類與他者或異己存在，創造另一個和諧的可能性。

〈野花〉這首詩，與〈間距〉的表述方式接近，同樣描述了第二自然和第一自然的景象，但觀物方式有些不同。〈間距〉前半段內容，作者介入痕跡明顯，但進入結尾，作者聲音消失，讓意象與意象擦撞出自然的火花，讓詩的真義由此浮現。但〈野花〉中，作者以鮮明介入姿態，闡述他如何觀賞一朵小花，感受到作者的淡定態度和生命啟示，具有濃厚的主觀情感渲染物象。但詩來自現實，卻超越現實，〈野花〉最後以第三自然昭示詩人的體悟。〈野花〉這首詩，彷彿是詩人跋涉千山萬水，翻越群山峻嶺後，為人生下了一個最貼切的註腳。

　　我們走過許多路

---

32 簡政珍：《詩心與詩學》，頁18-19。

33 簡政珍：《詩心與詩學》，頁115。

我幾乎忘了走過的路
路也記不得那麼多的腳步

偶爾停下來
傾聽寧靜中的輕聲細語
渲染內心的多彩影像
保留下來成為記憶

某一天春日
走過城市圍牆的角落
一顆被遺棄的種子
下了幾天春雨後
竟然展開油綠的葉片
綻開一朵黃花
那麼孤獨那麼美麗
靜靜地眺望天空

我走過那條小巷
心中帶走那朵花

　　人生經歷了很多磨練,「我們走過許多路」,也忘了來時路,人對於生活的反
映,漸漸被既定的模式所規範、圈限。但偶爾的停駐,片刻的寧靜,將使我
們的人生得到一種清明的體會;人們會想起人生漫長的旅途中,曾經累積了
多彩影像和記憶,提醒我們這一切歷程有多可貴。就像城市角落的一顆種
子,在春雨灌溉後,綻放了那麼孤獨又美麗的花朵,而花的燦爛帶給人們什
麼呢?想必是無限的想像、無限的希望與無限的美感。詩人在靜觀第二自
然、第一自然後,有了新的體悟,從此轉化成新的境界,在詩末輕巧地說,
「我走過這條小徑／心中帶走那朵花」,帶走了美的啟示和感動,仿佛將自

已富足充滿希望的人生旅程，做了一個巧妙的總結。

　　這首詩，巧妙地展現詩人從「城市圍牆的角落」的人為世界，看到「一顆被遺棄的種子」，轉而進入了自然的世界，看著它孵育成美麗的小黃花，從而進入了那麼孤獨與美麗的世界，只是「靜靜地眺望天空」。這樣，詩的景、象的擷取，帶給讀者醇美狀態的享受，可得到韻外之致、味外之旨。[34] 談到自然，詩人曾在專訪中提及，「我對自然很敏感，必較能夠去感受，我有很多詩裡面都有美感」。[35] 從小到大，詩人就是一個容易被自然神奇奧妙之美吸引的鑑賞者，「我常常會被美的事物給感動」，包括自然結構性的美，最常觸動他心靈的悸動。[36] 詩人將這層感動，不刻意剪裁放入詩中，這讓世人看待人生的視境有所改變，詩人不選擇「手上帶走那朵花」，而是「心中帶走那朵花」，這開啟了一種更永恆而不凋謝的美的復刻，刻鏤在心底上；更暗示重新踏入人為世界，也將小花象徵的生機和希望，陪伴詩人繼續前行。沒有艱澀的字句，也沒有繁複的意象，一首小詩，留給讀者清新舒暢的感受，誕生了新的視域與境界。

三　結論——晚期風格探析

　　《二十封信》詩人結集了二〇一七至二〇一九年的詩作，是最能代表作者晚期風格中的作品，讀者可以讀出作者企圖超越、翻轉或違逆的姿態，藉著議論的言語、意象的展演，表現個人的思想與世界的變化、萬物的更迭，經沉澱後的感懷。讀者可以注意到，當詩人在面對歷史衝突、戰爭威脅或人的本質或衝突的探究中，他偏愛最後以嘲諷、提問、示警或親和的方式提醒世人，〈給愛因斯坦的一封信〉、〈戰中〉、〈黑色筆錄〉、〈秘密〉、〈祭拜DNA〉、〈振翅吧貓頭鷹〉都是如此；或是轉入自然景色，以自然包容、吸納或示現的方式淡然處理，〈間距〉、〈調情〉、〈問題所在〉、〈什麼人〉都是

---

34 江寶釵主編，李豐楙著：《將葵花般的仰望舉起：李弦現代詩論集》，頁33。

35 莊紫蓉：〈孤鳥，樹人與海——專訪詩人曾貴海〉，《笠》第252期（2006年），頁191。

36 莊紫蓉：〈孤鳥，樹人與海——專訪詩人曾貴海〉，《笠》第252期（2006年），頁192。

如此。而當詩人面對自己生命的體悟和總結時，有時喜愛以自然景物展現全然的美好，如〈野花〉、〈鏡影〉，或結束於某種和諧的狀態與提問，如〈紋路〉、〈劇場〉、〈愛〉、〈如此平凡〉與〈我是詩人〉。透過這些詩作，可以更具體掌握詩人近期的思想與情懷。

從二十首詩中可發現，許多探觸歷史與戰爭、世界荒謬的詩作，詩人在過往的詩作中已大量處理過。新作展現的角度，有何不同？詩人似乎刻意拿掉歷史長詩的一貫性與追蹤性，用更口語的文字來呈現，大量加入了分析性、說明性、敘事性、議論性與演繹性的文字，讓詩旨更清晰，也更能傳達詩人對時代最即時的觀察與剖析。詩人在處理社會、時代或宇宙的問題時，有時傾向於集中展示衝突、多方演繹；因這種呈現形式，更能展示衝突，呈現這個時代人們面臨的各種衝突，從而思索從衝突中突圍或超越的可能性。有時，則加入自然界的關照，體現物我合一寧靜致遠的安然境界。這讓讀者進一步思考，要如何運用詩的語言來表述文學與社會緊密的關係，更容易感動世人，感受到詩龐大的力量呢？

曾貴海的詩作，強化了知性的力量，也利用詩，來介入現代公民對理想世界想像共同體的召喚。所以，在語言的表述中，特別強化了現在進行式與介入性的姿態，強調著現代詩人介入社會改造、心靈改造的願景。但在倫理學與美學的兩端要如何取捨，有時候，是很難評估的，因倫理學的價值有時顯然高過美學的價值。有些詩作，如〈問題所在〉以過度的言說、議論，來表彰沒有問題就是最大的盲點，但指控性的語言顯然過多。其他與自我書寫有關的詩作，展現詩人面對自己生命的體悟和總結，傾訴性質極強，抒情成分則添增不少，展現抒情詩人與心境融為一體的敘事小品，對走過的人生和看過的風景，表達了一種全然接受的體悟，也提供了人生意境的關照；作者廣泛利用瑣碎的細節，透露了家人的聚合、日常的作息、具體的事件、心愛的物件、內心的感嘆呈現生命舒展的姿態，都利用自然的口語，展現了現實人生如流水流動一般往前滑行、擴散、離散又交融的種種軌跡。這讓我們想起了藝術家的蛻變和自我淬礪。

> 畢卡索總是在創造一座自己的城堡，同時，也總是要把已經建造成功
> 的城堡打破的，永遠在蛻變的藝術家。……這是一個以寫作為使命的
> 作家，對自己成長的期許和淬礪，同時，也只有這樣，一個作家才不
> 會落入舊套，才能夠不斷地創新。[37]

　　這種種的變化，具體顯示了作者累積了半生的經歷和智慧，而對歷史演變或悲劇重演有了更通透的認識與領悟，而對歷史的榮興或時代的衰頹有了深度的體會，轉化成不同的敘事方式，從反烏托邦的歷史借鑑，呈現他的理想國願景。另一方面，或者是詩人邁入七旬之際，對有形生命和身體侷限有了不同的感知，在記錄如此平凡的一天時，也感受到如此平凡的一天，本身就飽藏淡然蘊藉不平凡的生命力；思考黃昏過境，從個人的存有質問，穿透到歷史駁雜的遭遇，而對月亮的耀眼產生了深邃的感嘆，人生至此，也有想去卻無法到達的地方，得習慣生命漸漸被時光無情帶走珍惜的一切；將生命中的黃昏之境，將存在的缺憾和生滅的鄉愁，都帶入明滅與深邃的體悟。也有可能，創作超過五十年的作者，此時更積極探詢藝術的真義，並非在於菁英主義的技藝高超演練，而大舉擺落文學慣例的方式。詩人不再受世俗信件體的制約，不再受形式主義的綑綁，大膽以信為名，寫下送給世人的二十封情真意切的信箋，對自己人生和文學的信仰，用更直接的方式去完成表達的欲望。

> 晚期因此是一種自己加給自己的放逐，離開普遍接受的境地，後他而
> 至，復又在它結束後繼續生命。[38]

　　深信，《二十封信》只是詩人晚期風格一個小小的觀測站。身為詩人，也許是命運的枷鎖、美麗的牽絆，更是命定的召喚。只要繼續寫作，那麼，詩人便有了自己放逐自己的種種可能性，讀者是這樣期待著。

---

37 葉笛：〈鍾肇政——台灣文壇的長跑健將〉，收於陳萬益主編《大河之歌：鍾肇政文學國際學術會議論文集》（桃園：桃園縣政府文化局，2003年），頁362。
38 薩伊德著，彭淮棟譯：《論晚期風格——反常合道的音樂與文學》，頁96。

參考文獻

一　作家作品

曾貴海　《二十封信》　高雄市　春暉出版社　2019年

二　中文專書

江寶釵主編，李豐楙著　《將葵花般的仰望舉起：李弦現代詩論集》　臺北
　　　市　山水出版社　2013年

里爾克（Rilke, Rainer Maria）著，烏蘇拉（Ursula）與弗克・米歇爾斯
　　　（Michels, Volker）編　唐際明譯　《每個生命都是永恆的開端：
　　　慢讀里爾克》（*Lektüre für Minuten: Gedanken aus seinen Büchern und*
　　　Briefen.）　臺北市　商周出版社　2015年

阮美慧　〈我所「信」以為真——曾貴海《二十封信》的生命意義探問與追
　　　尋〉收於曾貴海著《二十封信》　高雄市　春暉出版社　2019年
　　　頁4-34

林亨泰，呂興昌編訂　《文學論述卷1》　彰化縣　彰化縣文化中心　1998
　　　年

林燿德　《羅門論》　臺北市　師大書苑出版　1991年

翁文嫻　《間距詩學：遙遠異質的美感經驗探索》　臺北市　開學文化事業
　　　公司　2000年

燕卜遜（Empson, William），周邦憲、王作虹、鄧鵬譯　《朦朧的七種類
　　　型》（*Seven types of ambiguity.*）　（杭州市　中國美術學院出版社
　　　1996年　頁242

葉　笛　〈鍾肇政——台灣文壇的長跑健將〉　收於陳萬益主編　《大河之
　　　歌：鍾肇政文學國際學術會議論文集》　桃園縣　桃園縣政府文化
　　　局　2003年　頁362-365

葉維廉　《秩序的生長》　臺北市　新潮叢書　1974年

簡政珍　《詩心與詩學》　臺北市　書林出版社　1999年

簡政珍　《語言與文學空間》　臺北市　漢光文化事業公司　1989年

蘭色姆（Ransom, JOhn Crowe）著，王獵寶、張哲譯　《新批評》（*The new criticism.*）　北京市　新華書店　2010年

薩伊德（Said, Edward Wadie）著，彭淮棟譯　《論晚期風格——反常合道的音樂與文學》（*On Late Style: Music and Literature Against the Grain.*）　臺北市　麥田出版社　2010年

三　期刊論文

莊紫蓉　〈孤鳥，樹人與海——專訪詩人曾貴海〉　《笠》第252期　2006年　頁151-200

劉正忠　〈漢字詩學與當代漢詩：從葉維廉到夏宇〉　《中山人文學報》第46期　2019年　頁34　頁31-58

與曾貴海一起反思寶島臺灣：
本土論述的力量與困境

莫加南

摘　要

　　本文旨在以臺灣詩人曾貴海的文化批評為分析對象，將其視為當代臺灣民族主義的論述個案，試圖釐清其論述中最重要的命題，如建設臺灣主體性、捍衛臺灣主權、保護本土語言，尤其是加強當代本土運動與日治時期文化運動之間的關係。雖曾氏之文化批評內含許多極為正面的論述——包括歷史唯物的方法論、對民主的堅持與以臺灣為主體的人文關懷——不過其面臨如何將非本土派對臺灣的論述納入到本土運動中的掙扎，尤以其尖銳地批判從中華文化來理解臺灣的方法論為甚，此舉動恐限制了本土論述中的多元性。

　　本文欲提倡本土派在當代所面臨的挑戰是如何以中華文化、中華民國、臺灣原住民以及華語語系的世界觀等不同的觀點納入臺灣本土論述，建構一未來多元的「臺灣觀」。同時，焦點更應放在如何共同思考差異性，即何以從當代臺灣社會中異質多元的思維方式和歷史傳統吸納不同的思想資源，將「臺灣」提升到一種最大限度性的範疇。如此，臺灣的本土論述則終能免於淪為單一的本質主義思維方式。

關鍵詞：曾貴海、臺灣主體性、唯物辯證、多元性、蔣渭水、〈臨床講
　　　　義——為名叫臺灣的病人而寫〉

Thinking the Bountiful Island with Tzeng Guei-Hai: The Power and Pitfalls of Taiwanese Nativism

Mark McConaghy

Abstract

The following paper analyzes the cultural criticism of noted Taiwanese poet Tzeng Guei-hai (曾貴海), outlining the major concerns that has animated his critical work on Taiwanese culture and history, the most prominent of which are the need to strengthen Taiwanese subjectivity, to protect Taiwanese sovereignty, promote local languages, and to build links between the contemporary Taiwanese nativist movement and earlier iterations of Taiwanese consciousness, most notably those from the Japanese colonial period. The paper argues that while there are many powerful dimensions to Tzeng's critical oeuvre- its historical materialist methodology, its commitment to democratic expression, and its attempts to build an island-centered pedagogy for the humanities on the island- it struggles to incorporate into its critical operations understandings of Taiwan that differ from nativist articulations. Most notably, a Sino-centric understanding of Taiwan receives intense approbation within Tzeng's writings, which undermines its pluralist potential.

Using Tzeng's writings as a case study in contemporary Taiwanese nationalist thought, this paper suggests that the challenge confronting Taiwanese nativism is to incorporate different structures of feeling into its critical operation- including Sino-centric, ROC-centered, Aboriginal, and Sinophone variants. Learning to think *with difference*, to maximize and distill the resources for thought that opposed traditions provide us, should be a major focus of Taiwanese nativist work in years to come, as maximal rather than minimal definitions of Taiwan are pursued.

Keyword: Tzeng Guei-hai, Taiwanese Subjectivity, Historical Materialism, Pluralism, Chiang Wei-shui, "Clinical Reflections-Written for the Patient Taiwan"

Tzeng Guei-hai (曾貴海) has been a powerful cultural and social figure in Taiwan for many decades, joining a long line of professional physicians in Taiwanese history who also themselves were noted authors and cultural activists, a list which includes Chiang Weishui (蔣渭水) and Lai He (賴和). Tzeng's contributions to Kaoshiung as a physician and social activist are well documented, and his literary career has been marked by an impressive consistency of poetic output, with Tzeng having published over twelve poetry anthologies, as well as serving as an important member of one of Kaoshiung's longest running poetry clubs, the Amiba (阿米巴) poetry group based at the Kaoshiung Medical School. Less has been written about Tzeng's contributions to Taiwanese cultural criticism, which have been significant in their own right. Tzeng has long contributed works of cultural and historical analysis to such powerful organs of the Taiwanese nativist movement as *Literary Taiwan* (文學台灣), and his critical works taken as a whole provide an important glimpse into his understanding of Taiwanese history, society, and identity.

The following essay tracks the contours of Tzeng's work as a cultural critic, using two major anthologies of his critical writings to do so: *Worrying About the Nation* (憂國, 2006) and *A Physician's Notes on Taiwanese Culture* (台灣文化臨床講義, 2011). In doing so, this paper will attempt to think *with* Tzeng Guei-hai, tracking the ways in which his writings enable us to article a powerful agenda for what Taiwanese culture can be in the 21st century, particularly in its combination of an unstinting commitment to Taiwan-centered literary and educational programming with an ethics of democratic pluralism. At the same time, this article will highlight remaining tensions within the nativist project, using Tzeng's work as a case-study to articulate the impasses that Taiwanese nativist thought must work through if it is to strengthen its critical purchase, and reach audiences beyond its already committed base of supporters. For it is on the question of how Taiwanese nativism can incorporate different historical narratives and structures of feeling that also occupy a place within Taiwanese society- most notably Sinocentric ones- that it often struggles to live up to its own pluralist ethical imperatives.

The Power of Nativist Commitment: Tzeng Guei-Hai's Taiwan as Anti-Colonial Nationalist Project

When one reads through the essays in Tzeng's two major anthologies of cultural criticism, what emerges is a portrait of Taiwan understood as a post-colonial society that is in the process of building a national identity and state structure of its own. This Taiwanese nationalist project is seen by Tzeng to have emerged out of the traumas of the Martial-Law period (1949-1987), and particularly as a response to the curious constitutional and juridical structures that were built in Taiwan after 1949, when the entire ROC regime moved to the island and attempted to turn it into a China-in-miniature, a model Sinocentric state from which Chiang Kai-shek would eventually take back the Mainland. While Tzeng goes to great lengths to point out the traumas of the martial law period, he also joins such famed nativist thinkers as Ye Shitao, Chen Fangming, and more recently Wu Rui-ren in placing the Martial Law era in a much longer history of colonial intrusion on the island. Tzeng understands Taiwan as having undergone "a multi-level and multi-national process of colonization" (Tzeng 2011, 28), which began with the Dutch, then moved on to the Koxinga regime, followed by Qing rule in Taiwan, the Japanese colonial period, and finally the ROC nationalist regime. Reckoning with this three hundred year old history of colonization, and ensuring that it does not occur again, is for Tzeng one of the central "realities" (Tzeng 2011, 28) that all cultural workers in Taiwan must face. As he puts it:

Because of the emergence of capitalism [on a global scale], Taiwan from the 17th century onward already fell into a colonial history that would last over three hundred years. Taiwan's colonial history differs from that of other countries in its multi-leveled and multi-national nature, and this also touches upon another problem: that within Taiwan's process of immigration, the culture of the original place of residence [of immigrants, i.e. China] has produced a sense of cultural confusion. As such, Taiwan has been placed within the great courses of change of human civilization, enduring the effects of different colonial empires from both the East and West, as well as the control and coercion of capitalism understood as an economic system. This is the most immediate reality of Taiwan's historical culture and society...as [capitalist] globalization has entered a Chinese pathway, [one must ask]: if we lose the waves of the Taiwanese sea, will we still have the spatial imagination of a comprehensive island-nation? (Tzeng, 2011, 28)

As the above passage suggests, Tzeng goes to some lengths in his writings to understand Taiwan's past and present as a product of deeper global processes linked to capitalism in its imperialist form, imbuing his work with a materialist frame of reference that is sometimes lacking in more romantic or idealistic versions of Taiwanese nativist discourse. As such, he is critical of capitalist development masquerading under the name globalization, in which organic human bonds are rend in favor of market competition, social atomization, and the profit motive. Tzeng was also clear-eyed as early as 2011 that global capitalism was finding a new center of investment, accumulation, and extension in China, which as the above passage suggests, Tzeng understands as an existential threat to "island-nation" of Taiwan, whose surrounding seas form for it a protective barrier through which an island-centered "spatial imagination" can be nurtured.

Tzeng's project is thus twofold: protect the island from threats *both* external and internal to its sovereignty, culture, and identity, as the country works towards normalizing itself in the world community of nations. For Tzeng, Taiwan missed its chance at full decolonization and independence with the imposition of GMD martial law in 1949, and its current ambiguous status in the world community is another "reality" that must condition cultural work on the island:

> In the wave of national self-determination movements that emerged after the second world war, many formerly colonized peoples established nations, using the principle of national-self determination to do so. But Taiwan did not. Beginning in the 1950s, the Nationalist government that at the time controlled Taiwan instituted close to 37 years of Martial Law. On December 25, 1971, the anniversary of the institution of the constitution, the Republic of China was kicked out of the United Nations, to be replaced by the regime that control the Mainland, the People's Republic of China. This is a reality of international relations, and is known by all: Taiwan's Republic of China (ROC) cannot represent China, and the territory claimed by the ROC in its constitution is, certainly, now wholly virtual...Taiwan has thus up the present day been a nation suspended, as if floating in air (Tzeng, 2011, 31).

For Tzeng, addressing this condition of geo-political orphanhood can be understood as a process of "constructing a Taiwanese subjectivity," who in its political dimensions he defines as: 1) full liberation from the colonial structures imposed on Taiwan; 2) the construction of a new constitution; and 3) the correction of the name of the Taiwanese nation from ROC to simply Taiwan, and an accompanying return to full membership in the community of nations. Tzeng is thus deeply suspicious of post-structuralist cultural theory that claims that the nation-state as a unit of analysis should be replaced by regional, sub-national, or minoritarian alliance building, seeing it as a luxury that Taiwanese thinkers simply cannot afford, as their anti-colonial revolution has not yet reached completion, and their nation is not yet secure (Tzeng, 2011, 44-45).

While in the pages of Tzeng's essays one does find occasional critiques of the PRC's threats towards Taiwanese sovereignty, Tzeng's major target of critique is not so much external but internal, for he sees as a tremendous obstacle to achieving the completion of Taiwanese subjectivity and sovereignty those forces within Taiwan who would seek to keep the island within the contours of ROC rule, with all the constitutional, cultural, and diplomatic implications which such a position entails. For Tzeng, while the Taiwanese people now do have electoral democracy, the ongoing power of the martial law era can be felt in all aspects of the social system, from the courts, schools, and official educational institutions to the mass media, state-owned companies, and the constitution itself. As Tzeng puts it, "the structure of rule that [ROC] colonialism in Taiwan imbued the island with continues to sustain the social system, including the formal bureaucratic system, military organizations, and educational and cultural structures. [As a result], the mode of thought and consciousness of the majority of people have not changed" (Tzeng, 2011, 37).

Tzeng signals out for special critique in his work those cultural and educational organizations that were most intimately affiliated with the Sino-centric ideology of the ROC regime, with its purported claim to represent an "orthodox" (正統) China, whose modernizing ideology (Sun Yat-sen's Three Principles of the People 三民主義) was deemed to enhanced appreciation for traditional Chinese culture, an ideological formula for balancing Confucian tradition with the material exigencies of rapid capitalist modernization. [1]

1　For an incisive analysis of how GMD ideology claimed it could have aggressive capitalist modernization without cultural deracination, promising that everything about the nation

Departments of Chinese literature thus come under intense attack in Tzeng's essays, who are seen as organizations that participated in the "hollowing out of Taiwan" (2011, 14), which for Tzeng entailed fostering an affective identification with China/Chinese culture- and by extension the ROC as protector of said culture- and limiting if not outlawing research around questions of Taiwanese history, identity, and literature, particularly from the Japanese colonial period. This was the essence of the "Nationalist educational system" (2011, 14) built during the martial law years, and Chinese literature departments are tied to such a system whether they like it or not.

According to Tzeng, in a period where the four-hundred year old modern history of the island is to provide the basis for historical memory and collective identity (rather than China's dynastic history or the history of the ROC state), Chinese literature departments in Taiwan, with their exacting commitment to the teaching of the Chinese classics and their political loyalism to not simply a "cultural China" that exists outside the Mainland, but the ROC state as protector of said China, are now themselves colonial legacies from a deeply Sino-centric past. As Tzeng puts it:

> "Chinese literature" departments in Taiwanese universities today have already become society's burden, owing to a market imbalance between supply and demand, changes in the educational curriculum, and the progressive changes made by modern society, which have influenced modern pedagogy and its meanings. Taiwanese literature departments and institutes should replace Chinese literature departments in becoming a central intellectual system [in the humanities] for Taiwanese universities

---

would change and yet nothing about the nation would change at the same time, see Clinton (2017).

and research institutions. Through the development of teachers and research institutions, Taiwanese literature can become a truly national institutional literature, taking as its pre-condition a respect for plurality that is inherent within any literary eco-system. This does not mean the complete rejection of the existence of "Chinese literature" departments and institutes, but rather it means making such institutions only one branch of the grounding intellectual system that is Taiwan literature. Chinese literature can in this sense offer materials for research like the literatures of other nations and regions, forming one part of the literary heritage of all of humanity, providing us classical works and literary cultivation (Tzeng, 2011, 22).

Here, while Tzeng makes a nod to the fact that Chinese literature can still, as a classical heritage alongside of other "foreign" cultures, form some element of the cultural education of the Taiwanese people, the emphasis is clearly on building a national educational system on the island that takes as its master-signifier "Taiwan" rather then China, one that foregrounds local languages and experience as the basis for collective belonging. For Tzeng, it is the plurality of Taiwan's historical experience that is the center and ground for education in the 21st century, rather than that of Mainland China.

Tzeng's most polemic stance on the question of Chinese literature departments can be found in a 2006 article he wrote entitled "Debate and Logic" (Tzeng, 2011, 125-129) in which he offered an intense critique of an article written by famed Taiwanese nationalist thinker Chen Fangming (陳芳明) regarding the relationship that Taiwanese and Chinese literary departments should have on the island in the 21st century. Here, even a fellow (and widely respected) member of the nativist camp such as Chen came under fire from Tzeng for essentially being too soft on the need for Taiwanese literature departments to, in the spirit of an anti-colonial de-centering, replace Chinese literature departments as the central intellectual organ for the humanities. Within this essay Tzeng described the knowledge generated by Chinese literature departments as being constrained by the "deeply classist sensibility of the Chinese literati" (Tzeng, 2011, 127). He further claimed that "Taiwanese literature simply does not want to...be a dwarf reflected in the mirror of "the Chinese classics" (Tzeng, 2011, 127). Furthermore, within the creative and affective lives of Taiwanese writers, Tzeng claimed that "the classics should not be only those of China and Japan, nor should classical texts written in Chinese should be mythologized to reverential worship, with colonial control mechanisms used to restrain and repress Taiwanese literature" (Tzeng, 2011, 127). Clearly, the presence of "China" as category of cultural production, object of historical reverence, or unit of identity is an object of tremendous critique within Tzeng's thought.

Prescriptive Solutions: Tzeng Guei-hai and Chiang Weishui's Clinical Notes for Curing Taiwanese Culture

Perhaps Tzeng's most famous essay is his "Diagnostic Notes for Twenty First Century Taiwan" (二十一世紀台灣臨床講義), in which he self-consciously pays homage to noted Japanese colonial-era social activist, doctor, and writer Chiang Weishui (蔣渭水), who in 1921 wrote his own manifesto of cultural critique entitled "Clinical Reflections- Written for the Patient Taiwan" (臨床講義——為名叫臺灣的病人而寫). It is instructive to compare the two texts, for they reveal important fault-lines in the Taiwan nativist project, if one takes Chiang and Tzeng as representative thinkers regarding Taiwanese society and identity in their respective eras (the colonial period and the post-1987 era). Both texts are written in vertical, bullet-point like columns, presenting pithy definitions, observations, and diagnoses regarding the "patient" before them. Writing in 2007, Tzeng claims his patient's full name is "Taiwan Sweet Potato" (台灣蕃薯, the vegetable that grows in many different places across the soils of Taiwan, a term which also signifies locally-rooted and locally-identifying Taiwanese in contradistinction to 芋頭, which in Taiwanese is a term for 外省 people- i.e those who came after 1949 with the GMD regime) and claims that it was born in "1946" on the island of Taiwan (Tzeng, 2011, 5). Its "place of origin" is listed as "the original place of residence" of "Taiwan's aboriginal people" and "the place of settled residence" of Taiwan's "immigrant" peoples (Tzeng, 2011, 5). Its territorial reach includes Taiwan, Jinmen, Mazu, Penghu, and the outer isles, and it is described as "a people of new Asia" (Tzeng, 2011, 6) one whose "genetic" inheritance can be traced to Taiwan's Pingpu aboriginals, who became mixed with foreign colonizers who came from China and Holland, creating "a breed of mixed blood" people (Tzeng, 2011, 5). Taiwan is also a "sea-faring nation," one whose "occupation" is to "defend the island nation, to establish an independent culture of self-determination, and to pursue democracy, freedom, and peace in the world" (Tzeng, 2011, 5). In terms of the history of this people, it can be understood as having experienced since 1624 the rule of six different "exogenous political regimes," who not only "extracted labor power" from the Taiwanese people but who "imbued them with slavish thought," and indeed who "attempted to force them into slavery" (Tzeng, 2011, 6). However, the people continued to resist this slavish imposition, doing so particularly forcefully in response to the brutal state repression that emerged in the wake of the 228 incident, and indeed has over time developed a powerful form of resistance to all exogenous attempts at enslaving the island people. For Tzeng, particularly since 1979 (the year of the famed *Meilidao* Incident and its aftermath in Kaoshiung), the people have steadily come to cure themselves from these exogenous diseases, and have pursued self-confidence and dignity for themselves.

Tzeng laments that "the old sickness" (Tzeng, 2011, 6) occasionally re-emerges and the island's people relapse into the diseased mode of thought they have done so much to extricate themselves from. Recently, there has been the added diseases of the unbridled pursuit of wealth and power among the populace. Yet because the Taiwanese character is one that is fundamentally honest and moral, with a high degree of respect for freedom and democracy, Tzeng's prognosis is on the whole rather positive that the patient can fully recover. What is needed is to avoid being swindled by the promises "transnational criminal organizations and gangster nations," who will "occupy the home of the patient," forcing it back into the terrible cycle of exogenous colonial rule that it had fought so diligently against (Tzeng, 2011, 6). To avoid such a fate, what is absolutely necessary is to consolidate the collective reverence the people have for the island of Taiwan, bringing together "educational knowledge that will teach [the people] how to cherish the treasured island" (Tzeng, 2011, 7). In connection with this, the protection of democratic values, ecological consciousness for the future of the land, the development of aesthetic sensibilities, and the pursuit of cultural autonomy and political independence are all necessary.

Tzeng's metaphorical manifesto is a cardinal nationalist document, whose analysis and prescriptions present a succinct distillation of Taiwanese nativist discourse as it has developed since the late 1970s. However, when it is read closely in conjunction with Chiang Weishui's original manifesto, the tensions within the contemporary Taiwanese nationalist position begin to emerge. In the 1921 manifesto, Chiang diagnosed his patient as "the island of Taiwan" (quoted in Tzeng, 2011, 7) and claimed that in terms of its age, it could be understood as having "moved its place of residence" twenty-seven years ago, a clear reference to the 1894-95 Sino-Japanese war that turned Taiwan into a Japanese colony (Tzeng, 2011, 8). Importantly, he claimed that the patient's "place of origin" could be understood as the Taiwanese straits of Fujian Province, China, and that its current place of residence was "the Taiwanese Colonial Government of the Japanese Empire" (Tzeng, 2011, 8). The "heritage" of this patient could be understood for Jiang as being "clearly imbued with the blood of the Yellow Emperor, the Duke of Zhou, Confucius, Mencius, etc" (Tzeng, 2011, 8). Indeed, the Taiwanese had a "firm and strong character" and a "bright and intelligent natural disposition," all of which could be ascribed to their cultural inheritance from the "sagely ancestors listed above" (Tzeng, 2011, 8).Clearly, Chiang Weishui saw Taiwan within the cultural, social, and philosophical currents of Chinese history, a perspective that is only enhanced when Chiang described the history of the island:

> In its youth, its body was incredibly sturdy, its mind bright and clear, its will-power firm, of high moral character, its talents robust. However, from the moment that it entered the rule of the Qing, because it endured the effects of poisonous policies, its body steadily became weak, its will slackened, its morals declined, its virtue fell low. Having joined the Japanese empire, the island has enjoyed incomplete treatment, and has recovered somewhat. However, because the chronic poison was present for however two hundred years, it is not easy to recover in an instant (Tzeng, 2011, 8).

Chiang's praise for the vitality and vigor of the island "in its youth"— a reference to the Ming-loyalist Koxinga regime- echoes the anti-Qing sentiment of late-19th and early 20th century Chinese nationalism, found in the writings of Sun Yat-sen and Zhang Taiyan among many others, who blamed ineffective and lethargic Manchu rule for China's weakness and subsequent colonial humiliations.[2] Chiang's

---

2　For more on late-Qing anti-Manchu thought of Zhang Taiyan, see Murthy (2011) and Laitinen critique of the Qing regime as sapping the social and cultural vitality of the island also echoed Japanese government rhetoric of the early colonial period, when the regime encouraged Taiwanese gentry to embrace newly opened Japanese-language public schools using the argument that the imperial Chinese education of the past, while possessing undoubted value as a kind of cultural heritage, was ossified and hermetic, unsuited to the needs of an era of scientific enlightenment and rapid modernization (Xu, 2014). For Chiang, despite the belated and incomplete modern medicine that Japanese colonialism had brought to Taiwan, wrenching it out of the lethargy of Qing rule, the island still suffered from a long list of ills, which he summarized using the following terms: moral turbidity (道德頹廢), minds that were superficial and dishonest (人心澆漓), unbridled materialism (物慾旺盛), an impoverished spiritual life (精神生活貧瘠), base customs (風俗醜陋), deep-rooted superstition (迷信深固), being lost in stubbornness from which there was no awakening (罔迷不悟), a lack of regard for hygiene(罔顧衛生), scheming and plotting in self-interested ways (智慮淺薄), short-term calculation of interest over long-term concern (不知永久大計) corruption, (腐敗) turbidity (墜落怠惰), aloofness (怠慢), a penchant for false glory (虛榮), no sense of shame (寡廉鮮恥), physical weakness (四肢倦怠), total enervation (惰氣滿滿), lack of will power (意氣蕭沉), and a lack of vigor (了無生氣) (all quoted in Tzeng, 2011, 8). Jiang claimed that when one first encountered this patient, because their head and body were quite large, one would think they be full of intellectual power, but when one followed up on one or two simple questions, the patient would not be able to provide a reply that grasped the basis of the question, and that it was in fact an infant of low abilities without substantial thoughts. If one even began to broach subjects of philosophical,

---

(1990); for a social history of the complex relations that existed between the Han and Manchu peoples in late Qing and early Republican China, see Rhoads (2000).

mathematical, or scientific depth, as well as brought up worldly affairs, the patient would begin to get a headache and feel dizzy.

Chiang's manifesto was thus a fascinating combination of Enlightenment discourse as it was formulated during late Qing and early Republican China (emphasizing comprehensive national education, hygiene, physical strength, collective responsibility, and modern reading practices as a means of curing spiritual and educational weakness). Yet it was also tinged with Confucian concern, with his list of the social ills roiling Taiwanese society echoing traditional Chinese literati critiques of the social body as materialistic, lacking moral cultivation, or a commitment to socially virtuous conduct. For example, when Chiang claimed that the Taiwanese people's minds were "superficial and dishonest" (澆漓), he was using a mode of expressive critique that can be found in such works as the *Huainanzi* (淮南子) and *The Book of Han* (漢書) to denote the hollowing out of a social world whose customs where once pure and honest. In the *Huainanzi* the character 澆 appears in the phrase 澆天下之淳 ("to lessen thepurity of All Under Heaven"), while in *The Book of Han* it appears in the phrase 澆淳散樸 ("to lessen purity and weaken honesty").[3] The idiom "no sense of sham" 寡廉鮮恥 can be found in such works as *The Offical History of the Ming Dynasty* (明史), where it was used to denote the lack of moral integrity officials had: 正德間，士大夫寡廉鮮恥、趨附權門，幸陛下起而作之 ("During the reign of emperor Zhengde, the literati had no sense of shame, ingratiating oneself to powerful officials, luckily the majesty rose in action [to counter them]").[4] 寡廉鮮恥 as an idiom can be traced back to the formative

---

3　For the former passage, see Zhang Shuangdi (張雙棣), compiler. 1997.*Huainanzi: Annotated and Explained* (淮南子校釋), Beijing: Beijing University Publishing House, p.1197.　For the latter, see Ban Gu (班固), with commentary from Yanshi Gu (顏師古). 1962. *The Book of Han* (漢書). Beijing: Zhonghua Shuju, p.3633.

4　Zhang Tingyu (張廷玉), etc. compiled. *The Offical History of the Ming Dynasty* (明史). Beijing: Zhonghua Shuju, p.5496.

Southern and Northern Dynasties era literary anthology *Selections of Refined Literature* (文選, 又譯名*Wenxuan*), where it is found in the following phrase of Confucian moral remonstrance: 父兄之教不先，子弟之率不謹；寡廉鮮恥而俗不長厚也 ("If the father and his brothers are not educated, then their sons will lack in discipline; they will have no sense of shame and have base customs").[5] Finally, when Chiang expressed concern over unbridled materialism (物慾旺盛), he was echoing a deeply Confucian sense of trepidation over the corrosive effects of commercialization on social life, one that was expressed numerous times over imperial Chinese history. Indeed, in Chiang's words we hear a striking similarity to the rhetoric of Zhang Tao, the early sevente-enth century magistrate of She county, Zhejiang, who lamented that within Ming society "those who went out as merchants became numerous and the ownership of land was no longer esteemed...deception sprouted and litigation arouse; purity was sullied and excess overflowed" (quoted in Brook, 1998, p.1-3).[6]

While Chiang's discourse no doubt bore the marks of his modern moment-his critique of so-called superstition, of the people's lack of respect for hygiene, and of physical lethargy all bore the heavy traces of liberal Enlightenment discourse- his manifesto's Confucian imprints also make their presence known, made all the more powerful by his reference to the "sagely forefathers" of the Taiwanese island Confucius and Mencius, and the positive influence they had on the character of the Taiwanese people. Chiang's relationship with Confucianism, and indeed his commitment to Chinese nationalism and reverence for the

---

5 Xiaotong (蕭統), ed., with commentary by Li Shan (李善). 1986. *Selections of Refined Literature* (文選). Shanghai: Shanghai Guji Chubanshe, pp. 1965.

6 For more on the Ming Jinshi graduate and government magistrate Zhang Tao's sense of pointed moral concern over growing commercial relations in Ming social life, and the corrosive effect it was having on the county's once agriculturally grounded social order, see Brook's incisive *The Confusions of Pleasure: Commerce and Culture in Ming China* (Berkeley and Los Angeles, CA: University of California Press, 1998).

Republic of China, is attested to in many other writings that he produced during his life. Yang Rubin's forthcoming monograph *Thinking the Republic of China* (思考中華民國) has argued that Chiang understood Chinese culture as not simply a critical source of collective identity for the island, but that he understood the modern, syncretic nationalism represented by Sun Zhongshan (who sought to merge a commitment to Confucian moral education with modern liberalism for China) as the very ground upon which long term anti-colonial resistance to the Japanese regime had to be built. As Yang puts it, "the modern meanings of 'Chinese Culture,' 'the Chinese people,' 'the Republic of China' from start to finish where factors internal to Taiwan during the Japanese colonial period, and Chiang Weishui is the most important manifestation of this" (Yang, forthcoming, 18). For example, when Chiang was arrested in 1924 during the Zhijing Incident (治警事件), accused of fomenting Chinese nationalism on the island, he turned his appearance in court into an opportunity for popular mobilization, not only refusing to back down from the charges facing him but instead boldly embracing them. As Chiang put it:

> What is the Chinese nation? Is this not an odd question? If one is a Japanese citizen, how can one not talk of the Japanese nation? There is the distinction between nationhood and citizenship that you officials make yourselves, which I don't understand. Nationality is a factual question that belongs to the realm of anthropology, you cannot blot it out simply through a few movements of your mouths and tongues.Regardless of what changes you care to make to the exterior of Taiwanese people, forcing them to be Japanese citizens, and in doing so attempt to make them into a part of the Japanese nation, Taiwanese people are clearly apart of the Chinese nation, namely the Han people. This is a reality that no one can negate. Citizenship is a question of the political and legal spheres.

> Nationality is distinguished on the basis of culture, history, and blood, while race is distinguished on the basis of bodily appearance, facial features, and skin color. A nation has within it a common blood lineage, a unified historical spirit, and a shared culture, religion, language, customs, and sentiments (quoted in Yang, forthcoming, 19).

While one can interrogate the historical origins of Chiang's definition of Chinese nationhood, what is crucial for the purposes of the present analysis is to note how different Chiang's discourse is from that offered by Tzeng. One must recall that Tzeng understands contemporary Taiwanese nationalist discourse as not only an interlocutor with, but in many ways a direct descendant of, the anti-colonial social and cultural movements of the 1920s and 30s headed by Chiang Weishui and others. In Tzeng's 2011 collection of essays, he presented his diagnosis of the ills of Taiwanese society alongside of the "Manifesto for a New Taiwanese Culture" (臺灣新文化宣言), a document published by a number of leading nativist groups on October 17, 2007. This manifesto was part of commemorative events marking the 86 anniversary of the famed Taiwan Culture League (台灣文化協會), which contemporary Taiwanes enativist intellectuals point to as harbinger and locus of Taiwan consciousness and nationalist sentiment during the colonial era. Indeed, Tzeng wrote that his publication of his own diagnosis of Taiwanese society alongside Chiang's manifesto was done so "in the hope of linking the two eras and the common spirit that animates the culture of Taiwanese subjectivity" (Tzeng, 2011, 02).

Yet for whatever commonalities link Chiang and Tzeng's thought, clearly deep differences exist between them as well, which array themselves precisely on the question of how Taiwan and China should be conceptualized in historical terms. Chiang's writings clearly positions the Taiwanese as part of the larger overall national-ethnic category of the Chinese nation and decidedly within the currents of Chinese history. Indeed, in Chiang's work *Views on Questions of Taiwanese Reform*, written in 1927, he would go on to whole-heartedly endorse Sun Yatsen's Three Principles of the People as a program for the modernization of Taiwan, understood within a larger Sino-context.[7] Yet as we have seen, Tzeng's discourse routinely distances Taiwan from any historical or contemporary relationship with China, the ROC, or Chinese identity. His manifesto for twenty first century Taiwan compounds this disavowal, refusing to discuss the animating links that may exist between Taiwan and the Mainland at all. The different socio-cultural implications of the two discourses are clear: Chiang does not hesitate to think Taiwan through a broader structure of Sino-consciousness, while Tzeng refuses to do so, with terms such as Han (漢) ,China (中華), or even Sino (華) carrying no positive theoretical force in his writings.

This points to a critical gap that marks not just Tzeng Guei-hai's work, but indeed much of Taiwanese nationalist discourse in contemporary Taiwan: a refusal to discuss, in linguistic, demographic, cultural, or historical terms, the relationship between Mainland China and Taiwan. The most sophisticated rendition of nativist thought- Wu Ruiren (2016)'s recent theorizing regarding how Taiwan can "reclaim" a place for itself in global intellectual and political terms- does recognize that their exists in Taiwan a Mainlander ethnicity that identifies closely with China in historical and cultural, if not political, terms. However in Wu's work the lessons that Taiwanese nationalism can absorb from the history of Mainlander people in Taiwan is to simply not idolize the political brutality and racial hostility that underlay Japanese colonial rule in Taiwan (Wu, 2016, 15-24). As critical a reminder as that is, Wu makes no attempt at integrating a Sino-positive structure of feeling into the emerging Taiwanese national community, to say nothing of any discussion of how Taiwan can build productive economic and

---

7　See Yang (forthcoming), pp.20-21 for a discussion of this document.

cultural relations across the straits. As such, even in Wu's work, China's multi-ethnic imperial past and its radical revolutionary modern history remain untapped resources for thought, as if Taiwan had little to learn from China's complex experiment in building a socialist society (various defined across the Mao, Deng, and Xi eras) in a country once defined by the pedagogical, moral, and political authority of Confucianism, which existed alongside of a popular culture defined by Daoist and Buddhist syncretism, all of which is a heritage Taiwan itself shares. In Tzeng's work, the potential value of the Chinese past and present as resources for thinking questions such as the nature of socialist political praxis, peasant revolution, the intersection of feminism and class politics, Marxist theory, or the paradoxical pre-modern integration of different philosophical traditions (Confucianism, Buddhism, and Daoism) goes un-acknowledged. What is presented is a post-colonial Taiwan that can accept cultural and political pluralism in all senses but one: a Sino-centric one. As Tzeng puts it, any lingering affection for the Mainland is a form of "identitarian confusion" (Tzeng, 2011, 28) that continues to befall the Taiwanese people, a byproduct of the slavish education that the ROC's Sino-centric regime imposed, and one that should be critique thoroughly.

Dwelling in Difference: On the Limits of Taiwanese Nativist Thought

One is then faced, reading Tzeng's works, with the peculiar paradox that is generated by so much of Taiwanese nationalist discourse. His writings are largely powerful and persuasive when it argues for correcting the repression of Taiwanese literature, history, and consciousness that were the result of the Sino-centric educational and cultural policies of the ROC one-party state in the postwar period. His anchoring of modern Taiwanese literature in the theoretical ground of anti-colonial resistance- first to the Japanese colonial regime and then to the ROC authoritarian state- ensures for the tradition a powerful political and cultural mission, one that at its core proclaims the human dignity of the people of the island and their drive to understand, shape, and determine their contemporary world through their own texts, voices, and institutions. However, it is upon the question of how Taiwan's cultural, political, and social history relates to the Mainland that Taiwanese nationalist discourse runs aground. Tzeng's presentation of lingering attachment to Chinese culture as an ideological fantasy, a kind of bad faith fostered by the ROC regime which modern Taiwanese should rid themselves once and for all, conflicts with the Chinese nationalism of the colonial-era intellectuals that he proclaims to be the forerunners of the Taiwanese nativist movement itself. Chiang Wei-shui's own Chinese identity significantly complicates the notion that Taiwanese consciousness as it developed during the colonial period was already divorced from Chinese consciousness, a position which nativist writings hold to.

This position forces Taiwanese nationalism into temporal and spatial contortions that are difficult to sustain. First, in historical terms, Taiwanese nationalism must downplay the powerful claim that Chinese culture, identity, and civilization had on a whole range of anti-colonial Taiwanese intellectuals in the past. As the afore-mentioned work by Yang Rubin (forthcoming) has powerfully exemplified, intellectuals during the colonial period from across the political spectrum, from defenders of Chinese education such as Lien Heng, to political moderates such as Lin Xiantang, to trailblazing liberal activists such as Chiang Weishui, to literary stalwarts such as Lai He, to socialists such as Wang Mingchuan, all saw Chinese culture and identity as an anti-colonial resource that needed to be protected and nurtured to avoid full assimilation into the Japanese colonial project. Bringing the discussion into the post-1945 period, Zeng Jianmin (2012) has powerfully argued that in the immediate post-war period, writers typically associated with powerful expressions of Taiwanese identity and consciousness such as Yang Kui, Lü Heruo, and Long Yingzong all enthusiastically welcomed the GMD regime, and sought to deepen the cultural and literary relationship between Taiwan and China on the understanding that, as Yang Kui put it in 1948, "Taiwanese literature is one element within China's new literary movement" (quoted in Zeng, 2012). In later years post-war Taiwanese writers such as Bai Xianyong, Nie Linghua, Yang Mu, Huang Chunming, Chi Pang-yuan, and many others nurtured a deep identification with Chinese literary culture, both classical and modern, in their own work. This is to say nothing of Marxist intellectuals such as Chen Yingzhen and Chen Guangxing, both born and raised in Taiwan, whose critical projects sought to nurture the island's relationship with the Chinese revolution in positive and integrative ways.

All of which is to say, ethnic identity, political commitment, and cultural production intersect in intensely complicated and often paradoxical ways across modern Taiwanese history, from the colonial period to the present. For example, one can find a young Ye Shitao, whom Tzeng sees as a towering nativist thinker (Tzeng, 2011, 116-125), writing in 1947 regarding the need for Taiwanese writers to learn from the literature of the Chinese "motherland" (quoted in Zeng, 2012). Yet by the mid-1980s Ye proclaimed that Taiwanese literature was a completely different national tradition than the Chinese one, arguing for understanding Taiwan and China as culturally distinct. Such an ideological reversal speaks to the complexity of Taiwanese history and the identity claims it has fostered. Positions have changed over time due to a variety of reasons, including changing political regimes, political persecution, exposure to new modes of thought, changing personal relationships, and more. No doubt, Ye Shitao's persecution at the hands of the GMD one-party in the 1950s state played a crucial role in his re-evaluation of the notion of China as a cultural and political motherland. Yet interestingly, Chen Yingzhen emerged from his own persecution at the hands of the ROC from

1968 to 1975 state ever more committed to China as civilizational structure.[8] The point is that critical historical practice in Taiwan- researching and understanding ideas, movements, and texts within historical context- must be broad enough to accept that Taiwan is a plural space with a range of affective structures arrayed across its population, and that such a range includes identification *with* China in cultural, social, or political terms, terms which themselves have been subject to intense re-formulation across historical time.

Taiwanese nationalism must work in the interstices of these multiple structures of identification, which cannot be understood in binarial terms (Mainlander vs. Native Taiwanese, ROC State vs. Taiwanese Society), but are arrayed across a range of regional, demographic, ethnic, linguistic, gendered, economic, and political faultlines, and differ (however minutely) for every individual subject on the island. In this sense, even the triangular model for understanding Taiwanese society offered by Wu (2016, 10-24)- which he sees as triangulation of aboriginal/Mainlander/and nativist anti-colonial political projects- is insufficient, for it risks homogenizing the very real differences that exist *within* these groups as well as between them, and gives little room for thinking how Taiwan and the contemporary Mainland can foster positive cultural and social relations in a respectful, if not integrative, fashion.

Ultimately, there is much to admire within Tzeng Gueihai's critical writings, including his attempts to anchor Taiwanese subjectivity to a politics of democratic pluralism, as well as his inclusion of a materialist frame of reference in his analysis, which brings the problem of capitalism back into discussions of culture,

---

8　For one of many examples of Chen's commitment to China as an enduring civilization structure that he understood Taiwan to be apart of, see his 1984 essay "Towards a Broader Historical Vision (向著更寬廣的歷史視野)," written in the context of the 1980s debate on Taiwanese consciousness that raged in cultural journals both on the island and in the wider Taiwanese diaspora. See Chen (1984), pp.31-37.

a political-economic dimension which sometimes goes un-articulated in academic and popular writing in Taiwan. In assessing Tseng's cultural criticism, one is reminded of Taiwanese essayist Chen Roujin's revealing statement that "in the body of every single person is an entire historical era" (人人身上都是一個時代, Chen, 2009, p.9), written in her work of delicate reconstruction of the cultural history of the Japanese colonial era in Taiwan. This notion rings ever so true in regards to Tzeng, whose prose is etched with a sense of justified, righteous anger over the major features of the Martial Law period, including not just is political authoritarianism but also high-handed rejection of local cultures, histories, and languages by political leaders who did not identify with the island they ruled over. In his writings we sense the pain, sorrow, and fury of the era, and Tzeng's writings have thus made an important contribution in bringing a Taiwan centered analysis to bear upon these difficult times.[9]

Yet any discourse about the nature of Taiwanese culture most begin from the historical reality that Taiwan's successive waves of migration, colonization, and later cold-war division produced not cultural consensus but profound differences within the population over questions of origin, historical memory, and collective belonging. While recognizing the existence of these tangible differences makes building social cohesion all the more difficult on the island, it is ultimately the only position that ensures "Taiwan" as national signifier does not descend into ethnic essentialism that privileges the experience of one group of people (nativist Taiwanese) over others. The real question that Taiwanese history forces upon

---

9 I thank professor Fu I-chen from National Taitung Junior College, who served as discussant at the international conference on Tseng Gueihai where this paper was first presented, for pointing me towards the writings of Chen Roujin and for emphasizing that every writer represents the pain, fury, hopes, and projects of their era, and thus we must as contemporary readers always have an important sense of historical contextualization in mind when we think about how to evaluate the contributions of a given author in his/her time.

researchers is whether a mono-logic discourse of ethnic identity is sustainable when applied to a social body such as Taiwan's, riven as it is by different affective structures that stretch in non-binarial, even non-triangular currents across the population. That there are so many different answers to what post-coloniality means for Taiwan suggests that intellectuals on the island must learn to live with the discomfort of difference, and to find integrative approaches to teaching, writing, and thinking Taiwan's past.

While Tzeng's critical writings have laid an impressive foundation of nativist thought, a productive next step is to ponder how to integrate those who identify with Taiwan in different ways into his project. What can the nativist project have to say to those who see Taiwan as a Sinophone island (Shih, 2007), or as the critical site of operation of the Republic of China understood as an alternative Chinese modernity (Yang, 2016; forthcoming), or as island-home of non-Han Austronesian nationhood (Simon, 2018)? Learning to think *with difference*, to maximize and distill the resources for thought that opposed traditions provide us, should be a major focus of Taiwanese nativist work in years to come. What is needed is not so much the minimalist assertion of an exclusive Taiwanese identity, but the construction of a maximalist Formosan mosaic, one capable of integrating multiple traditions at once, including Sino positive, Sino integrative ones. Difference is both constraint and opportunity for re-invention.

Bibliography

Ban Gu (班固), with commentary from Yanshi Gu (顏師古). 1962. *The Book of Han* (漢書). Beijing: Zhonghua Shuju.

Brook, Timothy. 1998. *The Confusions of Pleasure. Commerce and Culture in Ming China.* Berkeley and Los Angeles, CA: University of California.

Chen, Roujin 陳柔縉. 2009. *In the Body of Every Single Person is an Entire Historical Era* (人人身上都是一個時代). Taipei: Shibao Wenhua.

Chen, Yingzhen (陳映真) 1984. "Towards a Broader Historical Vision (向著更寬廣的歷史視野)," reprinted in Shi Minhui, ed., 1988, *Selections from the Debate on Taiwanese Consciousness* (台灣意識論戰選集), Qianwei Chubanshe, 31-37.

Clinton, Maggie. 2017. *Revolutionary Nativism: Fascism and Culture in China, 1925-1937*. Durham, NC: Duke University Press.

Laitinen, Kauko. 1990. *Chinese Nationalism in the Late Qing Dynasty: Zhang Binglin as an Anti-Manchu Propagandist*. London: Curzon Press.

Murthy, Viren. 2011. *The Political Philosophy of Zhang Taiyan: The Resistance of Consciousness*. Leiden; Boston, Brill.

Rhoads, Edward J.M. 2000. *Manchus and Han: Ethnic Relations and Political Power in Late Qing and Early Republican China, 1861-1928*. Seattle and London: University of Washington Press.

Shih, Shu-mei. 2007. *Visuality and Identity: Sinophone Articulations across the Pacific*. Berkeley and Los Angelas, CA: University of California Press

Simon, Scott. 2018. "Ontologies of Taiwan Studies, Indigenous Studies, and Anthropology." International Journal of Taiwan Studies. 1:11-35.

Tzeng Gueihai (曾貴海). 2006. *Worrying About the Nation* (憂國).Taibei, TW: Qianwei Chubanshe.

Tzeng Gueihai 2011. *A Physician's Notes on Taiwanese Culture* (台灣文化臨床講義). Kaoshiung, TW: Chunhui Chubanshe.

Wu Rui-ren. 2016. *Prometheus Unbound: When Formosa Reclaims the World* (受困的思想：台灣重返世界). New Taipei, TW: Weicheng Chuban.

Xiaotong 蕭統, ed., with commentary by Li Shan 李善. 1986. Selections of Refined Literature (文選)). Shanghai: Shanghai Guji Chubanshe.

Yang Rubin (楊儒賓). 2016. *In Praise of 1949* (禮讚1949). Taipei, TW: Lianjing.

Yang Rubin Forthcoming. *Thinking the Republic of China* (思考中華民國). Unpublished Manuscript (Forthcoming).

Zhang Shuangdi (張雙棣) ed. 1997. *Huainanzi: Annotated and Explained* (淮南子校釋). Beijing: Beijing Daxue Chubanche.

Zhang Shuangdi 張雙棣 ed. 1997. Huainanzi: Annotated and Explained (淮南子校釋). Beijing: Beijing Daxue Chubanshe].

Zeng Jianmin (曾健民). 2012. "The Pitiable" Re-Colonized "Theory of Taiwanese Literature: Criticizing Once Again Chen Fangming's Vision of Taiwanese Literature" (可悲的戰後「再殖民」文學論：陳芳明的台灣文學史觀再批判(下)). *Straits Review Monthly* (海峽評論). No. 254 (February). Accessed Online: https://haixia-info.com/articles/6108.html (Date of Access: March 30, 2022).

以《文學音樂劇場——築詩・逐詩》試論曾貴海詩選與音樂劇場跨域創作之交融關係

陳欣宜[*]

摘　要

　　新古典室內樂團之經典原創作品《文學音樂劇場——築詩・逐詩》，以曾貴海的詩選為主要創作藍本，為臺灣首部以地景建築意象詮釋空間詩學，結合了詩、樂、舞、劇、多媒體以及建築空間意象，超過百人參與的大型跨域展演作品，獲選為二〇一九年衛武營開幕週年強檔節目，並完成北中南三大國家表演藝術中心巡演。基於曾貴海的詩作與臺灣土地、自然、社會有著深厚的情感與深入的洞察，其中以客語寫成的《原鄉・夜合》詩選，細膩描繪客庄生活的風貌以及客家女性的特質，深刻將客家文化與生命思考的感悟鍛造成詩。

　　本論文希望透過《築詩・逐詩》如此大規模的跨界共製的創作過程，探討如何讓具臺灣在地特色、生命哲學的詩選展現於劇場，強調文學精神積極而入世，以原鄉地景建築概念，轉化為詩意想像的空間，並透過超現實象徵意象美學型式的轉向，延伸出空間詩學的創造性能量，以呈現曾貴海詩作觸探生命哲學，與各種生命樣貌進行對話，傳頌大自然的奧祕，在文學的時間長河中，試圖建構族群歷史的鮮明動機與追尋自我文化的情感記憶。

　　設計製作過程中如何透過異質元素間的互文性解讀、解構與聆聽，在跨

---

[*]　新古典室內樂團藝術總監。

界中產生相融的意義，讓音樂、身體與空間建構出一個詩的象徵體系，舞臺上的高度整合創造出令人屏息凝視的新美學形式，實驗了詩、樂、舞、劇、多媒體以及建築空間意象，相互之間創作關係新的可能性，讓觀者如同翻閱了立體詩篇，感受臺灣獨特的文化藝術新能量。

關鍵詞：曾貴海、客家詩人、醫生詩人、生態詩、地景詩、綠色革命、新古典室內樂團、文學音樂劇場、築詩逐詩、跨界、跨域

一　前言

　　新古典室內樂團之經典原創作品《文學音樂劇場——築詩‧逐詩》，以曾貴海的詩選為主要創作藍本，為臺灣首部以地景建築意象詮釋空間詩學，結合了詩、樂、舞、劇、多媒體以及建築空間意象，超過百人參與的大型跨域展演作品。二〇一七年於高雄文化中心至德堂首演，重新改版後二〇一八年於臺中國家歌劇院、二〇一九年於國家戲劇院成功演出，同年九月更受邀成為二〇一九衛武營開幕週年強檔節目，完成三大國家表演藝術中心的巡演，吸引許多媒體報導和專業評論的肯定，獲得極高的評價，成為臺灣近年來文學音樂劇場的重要代表作品，並收到來自於美國洛杉磯舉辦的「2020亞洲音樂節」邀請，在世界知名的Segerstrom Center for the Arts演出，因疫情延後。

　　基於曾貴海的詩作與臺灣土地、自然、社會有著深厚的情感與深入的洞察，其中以客語寫成的《原鄉‧夜合》詩選，細膩描繪客庄生活的風貌以及客家女性的特質，深刻將客家文化與生命思考的感悟鍛造成詩。本論文希望透過《築詩‧逐詩》如此大規模的跨界共製的創作過程，探討如何讓具臺灣在地特色、生命哲學的詩選展現於劇場，強調文學精神積極而入世，以原鄉地景建築概念，轉化為詩意想像的空間，並透過超現實象徵意象美學型式的轉向，延伸出空間詩學的創造性能量，以呈現曾貴海詩作觸探生命哲學，與各種生命樣態進行對話，傳頌大自然的奧祕，在文學的時間長河中，試圖建構族群歷史的鮮明動機與追尋自我文化的情感記憶。

　　設計製作過程中如何透過異質元素間的互文性解讀、解構與聆聽，在跨界中產生相融的意義，讓音樂、身體與空間建構出一個詩的象徵體系，舞臺上的高度整合創造出令人屏息凝視的新美學形式，實驗了詩、樂、舞、劇、多媒體以及建築空間意象，相互之間創作關係新的可能性，讓觀者如同翻閱了立體詩篇，感受臺灣獨特的文化藝術新能量。

二　構想與特色

　　新古典室內樂團近年來持續性的推展以音樂為核心,「有界無域」的創作概念,積極將豐厚的臺灣文化元素以當代表演藝術的創新語彙,開展蘊含人文思想又具獨特美學之原創作品。《文學音樂劇場——築詩‧逐詩》是新古典室內樂團藝術總監陳欣宜的創意發想,由於深入閱讀曾貴海醫師不同時期的作品,感受到他對臺灣人民和土地的深刻情感及哲思,其作品所帶來的豐富意象與情懷,讓二〇一六年就想將臺灣文學帶入音樂劇場的陳欣宜,決定在二〇一七年以曾貴海的詩選作為主要創作藍本,挑選了包括華語和客語共二十一首詩,架構了整個作品中四個重要的主題,包含對於客家女性的歌頌、自然人文的哲思、土地人權的捍衛、客家傳承的使命,並開始著手思考進行這個大型跨域創作的可能性。

　　曾榮獲第二十屆「台灣文學家牛津獎」以及「客家終身貢獻獎」殊榮的醫師詩人曾貴海,從過去的威權體制,一路下走來將對生活的感悟與生命的思考鍛造成詩,字字句句,都飽含著穿透一個時代的力量,從字裡行間,可以深刻閱聽到詩人與土地親密地述說,更彷彿看到詩人描繪的大自然之美,而直接有力的詩人透過雙腳穩立於土地的力量。

　　　　在音樂裡,我們建築建築;
　　　　在建築裡,你們來築/逐詩

如果說,詩是文字建築,音樂則是編織的建築。「建築建築」,第一個建築是動詞,而第二個是名詞。劇場便是建築,建築在建築中的是舞臺,在舞臺上建築的是音樂,音樂要構築的是詩。《築詩‧逐詩》第一個「築」是建築的築,整個作品呈現的多層次視角,透過建築師舞臺設計的巧思,從光影虛實來營造構築一個超現實的想像的空間,而第二個「逐」是追逐的逐,藉由這些詩的文字,進入到詩人的價值世界,以及他所希望傳遞的訊息,和對這個世界許多美好的觀察,這是《築詩‧逐詩》這個作品名稱形塑的由來。

曾貴海的現代詩提供了閱聽人一種無限思考的可能，在文字裡的堆砌，有柱有樑，支撐的不是只有虛幻想像的片段，而是存有更大的力量，更直指目標，詩立體化了自然、關係、語言，有聲音與形象的結構，詩人透過文字告訴我們，「意義」可能是被建構的，並非單純的二元思考，意義是多元而有所「變化的」，在閱讀過程之中我們便與作品一同「互為主體」。讓詩的語言的能量釋放，讓聲音的震盪去逐詩。

除了詩本身，音樂是《築詩・逐詩》這齣作品非常重要的一個部分，我們從「築」字來行走音樂，「築」，將「音樂」與「詩、詞」完整契合成立體的聲音藝術。我們從聲響、樂抒情，透過舞蹈來形之，此時，閱／樂／悅三者更為合一，閱聽者的心會在生活中模擬或啟動這些意象，同時替我們在現實世界之外，找到一個小小的、隱密的缺口，並容許我們從這個缺口去淘洩自己的情感、關照自己的意念、填補自心的黑洞、開拓自我的視野。

《築詩・逐詩》作品的文本主要來自於曾貴海動人的現代詩，以音樂劇場的方式呈現是不希望有主軸性的故事牽引而限制了聽閱者的想像。藝術總監陳欣宜在完成了整個創作架構和論述之後，匯集了臺灣非常傑出的藝術創意及表演人才，包括：導演吳維緯、影像設計王奕盛、燈光設計宋永鴻、舞蹈設計張雅婷、服裝設計黃稚揚、新古典室內樂團、天生歌手合唱團、愛唱歌手合唱團，以及聲樂家林健吉、黎蓉櫻、林宜誠、詹喆君，演員賴家萱、童謹利……等，舞臺設計則特別邀請曾獲國家卓越建設獎首獎的知名建築師趙建銘，以一種非線性的敘述型式呈現，將現實空間和光影層層疊合，創造一種介於現實與超現實詩意的地景空間，表達詩人觸探生命哲學以及對土地深情的愛戀。

從曾貴海醫師的作品當中，可以感受到詩人對於土地的關注，與生命樣態的對話，對於臺灣自然人文的描述，對自然的崇敬與對土地愛戀的深情。曾貴海的詩作品中，有許多對於客庄生活文化及客家女性的細膩描述。詩本身就是存在無限想像的空間，《築詩・逐詩》在整個演出進行的鋪呈，導演使用基於寫實日常產生超越現實的象徵意象手法，來克服在詩作中不同的存在時空，以及跨語言、跨文化的不同素材。從詩人的夢境時而走過大自然的

景象，或走到詩人的家屋、詩人的書房，走進詩人的客家文化，甚至穿越詩人從小生活的客庄角落，彷彿帶領民眾透過不同的時空，巡遊了詩人所要表達他對於土地文化所懷抱的價值性與理想性有深刻的描繪。

三　主要創作文本

　　此齣作品採用曾貴海已出版作品：《原鄉・夜合》（客語）中的：〈夜合〉、〈田舍臨暗〉、〈時間个網床〉、〈看海〉、〈客人花〉、〈彎角〉、〈修桌腳〉、〈車過歸來〉；《色變》中的：〈色變〉、〈葉子〉、〈冬花夜開〉、〈漂流的雲〉；《台灣男人的心事》中的：〈感覺〉；《胡濱沉思》中的：〈樹問〉；《浪花上的島國》中的：〈水紋〉、〈美〉、〈妳深情的擁抱夜晚的海峽〉、〈四季的眼神〉、〈妻與白鳥〉、〈楓香樹〉、〈捉迷藏〉。

四　舞臺空間的交融

　　曾貴海醫師對於原鄉土地深刻感情的作品，以「地景文學」、「生態詩」為主要創作表徵，透過詩裡的文字，將想像轉譯為地景或自然、生態與人間社會的映照。《築詩・逐詩》舞臺設計特別邀請榮獲「國家卓越建設獎首獎」的知名建築師趙建銘，首創以原鄉地景建築概念，轉化為詩意想像的空間，並透過超現實美學型式的轉向，延伸出獨特的創造性能量，以呈現詩人，觸探生命哲學，與各種生命的樣態進行對話，傳頌大自然的奧祕與追尋自我認同的情感與記憶，表達詩人對土地深情的愛戀。
　　曾貴海取材自大自然的觀察如下面這首詩

　　　〈漂流的雲〉

　　　　突然自海面升起的日出
　　　　撥開暗夜煥發初陽的光芒

半島上空的雲群

俯下身

凝視綠寶石般的南境

當烈日攀越崖岸

雲與旅人

帶走美好的記憶[1]

舞臺設計趙建銘深信建築必須與土地、生活有所連結，以「山、雲」二組垂直升降，及「詩人的家」水平可移動式佈景平臺，構成「山、雲曲線懸吊板」藉由昇降變化，創造舞臺的空間深度及層次，同時讓舞臺轉化為「地景空間」意象。「詩人的家」則是詩人安身立命之處，原鄉的象徵。空間上的形式則是契合框架與家屋的型，透過《空間詩學》概念以下這段文字，「我們的家屋是我們在世間的小角落，誠如常有的說法，家屋是我們最初的宇宙，一個真實的宇宙，如果我們親密地看待自己的家屋，即使最破落簡陋的落腳處也有美妙之處。」[2]，正是《築詩‧逐詩》在空間上所期待傳達的，臺灣與家，土地與家，客家與家，女人與家。

　　曾貴海醫師說：「臺灣詩人的作品應放在殖民歷史、社會、心理和文化的多層位置，以多重視野及角度加以重新審視和評價」，舞臺上詩人寫作的位置，刻意安排在房子的外面，想表達的是詩人並沒有把自己幽閉於自我內在小小的創作空間，因為曾貴海長期關心臺灣各種社會議題，他的詩是跟整個社會的脈動做連結。另外由「詩人的家」地面昇起向外延伸的樓梯，則隱喻了詩人與社會關懷的連結，詩人將家的愛，轉化為對土地的愛。

　　舞臺構成提供多媒體投影有三道幕，第一道為黑紗幕，第二道為詩人的家屋的白紗，加上最後一道的天幕，形成三層的空間深度。詩以文字暗喻、

1　曾貴海：〈漂流的雲〉，《色變》，頁3。

2　Gaston Bachelard著，黃文車譯：《空間詩學》（*The Poetic of Space*）（臺北市：張老師文化事業公司，2003年），頁66。

隱喻空間，舞臺空間藉由光及多媒體投影，將現實空間及光影層層疊合，創造一種介於現實與超現實的詩意地景空間。舞臺流線型的吊板不斷升降變化，時而如山稜、時而如流雲，建構的空間與影像散落下來的文字圖像，隨詩時而變化。

　　舞臺中的明室，便是詩人的家屋。詩人們或唱或朗，吐露的都是這片土地的自然與人文帶來的感動，而周旁所有裝置、投影、歌者、舞者，則宛若夢影幻境。

　　「詩人的家」在舞臺空間上，僅以極簡的線框表示，中間留有穿透通道設計，歌者、舞者可任意穿梭，三百六十度轉動的家屋平臺，讓演出者在觀眾的視覺上，可以像是在家屋裡面，同時也可以像是在外面，同時也呈現一種非線性的敘述型式，透過角度變化及前後雙投影創造了交互穿透的空間層次及敘事效果。而第一道幕的投影和第二道幕的影像，可能代表的是不同的時空、不同的故事，透過不同的敘述、不同元素的對比，讓觀賞的人去想像這個對比之間的敘述，是不是有什麼可以值得去思考的問題，這就是詩的特性，希望留一些空白給觀眾有屬於自己的詮釋與體會。

五　劇場型式的交融

　　如果說，詩是文字建築，音樂則是編織音符的建築，舞蹈則是形象之書。在經緯編織間，如風如光穿透游於詩間，更加飽滿舞臺上的空間。詩是一種語言文字的藝術，字義與字音構成了這項藝術。詩歌有別於其他文類最根本的元素正是音樂性，而且詩、歌、舞是三位一體。

　　詩模糊了真實與虛構的界線，閱讀與被閱讀的主體與他者的關係，轉化為劇場形式，《築詩・逐詩》這個作品試圖尋找劇場表演和音樂、文字藝術的模糊地帶，各種表達媒介的跨界使用，並尋求如何讓各種異質元素在既有的論述中，在舞臺上被高度整合，而音樂劇場的形式並不在服務單一的命題，或為故事軸線的需要而服務，而是多聲部的各自表述，以音樂的賦格形式，串連起多元面意象，編織成互為紋理的複調。詩人的文字經過拆解投影

在天幕上，恣意墜落，猶如詩句中描繪的花開花謝。開場前合唱團歌者演員們，便拿著詩人的白皮箱散坐在舞臺上，讓觀眾在正式演出前走進劇場時，就已走進詩人文字中的立體世界。隨著樂曲啟動，打扮為詩人形象的男歌手隨著鋼琴的即興聲響，緩緩朗誦出第一首詩〈感覺〉：

秋日清晨
醒來已是盛開的玫瑰
像許多豔麗的姊妹
不知道為什麼地在地球綻放了
只有風輕輕的搖曳著她
在人們情念的視野

一隻闖入的手
以被刺的染血的手指
強烈的摘握她
玫瑰從生與死的夢中
駭然驚醒

盛開，只為那人
凋謝，也只為了那人[3]

《築詩・逐詩》的劇場呈現大都是意象式的呈現，讓我們看見詩、聽見詩，感受詩的內向動力，去體認那份美，令觀者隨同那傳達自詩人文字裡不斷湧出的意象，走入那一個又一個的場景。

曾貴海醫師曾說，他小時候生活很苦，因為苦所以讓他知道苦難的人怎麼生活，苦難的人怎麼去活出存在的價值。選擇離鄉或許是理想的追尋，記

3　曾貴海：〈感覺〉，《台灣男人的心事》（高雄市：春暉出版社，1999年），頁4。

得他考上高雄中學通勤的時候，每天經過這個高屏鐵橋，經過鐵橋到屏東的
下一站就是歸來，而歸來這個名字，剛好串接了整個旅程。後來曾醫師投入
社會運動，回去搶救古蹟，以及社區改造運動，所以〈車過歸來〉這首詩裡
面，除了懷念、除了歸鄉、除了自己做應該做的事以外，也是同樣是站在一
個哀求、懇求、呼喚，期待用情感說出：那歸來吧！客家人！〈車過歸來〉
內文：

> 火車駛過高屏溪
> 歸來站過了就係客家庄
> 麟洛西勢竹田到佳冬
>
> 火車慢慢駛入老庄頭
> 故鄉憑著火車介玻璃窗
> 右邊係蓋闊个大海
> 臨暗日頭像天頂个目珠
> 金金看著偓
> 左邊係又高又青个大武山
> 乳水飼大偓等个神山
> 用阿婆个笑容迎接偓
>
> 背包放滿思念
> 下車後恬恬行入庄肚
> 老嫩大小來相問
>
> 下一班車
> 係不係跈偓共下歸故鄉[4]

4　曾貴海：〈車過歸來〉，新版《原鄉‧夜合》（高雄市：春暉出版社，2017年），頁133-
　　134。

舞臺上投影幕呈現的是火車行駛動態中所見的景物——掠過，伴隨著燈光和汽笛音效及乘車中翻閱報紙的聲景音效，劇場空間頓時被引導進入車站場景的描繪，合唱團歌者演員手上提著如燈箱裝置的行李箱，每個發光的行李箱，彷彿代表著照亮旅程中的光，一個歸鄉的希望。舞臺上融合了樂團和合唱團的演奏和演唱，樂曲甚快板速度的小調的調性，充分表現詩人對於遊子歸鄉的呼喚和期待的迫切之情。

同樣是關於對客庄生活記憶和延續客家文化使命的另一首詩〈彎角〉，描寫從曾貴海醫師故鄉的古蹟蕭家古厝走進聚落，經過一個轉角，在六十年前，是許多聚落小孩玩耍和聊天的地方，家族的宗親圍住那兒，大孩子常常講些趣事或青春期的私密給好奇的孩子分享，大人也聚集在那兒的圳溝旁洗東洗西。六十年過去了，彎角的牆壁已倒塌，但牆後一大塊土堆成了一片小花園。

〈彎角〉

對蕭家古屋行入老庄頭
以前熟識介叔婆伯母阿哥老弟
幾十年沒看到了
屋仔坍忒存兩間
彎角一扇缺角牆壁
圍著一塊小花園
春夏秋冬開沒共樣个花
行過去
這兜花問倕儘多大人个名字
伊等做麼介恁久沒歸來
花想看伊等[5]

5　曾貴海：〈彎角〉，新版《原鄉・夜合》，頁122。。

作者形容回鄉經過彎角，而這個彎角、這個轉念，看著眼前的花和殘垣斷壁，那些花忍不住問他，許多以前在這兒的人到哪裡去了？花想看看他們。曾醫師沒辦法回答它們，新中感傷哀愁了，他沒有辦法替這些花找到這些以前站在這邊的人或是朋友們，這是作者對客家人口老化、年輕人離鄉情況的擔憂。

　　當〈彎角〉這一幕音樂出現前，舞臺上擺放著唯一的道具，一張客家長板凳，聚光燈下代表兩個世代的客家女性，彷彿時空倒轉回到當時的彎角場景，娓娓對著些花述說著過往種種美好的記憶……

六　舞蹈肢體的交融

　　曾貴海形容自己經常用小孩子的眼睛去看這個世界，永遠保持這個世界像是第一次看到的那種感覺，因此他的詩作特色不會局限在文字裡，永遠是可以讓創作者，無限延伸感受許多想像的畫面，成為一個動態作品，和一首首可以翻閱的立體詩篇。因此《築詩・逐詩》的舞蹈設計張雅婷，其概念並不是將舞者擺放在為音樂演奏或是歌手演唱當中伴舞的角色，而是讓每一位舞者演員，成為每一首詩的畫面中，充滿想像力的角色。以〈妳深情的擁抱夜晚的海峽〉這首詩為例：

　　　　在遙遠的地方，海峽只是四面八方的回聲

　　　　沙岸不斷地埋葬迷途的波濤
　　　　妳從淪陷的文明之城回來
　　　　雙腳沾滿濱海的月光
　　　　內心澎湃著感傷與悸動的漲潮
　　　　月光將浪花擺盪成少女的長裙

　　　　漁船的燈火閃現著海的夜路

妳拉長我的手臂圍抱海峽
妳帶回生命早已發酵的情念

遠方的海被收容在夜晚的莊園
我們浮潛在深廣的幽祕水域
滑行如脫隊的鯨豚
翻動如糾纏的繁茂海草

妳從騷動的黑色海面突然升起
波浪的聲帶一齊為妳發聲
月光雕塑妳行走在浪花上的背影
水珠從妳赤裸的肌膚滑落

妳躺壓著沙岸上夜晚的寧靜
浪花一波又一波沖越潔白的腳踝
星芒的翅膀停息在妳起伏的胸脯
請不要出聲
我就在妳身旁傾聽世界的耳語[6]

詩中兩人彷彿浮潛在暗夜的幽祕水域，如鯨豚，又如翻動的水草。六位舞者
演員在這首詩詞裡就像是海面上閃閃的魚光，他們在布滿舞臺彷彿大海的藍
色水波投影和燈光下，向著亮光處游過來又游過去。舞者們戴上淺水蛙鏡，
透過蛙鏡的誇飾來呈現魚兒的眼睛，服裝的裙擺隨著舞者身體的游動而擺
盪，就像是魚尾巴在海中輕盈的擺動一樣。而其中兩位男舞者像是海上漁船
的燈火，手提著油燈，加上服裝上的亮片，透過燭光靠近身體時或遠或近的
閃爍著，帶領著魚兒們在海面上前進著。

6　曾貴海：〈妳深情的擁抱夜晚的海峽〉，《浪花上的島國》（高雄市：春暉出版社，2007
　　年），頁131。

除了舞者演員，合唱團團員除了演唱之外，在肢體設計上同樣被巧妙地
融入整個畫面中。由於詩人的形象貫穿全劇，導演利用很多的「書本」作為
道具，在同樣取材自大自然素材的這首詩〈葉子〉

　　哪裡都不能去
　　哪裡都不想去

　　每一陣風
　　是一次驚奇的旅行
　　稍微變動的視角
　　看見不一樣的天空

　　一群鳥
　　排成美妙的隊形
　　正飛向遠方[7]

當合唱團演員唱到「一群鳥，排成美妙的隊形，正飛向遠方」，每一位團員
打開手中的書，兩手拖住，跟隨音樂演唱，自由韻律擺動緩緩往上提升，如
同一群鳥群飛，加上此時舞臺上投影珠一片片飄落的綠色樹葉，呈現令人感
動的唯美畫面。

　　曾貴海對於客家族群的愛與使命，在許多客家詩的創作中可以深深感
受。因為社會結構的變遷，城鄉差距越來越大，鄉下的客家老庄頭，年輕人
幾乎外出謀生，大都一去不回。曾貴海感慨寫了〈修桌角〉這首詩：

　　庄肚有一隻伙房
　　歇過十過家人

7　曾貴海：〈葉子〉，《色變》，頁45。

漸漸介一家一家搬出去
今下正存二家人
祖堂舊神桌壞了三支腳

一支腳
趁著讀書人離開

一支腳
趁著做工人離開

一支腳
趁著生理人離開

帶走客家話
帶走客家情
帶走客家人

屋仔塌了存幾間
祖堂雨來漏大水
甘有人要趁我等歸故鄉
共下修桌腳[8]

　　此首詩敘述老家某家祖堂內，年節擺供祭品的神桌已斷了三隻腳。三隻斷腳帶走了知識分子和中產階級，帶走了工人和做生意的人，連帶著也帶走客家話、客家情和客家人。祖堂塌陷又漏雨，詩在末尾呼籲那些離鄉的遊子，一起回故鄉，將神桌的桌腳修好。而桌腳必須把它修好，對詩人來說，

8　曾貴海：〈修桌腳〉，新版《原鄉‧夜合》，頁123-124。

這是一種深深的呼喚，而「修好」兩個字，就是修客家的文化、修客家的記憶、修客家人與人之間，對故鄉的情感。音樂在這裡並未選擇按照詩的走向而採用較感慨的音樂語法襯托出詩人的憂心，反倒選擇用比較明快的節奏，舞蹈設計讓兩位舞者在舞臺中央擺設的一張桌子，如同看著鏡中的自己，在相互呼應當中對稱相反的動作，並伴隨著些許童玩的趣味，使得整個畫面在音樂與舞蹈的愉悅和諧的氛圍中，尋求一種光明和希望的契機。

七 音樂創作的交融

《築詩・逐詩》音樂委託金曲獎作曲家劉聖賢為全劇共二十六首詩詞文本譜曲，其中五首取自江自得作品，二十一首為曾貴海醫師的詩作。由於曾貴海的現代詩作風格多元，從浪漫抒情、自我省思、社會批判到對土地族群的關懷。作曲家運用音樂來建構文字，加上整體設計團隊跨域融合的堆疊鋪成，因此，《築詩・逐詩》在音樂的呈現上，同樣必須考量以豐富兼具層次的表現手法，整體展演形態配置分成三大類：（一）人聲（獨唱、重唱、合唱）；（二）室內樂（約三十人管弦樂器編制、鋼琴五重奏編制）；（三）朗頌結合器樂。

呈現編制

詩　　文　曾貴海
作　　曲　劉聖賢
製作人、創作發想、藝術總監　陳欣宜
導　　演　吳維緯
演出團隊　新古典室內樂團、新古典鋼琴五重奏、天生歌手合唱團、愛唱歌　　　　　　手合唱團（國家戲劇院、臺中國家歌劇院場次）

指　　揮　陳欣宜
男 高 音　林健吉（飾一詩人一）

男 中 音　林宜誠（飾─詩人二）

女 高 音　黎蓉櫻（飾─夢裡的女人一）

次女高音　詹喆君（飾─夢裡的女人二）

演　　員　賴家萱（飾─回憶裡的女人，國家戲劇院、臺中國家歌劇院場次）

　　　　　童謹利（飾─回憶裡的女人，衛武營戲劇院場次）

劇　　目（衛武營國家藝術文化中心─戲劇院場次）

作品名稱	演出人員	演出團隊
〈感覺〉	男 高 音─林健吉	新古典鋼琴五重奏
〈漂流的雲〉	天生歌手合唱團	新古典室內樂團（指揮：陳欣宜）
〈水紋〉	朗　　誦─林宜誠 演　　員─童謹利	新古典室內樂團（指揮：陳欣宜）
〈夜合〉	女 高 音─黎蓉櫻	新古典鋼琴五重奏
〈看海〉	女 高 音─黎蓉櫻 男 中 音─林宜誠	新古典室內樂團（指揮：陳欣宜）
〈美〉	朗　　誦─林宜誠 次女高音─詹喆君	新古典室內樂團（指揮：陳欣宜）
〈時間个網床〉	女 高 音─黎蓉櫻	新古典鋼琴五重奏
〈車過歸來〉	天生歌手合唱團	新古典室內樂團（指揮：陳欣宜）
〈修桌腳〉	天生歌手合唱團	新古典室內樂團（指揮：陳欣宜）
〈彎角〉	女 高 音─黎蓉櫻 演　　員─童謹利	新古典鋼琴五重奏
〈客人花〉	次女高音─詹喆君	新古典室內樂團（指揮：陳欣宜）
〈楓香樹〉	男 高 音─林健吉	新古典鋼琴五重奏
〈樹問〉	天生歌手合唱團	新古典室內樂團（指揮：陳欣宜）
〈葉子〉	女 高 音─黎蓉櫻 天生歌手合唱團	新古典室內樂團（指揮：陳欣宜）

作品名稱	演出人員	演出團隊
〈冬花夜開〉	天生歌手合唱團	新古典室內樂團（指揮：陳欣宜）
〈田舍臨暗〉	女　高　音─黎蓉櫻	新古典鋼琴五重奏
〈妳深情的擁抱夜晚的海峽〉	朗　　誦─林宜誠	新古典室內樂團（指揮：陳欣宜）
〈四季的眼神〉	朗　　誦─林宜誠 次女高音─詹喆君	新古典室內樂團（指揮：陳欣宜）
〈捉迷藏〉	男　高　音─林健吉	新古典室內樂團（指揮：陳欣宜）
〈色變〉	女　高　音─黎蓉櫻 男　中　音─林宜誠	新古典室內樂團（指揮：陳欣宜）
〈妻與白鳥〉		新古典室內樂團（指揮：陳欣宜）

作曲家劉聖賢曲風流暢自然，隨著詩意風格貼切詮釋，打造可謂臺灣客家藝術歌曲的獨特風格，充滿本土文人的浪漫。據曾貴海醫師口述，他八歲喪父，整個家庭的負擔就落在母親身上，她要養四個孩子，而媽媽是一個領導型的人，所以她旁邊聚集的非常多的女性，在曾貴海小時候就常傾聽母親這些姊妹淘們講她們的心事，所謂女人的細語。曾貴海小時候可以說就是在女人的生活對話、談論心聲裡面長大的孩子，所以深刻了解客家女性她們的辛苦、內心裡的想法、對事情的看法，還有對情愛的那種描述。

〈夜合〉這首客語詩，是曾貴海獻給妻子和客家婦女，將客家女性比喻成夜合，是客家庄常見的一種香花，白天閉攏，深夜才完全盛開，花朵純白，味清香，給人純白恬靜之感，展現出堅貞又柔美浪漫的形象，以此歌頌客家婦女勞動是香的精神。

　　〈夜合〉

　　日時頭，毋想開花
　　也沒必要開分人看

臨暗，日落後山
夜色趁山風湧來
夜合
佇客家人屋家庭院
恬恬打開自家个體香
福佬人沒愛夜合
嫌伊半夜時節正開鬼花魂

暗微濛个田舍路上
包著面个婦人家
偷摘幾蕊夜合歸屋家

勞碌命个客家婦人家
老婢命个客家婦人家
沒閒到半夜[9]

客家婦女清晨便開始工作，包著臉無暇裝扮，放工後卸下重擔，才有時間和丈夫相處，宛如夜合花在深夜才盛開得美麗動人。樂曲創作構想，讓每個旋律的樂句尾音有足夠的時間做清楚的交代，也象徵著客家女性溫柔婉約的性情。音樂展開，建構的光影與線條則隨之舞動，臺上瀰漫著獨特的溫柔與優雅的氣質，彷彿夜合的潔白清香、經由客籍女高音抒情的唱出純美的旋律，同時與室內樂團的樂聲交融吟唱，顯得格外動人。

　　作曲家在創作詮釋曾貴海對於社會批判、環保人權，甚至身為一位父親對於孩子們身長環境惡劣地的憤怒與擔憂擔，有別於情詩般細膩的浪漫曲風，在〈捉迷藏〉這首詩，帶有批判性的表達，我的後代如果還生長在這樣的環境裡面，他能夠躲得掉這些污染嗎？能夠躲得掉這個陰濕的文化和充斥

9　曾貴海：〈夜合〉，新版《原鄉‧夜合》（臺北市：笠詩刊，1986年），頁16-18。

的暴力嗎？

〈捉迷藏〉

在公園的草地上捉迷藏的孩子們

你們想躲到哪兒去呢

南洋杉

矮灌木叢

或是假山後面

你們真的能躲得掉嗎

在這個城市封閉的公寓

地下室

或任何角落

污染的空氣這麼問

噪音這麼問

陰濕的文化這麼問

竊盜和暴力也這麼問[10]

　　高雄在一九六〇～一九九〇年代被認為是一個缺乏綠地，飽受工業污染的黑色城市，而締造臺灣經濟奇蹟的背後，其實是居住環境、社會公平與世代人權正義的妥協與犧牲。到了一九九〇年的時候，高雄有一百五十萬人口，一公里有大約有一萬人，在全世界來看是人口密度很高的城市，但是沒有綠樹、沒有公園，水質污染嚴重，瀰漫臭味，更談不上城市美學。曾貴海醫師對於這樣一個高雄，產生強烈的批判。〈捉迷藏〉所指的並不是單純的遊戲而已，在逐句的反問，是一波又一波接踵而來對於人為所造成的空氣污染、噪音、陰濕的文化、竊盜和暴力的行為的逼問，是應該被正視、應該被檢討的問題。作曲家在樂曲創作中所使用的音樂素料，包括了緊湊的節奏與

10　曾貴海：〈捉迷藏〉，《高雄詩抄》，頁66。

不完全諧和的音程，意欲製造緊迫感，讓文本中的「反省」意味更加濃厚且具張力。

　　除了對時事觀察、批判性強烈的作品之外，曾貴海醫師作為詩人的浪漫抒情，在《築詩‧逐詩》所使用的詩選包括《浪花上的島國》中的〈水紋〉、〈美〉、〈四季的眼神〉、〈妻與白鳥〉、〈妳深情的擁抱夜晚的海峽〉都是經典之作。普遍臺灣男性比較含蓄，這些作品看似取材自大自然的素材，其實更多的是詩人無限的浪漫情懷，在這一系列的詩作中恣意湧現，如〈四季的眼神〉：

> 你翻過身，正好越過白天覆滿夜色
> 你仍然燃燒著夜空中星火的眼神
> 春日，徘徊在庭院的花園
>
> 你翻過身，正好翻越夜晚的退潮
> 你仍然醺燃著自樹叢中穿越而來的陽光的眼神
> 夏日，徘徊在庭院的花園
>
> 你的沉靜讓我安詳如深海的水草
> 你舉起的手宛如密織大海的波紋
> 拍撫著整片海洋的音箱
> 回音隨潮水不停地去來
>
> 你飼育的美麗白鳥鳴叫整夜
> 你那條河流婉轉的奔瀉領地
> 你盛開的花瓣正啓開初生的眼神
> 你隱藏的純美在聖城漫步
>
> 你翻過身，翻越季節的顏色

　　你仍然燃燒著時間明亮的眼神
　　落葉，鋪滿庭院的秋天

　　我冬眠在寒風深處的邊界
　　溫燙的爐火燃燒著心中的枝葉
　　大地靜默地為冬日的原野齋戒[11]

這是一首隱藏著豐富隱喻的情詩花園，不眠的四季，春天的眼神燃燒著夜
星，夏天的眼神閃爍著從樹林穿越而來的陽光。花園的沉靜如深海的水草，
舉起的手如波紋，拍撫整片海洋的音箱。有時，一隻白鳥鳴叫整夜，而純粹
的美在共同的聖城散步。秋的眼神，燃燒著時間的煙霧。在冬日，爐火內的
心，靜靜的為原野守戒。「拍撫著整片海洋的音箱、回音隨潮水不停地去
來」，作曲家靈感來自文字中許多聲音的迴盪，在樂團單純的音樂演奏中，
巧妙地介入運用三位歌者演員，時而單獨時而疊合的朗誦，彷彿是樂團與三
個聲部朗誦融合的音樂混成畫，完美呈現曾醫師在穿越四季無限堆疊的複乘
意象中的豐富想像。

八　服裝的交融型式

　　《築詩‧逐詩》在整場呈現中，交織著許多不同的場景時空與多元的文
化語彙，服裝設計黃稚揚在概念上，以融合傳統客家服飾與大量使用色塊拼
接的時裝設計元素融合，來呈現這個製作。除了可以讓服裝意象在視覺感受
與觀眾間的距離拉近，也能夠讓服裝的設計在每一首詩的串接畫面上的呈現
更具邏輯。

　　以〈夜合〉這首客語詩為例，曾貴海醫師細膩的描寫客家婦女在勞動美
之外，所呈現的溫柔細膩之美。客家婦女清晨便開始工作，直到晚上放工後

11　曾貴海：〈四季的眼神〉，《浪花上的島國》，頁118。

卸下重擔，才有時間和丈夫相處，宛如夜合花在深夜才盛開得美麗動人。服裝設計在概念上捨棄傳統藍衫方便工作勞動的寬衣寬褲，而讓女高音身著胸前繡有象徵客家花布鮮豔紅色大朵牡丹花的藍色長禮服，刻意修飾腰身，襯托女性的優雅意象，並顯現出女性柔美的身體線條，和其他六位頭戴斗笠，輕搖身軀跳著融合現代舞與採茶舞的女性舞者演員，在畫面上充分展現堅強的客家女性，在丈夫面前才能展現的嬌媚與柔情。

另外，客家人喜愛在庭院或角落種自己喜愛的花，所謂客家人的九種香花，特別是樹蘭、含笑、夜合和桂花，因此只要庭園種有這幾種花，那可能就是客家人的家。這些花不分四季，日日夜夜像客家族群的生命一樣，一代一代謝謝開開，繁衍下去。在〈客人花〉這首詩寫道：

> 愛香花个客家人
> 帶著樹蘭含笑桂花同夜合
> 佇落腳个地方
> 種下族群香
>
> 沒分春夏秋冬
> 一年四季開滿庭院屋家
> 日日夜夜
> 客家人个生命花謝了又開
>
> 𠊎還記得
> 隔壁莊个表姊嫁个時節
> 阿婆偷偷摘幾串樹蘭
> 插入兩邊鬢棕
> 牽著𠊎个手
> 行去食喜酒

仰頭看佢
笑到比新娘更嬌惜[12]

如詩中描繪，曾醫師小時候，有一天外祖母帶他到隔壁庄參加表姊的婚禮。
臨行前，外祖母帶他到祖堂後院摘了兩串樹蘭，插入髮髻旁，這個時候，詩
人仰頭看外祖母，她笑得比新娘更嬌美。在曾醫師筆下的客家女性，是非常
堅毅聰慧，並擔起一家大小事。客家婦女雖說受教育不多，但多精明、熱
情、大方，這種特性使客家婦女在客家文化中占有重要的份量。因此〈客人
花〉在服裝設計概念上刻意讓舞臺上的外祖母，以年輕的形象呈現，服裝結
合了客家的褲裝元素及時裝的概念，配件部分也會充滿現代感的花朵及不過
於華麗的單品來搭配，少女形象的外祖母，在演唱中手捧著一本發亮的書，
在設計者眼中，聰慧的外祖母在年輕時一定也有夢想，如同手中發亮的書，
充滿期待和希望，如果身在此時，相信一定也是充滿活力的新時代女性。

九　結語

　　詩人曾貴海以醫生職業為人治病，以運動實際替土地把脈，以詩文為心
靈針砭的精神，深刻流瀉於文字中。曾醫師表示，作家有幾個條件，基本上
他必須要先成為個思想家，甚至是革命家，才能在文字中呈現出深層的內在
價值。新古典室內樂團一直秉持以音樂為出發，「有界無域」的創作概念，
希望藉著《文學音樂劇場──築詩・逐詩》這個大型跨域原創作品，將臺灣
豐厚多元的文化元素，以創新的當代表演藝術手法，開展出具論述與哲思的
作品，實踐跨領域、跨語言、跨文化融合，以創新的型式呈現，吸引不同領
域、不同族群走入劇場。

　　詩歌、音樂、舞蹈、戲劇、建築，自古以來各自蘊積著深厚的內涵，隨
著當今藝術的表現形式越來越多元，將能各領域的精隨巧妙編織，透過詩意

12　曾貴海：〈客人花〉，新版《原鄉・夜合》，頁103-104。

想像的空間概念，以及舞臺上大規模的跨界共製和高度整合的異質元素，呈
現真正動人的表現手法，成功帶出詩歌的純粹力量確屬不易。《築詩‧逐詩》
無庸置疑地是希望在一切可能表達中，追尋感動的成功之作，而更難得的是，
這齣音樂劇所呈現的光芒璀璨，是由高雄在地的藝術團隊所帶來的能量。

　　新古典室內樂團藝術總監陳欣宜當初的創作發想，是希望藉由這一齣以
文學、音樂出發，跨域共融的作品，感受詩人所期待傳遞的信息。身為文化
人、音樂家、藝術家，其實我們對社會是有重要的責任，我們同樣可以透過
表演藝術來展現對於公民意識價值的認同。作品不是不能有批判性，但是當
我們呈現的時候，各自表述，大家都有自己存在心中的不同價值，處於一種
尊重的狀態之下，也希望大家能夠多多關注我們的環境，待解決的許多社會
議題，希望藉由不同的力量去改變，大家一起努力盡一份心做一些小小的改
變，每一個小小的改變，凝聚之後就會成為一股強大的力量而成就一個巨大
的改變。如曾貴海醫師〈冬花夜開〉詩中所述：

> 花開沒有啼聲
> 出世之情突然現身
> 穿透冬夜的寂靜
> 無染的挺掛枝椏
>
> 城市安眠在深夢中
> 海洋拍撫港口低鳴
>
> 不斷的開花
> 不滅的夢
> 在某個小小的角落
> 悄悄改換了世界[13]

13　曾貴海：〈冬花夜開〉，《色變》，頁46。

　　《築詩・逐詩》這個作品有別於以往的詩歌音樂會，這次在演出上以音樂、身體與空間建構出一個詩的象徵體系，透過跨界的互文，提供創作者、演出者、觀賞者自由的想像與感受，不僅是閱聽，更要悅聽。文本在舞臺上理性布置的敘事中，每個獨立片段，拆開來看都像是一段動人的詩文，帶給觀眾再三的美學衝擊，而這種美學並不具有歸納性，反而更強調將詮釋權交給閱聽者，開放直覺性心靈的持續悸動。期待除了讓曾貴海具臺灣客家在地特色、生命哲學的詩選能展現於劇場，強調文學精神積極而入世，實驗了詩、樂、舞、劇、多媒體以及建築空間，相互之間創作關係新的可能性，讓觀者如同翻閱了立體詩篇，感受來自臺灣客家詩文之美，並期待將曾醫師對於客家文化深厚的情感和使命，對生命哲思的觀察和體悟，藉由這齣大型跨界創作交融所呈現令人屏息凝視的新美學形式，帶出詩歌的純粹力量，成功傳遞來自臺灣獨特的人文價值和高水準的藝術能量。

參考文獻

曾貴海　《高雄詩抄》　臺北市　笠詩刊　1986年

曾貴海　《台灣男人的心事》　高雄市　春暉出版社　1999年

曾貴海　《南方的山水頌歌》　高雄市　春暉出版社　2005年

曾貴海　《浪花上的島國》　高雄市　春暉出版社　2007年

曾貴海　《胡濱沉思》　高雄市　春暉出版社　2009年

曾貴海　《色變》　高雄市　春暉出版社　2013年

曾貴海　新版《原鄉‧夜合》　高雄市　春暉出版社　2017年

Gaston Bachelard著，黃文車譯　《空間詩學》（*The Poetic of Space*）　臺北
　　市　張老師文化事業股份有限公司　2003年

家人、客人還是路人？
——曾貴海詩作中的「原住民」反思

董恕明*

摘　要

　　本文以曾貴海對臺灣「現實」的關注與轉折，作為考察其詩作的主要脈絡，正如他自己本身為一名醫師，對患者疾病進行診斷與療癒，以此方法，探究其詩所展現的主題情懷。

　　一九九九年，曾貴重拾詩筆，出版《台灣男人的心事》詩集，漸次擺脫早期浪漫青澀的詩風，轉而將詩放在社會現實的凝視下。同時，他也積極參與並介入社會、政治、環境等領域的議題，其詩也展現高度的現實關懷。最初，他注意到南臺灣環境遭受的破壞與污染，曾以「潰瀾之花」形容他所居住的南台灣，但他漸漸轉而以「微觀地理學」的書寫，打造起綠色的新故鄉。此外，曾貴海藉由鄉土的護衛，更進一步對自我生命的源頭的探索，重新溯源自己族群與認同，除國語之外，並以客語、臺語等進行創作，提出自己是「平埔福佬客家台灣人」，同時，他也對原住民各個族群的省視，再次建構臺灣多族群、多語言、多文化的特色。最後，曾貴海希望臺灣可以擺脫殖民的命運，「讓我們成為高貴勇敢的臺灣人」，由此建立起自我的歷史意識，使臺灣成為一個真正的國家主體。

　　綜觀曾貴海長期的詩作書寫，始終將文學視為對現實的扣問，一一為臺灣社會進行病理切片，找出鄉土自然、族群意識、家國認同等病癥並提出治方，期使他所鍾愛的土地及人民可以更堅強及自信地活著。

關鍵詞：曾貴海、病理詩學、鄉土自然、族群意識、國家認同

---

* 國立臺東大學華語文學系副教授。

一　引言——異質讀，然後

　　綜觀臺灣當代作家，雖不具原住民身分，卻不時取材於「原住民」的創作者非少見，如出生在花東地區的詩人：楊牧（1940-2020）、陳黎（1954-）、詹澈（1954-）……等，他們或是身處在原住民人口數最多的花蓮，抑或密度最高的臺東，「族群（原漢）互動」的經驗於他們是生活的常態，將之轉而成為文學（藝術）創作的沃土，當屬自然。除此之外，跨越區域的疆界與原住民有「不解之緣」的客家裔作家，亦相當可觀。

　　在一九八七年吳錦發（1954-）《悲情的山林 —— 序「台灣山地小說選」》中提到他編選此書的原始動機，是在他念中興大學社會學系二年級暑假（1974），到宜蘭南澳鄉山地做社會調查的經驗，就在那一個月的時間裡，因為和原住民同胞生活在一起，使他「大大的開了眼界……」[1]。這個「開了眼界」的大二學生，「痛心感受到橫霸的漢民族一員是如何的羞恥，對於台灣的原住民同胞，我們虧欠他們是那麼多！如果……我當時想，我們還是一個有歷史良知的漢民族知識份子，我們應該誠心誠意的重新檢討以往我們對待原住民的種種態度……」[2]，十多年後，他不只編了一本對認識臺灣當代原住民文學發展具里程碑意義的選本，也發現了布農族作家田雅各（拓跋斯・塔馬匹瑪，1960-）的寫作才情以及他作品所展現的時代意義。此書同時還收錄了鍾理和（1915-1960）〈假黎婆〉、鍾肇政（1925-2020）〈獵熊的人〉、李喬（1934-）〈巴斯達矮考〉和吳錦發〈燕鳴的街道〉，他們是作家也屬「客家」。

　　詩人曾貴海（1946-）醫師在一九九八年寫〈向平埔祖先道歉〉[3]，二〇〇〇年《原鄉・夜合》初版一書中，稱自己是「平埔福佬客家台灣人」[4]。這

1　參見吳錦發編：《悲情的山林——序「台灣山地小說選」》（臺中市：晨星出版社，1987年初版，1994年初版三刷），〈序〉，頁1。

2　參見吳錦發編：《悲情的山林——序「台灣山地小說選」》，〈序〉頁3。

3　參見《神祖與土地的頌歌》（高雄市：春暉出版社，2006年），頁1-5。

4　參見《原鄉・夜合》（高雄市：春暉出版社，2000年），頁72-74。

種「原／客」之間的因緣，轉而成為文學創作的一部分，既是滋養也是挑戰。在本文中嘗試以下列面向觀察之：「我們都是一家人」的真實與虛構；「好久沒有敬我了，你」[5]的跨疆越界；「消滅野菜，完成統一」[6]的同感與無感；結語：一種讀者身分的省察。

二 「我們都是一家人」的真實與虛構

學界中對於曾貴海其詩、文及人的研究不勝枚舉，其中不乏關注到他詩作中「原住民書寫」的學者[7]，如楊翠，她在〈怒放的刺桐花——序《神祖與土地的頌歌》〉[8]文中，從詩人「穿越自省之橋，回返精神原鄉」起始，到「大地子宮，豐饒母體」的「自然母體」，再至「祭典中的文化時間，天／地／人三合一的哲學觀」、「新世代的離／反，部落的重生」中原住民不同世代面臨的「現代性」的考驗，最後是「文化祭儀中的美感元素與美學思維」是如何呈顯於祭儀之中。此文雖為楊翠為二○○六年出版《神祖與土地的頌歌》撰寫的序文，但本文不單只是對曾貴海詩作的評析，同時也帶出在原住民作家文學創作中，普遍觸及個人、生活、社會、文化和審美想像的課題[9]。

5　此為引用二○一一年六月於國家劇院演出之本土「原創‧音樂‧劇」之劇名。在此劇中結合了原住民歌者、傳統歌謠、當代創作與電影影像，由國家兩廳院邀請簡文彬指揮國家交響樂團演奏。

6　「消滅野菜，完成統一」出自孫大川〈消滅野菜，完成統一？〉篇名，收錄在《搭蘆灣手記》（臺北市：聯合文學出版社，2020年2刷），頁111-114。

7　參見：郭漢辰〈從平原到山林族群島國主體創作觀的建立——試論曾貴海的原住民詩創作〉；唐毓麗〈不管那些鳥是否離去：探索曾貴海：《白鳥之歌——曾貴海情詩選》汎愛眾生的有情世界〉《白鳥之歌——曾貴海情詩選》（高雄市：春暉出版社，2018年），頁297-306；王國安〈在時間的穿透與流動中實現：閱讀《航向自由——曾貴海長詩選》〉，《航向自由——曾貴海長詩選》（高雄市：春暉出版社，2019年），頁30-31。

8　參見《神祖與土地的頌歌》（高雄市：春暉出版社，2006年），頁3-19。

9　關於當代原住民漢語文學專著，可參見浦忠成：《台灣原住民族文學史綱》下冊（臺北市：里仁書局，2009年）；魏貽君：《戰後台灣原住民族文學形成的探察》（臺北市：印刻文學生活雜誌出版公司，2013年）；董恕明：《山海之內天地之外——原住民漢語文

　　在黃文車編《2013屏東文學學術研討會曾貴海研究論文集》一書，於附錄收有簡銘宏〈試探曾貴海詩中的原住民書寫〉[10]一文，主要以「尋找定位──身分、離散、家園」和「文化翻譯與策略──除魅、翻譯的文化框架、翻譯的模式、重置語言」申論之。和楊翠序文相較，簡銘宏發表於二〇一一年的論文看似複雜許多，不過如以素樸的「內容／形式」觀之：於「尋找定位」單元主要關切的是「寫什麼」，即主體（主題）及其衍伸的議題；「文化翻譯與策略」則是以「如何寫」為重心，觸及詩人在「書寫原住民」時的詩風及特色。「楊文」和「簡文」二文論者或有個人旨趣偏重，但顯然詩人的詩作，在面向「原住民」時，確實有相當的普遍性，對無論是否具有原住民身分的讀者，均有可進入的渠道，如〈平埔客家阿婆〉[11]：

　　　年夜飯後
　　　大家爭等看舊相簿
　　　忙亂中
　　　一張老照片輕輕飄落
　　　孤孤單單跌落涯腳邊

　　　一張老婦人家个相片
　　　係麼人呀
　　　消失个平埔族个老婦人家

學》（臺南市：國立臺灣文學館，2013年）；楊翠：《少數說話──台灣原住民女性文學的多重視域》（上、下）（臺北市：玉山社，2018年）。重要選文可參見孫大川主編：《台灣原住民族漢語文學選集》（評論卷上下、小說卷上下、散文卷上下、詩歌卷）（臺北市：印刻文學生活雜誌出版公司，2003年）。陳伯軒：《臺灣當代原住民漢語文學中知識／姿勢與記憶／技藝的相互滲透》，臺北市：政治大學中國文學系博士論文，2015年（此論文已出版成專書）。

10 參見黃文車編：《2013屏東文學學術研討會曾貴海研究論文集》，頁295-348。此論文原發表於《台灣文學學報》第18期（2011年6月），頁117-156。

11 參見《原鄉‧夜合》（高雄市：春暉出版社，2000年），頁59-61。

流落佇客家人屋家
變作我阿婆
……
佇四百年以前个台灣土地上
伊等係大地山河个自然人
沒分文明个瘟疫傳染
畛著日頭同月公个光暗
腳底黏著地泥生活

一百零年前，這兜台灣平埔族
不知不覺失去蹤影
變做沒歷史記憶个人群
今暗晡，時間會躂過年檻
歷史不得不放棄一些負擔
捱拿著平埔客家阿婆个相片
攬著一大堆家族相簿
真驚這兜台灣客家个記憶
也會像平埔族
變做歷史个負擔
分人擲去時間个大海

詩人把時間定格在年夜飯後，大家爭相看老相簿的那一瞬間，「一張老照片
輕輕飄落／孤孤單單跌落涯腳邊」，就像與一頁歷史真正的相遇，不必驚天
動地，也不需電光火石，即使僅是「輕輕飄落」、「孤孤單單」，它終究不遠
不近地「跌落涯腳邊」。這張照片裡的老婦人，是一位「消失个平埔族个老
婦人家」，之後「流落佇客家人屋家」，再之後「變作我阿婆」。如沒有這樣
一張跌落腳邊的相片，「我」會知道原來自己有一個「流落」到「客家人屋
家」的阿婆嗎？詩行中沒有出現這樣的假設，卻清楚地描繪了一種對外人而

言可能很戲劇性，但只要是一家人，便「終會遇見」的必然。於是循著阿婆
走過的路，一路追溯到六千年前、四百年前以至一百多年前……平埔族群的
消亡興替。也因為阿婆，自己的身世來歷，也有了不同的光譜，如〈平埔福
佬客家台灣人〉[12]：

有人問我係麼个人
我馬上回答係客家人

從小佇客家庄到大
阿姆對竹田溝背客家庄嫁過來
當我三十零歲
堂伯同我講
阿公系河洛人分過來个
我當場感覺到蓋尷尬

五十歲出頭
自家正查出阿婆係平埔族
一粒炸彈炸開血緣个地雷

有人再問我係麼个人
我還係講客家人
毋顧有兜歹勢

有一日發夢
看到三個祖先
佔著圓身三個部分

12 參見《原鄉・夜合》，頁72-74。

牽手唱歌跳舞飲酒
伊等喊我小猴仔
汝係平埔福佬客家台灣人[13]

詩人從直白的問句「有人問我係麼个人」開始，緊接著是：「我馬上回答係客家人」。這組本是尋常淺白的問答，隨著詩人的成長以及對家族成員的認識：「堂伯同我講／阿公系河洛人分過來个」、「自家正查出阿婆係平埔族／一粒炸彈炸開血緣个地雷」，使最初那句明快的「係客家人」，漸漸變得複雜遲疑了起來，這因「身分」而生的波瀾起伏，恰似這座島嶼上「我們都是一家人」的「虛構」與「真實」：我們「本來以為的」和「真實發生的」確有出入，然而「真實」，又為何往往不易現身？孫大川在《返來做番：原住民族的文化復振與正名》一書中的序〈返來做番：原住民與平埔族的對話〉[14]寫到：

> 從原住民的角度看，明鄭以來漢人的大量移入，徹底改變了台灣的社會與文化，原漢關係一直處在一種不對等的緊張狀態。稱原住民為「番」，並按他們漢化程度將其分為生番、化番、熟番，明顯地反映出原漢關係間那種不對等的歧視構造。這是台灣原住民族災難的總根源！其實，從中國歷史和社會發展看，以男性父系為中心的宗法制度，很早就將女性母系的源頭切斷了。不論你是哪一個民族，只要進入此一「宗法」框框，便立刻喪失「民族」的身分。[15]

換句話說，當我們說「我們都是一家人」時，身為一家人的我們，在「母系」一支上，常是闕如，如此還能夠認識自己的家人嗎？彷彿那張孤單飄落

---

13 參見《神祖與土地的頌歌》，頁72-73。
14 參見孫大川：〈返來做番：原住民與平埔族的對話〉，《返來做番：原住民族的文化復振與正名》（臺北市：斑馬線出版社，2017年），〈序〉頁I-VIII。
15 參見《返來做番：原住民族的文化復振與正名》，〈序〉頁VII。

的相片，明明是悄無聲息，結果卻是像「一粒炸彈」，「炸開」那些層層堆疊擠壓在母系（母親／女性／民族）的歷史！

　　在〈平埔客家阿婆〉和〈平埔福佬客家台灣人〉這兩首詩中，都因為「平埔阿婆」的出現，令詩人「震懾」。若說有關「身分」的課題可繁可簡，那麼「平埔族的阿婆」和「河洛人的阿公」對「我」的意義在詩行裡是：當我知道有河洛人的阿公，「感覺到蓋尷尬」，但知曉有平埔阿婆時卻是「一粒炸彈炸開血緣个地雷」！於是一九九八年寫〈向平埔祖先道歉〉[16]，便決不是無的放矢：

> 人類史上曾經出現過的族群
> 台灣平埔，我們的遠祖
> 完全從平原消失了
>
> 只能由人類學的研究報告
> 嗅探某些河洛客家後代
> 雙眼皮下深邃的眼神
> 存在過的幽遠靈魂
>
> 三十多年前，最後一隻梅花鹿[17]
> 被獵殺
> 你們再也不必躲藏在構樹下
> 互相追逐
> ……

16　參見《神祖與土地的頌歌》，頁1-5。

17　參見《神祖與土地的頌歌》，頁5。作者原詩注一九七○年台灣特有種的梅花鹿被正式宣告絕跡。

從上列詩句，詩人表述了在臺灣這座島嶼上「曾經出現」的「遠祖──台灣平埔」兼及「梅花鹿」，隨著時日推移，最終成了在平原上完全消失的族群／物種。然而，一個族群（或物種）的消亡，究竟意味著什麼？詩行裡沒有明說，不過讀者應能自行補白：從政治、經濟、歷史、文化（祭儀、宗教、社會慣習）、土地、人口、語言，到個人或家族命運的聚合離散等遠因、近因和導火線，凡此種種「不得不」的緣由，甚或加之「冥冥中……的……」，它就如此這般的「決定」（宰制、馴化、同化）了一個族群的消長，直到八○年代起在臺灣這座島嶼上漸次出現了多元（不同）的聲音，「原住民」方從歷史的「化外之地」回返，儘管重回時已然面目全非，滿目瘡痍。當曾貴海在九○年代創作此詩疾呼「向平埔祖先道歉」之前，八○年代的排灣族詩人莫那能〈恢復我們的姓名〉[18]如是寫到：

> 從「生番」到「山地同胞」
> 我們的姓名
> 漸漸地被遺忘在台灣史的角落
> 從山地到平地
> 我們的命運，唉，我們的命運
> 只有在人類學的調查報告裡
> 受到鄭重的對待與關懷
>
> 強權的洪流啊
> 已沖淡了祖先的榮耀
> 自卑的陰影
> 在社會的邊緣侵占了族人的心靈
>
> ……

---

18 參見《美麗的稻穗》（臺中市：晨星出版社，1998年第6刷），頁11-13。

　　如果有一天

　　我們拒絕在歷史裡流浪

　　請先記下我們的神話與傳統

　　如果有一天

　　我們要停止在自己的土地上流浪

　　請先恢復我們的姓名與尊嚴[19]

在原住民族中作為「生番」的排灣族族莫那能，和有一位「熟番」阿婆的詩人曾貴海，兩位詩人一前一後寫出了「原住民族」在這座島嶼的命運，不論是「漢化」淺的「生番」或是漢化深的「熟番」，都因為在「漢化」的過程中，失去：姓名（我／民族）、土地（家／領域）、祖先的榮耀（個人自尊／民族自信）、神話與傳統（記憶・想像・創造／祭儀・慣習・規範）。而這個被迫接受『強權』改造的歷程，年深日久，令族人在歷史裡流浪、在自己的土地上流浪……終至失去自己的面目，而「忘了／隱藏我是誰」[20]。

　　曾貴海寫〈平埔客家阿婆〉和〈平埔福佬客家台灣人〉，以個人「身分」的「再發現」為起點，擴及為對家族圖像的重構；在〈向平埔祖先道歉〉中寫到「台灣平埔，我們的遠祖／完全從平原消失了」，確實是沉痛的一頁歷史，但正如同那張悄然落下的平埔阿婆相片，她對與之相遇的「我」而言，確如一顆炸彈，不只是炸出了個人的血緣、身世，同時也一併爆破了「我」看待臺灣歷史生成的目光：那些隱遁在殘磚剩瓦、掩埋在廢墟荒原或拋棄在暗夜幽徑裡的殘影印記，總是會在某個時刻和真正的「家人」相遇，自此有人便會追索他們曾走過（或開拓出）的路、留下的資產和負債、血淚和歡笑、教訓和啟示……，也只有當「我們都是一家人」時，分享和承擔才有療救的力量，不只是懺悔，也不僅止於道歉，而是一系（序）列的「自我

---

19 參見《美麗的稻穗》，頁11-13。

20 參見《沒有名字的人──平埔原住民族青年生命故事紀實》（臺北市：游擊文化公司，2019年）。

修復與成全」，像詩人說自己是「平埔福佬客家台灣人」一樣，以一種不怕麻煩的方式自然表出，自在存有。時光匆匆，在二○一六年八月一日的「原住民族日」，中華民國首位女性國家元首──蔡英文總統，首度正式對臺灣原住民族「道歉」：

> 讓我用很簡單的語言，來表達為什麼要向原住民族道歉的原因。台灣這塊土地，四百年前早有人居住。這些人原本過著自己的生活，有著自己的語言、文化、習俗、生活領域。接著，在未經他們同意之下，這塊土地上來了另外一群人。
>
> 歷史的發展是，後來的這一群人，剝奪了原先這一群人的一切。讓他們在最熟悉的土地上流離失所，成為異鄉人，成為非主流，成為邊緣。[21]……

無論道歉來得早或晚，總是來了，「我們都是一家人」的真實與虛構，經常決定在每一個曾經發生的「記憶與遺忘」之間：因為在自己的遺忘裡，有他人的記憶持續滋長呼吸著；在別人「失憶」之時，「我」正好參與（記得）那當時。因此，只要有人記住了，有朝一日重逢，便是重為「一家人」的那一刻。

三　「好久沒有敬我了，你」的跨疆越界

臺灣原住民族各族本都有具代表性的歲時祭儀，只是這些與百年來各時期統治者所追求的「現代化」，不只是大相逕庭，甚至還背道而馳。尤其在臺灣「經濟起飛」的七○年代，原住民族各部落，更是經歷了嚴峻的考驗，部落裡的青壯人口正在全島的大城市裡，為了生計四處「漂」！而留在部落中的老人和小孩「看守」家園猶自顧不暇，要能夠依歲時舉辦祭儀，唱自己

---

21 二○一六年八月一日Yahoo即時新聞，參見〈蔡英文總統向原住民族道歉致詞〉。

的歌跳自己的舞，更是大不易[22]，遑論整體的大社會環境，對於「山地人」
的存在，正像寫排灣族詩人溫奇寫於一九九〇年的〈山的人三部曲〉[23]：

　　山上　　躍進
　　下山　　滾進
　　山下　　伏進

在這短短的十二字裡，「山地人」原則上即是以一種「特技」的樣態出沒
著：山上的「躍進」和下山的「滾進」以致山下的「伏進」，他們都不像
「一般人」，特別是滾下山後的山地人已在「平地」匍匐！直到八〇年代
起，隨著大社會的轉變，原住民族起始以「復振傳統祭儀」為進路，一點一
滴艱辛掙扎突圍民族的「黃昏之境」，展開一場「我是誰」的「主體重建」
之路。曾貴海發表於二〇〇四年的長詩〈高山閃靈的Pasibutbut〉[24]，是以布
農族「祈禱小米豐收祭」為主體，藉著對此祭儀的描繪，同時帶出布農文化
之美：

　　第二天就要播下小米種
　　黎明的曙光尚未舖向部落前
　　族人們避開蚊鼠等禁忌動物
　　用茅草去邪
　　終於播下小米的種子
　　長者們望著天神的臉祈求

---

22 參見林清財：〈樂舞聚落與樂舞族群：談原住民的樂舞文化與部落發展〉，《臺灣原住民
　族一百年發展學術研討會會議實錄》（臺北市：行政院原住民族委員會，2011年9月24-
　25日），頁191-211。

23 參見孫大川主編：《台灣原住民族漢語文學選集》（詩歌卷）（臺北市：印刻文學生活雜
　誌出版公司，2003年），頁83。

24 參見《神祖與土地的頌歌》，頁19-26。

　　　　小米像多腳的蜈蚣

　　　　小米像海水一樣多

　　　　小米像藤條那麼長

　　　　小米像鷹像瀑布像松樹那麼健康

　　　　小米像項鍊般光滑美麗[25]

在此詩作中長老在禱詞中期待的「小米」：「像多腳的蜈蚣」、「像海水一樣多」「像藤條那麼長」、「像鷹像瀑布像松樹那麼健康」、「像項鍊般光滑美麗」，這些「像□□的小米」的「小米」，對族人而言，不只是關於期盼豐收，還盼望著每一粒、每一串、每一株生長的小米，在族人的虔心照護下，都能得到天神的祝福，長得健壯美好！

　　禱詞裡那些來自然山林的形容物事，對非在地人的「外人」或屬稀罕，但對族人實屬平常，因為它們就在生活之中，亦如「Pasibutbut」對布農族人的意義，在儀式裡除了展現族人的沉穩、團結、協和，同時還有彼此互相的「拉扯」、支援與協力，既有族人對自我的期許，也有天神對族人的企盼和許諾。詩人透過文字將祭典裡的形式、聲音（樂舞）、情感和「布農精神」捕捉下來：

　　　　聆聽著虔敬的禱詞外

　　　　族人們沉靜下來

　　　　布農聖歌就要起唱

　　　　只有這一年中最聖潔的成年男子才被選上

　　　　大家張開雙手從背後緊握彼此的心

　　　　圍成美麗的圓圈

　　　　領唱的長者以高音起唱

　　　　大家瞇眼關閉自己的眼簾

_____

25　參見《神祖與土地的頌歌》，頁23。

輕輕的開啟直通心靈的嘴唇

細微得幾乎聽不見的祈禱隱隱唱出
互相禮讓的發出嗚嗚的低音
像是從天上緩緩流洩的歌聲
嗚嗚隨著仰起的歌聲逐漸變大

八團音部互相應答著迴旋上升
喚醒小米和山谷密林
迴盪在整個部落群峰
族人的心融合成強大的音響
從土地拉昇到天神居住的天上
直到祈求小米豐收的願望
感動天神的心
歌聲才帶著天神的祝福喜悅地回降部落

跟著詩人的文字，祭儀中族人的吟誦歌詠和所在的場景與氛圍，彷彿一一呈現在讀者眼前，這對從未有機會親臨祭典的「非族人」打開了一扇窗，這扇窗不只能夠有機會看到「別人」最敬謹、莊嚴、虔誠而超越的存在，同時也能從中返身照見自己與自身文化傳統的連結：

微風細幽地吹著聲浪的波紋
強風劇烈的搖撼呼嘯
千萬群飄揚的葉子發出千變萬化的和聲
變成布農族人的歌聲
讓布農族人學會如何向大自然及天神
互相交流唱出讚頌的歌曲
有時，也像素潔的瀑布

以八部或更多音部

在部落不遠的山澗垂落山靈的神曲

在台灣聖山的深處

流傳在世世代代布農人內心的土地聖歌

布農族人在「Pasibutbut」中，將來自世世代代祖靈的訓示（密語）：敬畏天神、惜物愛物、謙和守分⋯⋯，鑲嵌轉化在祭儀中，這對身為大多數漢族同胞是全然陌生的儀式經驗嗎？若同為「人類」的普遍性是可理解的，那麼「我們自己的祭典」又如何：它們也曾如原住民族一樣遭到統治者的壓抑、貶抑以至禁絕嗎？若碰到這類情況下的漢人同胞，又是如何自處呢？曾貴海從「非布農族人」的位置，寫下〈高山閃靈的Pasibutbut〉，在布農族作家乜寇‧索克魯曼《東谷砂飛傳奇》[26]的小說中，有這樣一段關於「巴西布特布特」（Pasibutbut）[27]的描寫：

主祭司呢喃著模糊的祭祠，有一群年輕男女提著木杵在祭場邊叮叮咚咚地擊奏杵音，圍繞著祭火的人們同時慢慢地往右移動，速度緩慢但有規律，一直到眾人呼吸一樣，心跳一樣，此時黑夜取代了白晝，滿天的星斗猶如明亮的琉璃珠般灑在無盡的夜空上，地位崇高的耆老烏

---

26 乜寇‧索克魯曼：《東谷砂飛傳奇》（臺北市：印刻文學生活雜誌出版公司，2008年初版）。

27 參見乜寇‧索克魯曼：《東谷砂飛傳奇》。其中對於「巴巴西布特布特」（Pasibutbut）的註解說明如下：即一般所謂的「布農八部合音」，謂之八部合音實際上是外人計算其聲部之多寡而命名，但殊不知布農人吟歌本來就是多聲部的合唱方式，對布農人而言歌唱就是如此，所以稱之為八部合音與本意相去甚遠，布農人在乎的是如何藉由歌唱表達世人對自然宇宙的吟咏與祈禱。巴西布特布特即是〈祈禱小米豐收歌〉，是祈求上天祝福來年豐收之詠嘆，其元素取自夏日蟬鳴、群蜂嗡聲、瀑布沖刷聲以及風吹過台灣二葉松所產生的松濤，Pasibutbu原意為「互相拉、拖」，布農人也以此命名「拔河」運動，其意義是在於人們歌唱的時候可以互相拖、拉，是一種彼此需要、互相幫捕來創造生命和諧的方式。（見〈沙目板曆的預言〉，《東谷砂飛傳奇》，注9，頁77-78）

瑪斯開始領唱來自山林野地美妙的旋律,那是屬於土地的歌聲,伴隨
著土壤的芬芳,耆老烏馬斯吟唱的時候,人們也同時思想屬於自己的
音域,於是接著有人唱起了風的歌聲,這之後有人唱起了流水的歌
聲,接著又有人唱起了下雨的歌聲,有人唱起了瀑布的歌聲,有人唱
起了地殼震動的歌聲,有人唱起了閃電的歌聲,有人唱起了火的歌
聲,有人唱起了森林的歌聲,有人唱起了各類動物的歌聲,有人唱起
了各類鳥兒的歌聲,有人唱起了各類蛙蟲的歌聲,有人唱起了各類花
兒的歌聲,沒有規定要唱什麼,或是怎麼唱,但按著個人的生命音域
吟唱來自宇宙天地各類存在生命的吟詠,時而低吟沉悶撼動大地,時
而高亢宏亮擾亂夜霧,音域之間互不干涉、互不衝突,反而彼此相
擁,互為彼此;這首祭歌喀里布鞍人稱之為〈巴西布特布特〉[28]或稱
為〈天地頌〉,以宇宙各類存在生命的歌聲來頌讚天地的榮美。[29]

詩人用如詩的語言刻畫祭典,小說家用的是平常言語,然而,不論是在詩作
或小說中的「Pasibutbut」,都能看到布農族人作為「東谷砂飛」(玉山)的
守護者是怎麼實踐著祖靈的訓誡,一步步地從過去走到了今日。族人與山林
風雨、蟲魚鳥獸、溪水、雲海、瀑布……這些「自然」之物共處,各司其
位,各盡其職,各展其性。人是在萬物之中,與之相依相親,相忍相讓,不
是以睥睨群倫的目光首出萬物,結果不僅不是「萬物之靈」,反成了「萬物
之冥頑不靈」。

　　在曾貴海《神靈與土地的頌歌》詩集中的作品,除收錄有〈高山閃靈的
Pasibutbut〉一詩,同時還有以鄒族Mayasvi(戰祭)為素材的〈搖撼阿里山
的Mayasvi〉[30],以及以排灣族Maleveq(五年祭)取材的〈南方山月子民的
Maleveq〉[31],這三首長詩的共通之處,都是以極優美也平易的詩歌語言,

---

28 參見乜寇・索克魯曼:《東谷砂飛傳奇》,頁56。
29 參見乜寇・索克魯曼:《東谷砂飛傳奇》,頁56。
30 參見曾貴海:《神祖與土地的頌歌》,頁27-28。
31 參見曾貴海:《神祖與土地的頌歌》,頁27-41。

記錄了祭典中重要的儀式細節和在其中「族人」的出處進退。想像詩人定是在儀式中的某處，作為一個部落裡的客人（或友人）浸淫（經歷）其間，他「平埔福佬客家台灣人」的身分在這之中絕不是「虛設」，是他的確能用「多元族群」的視角和「非我族類」的人群相遇，所以，他在〈搖撼阿里山的Mayasvi〉中安置「英雄頌」：

> 戰祭結束前所有族人高聲謝神
> 勇士們齊聲大唱英雄頌
> 「大家一起來歌頌人頭祭
> 在獵取的人頭前一起唱歌
> 這顆人首來得多容易
> 隨便叫個青年去，砍頭何等輕鬆
> 出草的小徑，先過松林
> 轉進山路，穿過檜木林
> 等待獵首的英雄回來」[32]

英雄的偉業常是眾人的犧牲成全，而在成為「英雄」的過程中，除了一己的天賦，還有一系列為著守護家園（征戰、狩獵）而必須接受的嚴格考驗。在英雄頌歌裡頌讚的「獵首」（出草），今人能否將之視作一「文化儀式」[33]而非「野蠻殘忍」之舉？如同近年布農族人在「打耳祭」中使用的豬隻，因「動保團體」頗有微詞，所以族人已互相提醒「不要傷害我們的豬喔」。詩人在此將「英雄頌」置於詩行之間，既無扭曲也不隱藏，斷然不是為了「再次證明，果然原住民是……」，也不至於是為了「獵奇」，徒增族群間的誤解。詩人是能把「祭儀」放在生活、文化與歷史的脈絡裡，不只是用今人的

---

32 參見曾貴海：《神祖與土地的頌歌》，頁12。

33 參見維基百科「出草」辭條（https://zh.wikipedia.org/wiki/%E5%87%BA%E8%8D%89）2021年6月28日查詢。另可參閱山道明、安東原著，林文玲、陳澄如翻譯，陳文德主編：《知本卑南族的出草儀式：一個文獻》（臺北市：中央研究院民族所，2009年）。

「後見之明」或是「現代人」所謂的「文明進步」理解（認識）前人（他者）。同情的理解「歷史中人」的心意，是詩人未直言明說的話語，卻常是「人／我」之間能否「跨疆越界」的關鍵。

　　將「歲時祭儀」視作一枚辨識族群文化心靈內核的名片，在「熟識／陌生」的初會間、「遞送／收受」的過程間和「主／客」互動的進退間，一方面因為「同為人類」所以謹守基本的禮儀與規範是人情之常，無須刻意造作；另一方面，因為是「布農族／□□族」（或原住民／非原住民）確實有真實的民族差異，出現「你不了解我的明白」的時刻，也在情理之中，與其因不了解妄評他人的決斷行止，不如回頭誠實的面對個人的有限（底限或無知），該了解的努力了解，不能了解的也不必強不知以為知，每個民族的可說之事與不傳之密，都在細緻的檢視我們自身對「偏見」或「歧視」態度，恰如泰瑞・伊格頓所言：

> 當我們不明白特定情況是怎麼回事時，譬如種族主義事件，我們問的是這個情況本身，而不止是在問我們對它有什麼感受，或我們用來描述它的語言是什麼。將「偏見」或「歧視」這類的意義看成是它「內在」的，其實只是說那個狀況真的是種族主義事件的客氣說法。如果我們不了解這點，換言之，如果我們以為「種族主義」只是我們強加到單純發生的事實上頭的一組主觀意義，則我們並沒有照那個情況如其所是地去看待它。對它的描述如果欠缺「歧視」這類的字眼的話，譬如說想試著以「價值中立」的方式來描述它，就是沒有適當地掌握究竟發生了什麼事。簡言之，這樣子連描述都辦不到，更遑論評價。[34]

詩人在他身處的位置上，用他的詩作，提醒每一位有機會成為「部落客人」的你我，「客人」既受邀前來，禮尚往來客隨主便，發乎誠止於禮，是未來

---

34 參見泰瑞・伊格頓著、方佳俊譯：《生命的意義是爵士樂團》（臺北市：商周出版社，2009年），頁139-140。

深交的起點，若是無緣繼續交會，亦是深刻的提醒：「跨疆越界」的難度或不只在疆界的大小，而是「人／我」的心志、見解、心胸與行動。

四 「消滅野菜，完成統一」的同感與無感

　　詩人通過從個人「原（平埔）／漢（客家・河洛）」多族群身分的發現（重現），用其自身特有的位置，進出在各族群的文化、歷史和生活場域中，偶雖有喜樂之情，但更常觸及的卻是部落耆老遠行之後，落在年輕人身上對於「傳統文化」存亡斷續的態度或允諾（行動），這位「平埔福佬客家台灣人」裔的醫生詩人，不論他的身分閃現出多少族群的光譜，他最基底的顏色還是屬於一個積極入世的「行動文青」，讓書寫（創作）本身即是行動，可以遊思逞懷怡情養性，更可以是暮鼓晨鐘，特別是他在面對原住民素材時，尤其是帶著殷切的期盼，就如在〈南方山月子民的Maleveq〉[35]詩中，祖父和返家參加五年祭孫子Tjagarhaus的殷殷叮嚀：

> 祖父說完又牽著他的手
> 撫摸巨大的屏風木雕和室內壁雕
> Tjagarhaus的手被黏在那些雕刻紋樣上
> 那麼古老又遙遠的情感
> 傳向年輕的手和心靈深處
> Tjagarhaus驚慌的震顫著
> 久久不能收回已經貼在祖靈圖像上的手掌
> 祖父又帶著他靜靜地站在屋內立像之前
> 「屋內的壁雕人像和屋外的立像
> 一個一個都是你們的祖先
> 這幾天回到部落共享五年祭

35　參見曾貴海：《神祖與土地的頌歌》。頁27-41。

　　也將帶來了往後的祝福與保佑
　　年輕人，你看到的和觸摸的不只是雕像吧？」

　　下山的前一晚他整夜靜臥山坡
　　默默的恭敬送將回到大武山和天界的神祖
　　他回家向祖父要了一張靠背椅子和連杯
　　椅背雕了一個年代久遠的祖先像
　　祖父緊握著他的手
　　交給他一串不曾看過的祖傳琉璃珠
　　那就是傳說中的太陽之淚吧
　　看著他胸前印著coca cola和華文的T恤
　　環視部落仰看藍天[36]

離家在外的青年Tjagarhaus返家參加祭典，而「家」（原鄉）對他來說，究竟是什麼：是親人在的地方？文化傳統（祭典、木雕、靠背椅、連杯、琉璃珠……）仍在生活中出現（展現）的地方，或是即使看不見也知道祖靈、天神會守護自己的地方？在此詩中，詩人再次將Maleveq儀式祭典中的重要場景再現於文字中，其中年輕人Tjagarhaus和老人，彷彿帶著各自經歷過的部落生活（史）行走穿梭其間，老人對於部落祭儀的熟稔不只是形式，還有深藏在儀式後的各種關於生活、文化、傳統、情感和美感的細節，編織交錯在其中，這顯然和穿著「胸前印著coca cola和華文的T恤」，祖父希望他知道「年輕人，你看到的和觸摸的不只是雕像吧？」的Tjagarhaus生命經驗有段距離了。留在部落的老人，擔心離家的孩子忘記了回家的路，遺忘了祖靈天神的祝福是一面，另一面是不在家的孩子到那兒去了，在阿美族林朱世儀的〈鄉土祭〉一詩中如是寫到：

---

36 參見曾貴海：《神祖與土地的頌歌》，頁27-41。

北部建築工地上的太陽沒有感情的燃燒我

連風也在旁邊納涼

「這個泥土是哪裡的？有幾車？」

「那個是花蓮秀姑巒溪上面的啊！差不多十幾車吧！」

「阿～？阿～！那是我小時候長大的地方說」

是經過跟我一樣的路　過來這邊的嗎？

抓一把　偷偷塞進工作服的口袋

還能感受　曾經滴下汗水凝結的熱度

還有山林呼吸的聲音

也有溪水流過的痕跡

更有祖靈留下的訊息

我要祭拜你和你的弟兄們　晚一點的時候

因為它們將成為這面牆建造時的犧牲陪葬品

我要去買小米酒，檳榔還有米

太陽下去　收工後窄巷裡的單人房裡

掏掏已經握不到一把的沙土

放在我最喜歡的彩色圖片雜誌上面　用樹葉墊著

我的部落　我的鄉土　謝謝你

謝謝你讓我可以工作　有錢領　有飯吃

謝謝你　讓我可以主持你的葬禮

一杯　二杯　很多很多杯……

自自然然抱著吉他搖晃身體跟著哼唱

依稀記得Ina（母親）在小舅舅的墓前低聲吟唱的古調

平平　悠悠　揚揚　有風　有草　也有Ina的淚

為了「生計」必須離開家鄉，從家鄉「秀姑巒溪」來的土，竟來到了「我」工作的地方，這是何等的珍貴？儘管它也是離開了自己的「故土」，由別人「待價而沽」之物，然後它會成全一面牆的誕生。但至少「我」先「抓一把

偷偷塞進工作服的口袋」，讓它的「餘生」與我作伴，稍稍緩解彼此的鄉
愁，更因為有它的慷慨犧牲在前，讓身在異鄉的「我」有機會吃飯糊口，不
致吃土！另外，排灣族曾有欽的〈鐵工的歌〉[37]是這樣唱的：

趁我們收拾疲憊與勞苦的時候
太陽已偷偷回家躲進黑幕裏
而　多情又害羞的月亮也悄悄斜掛在星空夜
浪漫的催促部落青年
快快　抓把吉他
彈掉一天的汗臭與鐵灰
彈唱今晚的情歌：我要kisudu[38]

今天晚上我要kisudu　我要找妹妹
我去看到aluway[39]的時候
原來她在emavaavai[40]
啊！做年糕？為什麼
因為　頭目的兒子要來求婚
噯呀！又是貴族
mulimulitan琉璃珠一串100000
reretan陶壺一個60000
alis熊鷹羽毛一隻20000
還要聘金、殺豬、砍木柴、搭鞦韆，很貴呢要貸款！
怎麼辦　我　鐵工又平民？

---

37 林宜妙主編：《撒來伴，文學淪杯！──100年第二屆台灣原住民族文學獎得獎作品集》
　（臺北市：原住民委員會，2011年），頁256-258。
38 kisudu：排灣語；拜訪女朋友（夜晚排灣男子會到女朋友家唱情歌）。
39 Aluway（阿露娃依）：排灣語；貴族女子名。
40 Emavaavai：排灣語；做小米糕（貴客來訪時做米糕款待）

你　平民　唱啊：

「妹妹的男朋友　完全都是mazazangilan貴族

不像我這個小小的atitan平民　沒有資格愛上妳

妹妹的理想沒有我的存在

把我丟在山的那一邊

Kavala lacing sun sakavulin ni ina

（盼望妳是野菜，媽媽把妳摘回家）

Cinusu a lasalas i vavucungan ammen

（黃水茄串成花環，我是結尾處那一粒，最不起眼）」

a-i[41]…好可憐！你們排灣族真的很愛搞階級、搞政治！

今天晚上我要kisudu　我要找妹妹

我去看到aluway的時候

原來她在emauaung[42]

啊！為什麼哭泣

因為她不喜歡嫁給那個頭目的兒子

是喔太好了！很高興　我？

生活再如何困窘狼狽，為了所愛一往無悔，世間只要有真情至性，便能「打破階級」突破萬難，找到「真愛」，無礙自己是「平民　又鐵工」，一樣能努力追求，從今以後讓「平民鐵工和妹妹一起過著幸福快樂的日子」！

　　這兩位青壯世代的原住民詩人的作品，正好可以稍為詩人曾貴海在其詩作中對原住民青年的期許作註腳：離開家的人，從沒有忘記自己的家；再窘迫的現實逼人，甚至當「文化」不僅不能當飯吃，還倒過來搶食自己的「真情」時，也不輕言退縮，就用「鐵工又平民」的方式，永不放棄追求：

---

41 A…i：排灣語：嘆詞（含疼惜之意）

42 Emauaung：排灣語；哭泣

aya maya azuwa niaken na azuwa

我為妳砍柴，我為妳挑水，我為妳做花環

Maya maya azuwa niaken na azuwa

我為妳戒酒，我為妳戒菸，我為妳上教會

Maya maya azuwa niaken na azuwa

我為妳頭痛，我為妳感冒，我為妳發高燒

Nui kasun na masalu

藉由閱讀詩人的詩作，再輔以原住民作家的作品相參酌，應能獲致一種初步的認識，就是站在「局外人」的位置，提醒了「局內人」──那些自己視作理所當然的存在，並不如自己所思所想的能夠始終亙古長青！對原住民同胞來說，能夠在「此時此刻」仍有那些「再現的傳統」可經歷、可參與，甚至是可追索與重建，這對那明明存在，卻已近瀕危甚至消失的民族，如平埔族，是何等傷感，卻也是何等鼓舞人的契機？所以，繼起的年輕人怎麼可以不明白「民族興亡，匹夫有責」的大義！

認識到原住民族文化傳統的復振在當代的價值，同時詩人的目光，從來也沒有離開歷史、社會、自然與文明這些交織在一起的人類處境，在〈森林長老的招魂〉[43]，他如是寫著：

陽光從東方照射山下的海岸原野和沼澤密林，樹長老們站在山頂，看見幾百年過後，擠滿了人族生物和水泥屋，原野上的窪地、花草、梅花鹿、昆蟲和魚類逐漸消失。雨季時狂奔的河流被趕進水泥護岸，流向海洋，冒著廢氣的煙囪染黑了天空，美麗島的秀麗容顏，失去了艷麗和光彩，佈滿皺紋。

雲豹躲進深山的霧林，與祖靈同住。帝雉來不及逃亡而滅種了，倖存

---

43 參見曾貴海：《航向自由──曾貴海長詩選》（高雄市：春暉出版社，2019年），頁278-285。

的黑熊在深山恐懼地活著，成千上萬的蛇窩被捕捉到人類的夜市和村落，森林更寂靜了。

人來了，一批又一批的人來了，一批比一批凶狠，最先倒在斧頭邊的是千年紅檜，然後是雲杉、牛樟、二葉松和冷杉。潔美的白蘭花從山崖被剝走，夜風吹拂山上時，森林幽雅寧靜的奏鳴已喑啞，幽微的嗚咽感染著大地。居住在森林之屋的原始人族們向山神和祖靈們祈求，但只回應驟雨般的淚水。有些原始人族開始在沒有祭典的日子喝酒，忘記了母語，講著侵入山林的人族們的語言，向人族膜拜，許多原始人族再也不回頭的離去了。

水的祖先走過的路，他們不斷地會帶子孫回來，刷過鄉村和城市回到海的母親身邊，森林再也抓不住的山上的石頭時，巨石只好流落在河道和村莊，死去的山林的生命幽靈找不到回鄉的路，只好隨狂風暴雨流竄人族的城市。

人族殺掉了森林，殺掉了島，殺掉了居住在森林的生命，殺掉了山的命脈，失去了保護的人族，將承受隨時發作的災難，那一天，就將到來，那一天，不可能不讓它到來吧？[44]

這首寫於二〇一三年的長詩，是寓言、預言，亦是「證言」。自從樹長老們看著在幾百年後，除了「人以外」的其他生靈，漸漸從這島嶼退卻、散逸，終至絕跡。然後，連「原始人族」也不回頭的離去，作為「人族」和「原始人族」的「同類」，無論彼此喜不喜歡、相不相容、能不能互相欣賞或了解，早已是「同島一命」。自然山川天地萬物隨時間而生的變化，從不少有，但顯然「人族」對於「自然」的改造，是經年累月不斷的進化，練成了「洪荒之力」後，再創造了一個化神奇為腐朽的「自然」。卑南族學者孫大川〈消滅野菜，完成統一？〉[45]一文，則是提前證實了樹長老的寓言：

---

44 參見曾貴海：《航向自由——曾貴海長詩選》，頁280-281。
45 參見孫大川：《搭蘆灣手記》（臺北市：聯合文學出版社，2010年），頁111-113。

我一直保持隨手摘野菜的習慣，在國內或國外訪問、旅行，見到熟悉的菜種，總會驚喜莫名，細心採擷，晚上就成了用鄉愁包裹的民族點心。兩年前因職務的關係，從東吳轉到花蓮東華大學。東華佔地二百五十三多公頃，校園廣潤、優美，並保留了多處叢林地帶，田鼠、兔子、雉雞等等，隨處可見。哥哥和部落青年幾次來訪，不免見獵心喜；不過，按「校規」，任何形式的獵捕活動都是嚴格禁止的。

後來我才知道這廣大的地區，原本是台糖的土地，河床的土質，較適宜種甘蔗，以往是茅草和低矮熱帶樹種雜生的地方。阿美族和太魯閣族耆老都指稱，這裡曾是其祖先經常狩獵之處。我甚至可以想像，荷蘭時代這介於中央山脈與海岸山脈之間的平坦河床，一定是梅花鹿追逐棲息的田野。日本人來了，有效的行政操作，花東一帶的土地，丈量、登記、分割有了全新的面貌。國民政府承襲日本的國土政策，造成的共同結果是：原住民失去了自己的獵場甚至部落。有時我趨車往來於花、東縱谷，凝望左右兩邊的青山，和沖刷下來的河道，總不期而然地鉤起蠻荒的記憶。童年時代，常聽到祖父和父親描述他們行走鹿野、關山、池上乃至玉里一帶的凶險經驗；即使到今天，我們仍然可以感覺到花東這段路實在有它獨特的性格。

初到東華，雖然校園內教學區和生活區已被整理成大塊草皮，但是其周邊仍然茂盛地長著十幾種野菜。每天傍晚，我從研究室步行回宿舍，總情不自禁沿路採集，這幾乎是我二○○二年最美麗的回憶。但最近這兩年，或許是因為草皮培植成功，或因為除草藥劑發揮了功效，野菜族群一個一個被消滅了；不到兩年的時間，校園植物完成了統一。還不僅如此，幾個月前，學校總務單位在網路上公告，大意是說：「東華校內一草一木，皆為學校財產，不得任意取用。」大木頭的砍伐，加以管理是可以接受的，但是公告的內容，更細密地及於我心愛的野菜族人，這就實在令人窒息地感到被剝奪了許多生活的樂趣。

我終於能體會原住民上一輩族老的心情。「大自然」被國家化、私有化、商品化、法條化，人與自然萬物自由交往的親密關係，被硬

生生切斷了。我們看日據時代大正年間宜蘭四季（sikikun）、南山
（piyanan）兩個泰雅部落的戶籍資料，其中詳細的註記了「番戶」
的種種犯罪記錄，令人驚訝的是這些泰雅人所犯的罪，除了「初犯刺
黥」和違反刀槍管制規定外，絕大多數的犯罪事實皆與「自然採集」
的生活習慣有關：

「初犯魚藤違反，勞役四日。」

「初犯路旁生木亂伐，勞役五日。」

「初犯山野燒失，勞役四日。」

「再犯捕魚及魚藤使用，勞役三日。」

我相信這樣的罪罰不只在南山、四季，應當是台灣原住民各部落的普
遍經驗。即使到了一百年後的今天，原住民觸法的內容仍與山林、刀
械有關，還真是「冥頑不靈」啊……。[46]

一個在詩人的長詩中並未轉身離開的「原始人族」——卑南族人的孫大川，
在已然失去「蠻荒」之境的校園，從事「採集」的心情，自是遠不及樹長老
們一步步眼睜睜地看著自己生存的環境，在「未來的幾百年」遭到「人類」
鯨吞蠶食而終不可逆的憂心悲憫，但卻也遙相呼應了在幾百年後的「原始人
族」和「人族」之間無法逃脫的共同命運，以及存在彼此間確實難跨越的鴻
溝：「我終於能體會原住民上一輩族老的心情。『大自然』被國家化、私有
化、商品化、法條化，人與自然萬物自由交往的親密關係，被硬生生切斷
了。」人的「先來後到」從不只關於時間早晚禮尚往來的噓寒問暖，經常伴
隨的是「掌權者」的「雄心壯志」、野心勃勃和虎視眈眈。當有一群人認為
連「野草」都必須殲滅，並據為己有的時候，不正如樹長老的預言：「人族
殺掉了森林，殺掉了島，殺掉了居住在森林的生命，殺掉了山的命脈，失去
了保護的人族，將承受隨時發作的災難，那一天，就將到來，那一天，不可
能不讓它到來吧？」

---

46 孫大川：《搭盧灣手記》，頁112-113。

　　而早在寫於二○○七年〈他們到底在這塊土上做了什麼——給年輕的台灣人〉[47]詩中，詩人則更赤誠坦率的提問：

殖民者到底在這塊土地上做了什麼
您總是不願回答
卻讓牛犁掀翻泥土的溫熱
讓地面長出種子催熟稻穗
讓花樹循環季節之愛的秩序
讓種子隨命運飄落各地
天空看到了
漂浮向異鄉的雲看到了
過冬的候鳥看到了
花葉的父祖看到了
躲在屋簷角落的麻雀看到了
自從那些霸佔者踏上這塊土地
對您的兒女們做了什麼
讓冬日的冷雨籠罩地面
……
殖民者在教室的黑板上寫滿純潔的白色格言
殖民者佔領的媒體在長夜播放招魂曲
在白天高唱奪權復辟的革命怒火
學者們阻止他們握筆的手
伸進真實歷史記憶的禁地
為自己畫下不能碰觸的警戒線

他們掐住大地之母的咽喉

---

47 參見曾貴海：《航向自由——曾貴海長詩選》，頁165-169。

　　　讓歷史的聲帶發出喑啞的假聲

　　　讓人間感染猜疑的病毒

　　　殖民者到底在這塊土地上做了什麼

　　　天空當然不會忘記

　　　海洋當然不會忘記

　　　高山當然不會忘記

　　　河流當然不會忘記

　　　花樹當然不會忘記

　　　殖民者在這塊土地上做了什麼[48]

看起來殖民者是做了他們以為應該做、非做不可的一切，在做之前既不需要經過誰的同意，做完之後更不需要向誰說明解釋，這是「殖民者」的天經地義理所當然，即使詩人知道「浮雲、候鳥、花葉、麻雀……」都看到了，「天空、海洋、高山、河流、花樹……」也都不會忘記，在詩人之外，還有誰能回答「殖民者」做了什麼？這題或許能請「原住民」代答，因為他們本以為「後來的人」都自詡進步文明，結果卻總是「沒有禮貌」的對待「先來的人」，如里慕伊·阿紀在《山櫻花的故鄉》[49]中寫到的「土地登記」：

　　　堡耐記得幾年前，在斯卡路，有人談起什麼「土地登記」的事情，其
　　　實大家都不是很有概念，他和父親雷撒也不知道要怎麼「登記」土
　　　地。「登記之後這個土地就是屬於你的了。」村幹事說。在山上哪一
　　　塊地「現在」屬於誰都是很清楚的，誰在那裏耕作就是誰的，做完讓
　　　土地休息，再去找另一塊地開墾種植。所以，在「土地登記」的時
　　　候，很多人都不知道要「登記」哪些土地屬於自己的，正在耕作的當
　　　然沒問題，以前做過的呢？同一塊地在十幾年之中有兩三個主人做過

48　參見曾貴海：《航向自由——曾貴海長詩選》。頁167-168。

49　里慕伊·阿紀：《山櫻花的故鄉》（臺北市：麥田出版社，2010年）。

的要算誰的呢？有些口頭答應讓人做的地，目前的土地上耕作的不是
自己，登記的時候到底要算誰的呢？總之，那幾年，大家被土地登記
搞得莫名其妙。在同時，族人發現有很多土地，突然被畫為「林
班」，在山上只要聽到「林班」就知道那裏是不能去開墾、授獵，也
不能隨便進去做採集的地方。然而，「林班」裡肥美的資源，在過去
原本是部落族人生活所需的物資來源，如今「林班」把這個資源「關
起來」，一樣讓大家莫名其妙。許多不知情的族人闖入「林班」採
集、授獵，被帶到警察局去，大家都嚇壞了。[50]

在里慕伊的文字裡，對於詩人的詰問，或能回答一、二？殖民者不願回答的
問題，對無權選擇殖民或被殖民，只有被決定的「原住民」，是用百來年在
消化以個人或族人的命運、山林家園、高山海洋為代價，巍巍顫顫進入「現
代化」的必經過程。在原住民運動中，最重要的訴求之一便是「還我土
地」，在里慕伊的文字裡，很清楚的寫到原住民土地「合法消失（掠奪）」的
過程：「土地登記」即是官方採取了原住民在面對土地時，毫無「上下文脈
絡」的作法，它既不符合原住民族土地使用的慣習，更不要奢談「執（立）
法者」理解原住民同胞「土生土長」[51] 待土地的方式，再如奧崴尼·卡勒盛
在《消失的國度》中這麼紀錄著：

　　……我們不得不想起國民政府在早期的執政時，以權威之口號說「造
　　林保林」，而背後正在以「隱形的手段割斷我們賴以維生的土地」把
　　傳統領域以掠奪的行為劃定為國有林地之外，甚至於侵犯到我們僅有
　　賴以維生之有限的墾地，無緣無故地沒收後造林。

50　參見里慕伊·阿紀：《山櫻花的故鄉》，頁134-135。

51　參見Yapasuyongu.Poiconu（雅柏甦詠·博一哲努）〈原住民族法治發展之機遇及挑
　　戰〉，孫大川等：《斷裂與縫合：臺灣原住民族一百年發展學術研討　會議實錄》（臺
　　北市：行政院原住民族委員會，2011年9月24-25日），頁125-146。

之後，當宣告登記放領所有地之前，在僅有的墾地又再加以「坡度限制」，然後登記的地契上分類為旱地或林地。但是，魯凱族本來就是住在高山峻嶺的環境，哪裡還有較緩平的地方呢？因此這個政令一執行，幾乎所有的地都是林地，也就擺明永遠不能動。最後，在最近幾年來，再以水土保護法將所有溪谷凡是屬於水域並設定兩旁一百五十公尺之內不宜開墾，然後每年僅是補貼一點點慰藉。即使有一天我們能夠再回家，也只能在這個範圍以外靠露水生存，也就是說，已經無法在這裏生存了。[52]

在「後來的人」沒有出現在這個島嶼以前，原住民同胞在平原、田野、山林、海邊生活著，數百年下來山始終是山，海也依然是海，之後，山從「青春的山」在各種條例、保護、監控下變成「長滿鈔票的山」；「海浪的記憶」裡則起伏翻滾著無告無解無名的憂傷；有人會「把你當人看」，有人說「普悠瑪」是一種新發明的頭痛藥，有人要「謙卑謙卑再謙卑」，仍無礙「草莽」仍是「草莽」……？不過如今看來，「草莽」中人反而對這土地懷抱了最大的善意與敬意，如詩人詩作中的天空、海洋、山川、花鳥、群樹，他們看到了，知道了就不會忘記，但卻不一定要（會）說，如果並沒有人真正想聽。泰瑞・伊格頓在《如何閱讀文學》有這樣一段話：

> 無論如何，試著感受對方的感受，不一定能提升你的道德品格。虐待狂（Sadist）也想知道受害者的感覺。有人想知道對方的感受，只是為了更有效的剝削對方。納粹不是因為他們無法了解猶太人的感受而殺害猶太人，而是他們根本不在意猶太人的感受。我無法體驗生孩子的痛苦，但這不表示我對此麻木不仁。無論如何，道德與感受很難說有什麼關聯。當你看到一個人的腦袋被轟掉一半，你忍不住一陣噁心，但你仍試圖幫他。相反地，你對於摔進入孔裡的人感到同情，但

---

52 參見奧威尼・卡勒盛：《消失的國度》（臺北市：麥田出版社，2015年），頁260-261。

　　你卻閃開不去拉他一把，我想這無法讓你得到任何人道獎項。[53]

詩人可以是誰的親人、誰的客人，更可以是誰的路人，路人雖然只是經過，不一定知道誰是誰，其實經常也沒必要知道誰是誰，當他（她）行色匆匆穿過街道與人群，彷彿是個局外人，這仍無礙他（她）在必要時一馬當先見義勇為，他（她）尤其會在「自然」動彈不得支離破碎之時，還「自然」一個明白！

五　結語──一種讀者身分的省察

　　對於詩人曾貴海以原住民素材創作的作品，囿於個人能力有限，在本文中所觸及的文本，原則上完全是以詩人詩作中「辨識度高」的作品為主，另外常為論者討論的〈排灣母親織物上的纏染〉，或是〈Tamemaku的老人〉，在本文中則並未再論，主要是二詩雖然處理的對象不一，但所欲表達的情感其實很接近，都是關於「等待」，除了是等待歸返之人，還有在老人身上已不能再等地「消失」！讀二首詩可同時讀利格拉樂・阿女烏《誰來穿我織的美麗衣裳》和瓦歷斯・諾幹《想念族人》。

　　以詩人著作等身的創作，擷取有限的「原住民素材」詩作觀察，自是掛一漏萬，在本文中從「家人」、「客人」和「路人」所做的區辨，在一定意義上，是詩人創作中的紋理，也是延伸。詩人的個人身分，令他如接到「一顆炸彈」般的回返自身之時，也一併照看了他所能夠往來穿越的歷史、社會、文化和自然（宇宙）。而這種因為身分而起的「自爆」一產生，便彷彿不能自己，平埔族和原住民族的命運，有相似也有相異之處，加之還有「福佬客家台灣人」的身分元素，詩人有強大的意志調度一切，卻未必能掌控一切，這部分在《神祖與土地的頌歌》詩集中表現得最為明顯，詩人是投入了全身

---

53 參見泰瑞・伊格頓（Terry Eagleton）著，黃煜文譯：《如何閱讀文學》（臺北市：商周出版社，2014年出版），頁134-135。

心走近（進）了祭儀中，也再現了祭典，但詩人能力再強，才情再高，儀式要進入還要浸入，實非一蹴可幾，這不僅是對原住民族，就是漢族自身也定有這種深埋在生活和文化中的祭儀，「非我族類」再親近仍不免「隔」。「隔」不是問題，詩人很適切地為我們拉開了距離，在他的所見之中，盡其所能的以欣賞、尊重、體恤作傳達，在祭儀中長幼有序、男女有別、進退有據的基本精神，一定也不僅限於原住民族，所以詩人的「客人」位置，深切的提醒了我們，人和人（族群）之間最大的冒犯不是認識到自己的無知，而是強不知以為知才是災難！在最後言說的「路人」，是陌生人也是關鍵之人，詩人的自然、土地、環境……之思，使他復返「原始人族」，在這裡人類一體，四海一家。

　　作為一個「一胞半」（原漢）的讀者，在本文中時不時置入原住民作家的文本進行對話，不是為了「證明」孰優孰劣，而是更好的展現：因為一樣，所以我們要努力；因為不一樣，不是不好，才真美麗！

參考文獻

一　曾貴海參閱作品

《原鄉・夜合》　高雄市　春暉出版社　2000年

《南方山水的頌歌》　高雄市　春暉出版社　2005年1月

《孤鳥的旅程》　高雄市　春暉出版社　2005年

《神祖與土地的頌歌》　高雄市　春暉出版社　2006年

《湖邊沉思》　高雄市　春暉出版社　2009年2月

《台灣詩人選集：曾貴海集》　2009年

《色變》　高雄市　春暉出版社　2013年

《浮游》　高雄市　春暉出版社　2017年

《白鳥之歌——曾貴海情詩選》　高雄市　春暉出版社　2019年

《航向自由——曾貴海長詩選》　高雄市　春暉出版社　2019年

二　學術論著

王國安　〈在時間的穿透與流動中實現：閱讀《航向自由——曾貴海長詩
　　　　選》〉　《航向自由——曾貴海長詩選》　高雄市　春暉出版社
　　　　2019年

楊　翠　〈怒放的刺桐花——序《神祖與土地的頌歌》〉　《神祖與土地的
　　　　頌歌》　高雄市　春暉出版社　2006年

簡銘宏　〈試探曾貴海詩中的原住民書寫〉　《2013屏東文學學術研討會曾
　　　　貴海研究論文集》　頁295-348　此論文原發表於《台灣文學學
　　　　報》　第18期　2011年6月　頁117-156

唐毓麗　〈不管那些鳥是否離去：探索曾貴海《白鳥之歌——曾貴海情詩
　　　　選》汎愛眾生的有情世界〉　《白鳥之歌——曾貴海情詩選》　高
　　　　雄市　春暉出版社　2018年

郭漢辰　〈從平原到山林族群島國主體創作觀的建立——試論曾貴海的原住
　　　　民詩創作〉　《曾貴海文學學術研討會論文集》　2016年

乜寇・索克魯曼 《東谷砂飛傳奇》 臺北市 印刻文學生活雜誌出版公司
　　 2008年

山道明、安東原著 林文玲、陳瀅如翻譯 陳文德主編 《知本卑南族的出
　　 草儀式：一個文獻》 臺北市 中央研究院民族所 2009年

巴 代 《走過》 臺北市 印刻文學生活雜誌出版公司 2010年

瓦歷斯・諾幹 《想念族人》 臺中市 晨星出版社 1994年

利格拉樂・阿女烏 《祖靈遺忘的孩子》 臺北市 前衛出版社 2015年

里慕伊・阿紀 《山櫻花的故鄉》 臺北市 麥田出版社 2010年

林宜妙主編 《用文字釀酒——99年台灣原住民族文學獎得獎作品集》 臺
　　 北市 行政院原住民族委員會 2010年

林宜妙主編 《我在圖書館找一本酒——2010台灣原住民文學作家筆會文
　　 選》 臺北市 山海文化雜誌社 2010年

林宜妙主編 《撒來伴・文學淪杯！——100年第二屆台灣原住民族文學獎
　　 得獎作品集》 臺北市 原住民族委員會 2011年

林清財、浦忠成主編 《返來做番：原住民族的文化復振與正名》 臺北市
　　 斑馬線出版社 2017年

吳錦發編 《悲情的山林——序「台灣山地小說選」》 臺中市 晨星出版
　　 社 1987年初版 1994年初版三刷

孫大川 《久久酒一次》 臺北市 張老師文化出版社 1991年

孫大川 《山海世界》 臺北市 聯合文學出版社 2000年

孫大川 《搭盧灣手記》 臺北市 聯合文學出版社 2020年2刷

孫大川主編 《台灣原住民族漢語文學選集》（評論卷上下、小說卷上下、散
　　 文卷上下、詩歌卷） 臺北市 印刻文學生活雜誌出版公司 2003
　　 年

莫那能 《美麗的稻穗》 臺中市 晨星出版社 1989年第1刷 1998年第
　　 6刷

浦忠成 《台灣原住民族文學史綱》上下冊 臺北市 里仁出版社 2009年

楊 翠 《少數說話——台灣原住民女性文學的多重視域》（上、下） 臺
　　 北市 玉山社 2018年

楊士範編著　《礦坑、海洋與鷹架──近五十年的台北縣都市原住民底層勞
　　　工勞動史》　臺北市　唐山出版社　2005年

楊士範　《漂流的部落──近五十年的新店溪畔原住民都市家園社會史》
　　　臺北市　唐山出版社　2008年

黃文車編　《2013屏東文學學術研討會曾貴海研究論文集》　高雄市　春暉
　　　出版社　2014年

陳英雄　《域外夢痕》　臺北市　臺灣商務印書館　1971年

陳伯軒　《臺灣當代原住民漢語文學中知識中知識／姿勢與記憶／技藝的相
　　　互滲透》臺北市　政治大學中國文學系博士論文　2015年

夏曼・藍波安　《天空的眼睛》　臺北市　聯經出版事業公司　2012年

奧威尼・卡勒盛　《消失的國度》　臺北市　麥田出版社　2015年

董恕明　《山海之內天地之外──原住民漢語文學》　臺南市　國立臺灣文
　　　學館，2013年。

魏貽君　《戰後台灣原住民族文學形成的探察》　臺北市　印刻文學生活雜
　　　誌出版公司　2013年。

泰瑞・伊格頓（Terry Eagleton）著　李尚遠譯　《理論之後》　臺北市　商
　　　周出版社　2005年。

泰瑞・伊格頓（Terry Eagleton）著　黃煜文譯　《如何閱讀文學》　臺北市
　　　商周出版社　2014年。

泰瑞・伊格頓（Terry Eagleton）著　方佳俊譯　《生命的意義是爵士樂團》
　　　臺北市　商周出版社　2009年。

孫大川等　《斷裂與縫合：臺灣原住民族一百年發展學術研討會會議實錄》
　　　臺北市　行政院原住民族委員會　2011年9月24-25日。

《沒有名字的人──平埔原住民族青年生命故事紀實》　臺北市　游擊文化
　　　2019年。

《臺灣原住民族一百年發展學術研討會　會議實錄》　臺北市　行政院原住
　　　民族委員會　2011年9月24-25日

唯有堅持
—— 曾貴海文學與社運及醫者之路

蔡幸娥[*]

摘　要

　　曾貴海（1946-），出生於屏東佳冬，現居高雄，臺灣詩人、醫生。曾獲：吳濁流文學獎新詩獎、賴和醫療服務獎、高雄市文藝獎、第二十屆台灣文學家牛津獎、二〇一七年客家終身貢獻獎、台灣醫療典範獎。

　　曾貴海，一九七三年開始行醫，身為胸腔內科醫師，一手拿聽診器醫病，一手握筆作為土地的聽診器，用詩心寫鄉愁，以詩倡議，積極參與公共事務，在行醫之餘，關注臺灣政治、社會改革議題。一九八二年，與文友創辦台灣文學雜誌；一九八八年，開始投入社會運動；一九九二年，發起「衛武營公園運動」，開啟南台灣綠色革命運動風潮；從衛武營公園、保護高屏溪、美濃反水庫運動、高雄中央公園改造、保護佳冬楊氏宗祠、搶救屏東宗聖公祠到臺灣教科書改造等運動都不是一蹴可幾的事，每一件事往往歷時長達二、三十年。

　　曾貴海就讀高雄醫學院（以下簡稱高醫）時，參與高醫詩社，後為詩社取名為「阿米巴詩社」。一九八三年出版第一本詩集，一直創作不綴的他，至今出版的二十三本著作中有十九本詩集，他透過書寫及詩，與土地和人民站在一起，從臺灣被殖民的歷史談及臺灣作家的使命。

---

* 財團法人高雄市客家文化事務基金會副執行長、客家委員會客家文化發展中心「詩人醫生曾貴海口述訪談出版計畫」主持人。

　　本文將以曾貴海醫師的文學與社會運動之生命經驗，探究其投身公民運動的歷程對臺灣島國的影響與時代意義。

關鍵詞：曾貴海、衛武營公園、佳冬、臺灣文學、南臺灣綠色革命

一　前言──行醫之路

〈發香先生〉[1]

半路竹林屋个發香先生
台北醫專畢業後就歸鄉下
佇屋家老伙房開業

三百六十五日沒休診
喊了就行
老嫩大小燒冷病痛全部看

騎一台舊踏腳車
發風落雨沒推辭
偏僻角落那都去
看病沒錢沒要緊
照顧鄉人五十年

　　客家人稱老師或醫生為「先生[2]」，屏東佳冬客庄有林、蕭、曾、楊四大姓，四大家族中都栽培出不少醫生，曾貴海寫〈發香先生〉詩中的「發香先生」為林發香醫師，是林家的子孫。林發香就讀台北醫專[3]時專攻內科，在畢業後就回到佳冬行醫。發香先生給人看病時從來不太關心醫藥費，一年三百六十五天沒有休息，村民請他去看診，騎著踏腳車就出門去應診，相當受村民尊敬的發香先生於一九八〇年過世時，曾貴海已成為醫生，他說：「發

1　〈發香先生〉一詩收錄於曾貴海：《原鄉‧夜合》（高雄市：春暉出版社，2000年），頁36-37。
2　先生，客語「xinˊsangˊ」（四縣腔），為日語「せんせい」之借詞，作為對老師、醫生的尊稱。
3　日治時期總督府臺北醫學專門學校（今臺大醫科前身）。

香先生走的時候，幾乎全村的人都悲哀的來送這位老醫師最後一程」。發香先生在曾貴海讀初中時回鄉開業，曾貴海從小看著發香先生如何看顧村人的健康，讓他覺得醫生就是要像這樣，要做一個經濟自由、為鄉梓服務，受人尊重的醫生。曾貴海在高雄醫學院畢業後到臺北榮民總醫院服務，於一九七六年回高雄任職省立高雄醫院。[4]

圖一　一九七五年，曾貴海於臺北榮總擔任住院醫生
（曾貴海提供）

曾貴海自一九七三年七月開始在臺北榮總胸腔內科當住院醫師，回到高雄的曾貴海，發現相對於北部的胸腔醫學，高雄醫界在支氣管鏡的檢查技術及肺部細胞學診斷和現代胸腔醫學知識方面，仍有極大的發揮與發展空間。他以在臺北榮總所學的支氣管檢查、切片的細胞診斷的醫學專業能力，逐漸獲得病人信任與口碑，能力也被醫院看重。

一九七九年七月一日高雄市升格為直轄市，省立高雄醫院也跟著易名為「高雄市立民生醫院」，同年從鼓山區搬遷到位於凱旋路新蓋好的院區。這一年，三十五歲的曾貴海接任實驗室診斷科主任一職，成為院內最年輕的科

4　省立高雄醫院原址位於鼓山區柴山山腳下，創立於日治時期大正三年（1914），原名「打狗病院」，後來更名為「臺灣總督府立高雄病院」，國民政府來臺後改名為「臺灣省立高雄醫院」，為現今高雄市立民生醫院的前身。

主任。

　　升任主任後，曾貴海想要建立民生醫院胸腔醫學團隊並提升為教學醫院的企圖及遠景規畫，獲得院長的支持。在提升院內的教學系統及研討風氣方面，曾貴海積極做了多項規畫：大約二個月安排一次講座研習，邀請全臺灣最優秀的各科專科醫師到民生醫院演講；在醫院內每週舉行一次內科case conference（病例討論會），將每星期醫院比較困難、比較有疑問、不好診斷、比較少見的病歷或是容易被誤診的病歷，由住院醫師拿出來討論；強化各科醫師人力資源，組成胸腔組成胸腔內外科共同團隊，並購買顯微鏡相關器材設備，成立細胞學染色與診斷實驗室；大量訂購國外醫學期刊，並鼓勵總醫師出國進修、在國內的胸腔醫學會及醫學期刊發表研究論文及醫學文章。曾貴海積極提昇醫院醫學條件的措施，讓民生醫院成為當時高雄胸腔醫學的重鎮之一，與北部由臺大醫院負責營運的省立桃園醫院成為當時全臺省立醫院中唯二的教學醫院。

　　他在看診之餘，也貢獻在臺北榮總所學，利用時間指導高雄醫學院的實習醫生如何判讀肺部X光片；更進一步的比照在臺北榮總時胸腔科每個月舉行月會，經由權威醫師的指導，訓練胸腔科住院醫師如何詳細陳述病史、準確解讀X光片的討論月會模式，定期舉辦高雄胸腔醫學月會。當時高雄榮總還沒成立，長庚醫院高雄分院剛開幕，曾貴海結合高醫及長庚醫院的胸腔科醫師，策劃及組織成立大高雄地區跨醫院的胸腔專科病例討論月會，同時請高醫同班同學高英隆教授和當時高雄醫學院外科主任林永哲一起參與胸腔醫學月會的發起與運作。

　　高雄胸腔醫學月會在每個月的一個星期三進行，在胸腔病例討論會中，將每家醫院比較困難或有教學價值的病例，讓與會的胸腔科醫師共同討論，希望藉由醫院跟醫院之間的觀摩教學，由比較資深並且有判讀經驗的教授指導年輕醫生怎麼去看X光片、診斷病例，致力提昇高雄胸腔醫學的診療水準。

　　臺灣在一九四九年實施戒嚴，直到一九八七年才解除長達三十八年的戒嚴時期。社會長時間被壓制的人民心聲開始萌芽、爆發，包括民主、環保和文化、歷史平反運動在各地展開。一九八七年，當時已在凱旋路住家樓下開

設診所的曾貴海選擇辭去民生醫院離開公立醫院體系，轉任到信義醫療財團法人高雄基督教醫院，院方給他相當自由且彈性很大的上班方式，只要他把醫療及院務工作做好做完，可以不必鎮日待在醫院。白天在醫院，晚上診所看診，但曾貴海有更多時間來參與社會運動。

曾貴海在信義醫院，先擔任胸腔科主任再接內科主任，這期間，他努力提升胸腔科的醫療能力，成為信義醫院很重要的一個科別。後來升任副院長，除了著手病房美化及院內環境整修，並致力於發展和擴充有潛力的科別、加強醫護人員的訓練及教育工作。在信義基督教醫院一樣忙於看診工作及院務，卻也是曾貴海花更多心力從事公民運動的時期。

曾貴海感恩身為醫生，讓他有穩定的經濟基礎，除了醫病醫人，有更多餘力去參與公共事務，展現醫治社會的行動力與夢想。

二　南台灣綠色革命

〈鯨魚的祭典〉[5]

> 像著名的祭典儀式
> 在時間的輪帶上重複上演
> 當某首歌完全佔據了心靈
> 就大聲梵唱走前去
> 不管那裡是山是海是火
> 或是血

〈鯨魚的祭典〉這首詩收錄在曾貴海的同名詩集中，他說：「這段詩隱喻了有信心不畏一切前進的信念，堅定的信念中帶著點浪漫和理想化。」

曾貴海在初中畢業後考上高雄中學、高雄醫學院，後來在高雄行醫，從

5　〈鯨魚的祭典〉一詩收錄於曾貴海：《鯨魚的祭典》（高雄市：春暉出版社，1983年），頁42-43。

此定居高雄，他說：「我的根在佳冬，但是我的新故鄉是高雄，我大半生都在這個城市的時日與四季的變遷中生活，高雄也是我個人的生命史和創作最根本的棲地。」憑著一股「我覺得我們可以改變這個城市」的信念，曾貴海以高雄為基地，帶動了一波南台灣綠色革命風潮。

高雄臨海，城裡有山林、河流，擁有豐富自然資源。日治時期，築鐵路、打狗港開港，糖廠、鐵工廠、磚瓦廠、水泥廠、鋁業陸續設廠，高雄的工業版圖因應二戰時的軍需產業而快速擴張，從高雄港旁戲獅甲工業區的鋁業、化工業工場，[6]到左營港建港後，為提供軍需燃油，楠梓後勁興建了日本第六海軍燃料廠，奠基高雄成為工業城市。

二戰結束，國民政府來臺，順勢接收日本政府在高雄的軍事及相關石化、重工業建設成為國營企業。[7]在一九五三年實施的第一期四年經建計畫，更列高雄為工業經濟發展與建設重心，一九六〇年代，從楠梓、林園、大社、仁武石化工業區到大林蒲工業區陸續設置，一九七〇年代的十大建設，包括大煉鋼廠（中鋼）、中國造船廠、石油化學工業三大建設都在高雄。

隨著臺灣經濟起飛，高雄工業化的產業結構成為時代經濟發展的優勢，卻嚴重衝擊高雄的生態環境。

一九九〇年，曾貴海擔任「台灣環境保護聯盟高雄分會」會長期間，從反大林埔台電煤渣運動，進而關心高雄市的衛生下水道、空氣污染、河川污染等環境公害議題。

在未開始實際投入環保運動之前，曾貴海就以一系列的生態環境詩凝視工業高雄的環境創傷，在他出版的第二本詩集《高雄詩抄》中描寫城市的人物、河川、街景、工廠、污染，強烈批判高雄被犧牲的自然生態及文化建

6　一九〇一年，橋仔頭新式糖廠、一九一三年，臺灣煉瓦株式會社打狗工場、一九一七年，淺野水泥株式會社臺灣工場、一九一九年，臺灣鐵工所、一九三五年的日本鋁業株式會社等。一九三五年，戲獅甲工業區的日本鋁業株式會社高雄工場、旭電化工業高雄工場及南日本化學工業株式會社。

7　戲獅甲工業區的工場改為國營的臺鋁、臺鹼、臺肥，日治時期的臺灣鐵工所、淺野水泥株式會社、第六海軍燃料場成了臺灣機械公司、臺灣水泥株式會社高雄廠、中國石油公司高雄廠。

設,他說:「我的自然寫作緣起自我的環境傷害經驗,緣起於這個城市土地的污染本質。」高雄的城市污染本質令人不忍卒睹,但曾貴海也在〈公園〉[8]的詩境裡,寫下對高雄的綠色希望:「不想遺棄城市的母親／孤獨地守在一隅／讓迷失的孩子／需要愛時,靜靜地／走進她的懷抱」。對高雄來說,重建城市的自然生態鏈,「公園」不是名詞,必須是動詞。

對曾貴海來說,重建環境要有行動力,一九九二年,曾貴海發起催生「衛武營公園」運動,開始一場長達十八年的公園行動史。

(一)衛武營,從軍營變公園

衛武營公園的前身為衛武營新兵訓練中心。原是一片原生沼澤之地的衛武營區,位於原高雄縣鳳山與高雄市苓雅區交界,[9]面積近六十七公頃,高雄縣佔四十六多公頃,高雄市十九點八公頃。日治時期,衛武營被規畫為軍事用地,一九三七年,此基地稱作「鳳山倉庫」,為儲存糧食、被服、衛生材料等軍需品倉庫。國民政府來臺後,「鳳山倉庫」由當時的陸軍訓練司令部司令兼臺灣防衛總司令孫立人將軍作為新軍訓練基地,後來成為陸軍步兵訓練中心的「五塊厝營區」,之後再改稱為「衛武營區」,成為全臺聞名的新兵訓練中心。因應都市發展,一九七九年四月軍方在第二十二次軍事會議裁示衛武營區不適合軍事之用,開始擬定遷營計畫。

8　〈公園〉一詩收錄於曾貴海:《鯨魚的祭典》(高雄市:春暉出版社,1983年),頁72-73。

9　高雄市與高雄縣於二○一○年十二月二十五日合併改制為高雄市。

圖二　一九九二年，衛武營新兵訓練中心

（蔡幸娥攝影）

　　衛武營有遷營計畫後，高雄市政府希望將衛武營作為大學用地，高雄縣政府則規畫為住商用地以興建經貿中心，軍方也提出要蓋約九千戶軍眷國宅的計畫。然而為了彌補高雄市嚴重不足的綠地面積，曾貴海獨排眾議提出「闢建公園」的訴求，他不只是發文舒志為公園說夢，更進一步以行動將「衛武營公園」催化成為全民矚目的公共議題。

　　一九九二年三月二十八日「衛武營公園促進會」成立，會長為曾貴海醫師，成員包括醫界、學界、文化界、作家、藝術家、社會運動者，還有媒體界的朋友。「衛武營公園運動」是大高雄地區第一次出現非政治性的公民運動，曾貴海不僅在爭取一座公園，也在喚醒高雄人瞭解有一種生存的權力叫做「環境權」。身為公園運動的發起人及領導者，曾貴海清楚這場社會運動不是一個人的事，推動衛武營公園運動需集眾人之力。

圖三　衛武營公園運動的文宣

（蔡幸娥攝影）

　　衛武營公園促進會成立之後，首先展開的是文宣工作，文宣設計內容包括小冊子、海報和貼紙，作為運動的說帖。衛武營公園運動的宣言有四行字：「讓孩子們和草、和花、和樹一起成長／讓相愛的情侶在樹蔭、花草間徜徉／讓老人有個地方休息、散步、運動／讓都市居民有個溫暖的綠色夢境。」宣示高雄市民的心聲和城市的夢想。文宣以「綠色之夢──衛武營公園」為宣傳口號，清楚簡單地向市民朋友訴求促進會毫無懸念的目標：「公園」就是衛武營的未來，強調闢建衛武營公園對綠地嚴重不足的高雄之重要性。衛武營公園促進會以溫暖卻不失力道的文宣方式向市民宣傳公園理念，同時間展開向地方政府及中央的拜會行程，積極的提出建公園的論述和辯證，遊說高雄縣市首長、議員，整合地方民代和學者的共識。

　　衛武營公園運動開始推動，曾貴海時任財團法人高雄信義基督教醫院副院長，在醫療院務工作之餘，他將推動衛武營公園運動當做首要之務。「衛武營公園促進會」成立但未向政府立案，沒有辦公室、專職人員，促進會的工作小組成員都是義務職，伙伴們平常各忙自己的事，但隨時隨處可以開會，有時會在曾貴海結束晚上門診工作後才開會，會議結束超過半夜十二點，是免不了的。曾貴海總在白天先電話聯絡事前的討論事項，譬如說晚上要開會，一定要先設定說開會的議題或行動的節奏、策略，還有共同要解決的問題是什麼，進一步開會達成共識，制定行動方向。

　　面對這個南台灣綠色革命運動，除了闢建公園的目標一致，曾貴海與伙伴們對於運動的方法軸線是透過討論來決定，從促進會的公關、活動、文宣及學術組織的分工，也確立「衛武營公園」運動將以文宣、說理、論述、說服及拜會方式為工作軸線，非不得已，儘量排除群眾遊行、激烈抗爭的模式。拜會遊說如同一種談判過程，對於遊說行程，曾貴海事先得做足功課，先強化與同伴之間的信念與理想及共識，進而在與公部門溝通協調過程中達到公園興建的目標。

　　高雄在等待公園的誕生，衛武營闢建公園成了大高雄地區最受關注的公共議題。曾貴海說：「體認到綠地對高雄的重要性，衛武營建公園成了市長、立法委員、議員選舉時，有候選人直接將推動衛武營公園列為政見，主動來向促進會或跟我要相關資料，想幫忙高雄一圓公園的夢想。」衛武營公園運動若成功，未來高雄的城市地圖上將會出現一座令人值得驕傲的公園綠地，而在城市發展的歷史上也將翻轉高雄工業環境的污染印記，重建高雄人的價值與城市光榮。

　　一九九三年五月二十六日，衛武營區遷建協調會在立法院舉行，除了中央相關部會，支持建衛武營公園的立法委員、國大代表、高雄縣市首長及促進會成員也都參加。會中，由立法委員張俊雄做出五點結論：「一、高雄衛武營區的土地同意改設都會公園。二、國防部願將衛武營搬遷，所需費用由營建署負擔。三、高雄市縣政府願無償提供建國宅四千五百戶與軍眷四千五百戶用地，且完成都市計畫公共設施上變更。四、衛武營都會公園由內政部負責開發。五、本案涉及之搬遷、都市計畫變更、規畫、建設，由行政部門循行政程序儘速配合辦理。」當張俊雄說：「本人替衛武營公園促進會宣布推動公園運動成功。」現場響起一片掌聲，大家互相道賀，並紛紛向曾貴海及促進會成員道恭喜。

　　臺灣社會剛解嚴，首次有人民因為公共議題直接找軍方打交道、協商，並成功達到預期目標。從成立促進會發起公園運動，只一年二個多月的時間，衛武營公園的綠色之夢就要實現了。但「推動公園運動成功」的喜悅只有　時片刻，日後關於土地交換、遷營經費及公園規畫方向等問題，中央與

地方政府及衛武營公園促進會進入冗長耗時的協商溝通階段。之後，衛武營「公園」就處在只聞其聲不見人的階段。

　　曾貴海回想當時衛武營公園因財源問題面臨興建遙遙無期的困境，指出一九九三到二〇〇〇年仍由國民黨執政，促進會成員感受到中央對建公園的事似乎不怎麼積極。在這期間，促進會發起「催生衛武營公園第二波運動」，關切、督促著中央，透過朝野不同的管道，持續向中央表達闢建公園的心聲。

　　衛武營公園促進會南北奔波，無法預期公園運動何時有結果。曾貴海用「過五關斬六將」來形容衛武營公園運動在過程中所碰到一些困難，每一個困難如同面對一堵高牆，唯有堅持信念，才能破牆前行。他說：「催生公園運動，有可能衛武營就真的成為公園，但也可能不會成功。但我們一直在努力，促進會的伙伴毫無私心，只有奉獻和付出，保持信心，默默的努力，一心一意希望公園運動成功。」

　　衛武營公園闢建的腳步加快是在二〇〇〇年第一次政黨輪替後，陳水扁執政的第一任行政院長由張俊雄擔任，張俊雄在擔任立法委員時就是促進會的運動伙伴，也是促進會在立法院的召集人，也因此衛武營公園才積極編預算逐步進行計畫。

　　二〇〇四年十二月三十一日，衛武營結束自日治時期扮演的軍事角色，正式除役。二〇〇七年十二月二十五日，衛武營都會公園新建工程公開招商。二〇〇九年一月十九日，衛武營都會公園舉行動土典禮。二〇一〇年四月二十四日上午十點，舉辦盛大的衛武營都會公園完工落成開園典禮，開始對民眾開放。

　　衛武營公園促進會於一九九二年三月二十八日成立，到二〇一〇年四月公園完工落成啟用，在長達十八年的催生公園運動期間，歷經三位高雄市長、三位高雄縣長、六位行政院長、十一位國防部長，二次政黨輪替；衛武營公園促進會在曾貴海醫師及盧友義建築師兩位會長和促進會的伙伴們，從一開始就對公園沒有懸念，在走向公園的漫漫長路上，以信心守候理想，堅持信念不放棄。曾貴海指出，「衛武營公園運動是用巨大能量一直向前走，

人民透過公民參與去決定我們的土地應該怎麼運用，公園夢想的成功對於其他公民運動的人，都有相當大的鼓勵性質。」

圖四　二〇一九年，曾貴海說：衛武營公園是給高雄人的禮物
（蔡幸娥攝影）

十八年的催生公園運動過程，衛武營公園曾經像空氣球般飄浮在高雄天空，不知何時落地，曾貴海說：「雖然二〇〇三年正式公告衛武營舊營區變更為公園用地，但這之後的協商過程實際上是暗潮洶湧，卻不像衛武營公園運動初期有媒體每天關注、報導；有時候，半年就出現一個不同的決策，許多變動的訊息，市民都不太知道。但是我們沒有失去耐心，盧友義[10]跟我，還有我們的伙伴堅持著公園的夢想，要開會的時候，要去拜會的時候，要去遊說的時候，大家都集合在一起，有著一種社會運動的革命情感。」

曾貴海表示，推動公園運動期間，促進會充分表現團隊精神，每個成員都奉獻出無比的熱情和毅力，使高雄展現了解嚴後臺灣社會的奔放活力。許多民意代表摒棄政黨立場攜手合作，學者與媒體更扮演了專業與輿論的正面角色，使水泥都市的高雄居民真正感受到生存共同體的意識。他說：「這個運動不就是以社區營造來『經營大台灣』的真實範例嗎？」

10 盧友義建築師為衛武營公園促進會第二任會長。

　　回想推動衛武營公園運動的過程，曾貴海是在這場高雄第一次的公民運動中「做中學」。他表示，闢建公園起初只是一個夢想，對於籌組運動組織、運動策略如何規畫、面對各方的意見，「那時候就慢慢的學習要怎麼處理這些事情。」他認為：「做社會運動，要想清楚，是集體的努力才有結果，只憑一個英雄，只有一個人去做，在台灣絕對失敗，所以一定要會學著怎麼樣跟人家相處，怎麼樣跟人家溝通。」衛武營公園運動觸動高雄爆發前所未有的環保運動能量，以衛武營公園運動成員為主的「保護高屏溪綠色聯盟」於一九九四年三月十二日成立，「復活高屏溪」是曾貴海繼催生衛武營公園運動之後發起的另一個市民運動。

（二）被喚醒的河流──高屏溪

　　延續衛武營公園運動建立的社會公信力，曾貴海說：「當時媒體及不分黨派色彩的民意代表都支持復活高屏溪的護河運動。」高屏溪是高屏地區主要水源供應河川之一，供應農業、民生及工業等及其他用水，是高屏地區的水源命脈。隨著經濟發展、人口增加，高屏溪也成為工業、畜牧、家庭廢水、有害事業廢棄物非法棄置場址、鄰近縣市垃圾的去處及傾倒廢土的天堂。曾貴海深刻感到：「若十年之內，不整治高屏溪的話，高屏溪的死亡馬上進入讀秒倒數階段。」

圖五　一九九四年，高屏大橋下的高屏溪河岸景況
（蔡幸娥攝影）

　　在保護高屏溪綠色聯盟印製的「高屏溪——大河之愛」文宣上，除了介紹高屏溪的地理、人文、自然生態，也揭露高屏溪的污染沉痾。那時初步估計高屏溪沿岸養了一百七十三萬頭豬、一百二十萬隻鴨、一百一十一家採砂場、十七處垃圾場。一隻豬的排泄物等於六個人的排放量，六隻鴨子的排泄物等於一個人的排放量，高屏溪廢污水來源以豬隻畜牧廢水最為嚴重，占總污染源百分之五十一。高屏溪是大高雄地區重要的自來水原水來源，備受極端污染和優養化的高屏溪水對民眾健康的傷害可想而知。

　　默默承受各種污染苦難的高屏溪，在保護高屏溪綠色聯盟提出整治河川的訴求後，高屏溪水土保持不佳、沿岸垃圾、廢棄物傾倒、養鴨、養豬畜牧廢水、燃燒廢五金、廢溶劑污染事件、工業廢水排放，造成高屏溪水體嚴重污染；出海口高度鹽化、高屏大橋橋墩基樁外露等等的河川面貌不斷經由報紙版面揭露。

圖六　為解決大高雄地區的飲水問題，
　　　澄清湖高級淨水廠於二○○三年
　　　完工啟用（蔡幸娥攝影）

　　整治高屏溪的工作千頭萬緒，對政府而言是巨大的工程，而民間的力量又能如何發揮？曾貴海認為整治工作應該由民間、縣市、中央聯手合作，形成公民與政府的治河共識，思考如何與地方或中央的決策者合作並改變政府的水資源政策。曾貴海擬定的河川保育工作重點包括：河川生態記錄、河川污染源的調查與記錄、遊說公部門、治理及水資源政策的修正。他期望透過記錄、報導、遊說、論述、公聽會、研討會及河川生態解說行動，使河川保育成為大高雄居民最重要的公共議題，鼓勵民眾參與，進而凝聚輿論影響力，遊說公部門確實執行公權力，還給高屏溪一個清新面貌。

　　過往，臺灣的河川管理著重於防洪、治災工作，上、中、下游分區段分使用目的畫分管理權責，並未擴及河川整體流域的管理概念。保護高屏溪綠色聯盟認為高屏溪整治問題需高雄縣市打破地域觀念共同努力，整治高屏溪應成立跨縣市的高屏溪河川管理局及中央專責機構。

　　曾貴海指出，「高屏溪兩岸的人由河川中獲取利益，卻把獲取利益之後的所產生的垃圾丟給河川。」多年的保護高屏溪運動，高屏溪已不見垃圾長城、鴨群和砂石山。如今，河川水質大幅改善、河口紅樹林復育、河川地闢建濕地生態公園、河川砂石列歸國家管制，高屏溪流域管理委員會亦於二○○一年八月二日成立，這個專責的全流域管理單位主要有三大工作目標：「確保大高雄地區飲用水水源水質、維護高屏溪流域河川生態環境、有效執行防制取締違法違規行為。」

　　從公園、柴山、高屏溪、愛河、鳥松濕地……，這一連串捍衛高雄自然生態環境的市民運動，被稱為「南台灣綠色革命」、「南方綠色革命」，媒體也封曾貴海醫師為「南台灣綠色教父」。

　　直到現在，曾貴海這個「南台灣綠色教父」的稱號，還是會被提及。曾貴海說：「南臺灣綠色力量就是我們一直強調的南方精神，也是臺灣團結精神，不分彼此攜手合作繼續為臺灣的環境工作堅持下去。」

三　原鄉‧夜合——古蹟保護及客庄社造

〈夜合〉[11]

日時頭，毋想開花
也沒必要開分人看

臨暗，日落後山
夜色跈山風湧來
夜合
佇客家人屋家庭院
惦惦打開自家个體香

《原鄉‧夜合》是曾貴海的第一本客語詩集，於二○○○年出版。「原鄉」指的曾貴海的出生地，對愛香花的客家人來說，「夜合」是極具代表客家文化的香花，習慣在夜晚開花的夜合，是曾貴海在佳冬客庄常見的花卉。

〈夜合〉是曾貴海的代表詩作之一，附題為「獻分妻同客家婦女」，是他以客語寫了第一首客家詩，他以夜合花於夜間綻放的特性，來形容在田裡的客家婦女都是頭巾包著臉的勞碌形象。於一九九八年母親節前夕完成〈夜合〉後，接著他陸陸續續以佳冬的歷史、空間、人物和常民生活為詩寫對象，《原鄉‧夜合》的每一首詩篇，滿載家鄉中的人文景色，詩集的文本幾乎重新建構、詮釋佳冬客庄的歷史、空間、常民生活和女性無怨無悔付出一生的勞動場景，也成了曾貴海日後回佳冬投入社造工作時，重建聚落記憶空間的重要參考元素。

引發佳冬社造的文化火種，是搶救楊氏宗祠的古蹟保護行動。創建於一九二三年的楊氏宗祠，是佳冬客庄除了蕭家古厝，最具古蹟文化價值的建築之一。楊氏宗祠為一座坐南朝北的二堂二橫四合院傳統建築，屋脊為燕尾翹

11　〈夜合〉一詩收錄於曾貴海：《原鄉‧夜合》（高雄市：春暉出版社，2000年），頁16-18。

脊，馬背裝飾為精緻的琉璃剪貼，左右兩側各有一月洞牆門相通，上面鑲嵌浮雕、彩繪及交趾燒，頗富藝術價值。

　　曾貴海從一九八九年期間擔任美濃鍾理和文教基金會董事，到推動衛武營公園、保護高屏溪運動，一群運動伙伴志同道合，不管是不是從小在高雄出生長大，不管是不是客家人，跨族群、跨文化、跨語言，不分彼此，大家出錢出力，齊心為臺灣努力。一九九五年佳冬楊氏宗祠因道路工程面臨被拆除宗祠大門、太極兩儀池及部分圍牆的事件時，曾貴海將保護楊宗祠的運動不侷限於是楊家人的家務事、佳冬客庄的地方事，而是維護臺灣文化的極重要的責任，在他登高一呼下，搶救楊氏宗祠得到高雄綠色運動團體、伙伴們及六堆客家社團的救援，在佳冬展開一場古蹟保衛戰。

　　曾貴海在保護楊氏宗祠行動中扮演重要的推手，從旁協助鄉親成立後援會、舉辦佳冬有史以來的一場遊行活動，透過文宣說帖、拜會、協調及溝通下，楊氏宗祠保護運動在一年多的努力下，獲致良善的成果，經過古蹟評鑑審查作業，內政部於一九九六年八月公告，將楊氏宗祠列為三級古蹟；而省住都局亦從善如流，修改道路設計，捨直取彎，繞過楊氏宗祠的太極兩儀池，達到古蹟保護與道路開發的雙贏局面，也為臺灣古蹟保護寫下歷史性的示範案例，更提供公部門的道路開發非直不可的不一樣思維。

圖七　二○一三年，楊氏宗祠與太極兩儀池

（蔡幸娥攝影）

　　以投入一次次的社會運動經驗，曾貴海在面對運動組織成立時，重視運動伙伴之間的內部共識，進而透過印製文宣說帖、論述及拜會，舉辦公聽會等協商對話方式，將每一個社運議題成為媒體所關注的新聞焦點，慢慢形成一個受社會矚目的公共議題。在二○○○年，面對宗聖公祠古蹟事件時，曾貴海也是以放大格局的運動思考模式，來進行搶救宗聖公祠古蹟保存運動，除了聽宗親的想法，從文宣、拜會，慢慢地凝聚搶救這個曾氏宗祠文化資產的行動共識，建立民間與公部門有更良善的合作關係。屏東縣政府文化處文化資產科同仁更是把保存宗聖公祠視為極重要的工作，憑著強烈的文化使命感，完成重建宗聖公祠古蹟工作。

　　搶救宗聖公祠的「合作關係」結合了民間力量、地方民意代表、屏東縣政府，共同以文化資產保存法為著力點致力於宗聖公祠的保存工作，過程中召開多次會議，邀請專家學者提供意見，包括就宗祠附近居民開辦說明會。搶救宗聖公祠古蹟保存運動歷時十二年，直到宗聖公祠修復工程在二○一二年八月竣工，重現宗祠過往風華。宗聖公祠修復成果更通過行政院公共工程委員會嚴格審核，並榮獲第十三屆公共工程金質獎建築類「優等」，也是該屆唯一的古蹟修復工程案。

　　除了宗聖公祠，二○一一年曾貴海與文史團體共同發起的「搶救張阿丁宅」行動，亦是另一件民間與政府合作齊心重建歷史建築的案例典範。興建於一九一○年代，有百年歷史的張阿丁宅位在佳冬客庄聚落最熱鬧商街交易地帶，位處冬根路與西邊路口的丁字路口三角窗的位置，屬於住商合一的建築，是佳冬客庄聚落極具代表性的常民文化臨街建築，有「佳冬最美麗的轉角」之稱，曾貴海還記得幼年時曾在張宅二樓玩耍的情景。

　　承載聚落居民成長印記有百年歷史的張宅，因後人疏於管理維護，擋不住歲月的的風侵雨蝕，屋況毀壞日愈嚴重，在二○○九年八八風災後，屋頂出現坍塌破洞。看著張阿丁宅的崩落毀壞，曾貴海十分不捨，心急的想搶救張宅。當時，張阿丁宅是私人的產權，房屋產權被拿去向銀行借款抵押，即便外人想修復老屋，礙於產權問題也無法進行。搶救張阿丁宅，得先解決它的產權問題。曾貴海想著：「張阿丁宅是私人的產權，我們就把他買起

來。」二〇一一年四月，曾貴海發起搶救張阿丁宅行動，計畫透過連署串連搶救行動與募款行動以取得張宅的所有權。在將募款所得償還銀行，順利解決張宅的債權問題後，並將張宅產權移轉登記於在地的茄冬文史協會名下。由民間發起，政府接力合作下，經屏東縣政府客家事務處提出「張家商樓整修與再利用計畫」向客委會爭取經費進行修繕工程，再現風華。

　　一群人為了一棟私人的破舊老房子進行募款，大費周章地想方設法籌措相關資金將之買下來保存並登記為「公共財」，這在佳冬真是破天荒的事，應該也是臺灣古蹟保存未曾有過的案例。

　　曾貴海說：「張宅代表了佳冬聚落常民文化與藝術價值，張宅從一棟將毀滅的老房子，變成一座文化公共財。搶救張宅的運動不只是保留住一棟歷史建築，也在保存佳冬客家聚落常民文化與藝術價值的核心，這個文化資產，對於提升社區居民意識有很大的影響力。」

　　張家商樓現由茄冬文史協會以「街角生活博物館」的概念來活化應用空間，設立佳冬文史導覽工作站，提供奉茶、展示及遊客導覽等服務，並不定期舉辦展覽活動，有如聚落裡的文化中心，延續社區再造的力量。

　　張家商樓整修落成啟用，可說是曾貴海投入佳冬社區活化運動的延續。二〇〇七年進行的「屏東縣佳冬鄉客庄生活空間活化計畫」，主要工程內容包括：三山國王廟前廣場鋪面改善、街道的綠美化、蕭家古厝前的水池擴建、水圳復育、洗衣場景觀及兒童親水公園等工程。在計畫執行前的基礎研究調查工作時，曾貴海就與調查團隊保持互動，並不吝於提供人文及地貌圖景資料與記憶，致力讓聚落整體規畫的報告書充實完善，而相關的調查結果後來也落實在日後的細部計畫工程中。佳冬客庄活化計畫開始施工，曾貴海沒有置身事外，持續與執行團隊保持互動溝通，讓在地的力量在社造過程不缺席。

　　佳冬社造活化運動是公部門資源與民間自發性力量的持續接力，以協力互動模式，持續朝著將佳冬客家聚落建構成「活的博物館」文化生活圈的目標而努力。

圖八　二○一一年，曾貴海於佳冬文學步道
（曾貴海提供）

四　我是台灣作家

〈我們真的需要一個國家〉[12]

我們真的需要一個心愛的國家
所有的家一間又一間連成的國家
用人民的雙手圍成的好籬笆

島上那一個著陸的族群和人民
願意用顫抖的手迎接新殖民者
登陸獵捕遍佈島國的自由花朵

我們真的需要一個珍愛的國家
在這個孤獨冷血的星球

12　〈我們真的需要一個國家〉一詩收錄於曾貴海《浪濤上島國》（高雄市：春暉出版社，2007年），頁111-114。

曾貴海在高二時，於校刊發表第一首詩，讀高醫時加入「高醫詩社」，在大三時接任高醫詩社社長，後來還為高醫詩社取名為「阿米巴詩社」，他說：「寄生蟲學裡常見的『阿米巴』，在顯微鏡下跑來跑去，自由不侗，有創意且很有獨立性，很令人著迷，高醫詩社的阿米巴要寫自己的詩。」曾貴海寫自己的詩，更寫土地及人民的心聲。

曾貴海閱讀、寫作，從臺灣被殖民的歷史談及臺灣作家的使命，「在後殖民時期，壓迫者跟被壓迫者都會有創傷，都會有反抗，活在這個時代，你的認同是什麼？作為一個人的信念是什麼？對國家的概念是什麼？要非常清楚才有力量去反抗，反抗不是為了反抗，而是為了重建，為了公平正義，這過程要跨越族群，建立一個共同的歷史感，共同的價值觀。身為作家的良知需去面對這個問題，時時與這個社會事實對話、創作。」曾貴海也直言，「我的定義或許有一點主觀」，但他認為，「真正文學的聲音，應表達這片土地苦難、悲憫、命運和人民的情感與希望。」

曾貴海是客家人，又出版第一本客語詩集《原鄉・夜合》，因而常被視為「客家詩人、客家作家」，最常被放在客家文學領域討論。然而，客家書寫只是曾貴海寫作生命中的一部分，他寫客家，因為客家就在臺灣；整體而言，他的書寫，從生命存在意義的觀察思考及信仰哲學的探求到針對殖民者的國家意識形態機器的反抗詩學；從自然、家鄉到原住民的祭典書寫和受迫困境；曾貴海詩作的生命是根植在臺灣土地上，是跨語言、跨族群與跨文化的詩學，曾貴海想當一個有身分的作家，他說：「我是客籍台灣作家，我當然是台灣作家。」

曾貴海投入的社會運動，一開始是從文學運動開始的。一九八二年一月，葉石濤、鄭烱明、曾貴海、陳坤崙、彭瑞金、許振江等主要居住在高雄附近的詩人、作家創辦了《文學界》雜誌，「希望作家認真地生活，勇敢、自由地寫出在這土地上生活的體驗和感受。」[13]一九九一年十二月，原《文

13　《文學界》創刊號〈編後記〉，1982年1月發行，頁221。

學界》雜誌重新出發，[14]結合作家、學者共同創辦《文學台灣》雜誌，採季
刊發行，發行人鄭烱明、社長曾貴海、副社長陳坤崙、主編彭瑞金、編輯委
員召集人由陳萬益擔任。繁忙醫療工作加上一波波的社會運動，創辦文學雜
誌如一畝田，讓曾貴海心中的文學種子換個方式耕稼，讓他在臺灣文學運動
上沒有缺席。

圖九　一九八五年，《文學界》編輯會議。前排左起：陳明台、林瑞明、
曾貴海、鄭烱明；後排左起：趙天儀、葉石濤、彭瑞金、陳千武
（文學台灣基金會提供）

　　曾貴海在讀高醫時就在《笠》詩刊寫詩，三十七歲出版第一本詩集《鯨
魚的祭典》，三十九歲獲得第十六屆吳濁流文學獎新詩獎，四十歲出版第二
本詩集《高雄詩抄》，二〇一六年，獲頒第二十屆台灣文學家牛津獎。曾貴
海至今出版的二十三本著作中有十九本詩集，他寫詩、寫散文，也寫文論和
評論。

　　一九九六年，曾貴海以《文學台灣》雜誌社社長之名，有感而發在報紙
上發表〈從盛岡到美濃〉一文，提到高雄美濃景色美過日本盛岡，而在盛

---

14 一九八九年，發行二十八期的《文學界》走完它在八〇年代臺灣文學的階段性使命，
　宣布停刊。

岡,從車站、市區、山頂上看到詩人石川啄木的詩碑及雕像,盛岡市以一種在城市轉彎處就能遇見詩的文學魄力,展現城市的驕傲與文化圖騰。臺灣作家鍾理和的文學魅力並不亞於日本的石川啄木,但鍾理和的文學卻被監禁在紀念館之中。這篇五百字的短文登出後,被當時高雄縣長余政憲看到後,進而促成全國第一座臺灣文學步道建置於鍾理和紀念館園區。

當文學成為地景,拉近民眾與文學的距離。能夠推動文學步道的設置,可說是曾貴海意料之外的收穫,更也可以說是當時一種天時地利人和的因緣和合。相較於一九九五年,一群關心教科書編審制度的人士所成立的「教科書改造聯盟」,由曾貴海擔任南部地區召集人,邀請南臺灣二十多位教授、醫師、作家及媒體工作者投入教育本土化的運動,則是一條漫長的臺灣教育及教科書改革之路。

「教科書改造聯盟」主張臺灣教科書應從認識自己的家鄉開始建立臺灣主體性,以地方教育自主權呼籲地方政府可以自己編寫貼近家鄉地氣的教科書;並在報章媒體發表「中小學教科書應當以臺灣為主體」、「重視本土文化重編史材」、「『臺灣文學』不能設系?」等相關論述,強調臺灣史就是本國史、臺灣文學就是本國文學的教育導向。在各國的高教體系中,英國有英國文學系、法國有法國文學系、日本有日本文學系、中國有中國文學系,曾貴海說:「我們強調臺灣主體性的教育改革方向,推動『台灣語文學系、所』設立是我們努力的目標。」國內大學廣設臺灣語文學系大都在二〇〇〇年政黨輪替之後的事情,至二〇〇五年,全國陸陸續續成立了近二十間臺灣文學、語文系所,這關鍵在於「台灣南社」的奔走推動。

二〇〇〇年,臺灣第一次政黨輪替,民進黨首次執政。欣見臺灣民主政治的新局面,但曾貴海也憂心首次政權轉換,臺灣政局將面臨更大的難題,因為民進黨雖然執政,但是包括行政、立法、司法、考試、教育、文化、軍事是運轉近六十年的舊結構,失去政權的國民黨勢必醞釀反撲鬥爭的力量。當時,在高雄長期參與社會運動的曾貴海、鄭正煜、吳錦發、張復聚、彭瑞金、郭憲彰及中山大學一些教授,在幾次聚會中都希望延續、凝聚民間的運動能量,而了籌組「南社」的想法。這一年七月八日,以建立「臺灣」為主

體的教育、文化、環保等公共政策與推動立法院席次裁減、各大學成立「台灣文學系」及議會強力監督為社務工作的「台灣南社」成立，上百位社員為南臺灣各大學教授、醫師、律師、社運團體負責人、文化界人士、牧師、教師、作家等，會長為曾貴海，由鄭正煜擔任執行長一職。

圖十　二〇〇一年，曾貴海擔任台灣南社社長
（曾貴海提供）

　　曾貴海在〈台灣南社宣言〉指出：「臺灣的民主機制，並不意味著臺灣存在的意涵。無論文化、教育、法治、環境倫理和公民責任，都停留在有形無形的舊體制時空邊緣，使臺灣無法形成高水準的現代文明國家，無法建構生命共同體的集體共識。……台灣南社，想透過思想與運動的辯證，追求臺灣的尊嚴與價值，使臺灣享有其他國家擁有的和平、人道與獨立的國格。」[15]

　　台灣南社成立後，持續在教科書改革上努力，希望改變國文教材中文言文課程比例偏高的情況，曾貴海分別統計過一九九六年、二〇〇〇年和二〇〇六年的國文教材中，四書、孔孟教材的文言文佔比達七成至九成多。他指出，歐洲有古典文學的語言，但語言和文字隨時代發展變化，義大利詩人

15 〈台灣南社宣言〉一文收錄於曾貴海：《憂國》（臺北市：前衛出版社，2006年），頁454-455。

但丁寫《神曲》、莎士比亞的經典劇作、智利詩人聶魯達、美國詩人費特曼，每一個時代文學作品都用當時代的語言文字書寫，但現代台灣卻一直讓學生從充滿古文的國文教科書中吸收文學營養，考試也考文言文，這是一種文學教育的荒謬政策，曾貴海說：「全世界有哪一個國家的文史教育，是用大量的古代思想、價值觀、古代的文本來教育現代公民呢？我不完全否定中國古典文學，但是今日有現代的文體、現代作家及文學作品，教育應跟現代社會連結起來。」

曾貴海從同時間的國文教材統計數據中指出，教科書介紹的臺灣作家只有三、五位，中國作家高達九十七個。臺灣學生接受的國文學養教育，卻幾乎沒太多機會認識臺灣不同時代、不同族群、不同類別與風格的臺灣文學作品，潛移默化中形塑成一種「臺灣沒有作家、臺灣沒有文學」的印象，然後演變成「臺灣沒有知識分子」，長期以往，弱化臺灣文學的美學潛力和價值，莫過於此。

為促進語言和文化的多樣性，保護世界多種語言的寶貴資產，聯合國教科文組織從二〇〇〇年起，將每年的二月二十一日訂為「世界母語日」。二〇〇三年，曾貴海獲聘擔任教育部本土教育委員會委員、高級中學國文科課程綱要專案小組委員及行政院教育改革推動委員會委員，在這期間，他爭取設立「中、小學教科書監督小組」以及「臺灣母語推動小組」。教育部在二〇〇六年六月公布「高級中等以下學校及幼兒園推動臺灣母語日活動實施要點」，規定各學校每週自訂一日為母語日，鼓勵學生學習、運用日常使用之閩南語、客家語、原住民族語及其他本土語言。有了「臺灣母語日」政策，台灣南社就主動提供「臺灣母語日」深化教學方案供學校參考，而鄭正煜和曾貴海兩人更是多次南北奔波赴教育部討論「臺灣母語日實施計畫」的進度。

二〇一九年開始實施的十二年國教新課綱，高中國語文領域的文言文比率調降成百分之四十五至三十五；歷史課綱將從九年一貫時期的「中國史」改為「東亞史」，因而引起社會上除了教育層面的，也觸及對臺灣主體意識看法的爭論聲音。從歧異到爭議，曾貴海說：「教科書的改變開始於一九九

七年李登輝時代編印『認識台灣』，[16]到台灣文學系所的設立，而較大的改變已是二〇一九年的歷史課綱的調整了。確立臺灣主體意識的教育改革，這一路走了多久啊！」

五　結語

〈詩人，你能做什麼〉[17]

你問我正在做什麼
我確實正在寫詩
但我真的無法改變什麼
因為世界早已被改變

　　本業是醫師，曾貴海還有：詩人醫生、創會會長、社長、基金會董事長、召集人、南台灣綠色教父等等其他「不務正業」的諸多頭銜。曾有記者問曾貴海：「你的身分這麼多，如果要選擇一個，你要選擇什麼？」曾貴海不假思索地說：「詩人」。

　　被稱為「詩人醫生」的曾貴海不是職業作家，而且長期不務正業於社會運動，「我有兩個特質，一個是社運人的特質，一個是文學工作者的特質；社運讓我成為一個協調者、行動者和改革者，文學則是讓我成為一個觀察者、思想者，幫助我看清人間與權力的實相。」對曾貴海而言，從事社會運動、政治運動，讓他更能夠貼近在臺灣島國這片土地生活的人們，他是將作家視為此生的生命任務。他說：「臺灣是我的文本，也是我的稿子，我的阿

16　一九九四年教育部公布《國中課程標準》，於國中一年級增設「認識臺灣」新課程。課程安排在原有的公民、歷史、地理三學程中各挪出一節來上《認識台灣》之《社會篇》、《歷史篇》、《地理篇》。

17　〈詩人，你能做什麼〉一詩收錄於曾貴海：《浪濤上的島國》（高雄市：春暉出版社，2007年），頁47。

米巴精神從文學到臺灣，一直都在，就是永遠不一定的變化、創新、接受挑戰，永遠以自由的方式去闡述文本的內涵。」

　　曾貴海說：「投入每一次的社會運動，大部分都是有一個觸發我覺得這件事情值得做的因緣，這因緣在於所做的事情是為了公共事務、是生命裡覺得美好的事情，就是善事聚善緣，當條件、因緣都俱足的時候，就可能成就。」

　　二○二一年，曾貴海醫師年過七旬，仍維持每天閱讀、書寫的習慣，持續晚上看診的工作。曾醫師感謝在生命過程中，有機緣能和一群沒有私心、充滿理想的朋友、運動伙伴，一起奉獻、共事，一起來做對的事情，從醫學到文學、環保生態、教育改革、古蹟保護、客庄社造諸多的公民運動，堅持信念向前行，希望臺灣島國變得更美好。

　　一九九六年諾貝爾文學獎得主辛波絲卡曾說：「艱鉅的任務總是找上詩人。」對詩人醫生曾貴海而言，能完成生命中的種種任務，不論艱鉅與否，唯有真誠的面對，與不願放棄的信念及堅持。

圖十一　一九八五年，曾貴海獲頒第十六屆吳濁流文學獎新詩獎

（曾貴海提供）

◀圖十二　一九九五年十月，保護高屏溪綠色聯盟在舉辦世界河流會議前一天，安排與會學者走訪高屏溪（曾貴海提供）

◀圖十三　二〇〇四年，曾貴海（左）與鍾鐵民（右）一起主持笠山文學營活動（曾貴海提供）

◀圖十四　二〇一六年，曾貴海獲頒第二十屆台灣文學家牛津獎（曾貴海提供）

參考文獻

一　專書

曾貴海　《鯨魚的祭典》　高雄市　春暉出版社　1983年

曾貴海　《原鄉‧夜合》　高雄市　春暉出版社　2000年

曾貴海　《憂國》　臺北市　前衛出版社　2006年

曾貴海　《浪濤上島國》　高雄市　春暉出版社　2007年

蔡幸娥　《唯有堅持──曾貴海文學與社運及醫者之路》　苗栗縣　客家委
員會客家文化發展中心　2021年

二　雜誌

《文學界》創刊號　1982年1月發行　高雄市　文學界雜誌社

社會運動與「綠色之夢」
── 曾貴海詩作中的環境意識

鍾秀梅*、李亞橋**

摘　要

　　曾貴海透過社會運動建立的「綠色之夢」，藉由詩的作用展現出「生命—社會—環境」之間的辯證關係，體現出「運動—創作」的環境意識。這當中包括他早期創作體現出來的生命思索、社會關懷與環境意識。而曾貴海一九九〇年代投入社會運動、深耘環境議題，這段期間雖然他創作量較少，但他的創作和社會實踐形成密不可分的關係，從生命的思索開展出豐富的主題。本文探討他的「綠色之夢」如何形成，並且如何在詩的作用上體現環境意識，具體地呈現出「生命—社會—環境」的整體思索，透過創作來思索理性介入社會的可能性。

關鍵詞：生命—社會—境、綠色之夢、環境意識、詩的作用

*　國立成功大學臺灣文學系副教授。
**　國立成功大學臺灣文學系博士候選人。

我們的文化體系包含極大的多樣性和複雜性，這種多樣性和複雜性在
詩人精細的情感上起了作用，必然產生多樣和複雜的結果。詩人必須
變得越來越無所不包，越來越隱晦，越來越間接，以便使語言就範，
必要時甚至打亂語言的正常秩序來表達意義。[1]

——艾略特（T. S. Eliot）〈玄學派詩人〉

一　前言：「生命—社會—環境」

　　曾貴海早期詩作當中，充滿對於生態的關懷，和他參與南臺灣的社會運
動與環境運動有關，其中環境運動的踐行是持續性的。在二○○○年以前，
他在創作上斷斷續續，主要是一九九○年代投身好幾場仗役的緣故，形成了
「生命—社會—環境」之間關係的思索，奠定了日後現代詩創作的泉源。這
一系列的社會與環境運動和創作在曾貴海的生命經歷當中，看似兩個不連貫
的時期，卻是相輔相成，產生極大的影響。因此，討論這兩者之間的關係，
以及早期創作中的環境議題，是本文的核心焦點。

　　而「生命—社會—環境」延伸出來的「綠色之夢」，是曾貴海一九九○
年代環境運動的基礎，也成為當時他從生態視角出發，用詩的語言複雜化他
所感知的世界。為何說是「綠色之夢」？所謂「綠色之夢」，在〈綠色之夢〉
一文當中，曾貴海在一九九○年八月初自美國回臺之後，看到報紙陸續刊載
有關縣市交界衛武營區六十七公頃的土地該如何利用的文章，有人主張作為
商業用地、世貿中心、市政中心或大學等等，此時曾貴海便投身論戰[2]。之
後他試圖改變高雄工業汙染或過度人為開發的環境，將之轉變為注重生態與
人類共存的都市。除了推動衛武營自然公園之外，曾貴海所致力的環境運
動，還包括愛河與高屏溪的整治、濕地保育、反美濃水庫、屏東小鬼湖生態

1　T. S. Eliot，李賦寧譯：〈玄學派詩人〉，《艾略特文學論文集》（南昌市：百花洲文藝出
　　版社，2010年），頁27。

2　曾貴海：〈綠色之夢〉，《台灣文化臨床講義》（高雄市：春暉出版社，2011年），頁65。

保育、重建舊好茶部落等[3]，這些成為一九九〇年代臺灣「南方綠色革命」的發展過程。

　　而臺灣南部的「生命—社會—環境」是在「地方—空間」不斷變遷過程下的動態過程。從戰後高雄逐漸成為臺灣工業化的重鎮，產生各種環境汙染，一直到一九八〇年代環保意識逐漸抬頭，並在一九九〇年代推動高雄的生態保育。曾貴海在社會運動的參與過程中，作為「綠色之夢」的重要推手，試圖將高屏地區賦予新的意涵。政治地理學家阿格紐（John Agnew）將地方視為「有意義的區位」，包含區位、場所、地方感的結合[4]。而此「有意義的區位」，在地方不斷變遷的過程中，也對人產生不同的感受。或是人文地理學家瑪西（Doreen Massey）則認為空間並非是封閉的系統，在政治論述中對未來保持真正開放、產生共鳴[5]。高屏地區也作為一個開放的空間，不同鄉民、階級、族群、性別的人進入後，也不斷重塑高雄都會空間，並產互動；曾貴海實踐理想中的「綠色之夢」，即是他在「地方—空間」不斷變遷與互動的過程中，透過社會運動與文學創作的奮鬥過程，並以書寫來呈現「生命—社會—環境」三重之間的辯證關係。

　　曾貴海的社會運動與現代詩創作之間，產生密不可分的關係。就像是引文中艾略特所說的，「我們的文化體系包含極大的多樣性和複雜性」，並且此文化體系在現代詩上產生作用，這正是曾貴海現代詩創作與「生命—社會—環境」連貫一體的寫照。本文主要探討他的「綠色之夢」實踐過程，在臺灣南部的社會運動與現代詩創作具有什麼樣的關聯？這個問題包含曾貴海詩作中的「環境意識」是如何生成？如何實踐他的「綠色之夢」？又如何展現在現代詩創作當中？高屏地區的社會運動作為實踐與改變的「地方—空間」，在曾貴海「運動—創作」的關係之間，不斷產出新的意義，讓高屏地區的生

3　鍾仁嫻撰文，林聲攝影：〈拼出「綠色之夢」：詩人醫生曾貴海的「革命」之路〉，《拾穗》第552期（1997年4月），頁24。

4　Tim Cresswell，王智弘、徐苔玲譯：《地方：記憶、想像與認同》（臺北縣：群學出版公司，2006年12月），頁14。

5　Doreen Massey, *For Space*, London: SAGE Publications, 2005, 10-11.

態環境與人類活動之間，思考一條永續發展的路徑。

二　曾貴海「綠色之夢」的形成

　　曾貴海（1946-），早期筆名「林閃」，屏東佳冬鄉六根庄人。曾貴海的祖母有平埔族血統，祖父是福佬庄抱來的養子，外婆是客家婦女，自稱「平埔福佬客家台灣人」[6]。他初中畢業後，曾到高雄，服役，就讀高雄醫學院，畢業後任胸腔科醫師。他曾到臺北榮總短暫受訓，一九八二年從臺北榮總調回高雄服務[7]。一九八八年出任台灣人權促進會高雄分會副會長，一九九○年出任台灣環境保護聯盟高雄分會會長，是「診療所到書房」的第一步，之後投入「衛武營公園促進會」並任職會長、「保護高屏溪綠色聯盟」會長、「愛河護河運動」，一九九六年成立「高雄綠色協會」並任會長一職，同年也曾參加建國黨的籌備，但因黨內意見分歧，曾貴海再次轉向文化和教育。一九九九年出任鍾理和文教基金會董事長，二○○○年創立南社，二○○二年接任台灣筆會第十一任會長，之後也出任本土教育委員會委員、行政院教育改革委員會委員，推動教育改革，一直到二○○四年臺中榮總退休[8]。

　　曾貴海的創作經歷與著作豐富。一九六六年醫學院二年級時，便和江自得、蔡豐吉、王永哲、吳重慶等人創立「阿米巴詩社」，「阿米巴原型」的精神[9]。除了「阿米巴詩社」活動之外，他也曾參與《笠》、《文學界》、《文學

6　彭瑞金：〈解讀曾貴海的詩路〉，收錄於曾貴海：《孤鳥的旅程》（高雄市：春暉出版社，2005年），頁95。

7　邱麗文撰文，林枝旺攝影：〈曾貴海的戀戀大河情〉，《源》第31期（2001年1-2月），頁47。

8　阮美慧：〈始於靜觀，終於哲思：曾貴海《湖濱沉思》中的文本隱喻〉，收錄於曾貴海：《湖濱沉思：曾貴海詩集》（高雄市：春暉出版社，2009年），頁91-92；彭瑞金：〈解讀曾貴海的詩路〉，收錄於曾貴海：《孤鳥的旅程》（高雄市：春暉出版社，2005年），頁96-97。

9　阮美慧：〈始於靜觀，終於哲思：曾貴海《湖濱沉思》中的文本隱喻〉，收錄於曾貴海：《湖濱沉思：曾貴海詩集》（高雄市：春暉出版社，2009年），頁90。

台灣》、「台灣筆會」等文藝社團活動。在現代詩方面，他的詩集有《鯨魚的祭典》（1983）、《高雄詩抄》（1986）、《台灣男人的心事》（1999）、《原鄉‧夜合》（2000）、《南方山水頌歌》（2004）、《孤島的旅程》（2005）、《神祖與土地的頌歌》（2006）、《浪濤上的島國》（2007）、《曾貴海詩選》（2007）等，也曾和鄭炯明、江自得合出詩集《三菱鏡》（2004）。

　　而曾貴海的環境運動與文學創作，呈現出相互連結而非對立關係。他早期習作以凝視的角度抒發情感、性、物、鄉土、社會百態等等，到了一九九八年到二〇〇〇年初，曾貴海一方面寫詩，一方面寫南方護河運動史，詩集、運動史幾乎在同一時間完成[10]。彭瑞金曾說一九八五至一九九八年之間，曾貴海的詩作有長達十三年「停滯不前的現象」，這段期間也正是曾貴海參與社會運動的期間[11]。或許曾貴海並非真的「停滯不前」，而是環境運動語文學創作呈現一個互補關係，兩者相輔相成。比如《被喚醒的河流》（2000）是「南方護河運動史」，而《留下一片森林》（2001）諸多作品都和環保運動有關[12]，這兩本著作即是環境運動的重要紀錄。此階段曾貴海現代詩創作量較少，他投注大量時間在從事社會運動，但社會參與同時給予他創作的養分來源。一直到二〇〇〇年初，他都仍夢想解決臺灣「重北輕南」的問題：

　　　　一但北高的心靈距離拉近，自然就會增強高雄居民的自信心，到時加
　　　　上空港、商港及WTO之後的運輸競爭力，高雄就可以大力發展觀光
　　　　事業，讓南台灣成為充滿度假心情的後花園。[13]

10　曾貴海：〈後記〉，《原鄉‧夜合》（高雄市：春暉出版社，2000年），頁99。

11　彭瑞金：〈解讀曾貴海的詩路〉，收錄於曾貴海：《孤鳥的旅程》（高雄市：春暉出版社，2005年），頁97、頁99。

12　彭瑞金：〈解讀曾貴海的詩路〉，收錄於曾貴海；《孤鳥的旅程》（高雄市：春暉出版社，2005年），頁100。

13　邱麗文撰文，曾貴海圖：〈高雄的未來是無限延伸的海洋新都……〉，《源》第36期（2001年11-12月），頁12。

曾貴海逐漸從環境運動蛻變，進一步思考臺灣社會整體發展。他以南部作為「後花園」的想像，也正是要立基在優良的生態環境以及保育上，並且逐漸擴大到如何重塑臺灣「地方─空間」的發展想像。

　　因此，曾貴海的環境保護運動並非只侷限於高雄，而是從臺灣整體區域的連帶關係進行思考。他曾討論故鄉屏東的水資源議題，水資源無法以縣市的行政區界線來劃分，它必然是跨越不同區域範圍的影響。也正因為具有不同地區的連帶關係，也同時促成不同地方的人們的結合：

> 反隘寮堰取水工程運動出現後，南台灣的護水運動正式成為財團與弱勢族群原住民、農民的對抗。反隘寮堰運動的發展，承接反瑪家水庫運動中發展出的對抗關係。民國八十三年（1994）一群關心生態的人們來到高屏溪口種下海茄苳（紅樹林）。民國八十五年（1996）自台南以下的南台灣綠色聯盟，成立「護水愛鄉聯盟」，同年進行「一〇〇四全國反濱南，護水愛鄉聯合大請願」遊行。[14]

文中指出的屏東「反瑪家水庫運動」，不只是南臺灣的護水運動，它還牽涉到不同族群的生活，包括閩南、客家，甚至是排灣族的生活領域[15]。在護水行動的過程中，一方面試圖捍衛環境，另一方面也可以藉此思考不同族群生

---

14 鍾秀梅，〈社區保衛運動與永續經營〉，收錄於王御風、周芬姿、鍾秀梅、鍾榮富：《社會形態與社會構成》（屏東市：屏東縣政府，2014年），頁181。

15 在《高屏溪的美麗與哀愁》一書中指出：「隘寮溪全長為六十八點五公里，發源於大武山群有南、北隘寮溪及口社溪等支流，南北隘寮溪上游流過的鄉鎮是瑪家鄉、霧台鄉及三地門鄉，山谷環繞人口較少，河川未受汙染，由於這個區域的地質是年輕的板岩，地質非常脆弱，晴天時仍可見山區的落石崩塌，水土保持的問題非常嚴重。賀伯颱風時在好茶村引起土石崩落，造成四位魯凱族人罹難的悲劇，村民至今仍在止痛療傷。水利單位計畫中的瑪家水庫壩址就是以南北隘寮溪匯流處上游的山谷為集水區，對於壩址兩側山區的脆弱地質及全年性的塌崩落石，可預見將會產生很嚴重的淤積問題，降低水庫使用年限，瑪家水庫計畫根本是一項錯誤的政策。」曾貴海、張正揚等輯著：〈清流今生的愛戀〉，《高屏溪的美麗與哀愁》（臺北市：時報文化出版企業公司，2001年12月），頁228。

活之間的連帶關係。

　　曾貴海也並非僅止於環境運動的討論，他還從事臺灣文學建構、去殖民的思索，與整個環境運動連起來。特別是南臺灣認同與客家身分的確立，強調後殖民、去殖民的歷史經驗與文化抗爭。曾貴海將「生態」延伸到臺灣內部的文化與文學層面的觀察。他曾經在二○○七年十月十七日到臺中舊酒廠，參加文建會舉辦的「台灣文化日」開幕儀式，擬了一份「台灣新文化宣言」。曾貴海認為一九二○年代台灣文化協會「萌芽了台灣文化的主體意識」，同時也「展開了歷史上最具影響力與全面性的現代化啟蒙運動，為臺灣移民社會確立了台灣主體性文化思想的基礎」[16]，正如同當時日本殖民時代的知識分子蔣渭水、賴和等人，他們都具有醫生的身分，曾貴海同樣身為醫生，也試圖肩負前人未竟之志，在二十世紀末不同的時空背景下，書寫關於台灣主體認同的討論。他曾在〈台灣文學本體生態的建構〉中說：

　　　　臺灣文學受歷史、風土及族群等多重因素影響下，文學的生產、消費
　　　　與分解體系之間的循環與代謝關係，一直存在著不穩定的變動性，甚
　　　　至導致某些生態體系的消失。近百年來，文學生態一直重複著解構—
　　　　建構—解構的失衡循環狀態。體系間互相制約競爭及零和遊戲式的鬥
　　　　爭，至今尚未呈現穩定的文學生態平衡。[17]

　　從「生態」出發的文化與文學關懷，便扣連到思索台灣主體如何重建成「生態平衡」的體系。「文學生態平衡」是是曾貴海的特殊之處，想要透過「文學生態平衡」來取代「體系間互相制約競爭及零和遊戲式的鬥爭」。

　　在「國族—族群」議題上，也成為一九九○年代臺灣的政治解嚴，各種形式的社會運動、政治運動出現，臺灣國族主義也冒起，居中有右翼法西斯、波拿巴主義、共和民粹主義、左翼國族主義等主體身分運動建構過程，

16　曾貴海：《台灣文化臨床講義》（高雄市：春暉出版社，2011年），頁12。

17　曾貴海：〈台灣文學本體生態的建構〉，《台灣文化臨床講義》（高雄市：春暉出版社，2011年），頁12。

當然也包括了臺灣文學話語權的再現與較量。曾貴海通過環境運動與社區參與，很難成為空洞的右翼國族主義分子，他的反殖民、寫實主義寫作、自然書寫與自然生態研究，就如同實踐了鍾榮富所指出的難題：

> 台灣文學之建構首先應該是作品在質與量方面的強化，內容多與社群連結，不論是台灣的生態、海洋、土地開發、歷史解讀、或資本主義對於人性的壓榨等主題，都還有極大的進步空間。[18]

臺灣文學發展至今，和臺灣土地與國族認同密不可分，自然書寫與自然生態研究雖然是臺灣文學研究領域的一部分，但仍有極大發展空間。而曾貴海的自然書寫與創作，為臺灣文學給予重要的養分，臺灣文學的建構與體制化，和臺灣民族認同逐漸受到重視息息相關，這也是臺灣文學不應忽略的課題。
　　上述這些社會運動的參與和實踐，又如何對曾貴海的現代詩創作產生影響？我們又該如何看待社會實踐與創作之間的關係？這在曾貴海早期的詩作中，有清楚的展現。以下進一步分析曾貴海詩作中的環境意識。

三　曾貴海詩作中的環境意識

　　曾貴海的早期創作主要收錄在《鯨魚的祭典》當中。這本詩集主要分為兩階段，第一階段是一九六六年到一九七〇年，是他在《笠》詩刊上發表文章的時期，此時期的創作較為青澀、多愁善感，主要是輯一「詩的纖維」（1966-1970）。曾貴海的詩從土地出發，一開始關注自然生態與環境保護運動，到之後以及母語詩的書寫、探討殖民等問題等。在一九八〇年至一九八五年間的創作，則分成「動植物的世界」（1980-1982）、「高雄」（1982）兩輯。像是在〈思考的纖維〉組詩當中，以短詩呈現「生命─死亡」之間的關

---

18 鍾榮富：〈曾貴海的文論與創作〉，《不斷超越的詩章：曾貴海作品研究》（高雄市：春暉出版社，2011年），頁178。

係,「死亡/大自然底父親/來到我身邊」,它蘊含一切,可能面臨生物或人類從中擷取資源以存活,因此短詩結尾中指出,「我知道/你底兒子就叫生命」[19],意味著生物或人類的存活,仰賴從「自然—父親」當中提取生活的資源。甚至像是〈愛河〉當中透過將愛河的汙染過程,結合「愛情」的意義,將之擬人化,「把不愛的都流給妳/我們感激地改稱妳為/仁愛河」[20]。陳明台指出:

> 他的詩本來就帶有思考的、抒情的性格,以愛與悲憫的精神為底流,最近又配合上強烈的現實意識,而努力於深入探究本質的意味,尋求更具象徵性、共通性的表現。[21]

第一本詩集中的特性,也影響到之後的詩作,儘管曾貴海在二○○○年以前的創作期間斷斷續續,但從詩的觸手出發,從思考生命的本質出發,成為他日後詩作中開展、延伸出創作形式與內容的泉源。曾貴海便曾說,第一本詩集《鯨魚的祭典》是「抒情性質濃厚的詩語,凸顯的大都是浪漫的人聲詠歎,關懷、悲憫並未觸及人生的痛點」[22]。

然而,《鯨魚的祭典》同時也是也是曾貴海關注環境議題的起點。特別是意識到高屏地區的環境污染與破壞,即是作為一個地方市民所展現出的地方意識。李敏勇曾經指出:

> 他的第一本詩集《鯨魚的祭典》留有這些印記,但很快地即進入以高雄的生活場域為主題的書寫〈風聲〉、〈高雄〉、〈愛河〉、〈公園〉都

---

19 曾貴海:〈無題〉,《鯨魚的祭典》(高雄市:春暉出版社,2003年1月),頁8。

20 曾貴海:〈愛河〉,《曾貴海詩集:高雄詩抄》(臺北市:笠詩刊社,1986年),頁68-69。

21 陳明台:〈溫情之歌——試析論曾貴海的詩〉,收錄於曾貴海:《鯨魚的祭典》(高雄市:春暉出版社,2003年),頁19。

22 彭瑞金:〈解讀曾貴海的詩路〉,收錄於曾貴海:《孤鳥的旅程》(高雄市:春暉出版社,2005年),頁101。

> 是，基本以之為詩集《高雄》；另外就是自然生態保育的關注，《鯨魚
> 的祭典》與《高雄詩抄》即是。他書寫的高雄，有愛有批評，流露一
> 種市民意識，也是市民權的展現，與他後來積極投入在一般國家以市
> 民運動為名，在台灣的社會運動。[23]

曾貴海從思考生命到地方意識的醞釀，在第一本詩集當中便已展現出來。儘
管「詩的纖維」充滿青澀憂鬱的色調，但「動植物的世界」、「高雄」則分別
開啟了觀察並描繪生物樣貌、都市與人的關係的主題。

　　而《曾貴海詩集：高雄詩抄》是第二本詩集，開始提及各種公害污染的
事件。比如〈吃白鷺鷥的人〉，譴責南部有不肖業者捕捉白鷺鷥製成肉湯販
賣，甚至連結到人類不斷捕捉各種動物進食。這些白鷺鷥生長的地方，已是
工業化下的臺灣，儘管「污染的田水／猛烈的農藥／滅絕不了牠們的族類／
仍然繁衍出純色的雛鳥」，詩中透過白鷺鷥的純潔、溫馴，對比現代社會中
人類及其文明的醜惡[24]；〈青蛙的告白〉則是透過環境受到汙染與破壞後，
自然環境中的蛙類急遽減少的狀況。詩中使用擬人法，並模擬青蛙的口吻來
向人類呼籲：「現在，我們的數目減少了／每隻蛙兄弟蛙姊妹／同你們一樣
／體內充斥毒素／但人類愚笨得無法察覺／仍然嗜食我們／把毒素吃回體
內」。一方面，除了人類貪婪地破壞環境、捕捉各種自然界的生物，做為餐
桌上的佳餚。另一方面生物循環與毒素累積的過程中，人類最終也成為受
害者[25]；上述二首詩在一九八六年的《高雄詩抄》當中，已經呈現出曾貴海
的生態關懷，之後一九九〇年代的環境運動實踐與創作，大致便朝這個方向
前進。

---

23 李敏勇：〈謳歌人間，守護家園，為國族造像：曾貴海的生命情懷與社會誌〉，《文訊》
　　第415期（2020年5月），頁101。

24 曾貴海：〈吃白鷺鷥的人〉，《曾貴海詩集：高雄詩抄》（臺北市：笠詩刊社，1986年），
　　頁43-45。

25 曾貴海：〈青蛙的告白〉，《曾貴海詩集：高雄詩抄》（臺北市：笠詩刊社，1986年），頁
　　52-54。

　　曾貴海在《色變》當中，現代詩創作的形式風格與意義思索，都更加豐富。像是在〈森林長老的招魂〉一詩，一方面將詩寫成論文的形式，另一方面將環境破壞的問題，擴大到對生命與人類族群的思索，這首詩作描繪森林被砍伐、可能導致日後天災人禍的狀況，「死去的山林的生命幽靈找不到回鄉的路，只好隨狂風暴雨流竄人族的城市」。而人類失去森林保護土地與環境之後，「將承受隨時發作的災難，那一天，就將到來，那一天，不可能不讓它到來吧？」[26]。阮美慧曾評論這本詩集，「形式及語言別出心裁，可謂另類的敘『事』詩，詩中借用的小說、散文的類形元素，具情節與敘事的要項」[27]。詩集中多變語言與形式運用，使詩作更加豐富與生動。

　　綜觀曾貴海參與南臺灣社會運動的期間，從一九八○至九○年代發軔，這期間的三本詩集《鯨魚的祭典》（1983）、《高雄詩抄》（1986），但他對於土地的關懷與創作，都未曾停止。儘管本文主要討論這段期間曾貴海的詩作，但二○○○年後曾貴海仍有書寫具有環境保護意識的作品，也不可忽略。

　　二○○○年後曾貴海的詩作，從「生命─社會─環境」環環相扣的議題上，開展出更為多元的形式與內容面向。在這個階段，他透過後殖民理論，來思考如何建立臺灣文學的「後殖民詩學」。他曾說：

> 台灣文學教育一方面受制於殖民者的複雜機制，另一方面臣服於西方正典的「偉大性」，無法像非洲和中南美洲的後殖民文學那樣，有那麼多偉大的作家，寫出數量龐大的作品，並形成了獨立國家的文學傳統遺產。[28]

也正是經歷過社會運動與現代詩創作，二○○○年後一方面思考臺灣文學的主體建構，另一方面也強調母語書寫的可能性。但在這過程中，社會運動的

26　曾貴海：〈森林長老的招魂〉，《色變》（高雄市：春暉出版社，2013年9月），頁76。

27　阮美慧：〈在光與影的幻化中，投下我深深的凝思與關照──閱讀曾貴海詩作《色變》〉，收錄於曾貴海：《色變》（高雄市：春暉出版社，2013年9月），頁100。

28　曾貴海：《戰後台灣反殖民與後殖民詩學》（臺北市：前衛出版社，2006年），頁26。

經歷並未拋棄。比如他在客語詩集《原鄉・夜合》（2000）裡面也曾提及一九九〇年代美濃反水庫運動。《原鄉・夜合》裡面〈假使美濃會起水庫〉，「一條幾億噸个水龍／日日夜夜／想要衝下來吞殺歸庄人／半夜醒來／會聽到河壩叫泣个悲聲」，如果美濃建水庫，將會改變全庄的命運，祖先可能會託夢「講這就係客家人命運个原罪」，甚至鍾理和會還魂，而「留下來个客家人／只好準備放火燒天」[29]。這即是他試圖將一九九〇年代美濃反水庫的經驗，用客家語書寫、並結合臺灣文學與後殖民台灣主體思考的產物。

　　經歷過一九九〇年代環境運動之後，曾貴海之後的詩作也會回溯這段期間自身與社會運動的關係。像是《湖濱沉思》當中的〈群眾與寂寞〉，也不斷在思考社會運動當中的群眾：

　　　　寂寞互相碰撞成火苗／燃燒著火勢的動線／土地被踐踏而發出吼聲／
　　　　群眾跟隨空中的旗幟／每個人看見千千萬萬個自己／每個人嘶喊共同
　　　　的名字／回應一波又一波的召喚／寂寞消失在群眾中[30]

對曾貴海而言，「寂寞」是個人的，而「群眾」是一種集體力量，在「寂寞」與「群眾」之間的「個人—集體」辯證關係之下，為土地發聲，藉此改變臺灣社會與環境。而阮美慧將《湖濱沉思》視為「現代人的備忘錄」，藉此形容曾貴海在現代社會中的社會關懷，以詩展現「有情天地」，並思考自身「如何在混雜多元的文化中，覓得一處安歇的住所」[31]。二〇〇〇年之後曾貴海的詩作日益豐富，形式也日益多元化，展現出如自然生態的多樣性。

　　此外，曾貴海也反覆思索生命，將人類生存與環境保育之間的價值進行

29　曾貴海：〈假使美濃會起水庫〉，《原鄉・夜合》（高雄市：春暉出版社，2000年），頁44-46。

30　曾貴海：〈群眾與寂寞〉，《湖濱沉思：曾貴海詩集》（高雄市：春暉出版社，2009年），頁62-63。

31　阮美慧：〈始於靜觀，終於哲思：曾貴海《湖濱沉思》中的文本隱喻〉，收錄於曾貴海：《湖濱沉思：曾貴海詩集》（高雄市：春暉出版社，2009年），頁123-124。

深刻的表會。比如〈報告宇宙〉,曾貴海也將殖民延伸到環境議題上,探討人類的普遍價值:

> 報告宇宙／人類塗改了地球的顏色／綠色森林已不是維生的必要條件／只有適合與人類共存的物種才能存活／地表和海洋毒化已深／煙囪的廢氣已穿破臭氧層／溶化高山冰湖儲存給未來人的水源／割裂陸海骨肉相連的自然法則[32]

在這首詩作當中,從地球向宇宙的控訴出發,藉此呼籲全人類破壞環境生態產生的危機,從陸地到海洋,從平地到高山,人類一方面榨取地球資源,另一方面也將汙染留下,詩作中可見到曾貴海將從地方生態的關懷,拓展至整個永續環境的概念當中。

從上述詩作分析可以見到,曾貴海的現代詩創作,和他的社會參與實踐脫離不了關係。至於評論者又該如何重新銜接詩作和社會運動之間的「連帶」關係?詹明信(Fredric Jameson)討論歷史與文學之間的關係時,他曾指出:

> 歷史與背景常常用於文學,同對於最真正的、形式的文學分析,又似乎是外部或外在的某種事物。實際上,對於後者來說,作品與其背景的關係,正如一件家俱與其環境的關係;充其量說,在這兩者之間,即客體和背景之間,能起作用的只是文體相似性的一種交換,也就是我們前此說過的那種文體或文化類同的實踐。[33]

社會運動會被記載下來成為歷史,而現代詩是文學創作的體裁。兩者之間的關係,恰如詹明信所說的「作品與背景」關係,需要透過重新了解並詮釋社

---

32 曾貴海:〈報告宇宙〉,《孤鳥的旅程》(高雄市:春暉出版社,2005年),頁47-51。

33 Fredric Jameson,錢佼汝、李自修譯:〈走向辯證批評〉,《語言的牢籠:馬克思主義與形式(下)》(南昌市:百花洲文藝出版社,2010年),頁339。

會運動的歷史脈絡,將「文體與文化類同實踐」銜接起來。曾貴海的現代詩創作提供一個對於生態環境保護運動的重要描繪,構築「綠色之夢」,也接起文藝創作與社會實踐之間的橋梁。

四　小結:詩的作用

　　綜觀上述討論,曾貴海的創作和「生命—社會—環境」的「綠色之夢」實踐過程,產生密不可分的關係。而此「綠色之夢」從土地出發,擴及到自然、族群、社會實踐、後殖民思想、文學創作等不同領域,開展出繽紛的色彩。

　　比如詹明信就曾經討論文學與現實、理想之間的關係。他透過形式主義和結構主義的遺產,重新思考索緒爾提出的共時方法,和時間、歷史之間可能發生的各種關係,但詹明信不是要回到語言學本身的研究,而是對於時間性的興趣與思考[34],於是他重新討論語言的模式,以及討論它如何分別在形式主義和結構主義中體現,要將語言學與文學、哲學、歷史學等各學科之間的關係重新連結成一個整體。他指出:

> 哲學作為有關世界的思想,要直到現實結束其形式過程並完成其自身之後才會出現。概念所教導的必然是歷史所呈示的。也就是說,直到現實成熟了,理想的東西才會對實在的東西呈現出來,並且把握了這同一個世界的實體之後,才把它建成一個理智王國的型態。[35]

而語言作為哲學的載體,甚至是歷史與概念的載體,在把握住「語言」之後並在歷史過程中成熟,才會使「理想」浮現。現代詩的作用也正在於此處。

---

34 Fredric Jameson,錢佼汝、李自修譯:〈語言模式〉,《語言的牢籠:馬克思主義與形式(上)》(南昌市:百花洲文藝出版社,2010年),頁7-9。

35 Fredric Jameson,錢佼汝、李自修譯:〈走向辯證批評〉,《語言的牢籠:馬克思主義與形式(下)》(南昌市:百花洲文藝出版社,2010年),頁327。

詩作做為精練的語言，它在詩人生命歷程與感受到的「現實」結束之後，透過語言留給讀者重新理解、歷史地認識詩人過去的經歷、體驗與心境變化的可能。這也是鍾榮富在討論曾貴海詩作的時候，從他的語言、觀點、主題，進一步討論敘事觀點、語氣、時間與意象等不同層次將曾貴海的詩作特性展現出來[36]。然而本文不僅只於此，從曾貴海的社會參與實踐出發，討論他如何轉化為詩的語言，本文考察「現實—創作」之間的交換過程，才能讓曾貴海詩作形成一個多層次的、立體的整體，徹底將詩的作用展現。

而詩人究其一生在下淡水河與廣闊的屏東平原生養、奮鬥與思考，在這塊奇幻的土地上，自十九世紀下半葉詩人的先祖們的反殖民抵抗，不亞於亞非拉的反殖民運動。從一八九五至一九一五年，屏東平原武裝抗日事件有乙未衛臺行動如「六堆客家團練抵抗運動」。地區土著勢力武裝游擊隊的形式反抗時間較久，有時單一武裝出擊，有時和其他族裔合縱連橫，如「牡丹社事件」、「林少貓行動」、「四格林事件」等。從一九二〇至一九三〇年代非武裝形式的抵殖運動以大正時期受思想啟蒙的青年，參與了「農民組合」、「文化協會」和「臺灣勞動協會」等行動，展現了理性介入社會的可能性[37]。它在南方的「地方—空間」中不斷形塑動態的歷史，也稼接起「運動—創作」之間的橋梁。

除了社會運動之外，思考如何重新塑造「地方—空間」，也是一項重要的課題。臺灣在解嚴後開展「社區營造」的方針，成為一種新的參與模式。比如鍾秀梅曾訪問參與護水運動的社區工作者周克任，他說：

> 以前原來不懂社區營造，要去重組社區裡面的人際關係，進而涵養出社區價值觀。當然每一個社區不同，但是每個社區都必須互助合作才能成案；然後不能走寡頭路線，要有生態社區、環境的概念進場。所

---

36 鍾榮富：《不斷超越的詩章：曾貴海作品研究》（高雄市：春暉出版社，2011年）。

37 鍾秀梅：〈社區保衛運動與永續經營〉，收錄於王御風、周芬姿、鍾秀梅、鍾榮富：《社會形態與社會構成》（屏東市：屏東縣政府，2014年），頁169。

以過去水的元素被放進來，從反水庫到保護水資源；所以這一塊變成
朗朗上口，也成為屏東地區這十年內較大的鋪面。[38]

從高雄到屏東，從過去反日本殖民的抗爭，一直到一九九〇年代反水庫運
動、保護水資源運動，這段環境運動到在地實踐的開展歷史，也因應這十年
內的社區改造經驗、環境意識抬頭，這些提供曾貴海重要的創作養分來源。

　　因此，詩人曾貴海從九〇年代起所參與的社會運動是這塊土地歷史鬥爭
的延續，他的後殖民主義思考是根基於詹明信所分析的在地歷史抵抗性的現
實基礎，通過上世紀九〇年代南臺灣的社會運動與環境議題詩作來完成他的
「綠色之夢」，在「運動─創作」之間，共同交織出深刻獨特的「生命─社
會─環境」意識，如此也完成了其哲學世界的思想旅程。

---

38 鍾秀梅：〈社區保衛運動與永續經營〉，收錄於王御風、周芬姿、鍾秀梅、鍾榮富：《社
　會形態與社會構成》（屏東市：屏東縣政府，2014年），頁182。

參考文獻

一 專書

曾貴海　《曾貴海詩集：高雄詩抄》　臺北市　笠詩刊社　1986年

曾貴海　《原鄉・夜合》　高雄市　春暉出版社　2000年

曾貴海　《被喚醒的河流》　臺中市　晨星出版社　2000年

曾貴海、張正揚等　《高屏溪的美麗與哀愁》　臺北市　時報文化出版企業
　　　　公司　2001年

曾貴海　《鯨魚的祭典》高雄市　春暉出版社　2003年

曾貴海　《孤鳥的旅程》　高雄市　春暉出版社　2005年

曾貴海　《戰後台灣反殖民與後殖民詩學》　臺北市　前衛出版社　2006年

曾貴海　《浪濤上的島國》　高雄市　春暉出版社　2007年

曾貴海　《湖濱沉思：曾貴海詩集》　高雄市　春暉出版社　2009年

曾貴海　《畫面Uēi-bīin》　高雄市　春暉出版社　2010年

曾貴海　《台灣文化臨床講義》　高雄市　春暉出版社　2011年

曾貴海　《色變》　高雄市　春暉出版社　2013年

曾貴海　《曾貴海論文集》　高雄市　春暉出版社　2016年

周芬姿等　《社會形態與社會構成》　屏東市　屏東縣政府　2014年

鍾榮富　《不斷超越的詩章：曾貴海作品研究》　高雄市　春暉出版社
　　　　2011年

Doreen Massey, *For Space*, London: SAGE Publications, 2005.

Fredric Jameson　錢佼汝、李自修譯　《語言的牢籠：馬克思主義與形式
　　　　（上）》　南昌市　百花洲文藝出版社　2010年

Fredric Jameson　錢佼汝、李自修譯　《語言的牢籠：馬克思主義與形式
　　　　（下）》　南昌市　百花洲文藝出版社　2010年

Tim Cresswell　王智弘、徐苔玲譯　《地方：記憶、想像與認同》　臺北縣
　　　　群學出版社　2006年12月

T. S. Eliot　李賦寧譯　《艾略特文學論文集》　南昌市　百花洲文藝出版
　　社　2010年

二　論文

鍾秀梅　〈社區保衛運動與永續經營〉　收錄於王御風、周芬姿、鍾秀梅、
　　鍾榮富　《社會形態與社會構成》　屏東市　屏東縣政府　2014年
　　頁167-193

陳明台　〈溫情之歌——試析論曾貴海的詩〉　收錄於曾貴海　《鯨魚的祭
　　典》　高雄市　春暉出版社　2003年　頁1-19

耿　白　〈熱愛生命〉　收錄於曾貴海　《鯨魚的祭典》　高雄市　春暉出
　　版社　2003年　頁83-84

彭瑞金　〈解讀曾貴海的詩路〉　收錄於曾貴海　《孤鳥的旅程》　高雄市
　　春暉出版社　2005年　頁95-114

阮美慧　〈始於靜觀，終於哲思：曾貴海《湖濱沉思》中的文本隱喻〉　收
　　錄於曾貴海　《湖濱沉思：曾貴海詩集》　高雄市　春暉出版社
　　2009年　頁90-124

三　期刊

曾貴海　〈回應蔣渭水　形塑新文化〉　《文學台灣》　第65期　2008年1
　　月　頁23-29

曾貴海　〈臺灣戰後的環境生態詩（一）〉　《笠》　第158期　1990年8月
　　頁115-126

曾貴海　〈臺灣戰後的環境生態詩（二）〉　《笠》　第159期　1990年10月
　　頁115-124

阮美慧　〈在光與影的幻化中，投下我深深的凝思與關照——閱讀曾貴海詩
　　作《色變》〉　曾貴海　《色變》　高雄市　春暉出版社　2013年
　　頁99-122

李敏勇　〈謳歌人間　守護家園　為國族造像：曾貴海的生命情懷與社會誌〉　《文訊》　第415期　2020年5月　頁99-105

邱麗文撰文，曾貴海圖　〈高雄的未來是無限延伸的海洋新都……〉　《源》　第36期　2001年11-12月　頁10-12

邱麗文撰文，林枝旺攝影　〈曾貴海的戀戀大河情〉　《源》　第31期　2001年1-2月　頁47-51

唐毓麗　〈不管那些鳥是否離去：探索曾貴海《白鳥之歌──情詩選》汎愛眾生的有情世界（中）〉　《文學台灣》　2018年7月　第107期　頁149-178

彭瑞金　〈解讀曾貴海的詩路〉　《文學台灣》　第53期　2005年1月　頁180-197

鍾仁嫻撰文，林聲攝影　〈拼出「綠色之夢」：詩人醫生曾貴海的「革命」之路〉　《拾穗》　第552期　1997年4月　頁24-27

客語詩心（新）界「頌、歌、演」的詮釋

——以「客家女聲」為例

羅秀玲*

摘　要

　　一九八八年客家還我母語運動至今已經三十餘年，透過客家文化與文學相結合的各類展演活動也日趨蓬勃發展，「客家女聲」，二〇一六年的十一月十二日在桃園大溪源古本舖舉辦了首次展演，由「歡喜扮戲團」彭雅玲導演所編導，作家暨媒體工作者張典婉籌劃，十數位客語書寫女詩人和客語歌者，至今在臺灣已演出十五場，特別突顯客家女性主體意識，以客語詩的主題特色、族群文化意涵等議題都值得探討研究，以真摯細膩的情感，表達詩作與土地關愛之情，也讓民眾參與體驗，不僅是一種創新的展演方式，藝術不是只有在殿堂，而是真正的讓藝術走向了民間。

　　本文以「客家女聲」作為文本對比的依據，筆者試圖以一個觀察者和表演者的角度，分析「客家女聲」詩作的主題意識與內容探究、客家文化的意象去觀察客語環境劇場美學的表現方式，並進一步探討客家女聲的價值與影響。

關鍵詞：客家女聲、女性主義、客家意象、客家文化。

---

* 　客語作家、康軒文教事業客語編輯群。

一　前言

　　「客家女聲」是「歡喜扮戲團」導演彭雅玲編導，媒體文化工作者張典婉策畫的客語詩歌展演團體，他們邀集了獲得各類文學獎項的十多位客家女詩人和成名的客語女性歌者，加上劇團的資深演員，二〇一六年十一月十二日第一次在大溪的源古本舖發表，在臺灣各縣市巡迴展演，目前已達十五場。客家女聲的客語詩歌突顯客家女性主體意識，客家意象的意涵，以真摯細膩的情感，表達詩作與土地關愛之情，也讓民眾參與體驗，不僅是一種創新的展演方式，無形中，也喚醒客家文化族群意識與認同，更讓非客籍的民眾參與客家，了解客家。

　　一九八八年，「客家還我母語運動」至迄今已經三十四年，相應的客家文化團體和客語文學結合的各類展演活動逐漸。彭雅玲導演一九九五年成立「歡喜扮戲團」，演出成員清一色是六十歲以上的長者，後來也漸漸增加四、五十歲的團員，團員敘說著自己的生命故事，並將自己的人生經驗故事搬上舞臺。二〇〇〇年開始演出客家女性長輩的生命故事，有二〇〇〇年的《我們在這裡》受邀前往德國表演、二〇〇三年《春天來的時候》、二〇〇五年的《廚房的氣味》以及二〇〇七年的《鴨嬤打孔翹》等客家現代音樂劇，李文玫曾於〈「我說、我演、我在」：論「歡喜扮戲團」客家現代劇的社會心理意涵〉文中提到，對演出的上述四齣客家現代音樂劇進行文本分析，一方面講述客家人當初為何千里迢迢要離開客家莊到臺北來打拼，在這個多元的都會區如何可以大聲地說出《我們在這裡》，並對於「出走」這個問題點，更是遷移至臺北的客家人的共同記憶。當《春天來的時候》都有期待返鄉的渴望，屬於鄉愁召喚的敘說；此外《廚房的氣味》，撇開了前面兩部悲苦的詮釋，而劇中飾演被取笑的懶尸妹，成功了賦予醬菜新生命，做成了一道道的客家新菜。《鴨嬤打孔翹》則是敘述一個臺北客家小孩，回到陌生的家鄉，在客家莊渡過春、夏、秋、冬，體驗客家童謠以及童玩和歌舞音樂的故事。另一方面則綜合彭雅玲導演的報導文章和訪談稿、演員的訪談稿分析、以及作者實際參與《廚房的氣味》的演出經驗，作為研究素材，來說明

這些戲劇對臺灣社會、客家族群、客家女性或是個人而言所具有的社會心理實質意涵，認為這些戲劇開啟了客家女性的發聲、傳承以及產生客家女性主體性建構的作用。[1]

「客家女聲」的巡迴詩歌展演，以「春、夏、秋、冬」的分場概念，以客語詩人和自身客家母語的腔調朗誦詩文作品為主，分場則由女性客語歌者串以客語歌曲，偶爾也在朗詩的過程中間加入山歌唱腔，呈現「現代客語詩」詩與歌交融的演出。從原本的客家的文化，踏入另外一個不同的氛圍感受，不再只是只有傳統的東西，她們從傳統中，走向了另外一個客家文學劇場的新境界。

本文以「客家女聲」的詩作做為文本的依據，從「客家女聲」詩作的主題意識與內容探究、客家女聲的書寫策略所認同的文化內涵是什麼？並從客家文化的意象去觀察客家女聲展演美學的表現方式。

二　客家女聲介紹與討論的作品範疇

（一）導演彭雅玲

臺灣花蓮人，自一九八二年加入方圓劇場，為創始團員，也被稱為臺灣第一代劇場工作者。一九八四年起在蘭陵劇坊帶領表演工作坊，一九九五年創立「歡喜扮戲團」，開始運用臺灣年長者口述歷史劇場之方式呈現。其製作導演的作品《臺灣告白》系列，除了受邀在國家戲劇院實驗劇場首演外，巡迴全臺逾五百場，並受邀到各大國際藝術節，例如：英國、美國、荷蘭、丹麥、挪威、澳洲、德國、義大利、阿根廷、巴西、哥倫比亞等，逾五十餘回。近二十年來更在歐洲，拉丁美洲各國帶領表演工作坊。

「歡喜扮戲團」是資深導演彭雅玲於一九九五年創立的口述歷史劇場，

1　李文玫：〈「我說、我演、我在」：論「歡喜扮戲團」客家現代劇的社會心理意涵〉《龍華科技大學學報》第30期（2010年12月），頁71-83。

曾經創作展演的客家現代戲劇有：二○○○年《我們在這裡》，首演在德國柏林，接著在臺北國家實驗劇場演出。這齣戲由文化部贊助，臺灣文學館主辦，美國康迺爾大學甚至出版英譯本《VOICE of Taiwanese Women》。其他客家現代戲劇製作有：二○○三年《春天來的時候》、二○○五年《廚房的氣味》、二○○七年《鴨嬤打孔翹》以及二○○八年《貓仔走醒》等客家現代音樂劇。二○○八年榮獲行政院客委會頒發藝文傑出成就獎。「客家女聲」於二○一六年十一月十二日在桃園大溪源古本舖舉辦了首次詩歌展演。

（二）策畫人張典婉

　　臺灣苗栗人，媒體工作者。張典婉的創作文類以散文、報導文學為主。曾得到聯合報報導文學獎，在行政院客委會任職間，策畫桐花祭、花布展、客家日等多項活動並參與客家電視臺籌備，推動客家文化不遺餘力。二○○四年出版《台灣客家女性》，二○○九年出版《太平輪一九四九》。客家女聲中，張典婉演出的作品有〈惜捱个時節〉、〈捱適這位等你〉、〈等路〉、〈日頭等一下〉等。

（三）詩人張芳慈

　　臺灣臺中人，青少時期就開始寫詩，也創作散文和短篇小說，美術系所畢業，主要研究繪畫空間和創作，多次策展視覺藝術類展覽。經歷笠詩社和女鯨詩社，長年關注臺灣諸多議題，著墨於女性與客家族群語言文化推動。出版詩集《越軌》、《紅色漩渦》、《天光日》、《留聲》、《那界》；編選客語詩集《落泥》；發行客語詩與樂專輯《望天公》。作品譯有多國語言，並在國內外跨足音樂和劇場，以及視覺影像演出。一九八七年首次個人畫展於臺中文英館，應邀臺韓美術展，二○○二年客語詩由「寮下人劇團」，發表演出《在地的花蕾》，多次策展及主持計畫，歷年來詩作散見於年度文學選和各家編選專輯，也應邀國內外交流發表，作品廣譯有英、日、印、蒙和土耳其

文等。一九九三年出版詩集《越軌》，一九九九年女書店出版《紅色漩渦》，二○○五年臺北縣文化局出版客語詩集《天光日》，一九九一、一九九二年獲吳濁流新詩獎；二○○○年獲第九屆陳秀喜詩獎；二○○九年獲教育部推展本土語言個人貢獻獎；二○一二年獲榮後台灣詩人獎；二○一九年台灣現代詩金典獎。二○二一年一月出版《在妳青春該時節》為客華對譯詩集。資深詩人陳寧貴謂其為最具才氣的客家女詩人，身為客家人又是說著少數大埔腔的她，張芳慈在客家女聲朗誦的作品是〈捱等企在這位〉、〈夜合花開个臨暗〉、〈揹帶〉和〈燥竹〉。

（四）詩人葉莎

本名劉文媛，臺灣桃園人，瑞士歐洲大學碩士，目前是乾坤詩刊總編輯，台灣詩學社員。得過桃園縣文藝創作獎、桐花文學獎、台灣詩學小詩獎、DCC杯全球華語新詩大獎賽優秀獎、二○一八詩歌界圓桌獎。個人詩集：《伐夢》、《人間》，《陌鹿相逢》，《葉莎截句》，《七月》，《幻所幻截句》，在馬來西亞出版《時空留痕》。主編《港台愛情詩精粹》、《給蠶——2016新詩報年度詩選》。葉莎在客家女聲朗誦的作品是〈摎阿姆去看油桐花〉、〈今晡日愛賣細豬仔〉、〈轉來〉以及〈喊妳轉來吃粄圓〉。

（五）詩人彭歲玲

臺灣苗栗人，現任客家委員會委員、客語薪傳師、繪本及客語文學作家、全國頻道「講客廣播電臺」主持人。在臺東任教超過三十年，馬蘭國小教職退休後以文學藝術方式帶領孩童創作詩畫及童話繪本做美麗的傳承。寫客語詩、客語小說以及客語繪本創作，詩畫俱佳，客語文學作品曾多次獲獎如：桐花文學獎、教育部閩客語文學獎、客家筆會創作獎、六堆大路關文學獎、苗栗文學集入選出版等，於二一○七年起加入「客家女聲」團隊。文學繪本著作如下：

　　一、個人創作：詩畫選集《記得你的好》。繪本：《雲火龍》、《阿三妹奉茶——添丁亭、膨風茶、礱糠析》、《沙鼻牯》。二、師生合著：《蟻公莫拉俚——客華雙語童詩童畫集》。細人仔狂想童話集：《來寮喔》、《湛斗喔》、《當打眼》、《毋盼得》。彭歲玲在客家女聲朗誦的作品是〈阿姆餵雞仔〉和〈襯頭嬰兒仔〉。

（六）詩人陳美燕

　　臺灣新竹人，東吳大學日文系、國立交通大學客家學院在職專班畢業。於二○一三年開始創作客語海陸腔散文及現代詩；現代詩刊登於《文學客家》、《華文現代詩》、《台客詩社》等詩刊。得獎紀錄：二○一六年教育部客語朗讀文章入選，二○一六年桐花文學獎客語散文佳作，二○一七年教育部客語朗讀文章入選，二○一七年新竹縣客家新曲獎最佳創新歌詞二首優選，二○一七年教育部閩客語文學獎客家語散文學生組第一名，二○一七年教育部閩客語文學獎客家語現代詩學生組第三名，二○一八年新竹縣客家新曲獎第一名个歌曲「新竹風」作詞，二○一九年教育部閩客語文學獎客家語現代詩社會組第一名，並於二○一八年出版《新竹風——陳美燕客語詩歌文集》。在客家女聲以海陸腔朗誦的作品是〈沙鼻嫲堵著暮固狗〉、〈豬砧个阿伯〉、〈跈阿公去看戲〉和〈阿婆褲頭个錢〉。

（七）詩人李文玫

　　臺灣苗栗人，心理學博士，龍華科技大學觀光休閒系副教授兼任客家文化產業研究中心執行長，主持「賽客思同學會」、「客家靚朱玉」電臺節目，與徐智俊入圍第五十五屆廣播金鐘節目獎藝術文化節目主持人獎。二○一九年出版《客家敘說・敘說客家：一種文化心理學的探究》。曾參與「歡喜扮戲團」《廚房的氣味》演出，二○一七年參與「客家女聲」的演出。

（八）羅秀玲

臺灣屏東人，筆名蘭軒、若琳江，客家文學類及語言類薪傳師，臺北縣客家語支援教師，樹林社大客語講師，康軒文教事業國小客語課本編輯群。國立新竹教育大學臺灣語言與語文教育研究所客家語組畢業，二〇一〇年出版個人作品《相思　落一地泥～蘭軒客語詩文集》二〇一〇唐山出版社出版，合集計有：簡體版《桐花客韻海峽兩岸客家詩選》、《落泥：臺灣客語詩選》、《客語文學詩歌選》、《客語文學小說選》、《客韻風華　海峽兩岸客家詩選》。作品散見於《客家雜誌》、《六堆雜誌》、《六堆風雲》、《巴西客家親》、《淡根母語文刊》《笠詩刊》、《掌門詩刊》、《台文罔報》、《小鹿兒童文學雜誌》，另有客語詩網站：客語信望愛（蘭軒小築）、臉書粉專〈蘭軒〉。十七歲即投入客家母語寫作，二十五歲寫客語小說及客語劇本，如二〇〇三年的客語詩作〈月光圓舞曲〉得李江卻台語文創作獎入選，二〇〇四年客語詩作〈啄咕〉李江卻台語文學創作獎入選，二〇〇五年現代詩〈憶〉榮獲客家電視臺新詩創作大賽優選，二〇〇六年客語短篇小說〈命〉第十四屆臺南縣南瀛文學獎短篇小說佳作，二〇〇六年客語詩作〈鄉愁〉李江卻台語文學創作獎，二〇〇八年客語童詩〈蜈蚣蟲〉得全國客語童詩大賽佳作，客語小說〈童年記事〉得新竹市第一屆客語兒童文學獎成人組小說甲等，客語詩〈算數簿仔〉得教育部用恩兜个母語寫恩兜个文學創作獎　大專校院學生組第一名，客語詩〈大襟衫〉得二〇〇九年教育部臺灣閩客語文學獎社會組第二名。在客家女聲中朗誦得獎作品〈算數簿仔〉和〈大襟衫〉。

（九）資深「歡喜扮戲團」團員王春秋，林菊英

王春秋，臺灣苗栗人；林菊英，臺灣高雄人，為「歡喜扮戲團」資深團員演員。曾經參加《我們在這裡》、《春天來的時候》等演出超過三十多場，巡迴全臺客家莊、並赴歐洲德國演出巡迴。王春秋在客家女聲中朗誦詩作〈吼〉、〈轉妹家〉、〈轉屋〉和〈攝不到〉，並於二〇〇七年自費出版《轉屋，春秋》客語詩集。林菊英，唸唱作品有〈阿姆个豬欄〉和〈歸毌轉个心情〉。

二　「客家女聲」詩作的主題意識與內容探討

「客家女聲」於二〇一六年十一月十二日在桃園大溪源古本舖舉辦了首次展演，張芳慈的〈捱等企在這位〉，在「客家女聲」的展演都擔任舉足輕重的角色，如領頭羊一般，突顯女性主體意識，呼喚與吶喊，我們站在這裡發聲，不管對方或任何人，喜歡或不喜歡，接受抑或是不接受，我們依舊都站在這裡，我們不為誰而活，就是為了要守住自己的清香，守護生我生養我的美麗土地：

〈捱等企在這位〉

毋管你歡喜也毋歡喜／捱等都企在這位／毋管你有來看也毋來／捱等都企在這位／／

恁久以來／捱等無離開過／時間到了／開緊靚个花獻分土地／山林有捱等／毋單淨係為到春天時節／你愛來也毋來／／

恬恬企在這位／恬恬企在這位／係為了守緊自家个清香／也護緊分捱等養份个家園／／

詩作呈現女性的自我獨立，對語言平權也是一種發聲吶喊，尤其都會區，客家族群是隱性的。觀眾透過聽覺，聽見詩人說出「我們都站在這裡」。自二〇一六年十一月以來「客家女聲」縣市巡迴展演，四季各個篇章的歌者有不同象徵的歌曲詮釋表達之外，《捱等企在這位》都擔任了自主的第一聲。

臺灣曾經經歷了二二八事件以及白色恐怖，張芳慈以「花」和「問號」等意象，表達人民害怕政黨的壓迫，語言主體的流失的憂慮，在〈夜合花開个臨暗〉，詩人也以夜合花比喻，象徵客家勞動女性的特質，藉由植物堅強的生命力來對比客家女性現實中的無力境遇，女權是被壓抑沒有自由；和政

治相比，似乎也有異曲同工之妙：軍隊武裝鎮壓造成大規模的衝突，「黑色布蓬」覆蓋籠罩著臺灣。本詩期勉人們即使迷失，自身也要找到「方向」，而不要「請裁分風吹」，藉由藉夜合花開閉合的狀態，詮釋政治及女性自主權的省思。張芳慈以敏銳的覺察，以關懷憐憫自身族群進而推展至語言和國族傷痕，獨立自主與透過省思，才能告別黯淡絕望的過往。

圖一　詩人張芳慈演出〈夜合花開个臨暗〉
（相片來源蕭和雲先生提供）

〈夜合花開个臨暗〉

世界慢慢恬靜落來／這條路底背个你／同吾總下分烏色布蓬遮起來／企在這位所／恁久以來／有麼人比吾等過較知烏暗呢／／

無月光个暗晡頭／吾等斯像天頂个星／囥在樹頂作記號／都算仰脣虛弱／也愛撐力尋到自家个方向／／

毋請裁分風吹到都跢緊／振動自家个圍身／因致環境無結煞／續從生

　　命發出个清香／毋係為著錫人／係為著分這烏暗个世界／一屑屑安慰
个恓想／／

　　這世界慢慢恬靜落來／有麼人比吾等過較知烏暗呢／有麼人比吾等過
較知烏暗呢[2]／／

　　葉莎的〈摎阿姆去看油桐花〉中，寫來女兒對母親傾訴婚姻的不幸福，
講的是一個女兒如何主動和母親討論難以啟齒的不幸福婚姻：母親談到「花
蕊無錯開　姻緣無錯配」，隱約透露萬般皆是命，半點不由人，要女兒忍耐
順從，但婚姻若是幸福和諧，又哪是未到深秋就變色了呢？自然隨四季變換
更迭，景致風光也會有所不同，作者透過葉子未到深秋而變色的描寫手法，
因此著時感受到心情思緒的濃愁。

圖二　詩人葉莎演出〈摎阿姆去看油桐花〉
（相片來源：古華光先生提供）

2　張芳慈：〈夜合花開个臨暗〉，杜潘芳格、黃勁連編：《天光——二二八本土母語文學
　選》（臺南市：國立臺灣文學館，2010年2月），頁129。

〈摎阿姆去看油桐花〉

阿姆　你看面前白雪共樣个油桐花／風吹落一蕊　河壩水帶走兩蕊　三蕊／還有千千萬萬蕊　在樹頂流連／／

阿姆恬恬看等花　又看等毋肯回頭个河壩水／佢講　花蕊無錯開　姻緣無錯配／講忒堵堵　又看著油桐花跌下來／／

該央時　𠊎个婚姻／親像一皮小葉仔　呴到深秋就變色／溜溜漂漂个老公　日日分人愁／莫怪阿姆个心肝可比豬油煎／／

啊　莫愁　莫愁／油桐花汝摎五月風講麼个話／溫溫柔柔　恁細聲／分一息息阿姆聽　分一息息佢聽／／

客家社會所注重的優良品德：溫、良、恭、儉、讓，更是傳統客家社會所極力要求的，這樣的標準，成為客家文化塑造女性的重要指標。[3]

　　這句客家俗語「花蕊無錯開　姻緣無錯配」，從客家語彙當中可以看出客家女性的形象被賦予特殊的意義，反映出女性在客家社會地位上的從屬關係，女子婚姻上天姻緣注定，有著無可奈何的感嘆。客家女性在父權社會中，並沒有公平的競爭可言，居於劣勢，只能遵守父權設定的規則，在受規範的禮教領域內「規矩過日」。

　　誠如存在女性主義論者西蒙‧波娃（Simone de Beauvoir）說：[4]女人之為女人，與其說是「天生」的，不如說是社會「形成」的。（One

---

3　劉錦雲：《客家文化民俗漫談》（臺北市：武陵出版社，1998年），頁92-100。
4　西蒙‧波娃（Simone de Beauvoir）著，歐陽子譯：〈第一卷：形成期〉《第二性》（臺北市：志文出版社，1992年），頁6。

is not born, but rather becomes, a woman.）[5]

陳美燕的這首〈沙鼻嫲堵著暮固狗〉，前三段連用「仰般　有影無」、「仰般　有靚無」、「仰般　有慶無」的排比問句，語氣層層遞增，三問丈夫覺得有什麼意見看法，但是丈夫總是沉默不答，甚至懷疑其是否有聽到問話聲，而心裡感到無言納悶，但到了末段，「哎喲」一句，夫妻相處的日常刻劃，猶如許多種種的埋怨與不解。

圖三　詩人陳美燕演出〈沙鼻嫲堵著暮固狗〉
（相片來源：古華光先生提供）

〈沙鼻嫲堵著暮固狗〉

人講佢好命／妹仔就愛嫁人咧／看起來還嫩習習仔／仰般／有影無／同事安謟講／今晡日這身恁姜頭／著起來像細阿妹樣／仰般／有靚無／／

5 西蒙·波娃（Simone de Beauvoir）著，歐陽子譯：〈第一卷：形成期〉《第二性》（臺北市：志文出版社，1992年），頁6。

這擺焙豬腳／先烊過正來炆酪酪／包你吃著會尋味／仰般／有慶無／／

若餔娘曉凝家／又會掃手賺錢／妹仔教到知上知下／／

唉喲／仰會恬恬無應一句呢／今你有聽著也無聽著／／

關於主題有單純回憶母親或是祖母還有幾代傳承意義的，以「阿姆」的書寫來象徵性在客家社會中實為基石的重要意義。如彭歲玲的〈阿姆餵雞仔〉、〈襁頭嬰兒〉、葉莎〈喊妳轉來吃粄圓〉、陳美燕的〈阿婆褲頭个錢〉、林菊英的〈阿姆个豬欄情〉、羅秀玲的〈大襟衫〉、〈算數簿仔〉、張芳慈的〈揹帶〉。

對於回憶母親每日辛勤努力養家畜而供應子女上學讀書的工作辛苦，在彭歲玲的〈阿姆餵雞仔〉表露一覽無遺母親對子女的愛。詩中也出現一個母親總會擔心暗夜回家晚歸的孩子，不僅是頭上的月光也幫忙照路，到家時，母親的溫暖，亦如燈守顧著孩子。

〈阿姆餵雞仔〉

go～go go go／go～go go go／阿姆逐日像練聲胲樣仔／大嫲牯聲嘍雞仔／go～go go go／go～go go go／阿姆嘍雞仔聲長長／黏黏个牽聲黏上天／黏著飛過个白雲還過牽絲／這片黏著雞嫲蟲　該片黏著草蜢仔黏來黏去／黏轉屋前、屋背、山排、山窩／滿哪仔絡食个雞仔／／

暗微濛个雞寮／麼个都毋驚　就驚臭青嫲／夜風唱起催眠曲／食飽个雞仔目西西　恬恬企好位所／恬肅肅个禾埕暗摸胥疏／阿姆麼个都毋愁　就愁轉夜个人／月光擎起電火／照等轉夜个路／／

go～go go go／雞仔敨猛食　食蟲仔、食石頭、食春風／go～go go go／

阿姆煞猛畜　蓄雞仔、蓄豬仔、蓄一群大細／風講　這屋下人／麼个
都有／麼个都無驚／／

圖四　詩人羅秀玲演出〈大襟衫〉
（相片來源：「歡喜扮戲團」提供）

再者繼續欣賞懷念外婆的羅秀玲的〈大襟衫〉：

拖箱肚／該領青色个大襟衫／係阿婆後生時節／行嫁个嫁妝／／

飄揚過海嫁到台灣／無熟識个人／無熟識个景／手中搙等故鄉个黃泥／
身項著等阿姆做个大襟衫／心肝頭還惦起／爺哀个叮嚀／千萬愛忍耐
啊／千萬愛堅強啊／一日一日／一年一年／結婚降子農事做廚／／

斷烏／起身跓床／點燈盞／攣過幾下針／補過幾下空／笑微微仔緊看／大襟衫還係已靚／／

故事係無結尾个故事／雨落無停／大襟衫還係／孤栖个眠在該片／在夥房肚／／

圖五　為客家女性「四頭四尾」的勞動景象[6]

敘述阿婆渡海來臺的艱辛，唯一思鄉的依據，就是故鄉的泥土和母親做的大襟衫（藍衫），並時時刻刻記住父母叮嚀，即：有四頭四尾（「灶頭鍋尾」、「針對線尾」、「田頭地尾」、「家頭教尾」）。漫漫歲月逝去，曲終人散，衣在，人卻不復往，讀起來不禁有著深深的喟嘆。

提及回娘家景況的，在王春秋的〈轉妹家〉以及林菊英〈歸毋轉个心情〉，這兩位同為資深「歡喜扮戲團」團員的詩內容有著同樣的背景：

6　圖摘自http://meixian.cn/html/81/t-81.html，《客家梅縣部落格》，2009年11月11日。

圖六　詩人王春秋演出〈轉妹家〉

（相片來源：古華光先生提供）

〈轉妹家〉

坐啊　坐啊／吾姆喊等咧／正坐啊正／一坯當大磚　雞肉　適碗肚項／
碗一下續尖起來／涯挶吾老公煞煞講：／自己挾　自己挾／／

吾姆講：／剁出來就愛挾來傍喔／頭擺使無恁好哦／今个人卡好額／
麼該驚肥、驚大箍　不敢吃哇／煞猛吃　煞猛吃啊／涯還在正有哦／
該片呢　手伸卡長兜仔／炒肉乜益好吃哦／／

涯另外炒仔豬肉周儘瘦仔／蘿蔔湯啊　熁到罔罔仔唷／愛轉來　正有
哦／等下吃飽　去菜園／雪蔔這下儘堵好拔／慢波麗　割兩紮轉去啊／
乜有拗筍菜　拗兜去／車到、人到、東西乜到咧／恁樣都毋使買乜／
該時愛涯還在正有哦／／

這首詩描述在娘家母親，總會用豐盛的佳餚招呼夫婿吃飯，飽餐後又拔蘿蔔、摘高麗菜、折拗筍菜，母親嘴上老嘀咕著「我還在才有喔哦」的情形。

而林菊英〈歸毋轉个心情〉，描述父母親在世時，當女兒可以自由地回娘家的幸福感，母親也叮囑女兒講說：父母在世時，看到一次就是賺到一次，就是怕萬一下次見面時，已無機會再見面，喻人要珍惜與父母相處的時光。林菊英念起這首詩時，觸動了在場觀眾的心情感受，有女性不禁拿起面紙輕拭掉下的眼淚，怕是勾起了思念母親的感懷啊！

圖七　詩人林菊英演出〈歸毋轉个心情〉
（相片來源：古華光先生提供）

〈**歸毋轉个心情**〉

頭擺爺哀還在時／轉妹家，出入當自由自在／也認為妹家永遠係自家屋下／／

所以阿姆時常提醒偲／阿菊英，有閒就歸來看看哪／妳斯看一擺就多賺一擺機會喔／偲係無在時，可能就無相同喔／／

阿姆在時轉妹家當自在／爐鑼鑊蓋，慶慶鏘鏘自家來／摘个屋唇種个青菜／炒到大盤大盤，食到過願正肯放碗筷／／

今啊下，轉妹家嘎毋知愛行去哪一家／正經呢　無矣　毋見核矣　毋見核矣／／

當然這場詩歌展演內容有講男女愛情的詩歌，例如葉莎的〈轉來〉、張典婉的〈惜倕个時節〉、〈倕適這位等你〉以及對於男人不忠而描述憤怒的有王春秋的〈吼〉：

〈吼〉

屌其正好仔（操他媽的）
別人渡鶴佬嘛（別人和小三一起）
捱譴麼該縶（我生氣個什麼屁）
係因為（是因為）
心肝窟忒深（心的窟窿太深）
埋忒多！藏忒多情事？（埋得太多！藏得太多情事？）
係因為（是因為）
目珠窟忒淺？（眼窩太淺？）
裝毋住鹹鯗仔泉水（裝不住有鹹味的泉水）
係麼人講？（是甚麼人說的？）
時間係良藥（時間是良藥）
屙膿滑血（不守信用　說話不算數）
花花撩撩（虛假又不確）
※　　　　※　　　　※
睡仔己阿千過覺目起來（已超過好幾千個日子了）
摎到心肝窟肚仔深潭會變淺（深心裏的深潭會變淺）

崩崗會卡細卡矮（懸崖會變小變矮）

原來擤到詐無知過忒仔　時間（原來以為裝作過去了　時間）

痛肝斷腸仔味緒由完在（痛斷肝腸的味道記憶依然存在）

原來毋係時間過忒　心肝掌掌就作的

（原來不是時間過了撫摸心胸安慰就可以了）

係愛有看到正有　一擺　一擺　痛　痛　痛

（是要有看到才有　一次　一次　痛　痛　痛）

有正視看到正有　一擺　一擺　淡　淡　淡

（正視自己的看到才有　一次　一次　淡　淡　淡）

原來這乜係心肝離自家偎近个路

（原來這也是心和自己靠近的路）

原來又乜係心肝行等轉屋个路哩

（原來也是自己的心走著回家的路呢）

這首〈吼〉寫出女性對於男人婚姻的不忠的背叛痛恨與自覺領悟的感受，這首詩寫出古今中外「被外遇」女人的共同心聲，王春秋首句即大聲怒吼「屌其正好仔」，表面看似詩人以常見的家庭外遇事件感到氣憤難耐，整首詩呈現遭受背叛後而留下的創傷的感觸，傷痛不快並非會隨時間而沖淡痛苦記憶，而是要勇敢面對才會得到解脫，〈吼〉寫出了「被外遇」女人的心境，是現代社會常見的兩性議題，句句讀來詩人所提，相當令人不捨。

　　其他像懷想父母親情的有張典婉的〈日頭等一下〉、描述祖父、父親、和男性鄰居的、葉莎的〈今晡日愛賣細豬〉、陳美燕的〈跈阿公去看戲〉、〈豬砧个阿伯〉。以陳美燕的〈跈阿公去看戲〉為例：

　　詩人敘述小時候跟著阿公去看戲，大人看臺上演的戲，而小孩子都在戲棚下玩耍，阿公明明知道她就會打瞌睡，還買仙楂給她吃，這都是出自阿公對孫女的疼愛啊！

　　葉莎的〈今晡日愛賣細豬〉詩中所敘，天未亮雞未啼，豬販就就來到家門，母親如日常一樣料埋早餐，父親在渺茫和煙灰中為子女的讀書學費而憂

愁煩惱，無奈只好將把豬欄裡還沒長大的小豬提前出售而賣得價錢，這首詩寫出做父親的人，為求繳交子女學費不得不痛下無奈的決定。

三　「客家女聲」作品的客家文化意涵與符號意象

「客家女聲」在羅屋書院展演的詩作是以詩人當場朗讀自己的客語詩聲音為主，文本為輔，加以音樂襯托穿插其中，聽眾直接接收詩人的客家語音訊息，從詩劇場中體會客家環境劇場的「行為儀式」所感動。

意象是構成詩的重要基本條件之一，眾多人為「意象」下定義提出各種的解釋，C. D. Lewis曾經說：「意象是一張由文字所組成的照片。」[7]客家婦女的形象在客家女聲眾多詩人們透過念誦展演，在不同人物、不同角度下，詮釋客家婦女的勤勞與堅韌的型態，透過動作，鮮明生動的形象，深烙於觀眾內心。

客籍詩人邱一帆更進一步說明「客家意象」：

> 「意象」係詩歌當重要个組成，也做得講係一條詩歌所有元素个總和。……做為「『客家』意象」定著有個別族群無、客家族群特殊存在个語言、文化个本質；做為「『客家』意象」一定也有其所顯示个形象、所愛表達个主題、意義，這形象同意義之間，可能有其內在、邏輯个聯繫正著。[8]

美國民族學者，佛瑞德·布拉克教授（C. Fred Blake）詳細說明了客家女性在客家社會中的重要角色：

7　Lewis, C. Day《The Poetric Image: The Creative Power of the Visual Word》（Los Angeles: Jeremy P. Tarcher, Inc., 1984），頁18。周慶華等著：《新詩寫作》（臺東市：臺東大學，2009年），頁34。

8　邱一帆：〈客家文學創作同文化──從客語詩歌意象个追尋談起〉收錄於：黃子堯主編：《當代客家文學》（新北市：台灣客家筆會，2011年），頁37。

The Hakka women maintain a more traditional role in village society which includes responsibility for cultivating and protecting the ancestral lands while their menfolk sojourn abroad .this traditional role of hakka women in the subsistence economy and in the defense of their villages, their ability to withstand the stress of poverty and oppression have been observed widely in South China. Most of these reports point out that Hakka women never practiced footbinding, were more self-reliant than other Chinese women, and enjoyed more or less equal status with their menfolk.[9]

意為：

客家婦女從事耕種、保護祖傳土地、維持家庭經濟、防衛村莊、忍受貧瘠和抗拒壓迫的能力，在華南處處可見。各種報告指出：客家婦女從未纏小腳，比其他中國婦女更自立，或多或少和她們與男士享有平等地位有關。

另外，高木桂藏則認為：

客家的女性是我看到的女性中最為卓越的一群，比任何一種女性都要來得出色。在客家人的社會裡，幾乎所有辛苦的勞動都由女性來擔任，而她們也把這些看做是自己的責任。[10]

藉由客家語言和文字的傳遞以討論的議題做為「符碼」，「客家女聲」詩

---

9 C. Fred Blake, 1981,《Ethnic groups and social change in a Chinese market town》. University Press of Hawaii, p51.

10 曾彩金編撰：《六堆客家社會文化發展與變遷之研究──婦女篇》（財團法人六堆文化教育基金會，2001年），頁82。

作以女性的主題，傳遞出對於祖父母輩及父母感念懷想等家庭的議題範疇，也有的談及客家傳承綿延不斷和刻苦艱難忍耐象徵的可以詮釋為「客家文化」的基本表現文化意象：

（一）生命薪火傳承的象徵

勤儉持家是客家人生活美德，「揹帶」，「客家女聲」中，張芳慈〈揹帶〉一詩這麼描述：

> 這揹帶一代傳一代傳了很久，揹過很多人，這條揹帶長又長／揹緊雨水同清風／揹緊梨園同田洋／乜揹緊日頭同月光／／這揹帶很長經歷很多，揹著風雨山崗平原日月，這條揹帶軟又軟／揹過山歌同笑聲／揹過目汁同汗酸／乜揹過人生行四方⋯⋯

我們在嬰幼兒時期也曾被母親以「揹帶」撫育，而這也是意味客家傳承的象徵，背過多少人的歲月人生。

圖八　詩人張芳慈詮釋〈揹帶〉
（相片來源：「歡喜扮戲團」提供）

文化，是精神價值和生活方式。它通過積累和引導，創建集體人格。[11]

大襟衫是婦女傳統服飾，以功能性強，不易髒汙，簡單的線條裁剪，以達到寬鬆方便活動為目的。而這種服飾樣貌代表了客家傳統文化「勤勞節儉、樸素典雅」的特性。

羅秀玲所書寫的阿婆渡海來臺結婚的〈大襟衫〉：

　　拖箱肚／該領青色个大襟衫／係阿婆後生時節／行嫁个嫁妝……

阿婆從大陸來臺，隻身來到臺灣舉目無親，刻苦耐勞度日，維持家庭生活農務，這不是象徵祖先渡海來臺而努力適應新環境的？

再如張典婉的〈日頭等一下〉，敘述父親在田裡除草，母親則在山上摘茶，都勤奮努力工作到天黑才回家，作者提到「太陽等一下」。第二段則是擔心螢火蟲發出的微弱亮光不夠明亮，無法照亮父親回家的路，第三段則說怕揹著茶籠的媽媽看不見高高低低的田間小路，第四段是作者純善天真孝行的一面，重複呼喊「日頭等一下」，因為要拿火把替父母照亮回家的路。

（二）慈母身影的感懷

本場「客家女聲」展演的詩作除了書寫相關主題之外，在王春秋的〈轉妹家〉、林菊英的〈阿姆个豬欄情〉、彭歲玲的〈襪頭嬰兒仔〉和葉莎的〈喊妳轉來吃粄圓〉描繪那種情深似海的母愛，對於女兒女婿回娘家的熱情招待也入了詩人之眼。王春秋的〈轉妹家〉是丈母娘和女婿女兒間熱情的招呼對話化做詩句，最讓人感動的就是這句「坐啊／坐啊／吾姆喊等唎」，特別招呼，強調母親說得：「𠊎還在正有哦（我還在世才有的待遇）」，正是這麼日常的家庭畫面，讓人對於母親的印象頓時躍然腦海浮現。

林菊英的〈阿姆个豬欄情〉，道盡為人子女的心裡話：

11　余秋雨：《何謂文化》（臺北市：遠見天下文化，2012年），頁28。

阿姆个豬欄／舊舊个豬欄肚裡／囥着阿姆深深思念个情／／佢摎老伴
共下撿个大水樵／行過幾多艱難路頭中／時間嘎偷走佢个後生力／／
老了腳嘎毋堪行矣／子要輪食／七日一箍換一房／日出落山一日又一
日／人个一日咻就過矣／阿姆心肝過个一日／像該歸年長／／

母親年事已高，兒子們輪流奉養孝敬，七天要輪一回（一房），日出日落日
復一日，但對腳力已經不行的老母親來說，一天好像一年哪！

托育工作被認為是女性的職責，主要是因為傳統的父權社會的性別分工
所影響。「性別分工」很清楚地劃分工作和家庭、公領域及私領域。對於家
庭而言，男人在公領域工作是「養家糊口者」，但相反的，卻把女人當作是
在家從事托育的照顧是應該付出的無償勞動。女性就在這種性別角色分工中
屈居從屬位置。在以下彭歲玲的〈襯頭嬰兒仔〉，可以清楚看出客家婦女在
辛苦勞動中仍撫育子女的情景。

〈襯頭嬰兒仔〉

阿姆个背囊／係嬰兒仔在田坵肚搖來搖去个眠床／撩人个日頭／吵醒
入覺个嬰兒仔癮奶食个噭聲／廻過山谷　in過山崗／阿姆解開盤身个
背帶／搗出合等汗水个奶汁分嬰兒仔食／／

同衫肚个奶臊／錫來揚蝶仔／想食無共樣个花香／嬰兒仔兩隻手撲啊
撲／奶水飽足就盡想飛上天／／

番薯改好／嬰兒仔放入菜籃肚／一頭番薯一頭子／肩頭个擔竿 xim　啊
xim／纏頭攬髻个頭那毛毋知／算來係拿番薯摎嬰兒仔襯頭／也係將嬰
兒仔摎番薯襯頭／細孲仔一個一個薔／擔頭一擔一擔挨／阿姆挨起个
人生／額頭个皺痕乜毋知／算來係歸日个無閒來襯頭青春／也係拿青
春來襯頭日夜个無閒／淨知襯頭个嬰兒仔／愛遽遽生出翼胛飛上天／／

　　客家人的生活一向與土地相互緊密依存，勞動奔波的女性，與土地的關係更為密切。母親對子女的愛，母親的背就是孩子的搖籃，母親身上的背帶滲了不知奶水還是汗水，不辭辛勞地一路照顧，改番薯，蓄細人仔，擔頭自家擔著呢！即使辛勞，也不喊累，為的就是讓子女有著飛黃騰達的前途，能夠出人頭地，達到理想這也是母親對子女呵護之情。

　　葉莎的〈喊妳轉來吃粄圓〉寫出母親離開人世後的第一個冬至，房內不見蹤影，衣物仍舊放在原處，父親對母親仍存想念之情，甚至放空發呆，女兒承襲了母親的好手藝——煮粄圓，但無奈心裏頭多想呼喚母親一起來吃湯圓，卻又喊不出口，葉莎深刻寫出對母親的懷念，並將湯圓（食物）和母親重疊，提高意象深度！

> 冬節，想愛喊妳轉來吃（食）粄圓／愛去哪位喊呢？間肚無人，眠床頂放等若個舊衫／舊衫唇項係若个梳仔／梳仔肚有兩三條白色个頭那毛／該當也係妳个／／
>
> 阿爸坐在廳下發琢愕／一碗粄圓擺在神桌頂／蔥仔敍香炒蝦蜱仔摎豬肉絲／全係妳教妹仔煮个／／
>
> 心肝肚喊妳千百遍／無敢喊出聲／阿姆轉來吃粄圓／阿姆轉來吃粄圓／粄圓圓圓，無妳个屋下無圓／／

（三）溫婉的關愛與堅持的守候

　　客家女子除了勤儉持家美德，個性婉約溫和，也有堅定守候的耐心。以下分別就張典婉〈揹適這位等你〉以及張芳慈的〈燥竹〉說明。

　　張典婉的〈揹適這位等你〉描寫兩人出遊的情形，牽手走過山林水圳，文末，詩中男子問道：「天光日　愛在哪位」？女子說：「揹適這位等你」，讀完讓人覺得愛情堅貞的心意，女子願為男子守候結髮一輩子。

　　而〈等路〉描寫作者吃過午飯後就去車站等候爸爸，但卻得到失望的答案。

客運車行過去咧／沒人下車／𠊎聽到鳥仔在樹頭唱歌／／
洋葉仔歸群仔飛過／飛過𠊎个頭頂／𠊎講𠊎又毋係一蕊花／／
日頭愛落山咧／遠方个紅色／就像𠊎等路个心情共樣／阿爸恁般還吂
轉到呢？

圖九　詩人張典婉吟頌詩作
（相片來源：古華光先生提供）

張典婉在這場詩會中所發表的詩作：〈捱適這位等你〉和〈等路〉，其主旨都
是「等待」。「等待」是需要一個耐心與沉穩的過程，要能忍受內心的焦慮和
期待盼望，是一種高貴的情操，讓人覺得讀來不免讚嘆。

張芳慈的〈燥竹〉則象徵客家精神：

硬硬愛死撇个樣／還有力量堅持／係像會死撇个樣／／
元氣差毋多愛用撇了／在風肚弓緊還堅持毋斷撇个樣啊／／
抽牽愛保留／毋分人聽到个痛苦／該毋分人看到个衝突／在恁烏暗个
所在／係麼儕想愛喊／又毋敢出聲／／

> 燥黃个葉／對風肚曳過／像講緊个話停下來／力量在轉幹中進行／就
> 算係在荒地

臺灣客家族群經歷嗉聲失語到快要斷裂的歷史，但依然勇敢的支撐下去，想
要喊出聲，卻又害怕不敢出聲時，客家精神會讓他人續有力量走下去，無論
黑暗來臨，這就是堅毅的客家精神，絕不低頭退縮。張芳慈个作品寫故鄉个
土地、爺哀，由故鄉延伸到社會、國族，對女性个弱勢表達深刻个關心。

（四）離家與回鄉的生命敘說

詩人李文玫〈分親愛个小玫〉描寫女主角小玫到臺北求學的經過。年輕
的她總是嚮往大都市的發展，立定志願要前往臺北就讀大學，離家到知識殿
堂求取學問，再發揮所學的專長，成為客家文化研究者，也給自己創造獨立
自主的女性意識，而在社會上駐足，推展客家研究，成就生命的能量，返家
的道路上因而有著更美麗的精采故事。

> 記得你十八歲考大學个時節，一定愛到臺北讀書，
> 該下你識得苗栗係文化沙漠，你想到臺北做得有無共樣个發展。
>
> 後生个你，好轉屋又好離屋，毋過，厓知你要從苗栗轉到臺北，
> 會有一息息仔毋盼得。成下仔你乜毋好轉屋，因為你爸爸過身，
> 歸屋下亂亂不知愛仰結煞。
>
> 算算仔，你離家超過三十零年，照理講，臺北係你个第二故鄉，
> 毋過你心肝肚个屋下還係苗栗。尤其你三十五歲以後，
>
> 開始做客家研究，厓知个係你在尋一條轉屋个路。
> 你个生命因為離家變得精采，乜因為轉屋變得恁靚恁靚。

圖十　詩人李文玫頌念詩作一影

（相片來源：古華光先生提供）

　　王春秋〈攝不到〉一詩，敘述心情上的轉折，因開車經過一片稻田美
景，有白鷺鷥隨著割稻機的前進一大群飛舞著，於是下車拍照。看似美麗風
景的大自然之下，卻有著做田人的哀歌，遭遇天災，稻作無法收成，痛心就
如同「摀面帕共樣」的內心深處的心靈反映，心在糾結著，有了跟做田阿婆
的相同感觸，攝影機可以捕捉到真實面的呈現，但卻無法捕捉到心靈層面的
痛啊！也就攝不到……「捱攝不到」的無奈感。

〈攝不到〉[12]

詩：王春秋；唱：林菊英

車仔駛過路脣／遠遠看到／一群白鶴仔／適田肚項／適割禾機駛過各個脣項／一下仔飛起來／一下仔又飛起來／涯看到个係──／睡到貼貼个禾仔／／

涯看到个係──／鳥仔搶食／分割禾機　驚到飛起來个蟲仔／攝相機，一張張仔攝
攝到鳥仔，仰般等食
仰般飛／攝到鳥仔適貼貼个禾仔頂／攝到鳥仔適勾頭分風吹到貼貼个禾仔頂／／

禾田脣項个阿婆／戴等笠嫲／細細聲仔緊講／沒法哦，沒法哦／天作个愛仰般講／你看哪──／芽爆到恁長／吾心肝一下就像／撟面帕共樣／原來／涯攝不到／作田人个痛心／涯攝不到作田人个辛苦／涯攝不到……／涯攝不到……／／

詩人的描寫由遠到近，如鏡頭般勾勒出的農田稻作瀰漫著對於現實的悵惘，王春秋也是農婦的子女，連結到自身生命處境是相同的，農家似乎都是社會下弱勢的一環，沒能受到妥當地照顧跟保障，就有如作者也自覺好像也沒有任何辦法幫助她一樣，生活的現實衝擊，重新領悟到自身主體的生命意識。

　　近代學者張典婉在《台灣客家女性》[13]中提及，在文學中，女性一直是男性的從屬地位，無法發聲：

　　　　過去的年代，這些題材似乎永遠無法見天日，當大沙文主義橫掃論述

12　〈攝不到〉華語意思為「拍不到」。
13　張典婉：《台灣客家女性》（臺北市：玉山出版社，2004年），頁6。

時，女性似乎只成了蛋糕上點綴的奶油，而模糊了她們的身影，在客
家族群強調堅忍與刻苦的背後，大家也忘了從社會環境還原客家女
性，任憑她們背負著族群與性別的雙重認同，在刻板印象中掙扎。

但值得一提的是，「客家女聲」所選的作品中，王春秋的〈吼〉，卻是大聲了
發出不平的怒吼，擺脫了客家女性總是在黑暗處，不敢為自主權利發聲，王
春秋以詩作為一種對社會現象的批判，表現了女性追求獨立的自由與思想。
王春秋的〈吼〉，一言道盡了女人的悲苦。

四　「客家女聲」的舞臺美學編排

英國資深Scenographer、導演及學者的Pamela　Howard在她的著作
「What　is　Scenography?」中，為「Scenography」下了一個定義：
Scenography是在一個作品中，透過空間、文本、研究、美術、表演
者、導演及觀眾所作的無縫配合。[14]

「舞臺美學」意指從劇場作品從創作到演出、劇場美學元素的彙總，但
從狹義的角度來看，舞臺美學是展現藝術家在劇場空間中所表現的美學選
擇。再者，劇場也是包括時間和空間的綜合藝術表現，同時也在時間的流動
和空間的規劃內創造出美學意義。

筆者將依據「客家女聲」展演場次用照片去闡釋分析，就「空間美學」
和「時間美學」兩種美學角度，來探討「客家女聲」的舞臺美學編排。

14　專訪：溫迪倫：〈重新思考Scenography（舞台美學）〉，原刊於《三角志》2014年6月10
日。

（一）空間美學

對於空間美學的表現，主要由「意境」去創造。所謂的「意」就是指劇中人物的豐富的思想情感，也就是指創作者想要透過作品中表達的思想感情，而「境」則不僅是指得是劇中人物所身處的環境，同時也是指發生在舞臺上、表達出「意」的戲劇環境。以環境劇場來說，它完全顛覆了傳統劇場的觀點，觀眾可以與表演者一同在空間裡參與演出，觀眾不再坐在原被安排的位子上觀看，而是和演員一起互動，也就是說，此時觀眾的身分也變成了表演者，表演者也是觀眾，互動帶來的影響就是真實且是生活的一部分。

圖十一　「客家女聲」於禾埕演出
（照片來源：莊豐嘉先生提供）

「客家女聲」的舞臺空間多在禾埕或公廳或者是廚房之類，甚至是穿梭在室內或戶外的環境當中進行表演。更換場景，也讓在場體驗的觀眾覺得新意十足，有著身入其境的效果。

圖十二　「客家女聲」多在戶外表演，和觀眾一同互動
（相片來源：「歡喜扮戲團」提供）

　　彭雅玲導演會依照場地環境的不同，巧思下構築的「客家女聲」環境劇場的形式，從人和土地自然的關係出發，強調符號意象之間的關係與作用，才能夠讓觀眾深入體會。

　　客語「八月半」是中秋節，代表月圓人團圓，圖十三為導演彭雅玲導演帶著「客家女聲」謝幕一景，地上的裝置藝術，柚子正是八月當季水果，用來作為詩歌展演代表四季春夏秋冬食材。就像到其他縣市地區展演，也會按造四季節氣的變換，搭配不同的蔬果食材作物。

圖十三　（左）客家金曲歌手羅思容（右）彭雅玲導演謝幕，時逢中秋節，
故在舞臺擺放柚子作為象徵（相片來源：「歡喜扮戲團」提供）

　　彭雅玲也善用一些道具，讓唸詩不再單調。女聲們手撐起紅色的傘（請見圖十三中後方的演員），對「客家女聲」是一個很重要的特徵，其一是為了向地方文化致敬，另一方面則是強調我們雖然是女性，但我們從來沒有遮掩躲避，也可以解讀為撐一把傘是為了抵抗抗其他外力的欺負。

　　譬如在著存堂，搭配伙房結構及布置定點的裝置藝術變化（圖十四），使演員在空間中穿梭，然後創造空間，讓空間有不同的利用。觀眾分成A、B兩組，穿梭欣賞詩人朗讀詩作，擺脫傳統的定點演出形式（例：固定在臺上），靜靜感受伙房建築之美。

圖十四　藉由裝置藝術變成固定空間，使空間成為一個表演的一部分
（照片來源：蔣絜安小姐提供）

「客家女聲」的劇場演出事實上不是只有詩，而是用很多的視角來寫詩，如果大部分聽眾聽不懂客家話，他也可以感受得到，透過視覺，透過整個儀式透過整個的交流，可以感受得到這個詩在呈現什麼。（彭雅玲，2021年2月8日訪談稿）

當我們進入客家傳統伙房，「灶下」（廚房）是最明顯家的意象，客家地區有句俗語說：「老婆不成家」，對於「家」的定義，不是只有生兒育女，延續家族香火命脈，而是所處的特殊地位。

還有人記得客家女性長期以來不但沒有地位，也沒有自己的空間，更沒有發言權，那在「客家女聲」的演出裡，女性可得到一個空間，然後讓這個空間看起來不一樣，「客家女聲」到很多曾經是家族禁忌的空間活動，從那個沒有地位、沒有發言權，所說出來的話也不會被聽見的狀況裡面，「客家女聲」是完全的顛覆了。（彭雅玲，2021年2月8日訪談稿）

圖十四中，看到了大灶，是否也勾起了小時候母親或祖母在廚房忙碌不停穿梭來回抑或是逢年過節做粄的身影呢？廚房內外角落，總是擺滿了各式蔬果，當女聲們站在此處念著詩，彷彿依稀時光倒轉，沉浸在有著老頭擺的廚房氛圍。

我們是和在地的土地結合、在地的文化特色結合、與在地的人的感情從客家的文化符碼裡面，把它凝練出來變成了一個演出的象徵。它就成為在視覺裡面的詩，是表演裡面的詩，而不是文字裡的詩。所以，這些詩是在於眼睛看到、身體感受到，還有腳走路這一切的變成的環境和劇場，這些客家的元素也就變成了儀式的一個部分。（彭雅玲，2021年2月8日訪談稿）

白色捲軸，彭雅玲作了以下敘述：

白色的卷軸，是因為我們在一個空曠的地方不是舞臺演出，必須建構
出舞臺感，這是第一個要建構出舞臺的美感。第二個，我們的詩原本
是文字的，現在變成了劇場，整個視覺就會是立體化的。詩人建構的
是文字上的描述，而劇場是在視覺空間跟觀眾的感受互動所造成的，
從而建構詩的立體感。第三個，它是空白的，它留了很多的留白，讓
觀眾去填滿用自己的感覺讓這個詩更豐富。（彭雅玲，2021年2月8日
訪談稿）

中國舞臺美術設計大師胡妙勝認為舞臺是一個有魔力的場所，任何東
西只要放在舞臺上就會產生超越出該東西的感性物質意義，從而成為
一個記號，或符號（胡妙勝，2001：19）。臺灣舞臺及燈光設計師林
克華也認為舞臺的設計是一種符號的傳達，有如無聲的文字和語言，
能傳達給觀眾各種具體的聯想和感覺。（林克華、王婉容，2003：
122）。

圖十五　詩人林菊英開始進行表演的空間布置
（照片來源：「歡喜扮戲團」提供）

　　詩人林菊英輕步拉起卷軸向前走，開始進入演出序曲。詩人腳底下的輕柔，使每個腳步都是詩意，包括任何動作行為，觀眾近距離的聆聽欣賞詩人們的演出。

　　客家女生的劇場演出，事實上不是只有詩而是用很多的視角來寫詩，如果也就是大部分聽眾聽不懂客家話，他事實上可以感受得到，透過視覺透過這個儀式，透過整個的交流可以感受得到這個詩在呈現。（彭雅玲，2021年2月8日訪談稿）

　　「客家女聲」在臺灣縣市巡迴已有十五場的演出，每個場次的演出都是都有不一樣的視覺感受，古樸的三合院祠堂，著名廟宇，甚至到鄉村山野雞鴨豢養處，處處是驚奇，如詩人彭歲玲這首〈阿姆餵雞仔〉（見頁337）。

　　另外，烹飪煮食都常被當作女人的工作，除了慶典和飲食的準備之外，而慶典與儀式的準備通常被視為男人的工作。狩獵或打漁等勞動工作是男人完成，但是種植和收割稻務則是多半是女人獨自完成，或者與其他女人共同完成的。

　　女性這個議題，事實上我們在很多很多的detail裡面，都有看到女性打破了原來框架的部分，有一個照片很棒的照片，就是我們在江夏堂的土地公的廟前面演出，那個小小的地方通常以前只有男性可以去拜拜，可是歲玲、菊英、文玫就在前面朗詩，她們的詩都跟家有關係，象徵女性打破了原來家是男性為主導，打破女性只是附隨的勞動工具的一部分，現在在那個地方有女性為主體來思考、來說話、來重新看待生命。整個的結構完全的改變了，這是女性詩所造成的一個重新看待客家文化的角度。（彭雅玲，2021年2月8日訪談稿）

圖十六　「客家女聲」在江夏堂的土地公廟言演出，象徵打破女性主權地位
右：李文玫，中：彭歲玲，左：羅秀玲
（照片來源：「歡喜扮戲團」提供）

　　由上訪談可知，男性總被歸類於在公領域的活動範圍，而女性是私領域的工作者，縱使女性在進入公領域後，亦不被尊重而遭受到不平等的對待，公私領域的劃分強化了男尊女卑傳統觀念。

　　選卷軸就當初我心裡想著就像清明上河圖，我們就把客家的風景，透過客家女詩人的詩，展現了所有客家生活的風貌，那最重要的是從女性的眼光，女性的感受，女性的主觀的，看事情的看待方式來詮釋客家的生活。這個卷軸是仿效清明上河圖，展現客家的生活女性生活觀，那每一個石頭放下去，那些姿勢是模仿拾穗那樣子的動作，好像

　　我們就在田間裡工作那天間的工作，就是彎下腰要來跟土地結合，然後讓這些一切，雖然我們寫的是詩非常的有詩意，可是她是跟生命、跟土地是結合的。（彭雅玲，2021年2月8日訪談稿）

　　從全體創作的展演來看，「客家女聲」詩人們都念誦著自己創作的客語作品，以肢體動作表現以及山歌演唱聲音詮釋來表現生命述說，至二〇一六年的十一月十二日在桃園大溪源古本舖舉辦了首次展演，至今在臺灣已演出十五場，以春、夏、秋、冬因為每一場展演的地方戶外或是室內場景又有不同的視覺效果，透過走位演示，觀眾們雖然有些不是客家人，聽不懂客家話，但依然能透過詩人女聲們的動作行為，觸動在心靈深處的知覺體認。故事進行間，就有如一幅「客家清明上河圖」的概念，客家女性的勞苦身影如大地之母照護我們，在土地上灌溉滋養，透過每一個意象畫面，女人的青春歲月流動著，同時也意味著，新女性的主體意識也將來臨。

圖十七　無聲灑花，彷彿向女性致敬
（相片來源：「歡喜扮戲團」提供）

北宋詩人徐積《詠蔡家婦女詩》[15]，更將客家女性勞動的形象表露無遺：

15　引自http://paper.wenweipo.com/2010/05/19/WH1005190001.htm，《歷史空間與客家婦女》，2009年11月11日。

手自植松柏，身亦委塵泥，何暇裏雙足，但知勤四肢。

　　從一年四季來區分，春天有花舞，夏日有愛，秋天是生命的轉折點，冬季是凋零後又重新輪迴的開始，人生在世，都有生老病死的轉折歷程，一當生命有轉折，最終也會花凋落土，「客家女聲」的表演就是讓女生有發言權為自己大大地邁出腳步往前行。五彩繽紛的花瓣，在客家女聲詩人們以無聲的話語進行著，緩緩灑下手中的花瓣，一片一片落下，風起，更隨搖曳生姿，彷如女人的生命，燦爛如花，抑或是感念客家婦女們耕種農事、教導子女、甚至保家園的重責大任，致上最高的敬意。

　　也就是說，我想讓觀眾就算沒有聽得懂詩，也了解現在進行到什麼。每一個都是儀式，每一個都是客家文化符碼的象徵，所以觀眾，就算不懂這個語言，他也感受到詩和詩味，我想這個在很多場，很多聽不懂詩的人，不一定是聽不懂客家話，其實聽得懂客家話也不一定知道詩的內容的人，他們都會感受到正常的詩意。（彭雅玲，2021年2月8日訪談稿）

　　無聲的動作代表了深層客家文化的涵意，透過「客家女聲」的表達，文學表現不是僅僅只有聲音傳達就能體會明瞭，甚至就算是客家人聽得懂客家母語的傳達，也一樣無法理解女聲詩人創作的緣由，用心傾聽，用視覺去慢慢體會箇中的原委。

　　「客家女聲」詩人羅秀玲在這部分呈現了算數簿仔的詮釋，其用「日曆紙」作開場先折成一架一架的紙飛機，透過其語言和動作，朗誦詩文所代表的象徵寓意。

圖十八　詩人羅秀玲用日曆折紙飛機作為開場
（相片來源：李承恩先生提供）

通過其語言和動作，表演者與觀眾還是保持著正面相望的情境，圖十八詩人羅秀玲折了紙飛機丟出向前飛，造成與對面觀眾因而有了互動關係，這也說明了環境劇場中，觀眾與表演者互動的可能性與主動性。

（二）時間美學

彭雅玲導演運用巧思「春、夏、秋、冬」的分場概念，女詩人使用自己客家母語的腔調朗讀詩自身創作的作品為主，另外搭配客家音樂歌者唱出客語歌曲，適當出現穿插在朗詩的過程，一同襯托「現代客語詩詩與歌交響」的展演。如以下舉例：

> 整體而言，我發現「女聲」有動作形象化的出現，雖是無聲，觀眾透過視覺感受，渲染觸動藏在內心深處的客家情懷。火把是用燈籠，因為就是典婉帶著燈籠到路口去接爸爸，那當然，燈籠除了它是意象很美之外呢，還是想讓「女聲」，就是「客家女聲」點燃了女性意識自主的儀式的一個象徵，然後她也是可以為別人照亮的路，而不是只是一個勞動的形象。典婉的詩句，「讓我拿一支火把路照亮」我每一次都是讓全體壓軸一起大聲朗誦，就是我的初心，要讓客家女人的聲音被聽見，讓客家女人的地位自己來翻轉。（彭雅玲，2021年2月8日訪談稿）

圖十九　「客家女聲」全體手提燈籠，象徵女性地位的翻轉
（相片來源：「歡喜扮戲團」提供）

　　她們不被允許一同參加家族宗族廟性的各種祭祀禮儀的活動，甚至連一般的民間宗教活動也限制參加，這恰恰說明了客家婦女在傳統父權制度下被支配的事實。

　　對於公廳的空間領域，彭雅玲導演如是說：

> 這個公廳通常是只有男性才可以跨進來，你竟然在這前面演出，也就是說在他們有經歷過客家夥房生活的女性，很知道這個公媽廳是屬於只有男性為家庭主導的，他們才是可以來拜拜祖先的人，可是我們就在他的前面演出，說出了女人的聲音，那這就算是一個很安靜、一個重新給自己一個segment、一個讓自己有給地位給自己，說明自己的身分地位的一個現代女性的一個表徵，所以「客家女聲」是一個非常非常清楚的、跨性別的、非常前衛的，而且非常用很柔軟的方式來作革命。（彭雅玲，2021年2月8日訪談稿）

　　的確，客家婦女操心家務，勞碌操作，婦女早就把工作當作生活本質，都是在傳統客家文化禮教下所約制束縛的，「客家女聲」所呈現的展演方式改變了這是女性詩所造成的一個重新看待客家文化的角度。欣賞「客家女聲」的每場演出，彷彿都看著每位客家女聲詩人們的生命述說：

> 藍布衫從你的身上，折起，然後往前，你回想，看到祖母，你從他的年輕說到他的老，祖母的過去現在，而你就是祖母的未來，所以，我會讓三個意象重疊在一起，從你的故事、文玫的故事到菊英回美濃，然後母親不在，我讓這些女人的過去現在未來在時空上交會……（彭雅玲，2021年2月8日訪談稿）

圖二十　左：羅秀玲。右：李文玫左捧藍布衫，交錯走過，表
達出意象重疊的體感
（相片來源：「歡喜扮戲團」提供）

　　彭雅玲導演製造了電影戲劇時間上的蒙太奇，交織了三位詩人女聲的故事軸，羅秀玲到李文玫求學過程的成長路以及林菊英的過去現在未來在時空上交會，而彭雅玲導演也說明藍衫的作用放下來，這個過程來就是看客家的現代女性，仰望未來的道路，透過社會歷練以及可以有意識然後可以自主，

有學問可以為自己的未來打拼，開創自己的人生路，即是做一個現代獨立自主的新女性。

圖二十一　詩人林菊英持包袱
（相片來源：「歡喜扮戲團」提供）

我很喜歡有包袱這個象徵，以前包服飾，包了很多的生活的用品，可是呢，現在在包袱裡面全部都是生命的回憶，那尤其菊英在「歡喜扮戲團」口述歷史的訓練的過程裡面，她已經很有能力，我常常說的口述歷史就是定格、凝視，那菊英在她的詩裡面說得很清楚，把它定格凝視也就是我重新讓它打開了她的藍布巾，看見她生命曾經經歷的那媽媽的那樣子，或者是母親的那樣子的生命經歷，她很溫暖很懷念，可是接下來，菊英身為一個現代的客家女性，她要走出她自己的路了。
（彭雅玲，2021年2月8日訪談稿）

透過林菊英儀式性的手持包袱的動作，傳達著包袱記憶對自我生命的意義，當林菊英打開包袱，猶如讓觀眾慢慢感受回憶的情感重演，獲得現代女

性有著知覺與自由，到了大都市奮鬥打拼，儀式化的動作也強調人與人之間緊密相連的重要意義。同時也引發觀眾內心深處的悸動而有了共鳴，「包袱」在「客家女聲」的展演編創，也成了重要的媒介素材。本場主要演出春秋與菊英的生命告白，面對客家婚姻中，女性往往必須肩負家計的重擔，兩人也直接以歌曲表達內在沉潛的哀怨，而詩人林菊英悠悠唱起平板，唱出心中的不捨與感慨：

> 一想命運真怨嘆，爺娘做主牽姻緣，幾多心酸沒人講，暗夜想到淚漣漣。

透過山歌揭開自我生命的告白，如此的引介作用在展演中進一步交代詩人王春秋的心路歷程。山歌是客家文化的重要組成因素，原是居住在山區的客家民系創造的，通過山歌反映人們的勞動生活、風土人情、社會風尚、內心情感和理想追求。[16]

　　在「客家女聲」展演中，音樂是唯一從「聽覺」的角度直接賦予觀眾感官經驗的劇場美學元素，因為是客家音樂，適時地穿插民眾熟悉的歌曲或是客家傳統歌謠也能使展演的互動性更為熱絡。舉例來說，「客家女聲」們會分發紅燈籠（有大有小），邀約現場民眾一同參與表演的互動，由於歌詞〈思戀歌〉淺白生動再加上旋律琅琅上口，透過耳熟能詳的客家音樂，使得在場周遭的觀眾能夠合唱後，進而創造出一種屬於客庄情感連結。

---

16 房學嘉、肖文評、鍾晉蘭：《客家梅州》（廣州市：華南理工大學，2009年），頁223。

圖二十二　「客家女聲」邀請觀眾一同參與演出
（相片來源：蔡欽煜先生提供）

五　小結

張典婉在《台灣客家女性》[17]一文中指出：

> 一九四九年終戰後，台灣教育普及，女性受教育比例增加，農村社會
> 生態轉變，客家族群也面臨社會價值逐次崩解，原有的家庭、婚姻價
> 值觀受到挑戰，女性自我感知提升，女性客籍作家加入書寫行列；面
> 對政治實體、語言表達改變、女性主體意識抬高，女性作家泰半藉文
> 學釋放情緒壓抑、抑制，嘗試描述已身觀點……

---

17 張典婉：《台灣客家女性》（臺北市：玉山出版社，2004年），頁232。

　　在本文中,「客家女聲」從詩文吟唱的方式展演客家語言之美,透過戲劇表達翻轉女人社會地位的初心,重新定位客家女人的位置,重新看待客家女人在社會的自主權,以細膩的情感,表達對大自然土地和客家文化發省。「客家女聲」們藉由「戲劇」的再現,從客家新女性的姿態,驕傲地站在公廳前面自我勇敢發聲,從自覺中找到屬於女性主體的新形象,不再是那個瑟宿地躲在角落黑暗處吃飯,不再是依附在傳統父權的社會階層下過日的形象。「客家女聲」的詩作內容屬性從自覺抵抗、親情的懷念、生命故事敘說、還有薪火傳承的文化意涵,已在客家文學的場域中取得了自我發聲的自主地位。

　　從環境劇場中看出「客家女聲」表達的儀式化的展演,演繹客家女性的傳統到現代,從廚房走出外面的世界,由被動轉為主動,表達自己的想法,勇敢說出「我們站在這裡」,希望被看見與被認同;透過山歌與客家母語在公領域發聲,詮釋自己內心渴望被傾聽的感受;擺脫傳統框架的制約,而不是永遠壓抑的傳統教條下,四頭四尾的刻板印象掙脫,勇敢傳達女人也是有屬於自己的一片天的理念。

附錄 表一 客家女聲巡迴展演列表（羅秀玲整理製圖）

場次	時間	內容	地點
1	2016年11月12	女詩人吟誦詩歌張芳慈、葉莎、張典婉唸詩〈𠊎等企在這位〉。黃淑蘋演唱。	桃園大溪　源古本舖
2	2016年4月15日	女詩人吟誦詩歌、在地客家八音。	新竹北埔　忠孝堂
3	2017年10月28日	女詩人吟誦詩歌。羅思容、曾亞君演唱。	桃園八德　著存堂
4	2017年11月18日	女詩人吟誦詩歌、新瓦屋花鼓隊。	新竹竹北　新瓦屋忠孝堂
5	2018年3月5日	女詩人吟誦詩歌、天穿日活動。	臺東　客家學堂
6	2018年4月29日	女詩人吟誦詩歌	苗栗獅潭　義民廟
7	2018年5月26日	女詩人吟誦詩歌、吉娜罐子演唱。	新竹關西　羅屋書院
8	2018年9月22日	女詩人吟誦詩歌、羅思容演唱。	臺北　客家文化主題公園
9	2018年10月20日	臺灣客家女聲、丹麥歐丁劇團。	新竹關西　羅屋書院
10	2018年11月3日	女詩人吟誦詩歌	高雄美濃　文創中心
11	2019年4月23日	女詩人吟誦詩歌、羅思容演唱。	桃園楊梅　江夏堂
12	2019年5月19日	女詩人吟誦詩歌、羅思容演唱。	苗栗三灣　銅鏡社區

場次	時間	內容	地點
13	2019年5月26日	女詩人吟誦詩歌、羅思容演唱。	桃園楊梅　永揚社區
14	2019年10月27日	女詩人吟誦詩歌、羅思容演唱、丹麥歐丁劇團表演。	桃園龍潭　三坑子永福宮
15	2019年11月2日	女詩人吟誦詩歌、羅思容演唱、丹麥歐丁劇團、鹹菜桶打擊樂團、新竹北埔八音團表演。	北埔鄉南埔村　南昌宮

參考文獻

一　專書部分

Andr Michell著、張南星譯　《女權主義》　臺北市　遠流出版社　1989年

C. Fred Blake　1981　《Ethnic groups and social change in a Chinese market town》。University Press of Hawaii

Michener，James A.　1959　《Hawaii》　New York：Random House

Osho著、沈文玉譯　《女性意識Female Consciousness》　臺北市　生命潛能出版社　2005年

Pamela Abbott and Claire Wallace著、俞智敏等合譯　《女性主義觀點的社會學》　臺北市　巨流圖書公司　2000年

P. Schwartz & V. Rutter著、陳素秋譯　《性之性別》　臺北市　韋伯文化出版社　2004年

大埔縣地方志編纂委員會　《大埔縣志》廣州市　廣東人民出版社　1992年

女鯨詩社編　《詩潭顯影》　臺北市　書林出版社　1999年

王逢振　《女性主義》　臺北市　揚智文化事業公司　1997年

任一鳴　《中國女性文學的現代衍進》香港　青文書屋　1997年

江運貴　《客家與台灣》　臺北市　常民文化出版社　1996年

西蒙・波娃著、歐陽子譯　〈第一卷：形成期〉　《第二性》　臺北市　志文出版社　1992年

西蒙・波娃著、楊翠屏譯　〈第三卷：正當的主張與邁向解放〉　《第二性》　臺北市　志文出版社　1997年

西蒙・波娃著、陶鐵柱譯　《第二性》　臺北市　貓頭鷹出版社　1999年

利玉芳　《活的滋味》　臺北市　笠詩刊社　1989年

呂秀蓮　《新女性主義》高雄市　敦理出版社　1986年

李元貞　《婦女開步走》　臺北市　婦女新知基金會　1988年

貝蒂・傅瑞丹（Betty Friedan）著、李令儀譯　《女性迷思》　臺北市　月旦出版社　2007年

卓意雯　《清代臺灣婦女的生活》　臺北市　自立晚報文化出版部　1993年

周碧娥　〈性別體制、政經結構與婦女運動〉　馬以工編　《當今婦女角色與定位》　臺北市　國際崇他社　1989年

房學嘉　《客家源流探奧》　臺北市　武陵出版社　2002年

林至潔　《女性素描》臺中市　大同書局　1946年

林麗珊　《女性主義與兩性關係》　臺北市　五南出版社　2001年

林芳玫等　《女性主義理論與流派》　臺北市　女書文化事業公司　2000年

邱彥貴、吳中杰　《台灣客家地圖》　臺北市　貓頭鷹出版社　2001年

胡希強、董勵等著　《客家風華》廣州市　廣東人民出版社　1997年

孫康宜　《古典與現代的女性闡釋》　臺北市　聯合文學出版社　1998年

徐運德　《客家諺語》苗栗縣　中原週刊社出版　1993年

高　明　《大戴禮記今註今譯》　臺北市　臺灣商務印書館　1975年

高宗熹　《客家人──東方的猶太人》　臺北市　武陵出版社　1997年

涂春景　《聽算無窮漢》　臺北市　伯康印刷公司　2002年

張小虹　《後現代／女人：權力、慾望與性別表演》　臺北市　時報文化出版社　1994年

張典婉　《台灣客家女性》　臺北市　玉山出版社　2004年

張華葆　《社會心理學理論》　臺北市　三民書局　1992年

張衛東　《客家文化》北京市　新華出版社　1991年

梁實秋　《名揚百科大辭典》　臺北市　名揚出版社　1985年

梁居實初輯、溫仲和覆輯　《嘉應州志·禮俗卷》　卷八　臺北市　成文出版社　1968年

莊英章　《家族與婚姻──臺灣北部兩個閩客村落之研究》　臺北市　中央研究院民族學研究所　1994年

陳玉玲　《尋找歷史中缺席的女人》　臺北市　南華管理學院出版　1988年

陳東原　《中國婦女生活史》　臺北市　臺灣商務印書館　1994年

陳運棟　《客家人》　臺北市　東門出版社　1978年

陳碧月　《大陸女性婚戀小說：五四時期與新時期的女性意識書寫》　臺北市　秀威資訊科技公司　2002年

曾彩金編撰　《六堆客家社會文化發展與變遷之研究──婦女篇》　財團法人六堆文化教育基金會　2001年

曾喜城　《台灣客家文化研究》　臺北市　中央圖書館　1999年

黃子堯　《客家台灣文學論》高雄市　愛華出版社　1993年

黃永達編著　《台灣客家俚諺語語典》　臺北市　全威創意媒體股份有限公司編輯出版　行政院客委會贊助出版　2005年

黃淑玲、游美惠主編　《性別向度與台灣社會》　臺北市　巨流出版社　2007年

楊　翠　《日據時期臺灣婦女解放運動──以《台灣民報》為分析場域（1920-1932）》　臺北市　時報文化出版公司　1993年

楊美惠　《女性、女性主義、性革命》　臺北市　合志文化公司　1988年

楊國鑫　《台灣客家》　臺北市　唐山出版社　1993年

榮　格著、馮川譯　《榮格文集》北京市　改革出版社　1997年

熊　杰　《簡明大英百科全書》　臺北市　臺灣中華書局　1988年

劉守松　《客家人諺語》（二）新竹　劉守松　1992年

劉錦雲　《客家文化民俗漫談》　臺北市　武陵出版社　1998年

劉還月　《台灣客家風土誌》　臺北市　常民文化出版社　1999年

謝重光　《客家文化與婦女生活：12-20世紀客家婦女研究》　上海市　古籍出版社　2005年

謝鵬雄　《文學中的女人》　臺北市　九歌出版社　1990年

鍾　玲　《中國現代謬司：臺灣女詩人作品析論》　臺北市　聯經出版社　1989年

鍾秀梅　《談客家婦女》　臺中市　晨星出版社　1995年

鍾慧玲主編　《女性主義與中國文學》　臺北市　里仁書局　1997年

羅伯・史密斯（Robert Smith）　《中國的客家》　臺北市　東門出版社　1978年

羅思瑪莉・佟恩（Rosemarie Tong）著、刁曉華譯　《女性主義思潮》　臺北市　時報文化出版公司　1996年

羅香林　《客家研究導論》　臺北市　南天出版社　1992年

羅肇錦　《何謂客家文學》高雄市　愛華出版社　1993年

嚴　明、樊琪合著　《中國女性文學的傳統》　臺北市　里仁書局　1999年

顧燕翎、鄭至慧　《女性主義經典——十八世紀歐洲啟蒙　二十世紀本土反思》　臺北市　女書文化事業公司　1999年

顧燕翎、林芳玫等合著　《女性主義理論與流派》　臺北市　女書文化事業公司　2000年

段馨君　戲劇與客家：西方戲劇影視與客家戲曲文學　臺北市　書林出版公司　2012年

楊兆禎　客家民謠九腔十八調的研究　臺北市　育英出版社　1974年

董　健、馬俊山　戲劇藝術的十五堂課　臺北市　五南出版社　2008年

張芳慈　〈夜合花開个臨暗〉　杜潘芳格、黃勁連編　《天光——二二八本土母語文學選》　臺南市　國立臺灣文學館　2010年2月　頁129

劉錦雲　《客家文化民俗漫談》　臺北市　武陵出版社　1998年　頁92-100

C. Fred Blake　《Ethnic groups and social change in a Chinese market town》　University Press of Hawaii　1981

周慶華等箸　《新詩寫作》　臺東市　臺東大學　2009年

余秋雨　《何謂文化》　臺北市　遠見天下文化　2012年

二　期刊

胡紫雲　〈從殖民現代性到全球化論述：客家文化與現代戲劇在臺灣〉　《戲劇學刊》　第22期　2015年　頁83-107

李魁賢　〈詩人的愛和批判〉　《台灣文藝》　第137期　1993年　頁125-131

杜潘芳格　〈張芳慈的詩〉　《笠詩刊》　第192期　1996年　頁117

房學嘉　〈客家婦女的典型〉　《客家》　第24、47期　1992年　頁30-31

胡紅波　〈從山歌、採茶、八音到文學〉　《成大簡訊》　第4期　1999年

高怡萍　〈客家族群意識與歷史的文化建構〉　《客家文化研究通訊》　第3期　2000年　頁50-72

邱一帆　〈客家文學創作同文化——從客語詩歌意象个追尋談起〉　收錄於：
　　　　黃子堯主編　《當代客家文學》　新北市　臺灣客家筆會　2011年

楊　翠　〈女性書寫的意義〉　《臺灣文義（新生版）》　第4-5期　1998年

王婉容　〈邁向少數劇場——後殖民主義中少數論述的劇場實踐：以臺灣
　　　　「歡喜扮戲團」與英國「歲月流轉中心」的老人劇場展演主題內容
　　　　為例〉　《中外文學》　第33卷第5期　2004年　頁69-104

李文玫　〈「我說、我演、我在」：論「歡喜扮戲團」客家現代劇的社會心理
　　　　意涵〉　《龍華科技大學學報》　第30期　2010年12月

顧燕翎　〈從週期理論與階段理論看我國婦女運動與女性意識的發展〉
　　　　《律師通訊》　第170期　1993年　頁64-73

顧燕翎　〈中國婦女地位的演變與現況〉　馬以工編　《當今婦女角色與定
　　　　位》　臺北市　國際崇他社　1989年

溫廸倫專訪　〈重新思考 Scenography（舞臺美學）〉　原刊於《三角志》
　　　　2014年6月10日

左春香　〈羅屋書院「客家女聲」展演之客語詩歌文本之探討〉　《台灣客
　　　　家公共事務協會與台灣客家筆會協辦論文集》　2018年

張維安、王雯君　〈客家意象：解構「嫁夫莫嫁客家郎」〉　《思與言》
　　　　臺北市　思與言雜誌社　2005年

三　碩博士論文

陳玉箴　《劇場作為另類媒介對文化主體性之型塑——以「歡喜扮戲團」為
　　　　例》　臺北市　國立政治大學新聞研究所碩士論文　2002年7月

胡紫雲　《台灣客家現代戲劇及其劇本研究——以加里山劇團與「歡喜扮戲
　　　　團」為對象》　國立成功大學中文研究所碩士論文　2005年

四　網路資料

《客家梅縣部落格》　2009年11月11日　http://meixian.cn/html/81/t-81.html

2021跨界美學：曾貴海國際學術研討會

時間：二〇二一年十月二十二至二十三日（五、六）
地點：國立屏東大學民生校區國際會議廳

900屏東市民生路4–18號

十月二十二日　　第一天議程			
09：30 ｜ 10：00	**報　到**		
10：00 ｜ 10：30	**開幕典禮** 曾貴海醫師 國立屏東大學古源光校長 客家委員會范佐銘副主任委員 屏東縣政府文化處李昀芳副處長 日本臺灣交流協會高雄事務處加藤英次所長		
10：30 ｜ 11：00	**開幕表演** 陳欣宜藝術總監／新古典室內樂團		
11：00 ｜ 12：00	**專題演講** **主　　持：**簡光明院長（國立屏東大學人文社會學院） **專題演講：**與家園和音——曾貴海文學實踐的奏鳴曲 **主　　講：**楊翠教授（國立東華大學華文文學系）		
12：00 ｜ 13：30	**午餐**		
時　間	主持人	發表人	講　題	特約討論人
13：30 ｜ 15：00	**論文發表（一）：詩歌與譯介**			
	邱若山主任 靜宜大學 日本語文學系	余昭玟教授 國立屏東大學 中國語文學系	論曾貴海詩中的 「孤獨」意識	廖淑芳教授 國立成功大學 臺灣文學系

		佐藤敏洋教授、張月環教授 國立屏東大學 應用日語學系	從曾貴海日譯詩選集──《詩が語る郷土への思い〈郷土詩情〉》談翻譯技巧與文化溝通 翻訳の技法と異文化コミュニケーション──『曾貴海詩選集詩が語る郷土への思い〈郷土詩情〉』の翻訳を通して	杉村泰教授 （日本） 名古屋大學人文學研究科／文學部
		王國安主任 國立屏東科技大學 通識教育中心	「界線」的想像 ──曾貴海詩作探析	解昆樺教授 國立中興大學 中國文學系
15：00 │ 15：30	茶　敘（一）			
15：30 │ 15：50	曾貴海「唯有堅持」紀錄片			
	論文發表（二）：文學與展演			
15：50 │ 17：20	陳昌明特聘教授 國立成功大學 中國文學系	金尚浩教授 （韓國） 修平科技大學 博雅學院 國文領域暨觀光系	孤鳥的旅程：曾貴海詩歌對現實精神的觀照與書寫	葉連鵬教授 國立彰化師範大學 臺灣文學研究所
		唐毓麗教授 國立高雄師範大學 國文學系	新的信息與心的視境：曾貴海《二十封信》的詩意探索	應鳳凰教授 國立臺北教育大學 臺灣文化研究所
		陳欣宜藝術總監 新古典室內樂團	以《文學音樂劇場──築詩・逐詩》作品──試論曾貴海詩選與音樂劇場跨域創作之交融關係	黃俊銘教授 國立政治大學 傳播學院
17：20 │ 19：30	晚　餐（學者、專家）			

時 間	主持人	發表人	講 題	特約討論人
十月二十三日　第二天議程				
08：30 ｜ 09：00	報　到			
論文發表（三）：社造與環保				
09：00 ｜ 10：30	黃文車主任 國立屏東大學 中國語文學系	李亞橋博士候選人 國立成功大學 臺灣文學系 鍾秀梅教授 國立成功大學 臺灣文學系	社會運動與「綠色之夢」： 曾貴海詩作中的環境意識	邱毓斌主任 國立屏東大學 社會發展學系
		林思玲教授 國立屏東大學 文化創意產業學系	屏東客家文化資產保存 與永續發展	曾逸仁教授 國立金門大學 建築學系
		蔡幸娥老師 高雄市客家文化學會	唯有堅持 ——曾貴海文學與社運 及醫者之路	蔡一峰教授 文藻外語大學 傳播藝術系
10：30 ｜ 10：40	茶　敘（二）			
論文發表（四）：族群與創作				
10：40 ｜ 12：25	林秀蓉副院長 國立屏東大學 人文社會學院 中國語文學系	莫加南教授 （加拿大） 國立中山大學 中國文學系	與曾貴海一起反思寶島台灣： 本土論述的力量與困境	傅怡禎教授 國立臺東專科 學校 通識教育中心
		羅秀玲老師 新北市客家語教師	客語詩心(新)界「頌、歌、 演」的詮釋 ——以「客家女聲」為例	林雅玲教授 國立高雄師範 大學 國文學系
		董恕明教授 國立臺東大學 華語文學系	家人、客人、還是路人？——曾 貴海詩作中的「原住民」反思	鍾屏蘭教授 國立屏東大學 中國語文學系
		阮美慧教授 東海大學 中國文學系	病理詩學——曾貴海詩作中臺 灣「現實病癥」的診斷與療癒	陳惠齡教授 國立清華大學 臺灣文學所
12：25 ｜ 12：30	閉幕式			
12：30 ｜	午　餐 賦　歸			

學術論文集叢書 1500026

跨界美學 人文風華
——曾貴海國際學術研討會論文集

主　　編	黃文車
封面照片	蔡幸娥
責任編輯	林以邠
特約校對	宋亦勤

發 行 人	林慶彰
總 經 理	梁錦興
總 編 輯	張晏瑞
編 輯 所	萬卷樓圖書股份有限公司
	臺北市羅斯福路二段 41 號 6 樓之 3
	電話 (02)23216565
	傳真 (02)23218698

發 　 行	萬卷樓圖書股份有限公司
	臺北市羅斯福路二段 41 號 6 樓之 3
	電話 (02)23216565
	傳真 (02)23218698
	電郵 SERVICE@WANJUAN.COM.TW
香港經銷	香港聯合書刊物流有限公司
	電話 (852)21502100
	傳真 (852)23560735

ISBN 978-986-478-694-7

2022 年 8 月初版一刷

定價：新臺幣 580 元

如何購買本書：

1. 劃撥購書，請透過以下郵政劃撥帳號：
   帳號：15624015
   戶名：萬卷樓圖書股份有限公司

2. 轉帳購書，請透過以下帳戶
   合作金庫銀行 古亭分行
   戶名：萬卷樓圖書股份有限公司
   帳號：0877717092596

3. 網路購書，請透過萬卷樓網站
   網址 WWW.WANJUAN.COM.TW

大量購書，請直接聯繫我們，將有專人為您服務。客服：(02)23216565 分機 610

如有缺頁、破損或裝訂錯誤，請寄回更換

版權所有・翻印必究

Copyright©2022 by WanJuanLou Books CO., Ltd.

All Rights Reserved　　　　**Printed in Taiwan**

國家圖書館出版品預行編目資料

跨界美學 人文風華——曾貴海國際學術研討會論文集/黃文車主編.-- 初版.-- 臺北市：萬卷樓圖書股份有限公司, 2022.08

面；　公分.-- (學術論文集叢書；1500026)

ISBN 978-986-478-694-7(平裝)

1.CST: 曾貴海 2.CST: 臺灣文學 3.CST: 文學評論 4.CST: 文集

863.207　　　　　　　　　　　111008652